Excalibur

Herausgegeben von
Melissa Andersson
und
Gerd Rottenecker

Jane Welchs *Runenzauber-Saga* bei Excalibur:

1. Die Drachenfestung (70133)
2. Das Auge des Druiden (70134)
3. Die Nebel von Farona (70135)
4. Der Drachenstein (70136)
5. Das Schwert der Morrigwen (70137)
6. Der See der Tränen (70138)
7. Der Kreis von Abalone (70149)
8. Das Jenseitstor (70150)
9. Das Blut der Wölfe (70151)

Weitere Bände in Vorbereitung.

Jane Welch

RUNENZAUBER IX

Das Blut der Wölfe

Ins Deutsche übertragen von
Jörn Ingwersen

Knaur

Die englische Originalausgabe erschien 1999
unter dem Titel »The Bard of Castaguard, Chapters 1–15«
bei Simon & Schuster/Earthlight, London

Besuchen Sie uns im Internet:
www.droemer-knaur.de

Deutsche Erstveröffentlichung 4/2000

Umschlagkonzept: Melissa Andersson
Umschlaggestaltung: Agentur Zero, München
Umschlagillustration: Mick Van Houten
Lektorat: Ralf Reiter
Satz: Ventura Publisher im Verlag
Druck und Bindung: Clausen & Bosse, Leck
Printed in Germany
ISBN 3-426-70151-0

2 4 5 3 1

Für Richard, in Liebe und Dankbarkeit,
weil er mir geholfen hat, dieses Buch zu erschaffen.

Und für Harriet und George
mit unendlicher Liebe von uns beiden.

KARTE

NAHENDE EISDECKE
vaalaka
DIE NOMADENSTEPPE
DAS HORN VON VAAL-PEOR
SOMMER FLÜSSE
DRACHEN WÜSTE
DIE DREI SCHWARZE TEUFEL
LANDES-GRENZEN
GRENZEN DER BARONIEN
STRASSEN, WEGE UND PÄSSE
BARONIE VON TORRA ALTA
KEILER WALD
TORRA ALTA
BARONIE VON JOTUNN
GUT JOTUNN
SILBERFLUSS
BARONIE VON NATTARDA
BARONIE VON OVISSIA
HIRSCH WALD
WIGLAFS LANDSITZ
BLENHAM
FARONA
GRANHAM
DER DORS
BELBIDIA
BARONIE VON FARONSHIRE
BARONIE VON PISCERA
BARONIE VON QUERTOS
ISTHMUS
BARONIE VON CALDEA
GORTA
NEBELKÜSTE
ILDROS
TARTRA
HESPERA
DER HAKEN
DIE FERNE INSEL
DER KAMM VON OPHIDIA
caballische
DER SPIESS
ophidia
TOTE GÖTTER

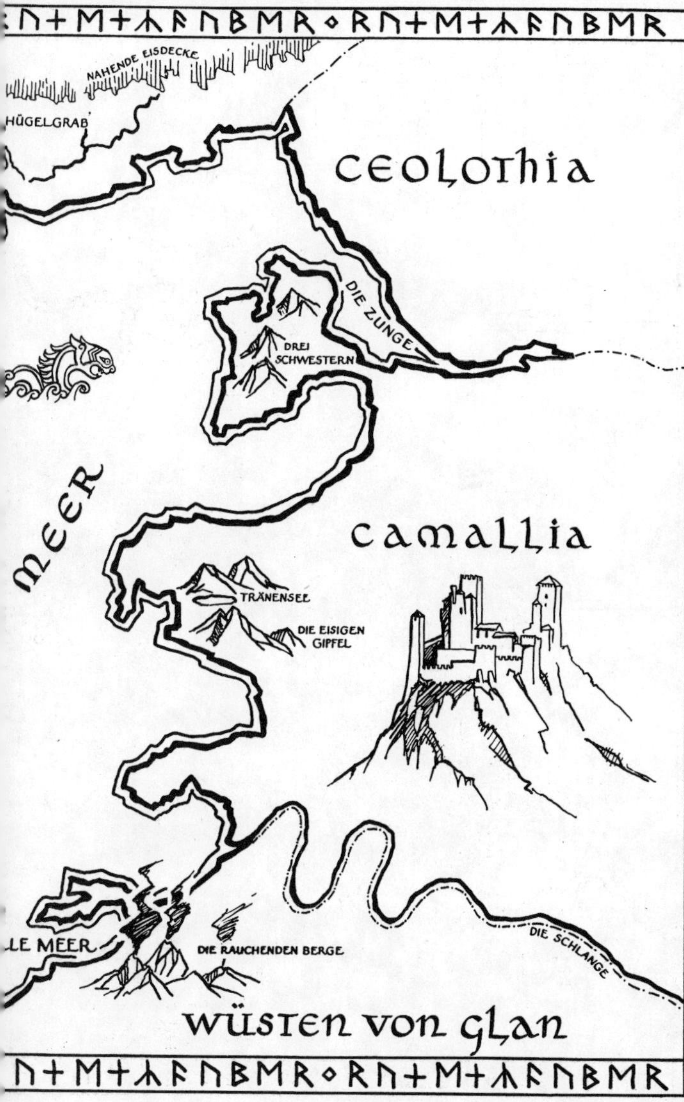
NAHENDE EISDECKE
HÜGELGRAB
CEOLOTHIA
DIE ZUNGE
DREI SCHWESTERN
MEER
CAMALLIA
TRÄNENSEE
DIE EISIGEN GIPFEL
LE MEER
DIE RAUCHENDEN BERGE
DIE SCHLANGE
WÜSTEN VON GLAN

PROLOG

Unbeweglich starrten seine leuchtendgelben Augen in die grelle Sonne. Wenn auch ohne jeden Geist, war seine stille Miene doch ungewöhnlich hübsch.

Ein Netz aus seidenen Bändern wiegte seinen schlaffen Körper, getrieben von einer sanften Brise, die durch das Gewölbe ging, und knarrte an seinen abgewetzten Lederhosen und der grünen Försterjacke. Der strahlende Sonnenschein von Rye Errish, jenem Ort jenseits des Lebens, den die menschlichen Seelen Anderwelt nennen, brannte durch die schmale Leere hoch oben unter der Kuppel des Richtersaals, glitzerte auf silbrigen Seilen und spielte auf dem goldenen Haar, welches seine bronzenen Elfenzüge umrahmte. Der wilde Streit, der ihn doch betraf, zog sich endlos hin, während er von alledem nichts zu bemerken schien.

»Man sollte ihn zur Sonne schicken, ihn endgültig und für alle Zeit verbrennen!« Straifs Stimme klang leidenschaftlich, der rauhe Ton krächzend und kreischend. Wütend stach der Ratsherr seinen Schwarzdornstab nach dem aufgehängten Leib des Försters über ihren Köpfen. »Es war beschlossen! Ihr seid schwache Narren, daß Ihr diese Entscheidung umstoßen wollt!« Er schwang seinen Stab und zeigte auf ein Mitglied des Hohen Kreises. »Saille, das ist Euer Werk. Eure schwachen, weiblichen Gefühle bringen Chaos.«

Bebend schwebte die Ratsfrau höher, bis ihr schimmerndes Haar sie umwehte, die sonnendurchfluteten Augen funkelten und das Summen ihrer Flügel zu einem unhörbar hohen Ton wurde. Mitfühlende Ausstrahlung verdichtete ihre gertenschlanke Erscheinung und die ätherische Schönheit. »Wir, die wir richten sollen, müssen Leidenschaft zeigen, Verständnis ...«

Widerstrebendes Schnauben schnitt ihr die Worte ab. Phagos, ein hochgewachsener Ratsmann mit weicher, gräulicher Haut und Bucheckern in seinem Bart, sah sie stirnrunzelnd an, während er mit den Fingern auf den geborstenen Ledereinband eines riesigen Buches trommelte. »Weltliche Narretei. Um weise zu regieren, müssen wir uns nur der Weisheit des Gesetzes widmen.« Er klopfte auf den dicken Wälzer. »Die Strafe für solcherart Verrat ist ewige Verdammnis. Talorcans unsterbliches Wesen muß vernichtet werden!«

Schweigen machte sich unter den dreizehn Ratsleuten breit. Prächtig und prunkvoll schwebten sie mit mächtigen, libellengleichen Flügeln hoch in der Luft um einen runden Marmorsockel. Eine einzelne, mittlere Säule, die in den glatten Boden des Raumes eingelassen war, stützte den Sockel. Mit ihrem schimmernd goldenen Haar, den strahlend gelben Augen, den durchscheinenden Flügeln und bezaubernden Mienen hätten sie ebenso als feengleich gelten können, doch sie waren zu herrschaftlich, zu schroff, und besonders waren sie sich ihrer eigenen Macht allzu bewußt. Manche waren von kindlicher Statur. Andere dagegen waren nur einen Kopf kleiner als ein durchschnittlicher Mensch, und jede unglückliche Seele, die ihr Urteil zu erleiden hatte, konnte sehen, daß jeder einem ganz bestimmten Baum Tribut zollte.

Nuin betastete einen Bund aus Eschenschlüsseln und schlug ihre durchscheinenden Flügel so schnell, daß sie herrisch über ihren Mitregenten schwebte. Ihr schimmerndes, federiges Haar, das um ihre Schultern flog, leuchtete heller als das der anderen, und von allen dreizehn Mitgliedern des Hohen Rates, die seit Anbeginn der Zeit über die

Seelen zu Gericht gesessen hatten, welche durch das Land der Geister zogen, um den Segen des Annwyn zu erleben, war sie die Berückendste.

»Wir müssen diesen Fall im Lichte seiner anderen Taten betrachten. Wir müssen das Ganze sehen. Bedenkt, wie sich die Kerker mit jenen irdischen Seelen füllen, die sich weigern, aus unserer Welt von Rye Errish in den ewigen Annwyn zu ziehen. Sind nicht allzu viele von den Kapuzenwölfen gerissen worden, die nach irdischer Zeitrechnung längst ausgestorben sein sollten? Die Gesetze des Äquilibriums und der Symmetrie zwischen unseren Welten verzerren sich, verfallen, und schließlich sollen wir doch die Gesetze schaffen. Wir sind die Wächter von Rye Errish, aber können wir ehrlich sagen, daß wir gut regieren?« Ihre strahlenden Augen blitzten die Gefährten vorwurfsvoll an.

»Talorcan hat unser Versagen erkannt, und so ist es zum Teil auch unsere Schuld, daß die verwerfliche Gier nach Macht in seinem Bauch gewachsen ist. Wir haben ihn seines Amtes enthoben, doch selbst das hat uns nur wenig geholfen. Der neue Oberförster, der ihn ersetzt hat, besitzt nicht das gleiche Geschick mit seinen Schützlingen. Die Förster, welche die Seelen zu den Toren des Annwyn treiben, haben ganze Kolonnen an die Wilden und die Tiere des Waldes verloren. Auch wenn seine Foltermethoden erfindungsreicher und barbarischer als Talorcans sein mögen, besitzt er doch weniger Zartgefühl und ist nicht so erfolgreich darin, störrische Seelen zu überreden, die sich weigern, ihrem letzten Leben abzuschwören und weiterzuziehen.«

Saille zuckte zusammen. »Und Talorcan war nicht nur schlecht. Er hatte große Kraft.«

»Zuviel Kraft. Er war kurz davor, uns zu stürzen. Er muß

bestraft werden«, knurrte Tinne und schlug wild mit seinem Stechpalmenstock.

»Er muß zu dem Stoff heimkehren, aus dem die Sterne sind«, beharrte Phagos, der hochgewachsene Ratsmann, und schlug auf das dicke Buch vor sich. »Wir dürfen ihn nicht in den Wald von Rye Errish lassen. Er kennt ihn zu gut und besitzt dort allzu große Macht. Sein langer Dienst als Oberförster hat ihn zuviel gelehrt. Er muß getilgt werden.«

»Gewiß gibt es eine andere Strafe, die derart abscheulich ist, daß alle zufrieden sein dürften.« Diese weibliche Stimme klang ruhig und nachdenklich. Eine schlichtere Ratsfrau des Hohen Kreises, deren goldenes Haar von einer Krone aus Haselnußblättern zurückgehalten wurde, schwebte etwas höher auf ihren durchscheinenden Flügeln.

»Ihn zwingen, sich dem Kreislauf des Lebens als Mensch anzuschließen!« erriet Uilleand Colls Plan. Er war sichtlich angewidert von einer derart barbarischen Idee.

»Er würde eine Seele übernehmen müssen«, fuhr Coll mit ihrer Idee fort. »Wir könnten ihn zur Erde schicken, und falls er ein Kind zeugen sollte, wird er eine Seele erhalten und so das unausweichliche Elend von Leben, Tod und Wiedergeburt erleiden.«

»Doch es muß mit dem liebenden Einverständnis der Frau geschehen«, unterbrach Saille voll Sorge. Ihre Miene zeigte Mitgefühl, ihr gertenschlanker Leib kündete von Trauer, ein solch hartes Urteil fällen zu müssen. »Unser Urteil darf nicht das Leid einer menschlichen Seele auslösen. Das wäre ganz sicher nicht gerecht.«

»Ganz genau«, gab Coll ihr recht. »Wir vom Hohen Kreis müssen vor allem anderen gerecht sein.«

Sailles lange Finger strichen über ihren Weidenstock. »Indem er das Kind empfinge, würde er einen bedeutenden

Teil seiner selbst in die menschliche Existenz einbringen. Ein Teil seiner selbst würde auf ewig im Kreislauf von Leben, Tod und Wiedergeburt sein, und er würde eine Seele annehmen.«

»Aber daß ein unsterbliches Wesen von Rye Errish in den Kreislauf des Lebens eintritt ... die bloße Idee ist grauenvoll«, rief Nuin aus und klirrte mit ihren Schlüsseln, aber sie sah eher zufrieden als entsetzt aus. »Ja! Es ist eine angemessene Strafe für jemanden, der uns so gut gedient und uns dann mit derart übler Absicht hintergangen hat. Er wollte sich einen der drei großen Talismane zu eigen machen, um damit die Pforten zwischen den Dimensionen auseinander zu zwingen, und er verkehrte mit der dritten Macht, die sich in der unberechenbaren Obhut des Menschen befand, um damit nicht nur die Seelen, die durch Rye Errish ziehen, sondern auch jene auf der Erde zu unterwerfen. Er wollte größere Macht als die unsere. Nun treiben sich in den Wäldern die Wölfe herum, die erweckt wurden und aus den entlegensten Ecken von Rye Errish herankriechen. Sie schleichen um die Pforten, suchen einen Weg in ihr irdisches Leben zurück. Talorcan hat seinen Anteil am Aufwiegeln der Seelen gehabt, und die Strafe ist gerecht.«

Phagos nickte feierlich. »Seit er seinen Plan verfolgt, hat der Zauber des Necrönd beunruhigende Wellen geschlagen, die den natürlichen Gang des Universums stören. Hoffen wir, daß mit diesem Ableben die Stabilität nun wiederhergestellt wird. Die Strafe ist gerecht!« schloß er sich Nuin an.

»Es ist beschlossen. Er wird auf die Erde verbannt.« Überzeugung sprach aus Nuins herrschaftlichem Tonfall, und die anderen zwölf Ratsleute nickten zustimmend.

Feierlich wurde der Förster auf den Marmorboden herabgelassen. Saille berührte seine Wange, und ein Lichtfunke blitzte in seinen Augen auf, als sein Leib vom Bann der Ratsleute befreit wurde. Er blinzelte sie an.

»Danke, daß Ihr Gnade zeigt«, sagte er mit honigsüßer Stimme, so melodiös und sanft, gleichzeitig mild, beruhigend, faszinierend.

Sie lächelte zur Erwiderung. »Nur denkt daran, daß Ihr Eure Kräfte als Förster nicht einsetzen könnt, wenn Ihr erst auf der Erde seid. Eure Erlösung kann einzig darin bestehen, Liebe zu finden. Das Kind muß aus Liebe gezeugt sein, freiwilliger Liebe, nicht Liebe, die durch trügerische Zauberkraft gewonnen wird.«

»Nutzt den Zauber in Eurer Stimme, um ihre Liebe zu gewinnen, und Ihr erlebt die ewige Verdammnis«, warnte Straif, »wo Ihr, wenn alles mit rechten Dingen zuginge, jetzt schon wäret. Aber die Ratsfrauen sind schwachen Geistes.«

Talorcan verneigte sich nur. »Ich nehme meine Strafe an.«

Da Nuin mit dem Urteil nun zufrieden war, schob sie einen Schlüssel in eine niedrige Tür, in die eine wundersame Darstellung der verborgenen Pfade geschnitzt war, die das Universum und die Wege zwischen den Welten verbinden. Im schlichten Holz der Eschentür waren jene drei Artefakte der Macht abgebildet, welche die Grenzen zwischen Erde und Anderwelt öffneten: Nuins Schlüssel, Duirs Flöte und etwas abseits ein scheinbar harmloses, zerbrechliches Ei.

Dieses Ei, das man als Necrönd kannte, wurde inmitten einander bekriegender Menschenstämme dargestellt, hungrig umkreist von schlanken Gestalten der Finsternis. Während die Schlüssel und die Flöte in Szenen voller Gelassenheit gezeigt wurden, lag das Necrönd inmitten einer Welt von Haß und Chaos, der Welt des Menschen, zerstörerisch und ungeordnet.

Die Tür schwang auf, und Nuin streckte ihre Hand aus, um den Förster über die Grenze zu führen. Sie kamen durch Kreise aus Eis und Feuer und dann ins Dunkel, wo Talorcan die unendliche Leere bestaunte, die sich um ihn erstreckte. Das Gefühl von Nichts bedrückte ihn und drohte ihn zu zerreißen.

Dann brach die Stille. Schnaufen und Hecheln wurde links und rechts von ihnen laut, und in weiter Ferne heulte ein Wolf in der Finsternis. Ein plötzliches Knurren und Schnappen großer hungriger Kiefer zuckte an seinem Gesicht und war schon wieder fort. Das große rote Maul blitzte aus dem Schwarz auf, und die Luft war vom Gestank verwesenden Fleisches erfüllt.

»Sie laufen durch die Kanäle der Magie. Sie sind im geistigen Äther, auf dem Weg zur Erde. Denkt nur, welch Übel Ihr getan habt«, sagte Nuin. »Und lauscht den Seelen, die durch die Dimension strömen. Soviel Tod!«

Talorcan hörte nichts als das bedrohliche Knurren, bis Nuin ihren langen, schlanken Arm ins Dunkel streckte. Obwohl er schon viel Leid und Qual der menschlichen Seele erlebt und dies stets mit einem Gefühl von Überlegenheit und Distanz betrachtet hatte, schreckte er nun zurück.

»Lauscht ihnen!« beharrte Nuin.

Sie streckte ihre Hand tiefer in die Dunkelheit, und Talorcan hörte die gespenstischen Schreie der Sterbenden und das wilde Knurren von Wölfen, die das Fleisch zerfetzten und Knochen mit ihren Kiefern knackten. Kinder kreischten vor Entsetzen. Männer schrien, wollten verzweifelt ihre Liebsten retten. Talorcan hörte ihre Schreie, wenn sie unter Qualen starben, nachdem es ihnen nicht gelungen war, ihresgleichen zu retten, und der Schmerz ihres Versagens sie tiefer als der Tod traf. Die Schreie schnitten ihm unter die Haut, als Talorcan wie der kalte Hauch eines Geistes auf seiner einsamen Reise die Wälder von Rye Errish überwand. Der Verlust, das Leid, durchwehte ihn wie ein grausamer Wind, der den Panzer seines Herzens sprengte.

Wild blitzten ihn Nuins strahlende Augen aus dem Dunkel an. »Eure Strafe genügt nicht. Sailles Wunsch, daß das Kind mit liebender Einwilligung einer Frau gezeugt werden muß, ist unzureichend. Auch Ihr müßt sie lieben, und ich verfluche diese Liebe! Sollte es Euch gelingen, eine Seele zu gewinnen, werdet Ihr ebenso leiden, wie diese hier von Eurer Hand zu leiden haben. Ihr größter Schmerz ist, daß sie ihren Lieben nicht helfen können, und Euer Schmerz wird schwerer wiegen. Um eine Seele zu gewinnen, müßt Ihr diesen Erdling lieben, und Eure Liebe wird ihr Untergang sein. Ihr werdet die Trauer dieser Seelen begreifen. Sucht nach uns, Talorcan! Wir werden Euch beobachten ... und Euer Unglück.«

»Ich wollte nicht, daß die Wölfe aus ihrem Exil hier in Rye Errish befreit werden«, erwiderte er reumütig. »Ihr Herr besitzt Macht. Ich wollte jene Macht. Und ich hätte sie auch bekommen, wenn sich die Jungfrau meinem magischen Gesang gefügt hätte. Ihre Macht, mit der meinen vereint ...« Er dachte einen Moment lang nach, doch dann sagte er fest: »Aber es war unrecht. Hier in Rye Errish ...«

Nuin unterbrach ihn, und Blätter raschelten unter ihren Füßen. »Wir sind nicht mehr in Rye Errish. Die Anderwelt ist nun für Euch nicht mehr erreichbar.«

Ein gezackter Blitz aus sengend weißem Licht spaltete die Dunkelheit vor ihm.

KAPITEL 1

Caspars neues Pferd schritt vorsichtig den Waldweg entlang, und das gestriegelte, goldene Fell riffelte sich im fleckigen Sonnenlicht. So leise schritten sie voran, daß das Rascheln hinter ihnen fast erschreckend klang.

Er fuhr im Sattel herum, aber er konnte nichts Ungewöhnliches erblicken. Selbst die flauschigen Bälle weißer Blüten, mit denen die blattlosen Äste der Schwarzdornsträucher überzogen waren, rührten sich in der stillen Luft nicht. Er blinzelte mit seinen strahlend blauen Augen, um das trübe Licht zu beiden Seiten zu durchdringen. Ein Zweig knackte ein Stück weit den Weg hinunter, doch er konnte noch immer nichts erkennen.

Da er sich umgedreht hatte und nicht sah, wohin er ritt, schlug ihm ein niedriger Ast an den Hinterkopf. Jaulend drehte er sich wieder um und konzentrierte sich auf den Weg. Dieser Pfad wurde nur selten benutzt, und immer enger standen die Bäume beieinander.

»Ehrenpreis«, murmelte er laut, vergaß den knackenden Ast. »Wieso konnte Brid nicht jemand anderen auf die Suche schicken?«

Er strich mit einer Hand durch sein dichtes kastanienbraunes Haar und spürte, daß es feucht war. Als er die Hand betrachtete, sah er zu seiner Überraschung Blut.

»Schwarzdorn, elender Baum des Unglücks«, grummelte er und widerstand der Versuchung, mit seinem Messer, einer besonders feinen Klinge, auf einen solchen einzuschlagen. Liebevoll betrachtete er das Messer. Wie Sonnenelf, sein Pferd, war auch dieses eine Neuerwerbung und auf dieser Welt ohnegleichen. Sein Wert überstieg jenen des

Försterpferdes bei weitem, dennoch schätzte er es nicht ganz so hoch ein.

Das Kunstwerk dieses Messers lenkte ihn nur kurz vom Kratzer an seinem Kopf ab, der ihm weit mehr Probleme machte, als es einer derart leichten Schürfung zustand. Die Kopfhaut oben an seinem Schädel hatte in letzter Zeit gejuckt und blutete nun bei der leisesten Reizung, obwohl die Stelle vor einer Weile nur eine klitzekleine Verletzung erlitten hatte und inzwischen lange schon verheilt sein sollte. Der irre Mann in den Kerkern der Anderwelt hatte ihn mit übler Absicht angegriffen, jedoch nur ein paar Haare von Caspars Kopf gerissen.

Eilig versuchte er, den Gedanken daran zu vertreiben. Er war zu verstörend, zu beängstigend sogar, wenn er bedachte, wie nah Brid und er daran gewesen waren, für alle Zeit im Land der Geister zu verschwinden. Beinahe hatte Talorcan sie erwischt. Das leuchtende Gesicht des Försters verfolgte ihn bei Nacht, lauerte nach wie vor in seinem Denken. Die Kreatur der Anderwelt hatte solche Macht gehabt, daß sie Brid beinahe die Seele genommen hätte, und Caspar konnte seine Furcht vor ihm nicht abschütteln. Was wäre, wenn dieses Wesen sie verfolgen sollte? Ein Schaudern durchfuhr ihn und lenkte seine Gedanken wieder zur anstehenden Aufgabe zurück.

Weil er wußte, daß die blauen Knospen noch nicht erblüht waren und es somit schwierig wäre, Ehrenpreis allein an seinen Blättern zu erkennen, konzentrierte er sich scharf auf sein Vorhaben. Er ließ sich weit von Sonnenelfs Schulter hängen und suchte den Boden ab, doch er sah kaum mehr als den modernden Farn vom letzten Herbst und hohe Pilze mit schwarzer Spitze, und langsam sorgte er sich, ob er überhaupt Ehrenpreis finden würde. Das kleine Mädchen war schwer krank, und er würde die Blume bald finden müssen. Zuviel hing von diesem Kind ab.

Da knackte noch ein Ast. Diesmal brachte er Sonnenelf zum Stehen und lauschte aufmerksam. Fern der Heimat, unter diesem drückenden Dach aus dunklen Pinien, alten Eichen und mächtigen Buchen verlor er den Mut. Die Bäume wuchsen hoch, drängten zwischen den umgestürzten Stämmen ihrer Vorfahren hindurch, die am Waldboden lagen und Pilzen und Farnen eine Heimat boten, und er empfand diese abgeschlossene Welt als fremdartig und erstikkend. Mehr als alles andere wünschte er sich, der feuchten Enge und dem dichten, dunklen Laubdach zu entkommen und zum weiten Blick und der zerklüfteten Landschaft seiner Bergheimat zurückzukehren.

Als ihm einfiel, daß Hal ihn vor geheimnisvollen Tieren gewarnt hatte, tastete er nach seinem Bogen, hielt ihn bereit und suchte weiter.

Wieder bewegte sich hinter ihm etwas. Die schneeweiße Blüte an den Ästen eines Schwarzdorns zitterte, und eine sandfarbene Nase ragte zwischen den Dornenzweigen hervor.

»Ach, du bist es«, sagte Caspar erleichtert und sah den kleinen Mann mit den spindeldürren Beinen und der seltsam ledergelben Haut an. Er ließ den Bogen sinken.

»Spar, wir sollten eilig heim und uns nicht lange mit den Wagen aufhalten«, klagte der Faun ohne Rücksicht auf den edlen Rang des Jungen. Seine Hörner waren beinahe verschwunden, in seinem Lockenschopf verborgen, und mit jedem Tag, seit sie aus der Anderwelt in den Wald von Ceolothia zurückgekehrt waren, glich er immer weniger einem Rehbock. Seine Beine waren zwar dürr und die Bewegungen stets unruhig, doch er glich in seiner Erscheinung eher einem hypernervösen, abgemagerten

Zwerg. »Spar, ich muß zu Sorrel zurück. Wir müssen uns sputen.«

»Lauf ohne uns voraus«, schlug Caspar ungeduldig vor. Auch er wollte heim, doch sein Pflichtgefühl verbat es ihm, die anderen zurückzulassen. Er konnte es kaum erwarten, May zu sehen. Er mußte ihr etwas Wichtiges sagen. »So bist du viel schneller. Es gibt keinen Grund ...«

Fern hörte nicht zu. Seine Nüstern zuckten, und seine Augen waren groß und schwarz. »Wolf«, murmelte er.

Caspar erstarrte, doch dann entspannte er sich wieder, als er die stämmige Gestalt von Trund, Brids weißem Terrier, sah, der ihnen auf dem Pfad nachschnüffelte. An seinen Fersen hüpfte der kleine weiße Wolfswelpe, den sie vor den Fallenstellern gerettet hatten. Obwohl Brid einem wilden Tier keinen Namen hatte geben wollen, bestand Caspar doch darauf, das kleine Weibchen Runa zu nennen, nach der runenförmigen Narbe an ihrer Schulter. Diese war wie die Rune Beorc, welche die Wiedergeburt darstellte und auch die Jungfrau symbolisierte. Brid hatte mit einem kurzen Blick auf die Wunde erklärt, dieses sei der Wolf, den sie gesucht hatten, der Wolf, der sie zu jenem Waisenkind führen würde, das die neue Jungfrau werden sollte. Und die Suche nach Runa hatte sie zu jenem kleinen Mädchen geführt, das nun so dringend Ehrenpreis benötigte.

Fern sprang auf einen umgestürzten Stamm, reckte seinen Hals, machte ihn lang und dünn und verzog das Gesicht beim Anblick des Hundes und dessen tapsigen Gefährten. Trund warf dem Faun einen kurzen, bösen Blick zu, dann eilte er Sonnenelf nach, während der Welpe nach den Hundefersen schnappte und ihn freudig umsprang. Fern lief voraus, damit er auf Caspars Höhe blieb.

»Du kannst dich doch nicht vor Runa fürchten«, erklärte

ihm der Junge. »Sie hat uns zur neuen Jungfrau geführt, ganz wie die Runen es prophezeit haben.«

Ferns Nüstern zuckten noch schneller, und er hielt mißtrauisch Abstand vom Hund und dem kleinen Wolfswelpen.

»Hilf mir, etwas Ehrenpreis zu finden«, bat Caspar friedfertig.

»Du bist daran vorbeigekommen, da hinten, am Fuß einer großen Kiefer, bevor wir ins Schwarzdorndickicht eingetaucht sind«, erklärte Fern. »Hast du es nicht gerochen?«

»Nein. Warum hast du nichts gesagt? Du wußtest doch, daß Brid mich gebeten hat, danach zu suchen«, begann Caspar, doch er spürte, daß er nicht die Kraft hatte, mit dem seltsamen Männchen, halb Reh, halb Mensch, zu streiten, das mit ihnen aus der Anderwelt gekommen war. Er und Brid waren versehentlich durch die Kanäle der Magie in die Anderwelt gerutscht, und es wollte nach wie vor nicht recht in seinen Kopf, daß Fern genau wie Abelard, der Bogenschütze, eigentlich schon tot war.

Fern hatte recht, was den Ehrenpreis anging. Die kurzstielige Pflanze wuchs an eine Kiefer geschmiegt, deren Äste sich hoch über die umstehenden Bäume streckten. Vorsichtig kniete Caspar nieder und sammelte eine Handvoll von dem zarten Kraut. Obwohl er wußte, daß es verzweifelt gebraucht wurde, blieb ein Teil von ihm doch widerwillig, damit zur Kolonne umzukehren. Hal war da. Nicht, daß er seinen Onkel nicht gemocht hätte. Nein, das sicher nicht, aber Hal war so selbstgefällig, seit er Brid vor dem Oberförster gerettet hatte.

Dennoch stopfte er den Ehrenpreis in seine Tasche und eilte zum Pferd zurück. Fern trabte an seiner Seite, als sie sich ihren Weg durch den dichten Wald bahnten, wobei sich bei jeder Gelegenheit Efeu um ihre Hälse und Arme schlang. Ein Schauer durchfuhr Caspar, und noch immer konnte er die Angst nicht überwinden, daß geisterhafte Kreaturen im Dunkel lauerten und den Wald nach ihm durchsuchten. Er war sicher, daß sie besonders ihn suchten, da er Herr über das Necrönd war, das sie aus ihrem ewigen Exil in der Anderwelt befreien konnte. Er mußte es bei sich haben, wenn er sich selbst und das Druiden-Ei vor Diebstahl schützen wollte. Ohne das Necrönd fühlte er sich nackt. Wie hatte er sich nur von der Hohenpriesterin dazu überreden lassen können, das magische Objekt in den Kerkern von Torra Alta zurückzulassen?

Stimmen voraus führten ihn wieder zur Kolonne zurück, und er stürzte aus dem Wald mitten zwischen die Wagen. Hal führte die Eskorte nach wie vor an und schritt neben zwei Prinzen einher, einem aus Ceolothia und einem anderen aus Belbidia. Caspar zügelte sein Pferd und wartete, daß der Großteil der Wagen vorüberzog, damit er sich ganz hinten zu Brid gesellen konnte. Prinzessin Cymbeline selbst, die Tochter des mächtigen Königs Dagonet von Ceolothia und Verlobte von König Rewik von Belbidia, war nirgendwo zu sehen. Er vermutete sie in einem der mittleren Wagen, wo sie nach der langen Reise ruhte.

Er hielt sich von Hal und den beiden Prinzen fern, die meist die schlechte Seite im Wesen seines Onkels weckten. Er konnte ihr Posieren und die gekünstelten Gespräche darüber nicht ertragen, wer von ihnen wohl der beste Ritter sei. Caspars Ansicht nach sprach Hal etwas zu laut über seine Fertigkeiten.

Die nickenden Zugpferde stapften vorüber, stemmten sich in ihre dicken Kragen, um die riesigen, durchhängenden Wagen zu ziehen, von deren Achsen das Fett tropfte. Sie waren mit der Mitgift der Prinzessin beladen. Einiges davon hatte er gesehen, als Prinz Tudwal bei Nacht geprüft hatte, ob auch alles da war, und staunte jetzt noch über die Berge feinziselierten Schmucks, grellfarbiger Seide und Satin und besonders über die glitzernden Sonnenradrubine, die von tiefem Rot mit einem leuchtend goldenen Herzen waren. Niemals zuvor hatte er solchen Reichtum gesehen.

»Ehrenpreis«, sagte er lakonisch und bot ihn Brid an.

Sie nahm ihn ernst, zu besorgt, um sich zu einem Dankeslächeln durchzuringen, und strich wieder die feuchten Strähnen dünner, blonder Haare aus dem fahlen Gesicht des Kindes auf ihrem Schoß. »Sie ist ein ganz besonderes Kind. Die kleine Wölfin hat uns in einem Moment zusammengeführt, in dem wir sie aus der Anderwelt zurückholen konnten. Dieses Kind ist etwas ganz Besonderes, besonderer als alle anderen, denn es ist vom Tode heimgekehrt. Sie ist noch zu schwach, um zu sprechen, und bis sie uns ihren wahren Namen nennt, rufe ich sie Nimue, nach der Mondgöttin.«

Brids Worte klangen sanft und warm, doch straften ihre Augen und die dunklen Schatten darunter ihre Ruhe Lügen. Ihr weiches, braunes Haar, das sich in glänzendes Kastanienbraun verwandelte, sobald einer der seltenen Strahlen ceolothianischer Sonne in den Wald drang, hatte sich aus ihrem zottigen Zopf gelöst und hing in verfilzten Strähnen herab. Sie hatte sich des Seidenkleids entledigt, das ihr der Oberförster aus der Anderwelt geschenkt hatte; statt dessen trug sie eine Jacke von Hal über einem mächtigen Hemd, das sie von einer Hofdame Prinzessin Cymbelines bekommen hatte.

Inmitten des feinen ceolothianischen Hofstaates, der die Prinzessin begleitete, sah Brid klein und bäuerlich aus. Man nannte sie »Zaunkönigin«, wegen ihres kleinen Wuchses und der braunen Kleidung, aber sie verlachte die anderen nur. Doch wie ein Zaunkönig konnte auch sie in der Umgebung verschwinden und mit der Natur eins werden.

Caspar dachte, wenn sie das unschuldige Mädchen erst gefunden hätten, das an Brids Stelle als Jungfrau treten sollte, wäre sie erleichtert. Alle Omen deuteten darauf hin, daß Nimue die Richtige war, doch seltsamerweise wirkte Brid seither nur noch bedrückter.

»Brid, sollten wir nicht vorausreiten? Sie dürften in der Heimat begierig auf die Neuigkeiten sein. Wir sollten eilen.« Caspar drängte voran und drückte sanft ihre Schulter.

Sie schüttelte den Kopf. »Nimue ist krank. Zuviel hängt von ihr ab. Sie muß mit dem Wagen fahren, und ich darf sie nicht zurücklassen.«

»Falls Hal recht hat, könnte es sein, daß ein Wagen nicht der sicherste Ort ist.« Argwöhnisch sah er sich unter den ceolothianischen Soldaten um. »Was ist mit diesem Plan, die Prinzessin und ihre Mitgift zu stehlen?«

Brid winkte ab, wandte ihren Blick nicht von dem stillen Gesicht Nimues ab, während sie versuchte, das Kind vor dem Rütteln des Wagens zu schützen. »Hal ist melodramatisch. Nur ein Narr würde Prinzessin Cymbeline überfallen. Es wäre Wahnsinn, die Rache sowohl König Dagonets von Ceolothia als auch König Rewiks auf sich zu ziehen.«

Es überraschte Caspar, daß Brid ihren Verlobten kritisierte. Seine Mundwinkel hoben sich zu einem schiefen Grinsen, denn er freute sich, daß die Liebe zu Hal ihr Urteilsvermögen nicht getrübt hatte. Da er jedoch fürchtete, sein Lächeln würde ihr Mißfallen ernten, wandte er sich um und schwang seine Beine hinten über den Wagen.

Dahinter marschierte wachsam, wenn auch mit deutlichem Hinken, ein seltsam gekleideter Bogenschütze, der Caspar freundlich anlächelte. Noch immer fiel es schwer zu glauben, daß dieser Mann, Abelard, vor vierhundert Jahren in den Ceolothianischen Kriegen gekämpft hatte und gefallen war. Wie Fern und Nimue war auch Abelard mit ihnen aus der Anderwelt gekommen. Jedoch war leicht zu erkennen, daß er sich von den anderen Soldaten unterschied, denn sein Mißtrauen den Ceolothianern gegenüber war ausgeprägt und deutlich ... was kaum überraschen konnte, war es doch ein ceolothianischer Pfeil gewesen, der seinem Leben ein Ende bereitet hatte.

Der kleine Pip, der noch nie in ordentlicher Form hatte marschieren können, folgte ihm Schritt für Schritt, wobei sein breites Grinsen stets zum Bogenschützen aufblitzte. Brock reihte sich hinter Abelard ein und bestaunte den Mann. Er erinnerte Pip stets daran, daß Abelard eine Legende sei, die man in Balladen aus den Heldenzeiten besang, und er sich deshalb nicht so vertraulich geben sollte.

Jene Belbidianer, die nicht aus der Baronie von Torra Alta kamen, fanden seine Art merkwürdig und mieden ihn, und die Ceolothianer, die seine finsteren Blicke nicht ignorieren konnten, erstarrten, wenn er in der Nähe war, und wichen ihm aus. Auch Hal mochte ihn ganz offensichtlich nicht, und es dauerte nicht lange, bis Caspar klar wurde, daß es seinem Onkel mißfiel, wie sehr Brock und Pip den Bogenschützen respektierten.

Noch am selben Morgen hatte Hal höhnisch bemerkt: »Held! Abelard, der Held! Natürlich sollten wir dankbar sein, in einer Zeit wie dieser. Zweifelsohne dürfte seine bloße Anwesenheit jeden Angriff auf die Prinzessin vereiteln.« Verächtlich hatte der Junge mit dem rabenschwarzen Haar geschnaubt, doch dann hellte sich seine Miene auf, und er beugte sich von seinem Pferd, um Brid einen zarten Kuß auf die Stirn zu geben, bevor er zielstrebig zur Spitze der Kolonne ritt.

Um seine Spannung abzuschütteln, sprang Caspar vom

Wagen und lief neben Abelard. Sie wechselten kaum Worte, beide Augenpaare blieben auf die Jungfrau und ihren Schützling gerichtet, als könnten ihre Blicke verhindern, daß Nimue wieder in die Anderwelt entglitt.

»Spar!« rief Brid barsch vom Wagen her, und der Junge zuckte zusammen, als er seinen Namen hörte. »Ich brauche Blutwurz. Nimm Fern und bring mir Blutwurz. Morrigwen schwört auf Blutwurz. Nimue leidet. Ihr Blut ist schwach. Sputet euch!«

Caspar sorgte sich nicht um ihren scharfen Ton. Sie sah müde aus, als wäre sie die ganze Nacht wach gewesen, und er teilte ihre Sorge.

Er lenkte Sonnenelf vom Weg ins Braun der Bäume und beugte sich über ihre Schulter, um den Boden abzusuchen. Bald dämpften die Bäume das Trampeln der Zugpferde, das Knarren der Wagen und das Krachen der Wagenräder, wenn sie auf Wurzeln trafen und über die unebene Erde rumpelten. Als Caspar den Weg verließ und ins Dickicht des Waldes drang, wurde ihm augenblicklich eine gewisse Unwirklichkeit bewußt, die diese finstere Welt durchzog. Sie war so still und in sich ruhend. Hier schien sonst nichts von Bedeutung. Der Rest der Welt war Hunderte von Meilen weit fort, alle Hektik des menschlichen Lebens in der alterslosen Stille des Waldes ohne jegliche Bedeutung.

»Blutwurz«, murmelte er nun immer wieder vor sich hin und versuchte, sich auf seine Aufgabe zu konzentrieren. Er wollte gern nach Hause. Zu lange schon war er fort, viel zu weit fort. Alles mochte geschehen sein. Seine Gedanken drehten sich um das Necrönd, das in einer runengeschützten Eichenschatulle lag, tief im Dunkel des Burgverlieses. Irgend etwas war geschehen, und er spürte, daß es nach ihm rief.

Hal und Ceowulf hatten in letzter Zeit beide Begegnungen mit geheimnisvollen Tieren gehabt und ihn beschuldigt, sie mit dem Necrönd zu rufen. Es sah Hal ähnlich, ihn sofort zu beschuldigen ... nun, daran war er gewöhnt. Doch die Kritik in Ceowulfs Stimme hatte ihn zutiefst beunruhigt. Der große belbidianische Ritter aus der Baronie von Caldea sprach nur mit Überlegung. Hal mochte ihn mancher Missetat bezichtigen, um ihn schlicht auf seinen Platz zu verweisen, nicht jedoch Ceowulf.

Caspars Suche nach Blutwurz erwies sich als fruchtlos. Nicht einmal Fern konnte etwas erschnüffeln, und der Junge überlegte, ob sie weitersuchen oder mit leeren Händen umkehren sollten, als das Kreischen einer Frau von den Wagen ihm diesen Entschluß abnahm. Die Erde bebte vor galoppierenden Hufen, und eine Fanfare aus Hals Jagdhorn schnitt durch die Luft.

Der Ton gellte zum zweiten Mal, als Caspar durch die Bäume hetzte. Mit keinem Gedanken dachte er an die Prinzessin Cymbeline. Seine Sorge galt allein Brid und Nimue.

Die Bäume peitschten vorüber, kratzten ihm ins Gesicht und scharrten über seinen Rücken, als er sich an Sonnenelfs Widerrist preßte und zu den Wagen eilte. Sein Herz rutschte ihm in die Magengrube, da er wußte, daß Hal an der Spitze der Kolonne geritten war und sich somit fünfzehn Wagen hinter ihm befanden. Im letzten saß Brid.

Pferde wieherten, und das Klirren von Stahl kreischte durch den Wald. Sonnenelf lief schneller; ihre Hufe glitten mühelos über den trügerischen Boden. Caspar rang darum, seinen Bogen vom Rücken zu lösen, während der Schlachtenlärm bereits in seinen Ohren klang. Er platzte auf den Weg hinaus, hob seinen Bogen und suchte sich ein Ziel. Krieger ohne Uniform und Männer, die mit Fellen bekleidet waren, ein Trupp von mindestens sechzig Mann, griffen die Soldaten zu beiden Seiten der Wagen an. Caspar schoß zwei Pfeile in schneller Folge ab, doch bald kämpften die Männer so eng beieinander, daß er seinen Bogen unmöglich einsetzen konnte.

Mit dem torra-altanischen Schlachtruf auf den Lippen ließ er noch drei Pfeile auf den Feind los und stürmte dann zum Ende der Kolonne, um zu Brid zu gelangen. Seine Hand fuhr an den Gürtel und griff nach dem Förstermesser, das er aus der Anderwelt mitgebracht hatte. Ein Spieß aus blauem Stahl. Die Klinge schimmerte vor Sternenstaub.

Sonnenelf bäumte sich auf und schlug mit den sandfarbenen Hufen nach einem schwarzen Tier aus, das unter ihnen her huschte. Caspar wankte. Er wußte es sofort: ein Kapuzenwolf! Ein riesiges, granitgraues Untier mit schwarzem Gesicht und einer zottigen Mähne.

Als Reflex auf einen Schrei von oben hob er sein Messer in eben jenem Augenblick, als sich aus den Ästen über ihm ein Mann auf ihn stürzte. Der Grobian spießte sich selbst auf das schreckliche Messer, das die weiche Haut an seinem Hals durchschnitt. Blut lief über Caspars Arm, als er den Mann von sich stieß, so daß dieser unter Sonnenelfs Hufe geriet.

Er sah zu den Wagen hinüber. Abelard stand ganz oben auf dem hintersten Wagen, schoß Pfeile in das Handgemenge unter sich. Zwei Angreifer hatten dicke Pfähle daruntergeschoben und wollten den Wagen damit umkippen. Caspar griff an. »Brid, komm heraus!« schrie er. »Komm raus!« Er hörte die schwachen Schreie des kleinen Mädchens von drinnen. Wo war Hal?

Fünf Männer stellten sich Caspar in den Weg. Er steckte das Messer weg und setzte einen Pfeil an seine Sehne, schoß einen, dann den nächsten den Männern vor ihm in die Bäuche. Er griff nach seinem Köcher, doch preßte er seine Hand an die Kopfhaut, als plötzlich ein scharfer

Schmerz durch seinen Kopf schnitt. Er war sicher, daß ihn ein Wurfmesser gestreift haben mußte. Er erwartete, daß ihm Blut übers Gesicht laufen würde, doch es kam nichts. Der Schmerz nahm zu, und er sank für einen Augenblick in sich zusammen, nahm plötzlich deutlich wahr, wie die Wölfe durchs Unterholz liefen und die Wagen flankierten. Er biß die Zähne zusammen und zwang sich zur Konzentration.

»Spar! Spar!« schrie Brid. Die Dringlichkeit in ihrer Stimme klärte seinen Kopf.

Der Wagen stürzte um, und das Splittern von Holz ging durch die Luft. Frauen kreischten, Pferde, die in ihrem Geschirr gefangen waren, schrien und wanden sich am Waldboden. Berstende Schatullen brachen auf, und Juwelen und feine Schmuckstücke rasselten auf den Laubteppich. Angreifer johlten und jubelten im Blutrausch, ihr Geschrei mischte sich mit dem Lärm klirrenden Stahls.

Caspars Hände reagierten schneller als sein Geist, und schon hatte er einen neuen Pfeil an die Sehne gesetzt. Brid war unter dem zerfetzten Tuch hervorgekrochen und kauerte schützend über Nimue. Ein Mann lief aus dem Schutz der Bäume auf sie zu. Caspar schoß seinen Pfeil ab, und das Geräusch war klar und scharf inmitten der wilden Schreie von Panik und Chaos. Der Schaft grub sich dem Mann in die Brust, warf ihn auf die Knie, und helles Blut und Speichel spritzten aus seinem Mund hervor. Caspar trieb Sonnenelf zu Brid hinüber, die sich Nimue unter einen Arm geklemmt hatte. Er beugte sich zu ihrer ausgestreckten Hand herab und zog und schwang sie von den Wagen fort. Die wenigen Torra Altaner folgten ihm und halfen Brid auf den Rücken eines herrenlosen Pferdes. Sie hielt Nimue vorn auf dem Sattel fest, konnte mit ihr jedoch nicht in den Wald fliehen, da die Wölfe und Bären von allen Seiten attakkierten. Caspar gab sein Jagdmesser in Brids Hände und wendete Sonnenelf, um sie zu schützen.

Die Torra Altaner bildeten einen schützenden Pulk am Ende der Eskorte, während sich Wölfe und Bären über die Gefallenen hermachten, immer mehr Männer aus dem Wald sprangen und die Soldaten bei den Wagen angriffen. Belbidianer und Ceolothianer gleichermaßen wurden von ihren Pferden gerissen, von Hippen herabgezerrt oder mit Sicheln in Bein und Brust gehackt. Caspar sah an der Kolonne entlang und schoß auf jeden Schurken oder Söldner, der ihm ein Ziel bot.

Die Kämpfe konzentrierten sich auf die mittleren Wagen, aber Caspars Sorgen galten nicht der Prinzessin. Er sah, daß sich Hal einen Weg zu ihnen bahnte, wobei sein großes Breitschwert rhythmisch wie eine Sense nach links und rechts ausschlug.

Ceowulf war in seinem rot-weiß karierten Rock nach wie vor an der Spitze der Kolonne auszumachen, und die fließende, mühelose Bewegung seines schwingenden Schwertarms unterschied ihn von den unbeholfenen Bemühungen der anderen Edelleute. Caspar sah, wie der caldeanische Ritter auf Schultern und Köpfe einhieb und einem Wolf den Hals durchbohrte. Mit dem Absatz seines sporenbesetzten Stiefels harkte er über den Hinterkopf eines Fallenstellers, riß ihm in breitem Streifen Haut von Kopf und Rückgrat, dann wendete er sein Roß dem mittleren Wagen zu, in welchem die Prinzessin und ihre Hofdamen kauerten.

Caspar schoß einen Pfeil nach dem anderen ab, doch es genügte nicht. Hofdamen wurden aus den Wagen gezerrt und niedergetrampelt. Prinz Tudwal brüllte vor Zorn und schlug auf ein Wolfsrudel um sich ein. Dem schreienden Prinzen Renaud hatte man einen Sack über den Kopf gestülpt und schleppte ihn in den Wald.

Dann machten sich sieben Jäger über Caspar und seine Gefährten am Ende der Kolonne her. Da seine Pfeile verschossen waren, stach Abelard mit dem Messer um sich. Brids Pferd bäumte sich auf, und sie kämpfte damit, das Tier zu beherrschen, während sie nach wie vor die kranke Nimue vorn auf ihrem Sattel hielt. Caspar konnte bei dem Geschrei der Sterbenden und dem Geheul der Raubtiere kaum noch denken. Es wurde zu nah bei ihm gekämpft, als daß er seinen Bogen hätte nutzen können, und so zückte er das Förstermesser, stach es dem Jäger ins Gesicht, der nach seinem Knöchel griff. Der Mann fiel, und Blut quoll zwischen seinen Fingern hervor, die er auf sein Auge drückte.

Caspar konnte den mittleren Wagen, in dem sich die Prinzessin verbarg, vor lauter gekreuzten Schwertern nicht mehr sehen. Hal kämpfte sich zum Ende der Kolonne vor, um zu Brid zu gelangen, und drei weitere Feinde stürzten in sein großes Breitschwert, diesmal keine schurkischen Fallensteller, sondern Soldaten in der schwarzen Uniform von Söldnern.

Eine Hippe wurde nach Caspars Gesicht geschlagen, und instinktiv wich er zurück, bevor er wütend auf den ungeschützten Kopf des Söldners eindrosch. Sein Arm tat einen Ruck, als er in harten Knochen hieb, der nachgab, als die Klinge die Schädeldecke durchschlug.

Blindlings kämpfte er in einem Nebel der Erschöpfung und Orientierungslosigkeit. Schweiß brannte in seinen Augen, so daß er kaum noch sehen konnte, was um ihn herum geschah. Jemand hielt seinen Fuß. Er sah in das entschlossene, blutige Gesicht hinab, das ihn anstarrte, während der Mann ihn aus dem Gleichgewicht brachte. Dann traf ein Knüppel seine Schulter, was einen heftigen Schmerz durch den Arm in seine Hand trieb.

Jemand packte seinen Rock und hielt ihn aufrecht.

Erleichtert spürte er, daß seine Knochen nicht gebrochen waren, und es dauerte einen Moment, bis er seinen Kopf drehen und Hal dankbar angrinsen konnte. Blut tropfte vom Schwert seines Onkels, und der Leichnam des Mannes mit dem Knüppel lag nun in zwei Teilen im Schlamm. Caspar nickte dankbar und konzentrierte sich mit knirschenden Zähnen auf die bevorstehende Aufgabe.

Es herrschte Panik. Eine Angriffswelle nach der anderen brach aus dem Wald hervor, hackte sich einen Weg zu den mittleren Wagen frei, und mit jeder Welle waren die Torra Altaner isolierter vom Rest der Kolonne. Riesige schwarze Bären schlurften ihnen nach und schlugen nach den Pferden. Caspar versuchte seine Männer zu zählen. Er konnte Fern nicht sehen und hoffte, der kleine Faun wäre noch immer irgendwo im Wald. In der Nähe sah er Brock, Abelard, Hal, Brid und Nimue. Wo war der kleine Pip?

Ein Bär schlug nach der Plane eines Wagens aus. Kisten voller Perlen ergossen sich über die Erde, als das Untier den Wageninhalt durchstöberte. Ein Arm winkte unter einer der umgestürzten Paletten hervor. Gebückt hielt Abelard den Kopf unterhalb der Schwerterhiebe und stürmte tapfer vor, um nach der Hand zu greifen. Er zog daran und zerrte Pip unter dem umgestürzten Wagen hervor.

Der Junge lächelte den Bogenschützen verlegen an und rief über das Schlachtengeheul hinweg: »Ich habe noch nie einen Ceolothianischen Bären gesehen. Die sind groß!« Trotz des Gemetzels um ihn herum war im Gesicht des Jungen keine Furcht zu erkennen.

Pferde stürmten in den Wald, warfen ihre Reiter an niedrigen Ästen ab, so daß die taumelnden Männer den Wölfen geradewegs in die Mäuler fielen. Ein schwarzer Bär lief ihnen entgegen, dessen rudernde Klauen mit Caspars Gesicht auf gleicher Höhe waren. Er wendete sein goldenes Pferd und warf sein kostbares Messer, konzentrierte sich auf die Klinge, die durch die Lüfte wirbelte und dem Untier in das linke Auge stach. Der Junge war mit einem Messer nicht so genau, wie er es mit einem Bogen war, doch der Bär fiel. Caspars Triumph war von kurzer Dauer. Der nächste kam sogleich.

»Zurück!« rief Brid.

Es war die Stimme der Vernunft. Hals Runenschwert schnitt mit weiten Hieben durch die ausgestreckten Tatzen der Bären, als wären sie aus Pergament, und ermöglichte es den Torra Altanern, sich in den Schutz der Bäume zurückzuziehen und ihren engen Pulk neu zu formieren.

Im Schutz von Hals Schwert beschaffte sich Abelard einen Köcher voller Pfeile, zog seinen Bogen durch und schoß derart wild, daß weder Mensch noch Tier einen Angriff wagte. Einen Moment standen sie schweigend da und sammelten mit kochendem Blut ihre Sinne.

»Die Prinzessin!« flehte Hal Brid an. »Wir können uns hier nicht wie die Feiglinge verstecken.«

»Wir hätten ihr nicht zu Hilfe eilen können«, meinte Brid mit lauter Stimme über die verzweifelten Schreie von Männern und Frauen hinweg. »Nimue ist wichtiger. Die Fortführung der Trinität ist wichtiger als alles andere.«

»Ich gehe zurück. Du bist hier bei Spar in Sicherheit«, beharrte Hal.

Brid nahm seine Hand und hielt sie fest. »Nein, du mußt hierbleiben. Du hast das Runenschwert. Du mußt Nimue schützen. Das Kind ist für uns lebenswichtig. Sie ist die kommende Jungfrau, und Morrigwen hat nicht mehr lange zu leben. Die Trinität darf nicht durchbrochen werden.«

Hal sah sie einen unentschlossenen Augenblick lang an, dann spannte sich sein knochiger Unterkiefer. »Spar wird dich beschützen. Es gibt Krieg, wenn eine belbidianische

Eskorte zuläßt, daß die Prinzessin aus Ceolothia Schaden nimmt. Falls ihr etwas geschehen sollte, wird König Dagonet uns und ganz Belbidia seine Trauer spüren lassen. Tausende werden sterben, und das werde ich nicht zulassen. Außerdem steht Ceowulf mittendrin. Er ist mein Freund. Ich werde ihn nicht allein lassen.« Er zog seine Hand zurück, wendete sein Pferd und galoppierte los.

»Nein!« rief Brid ihm zornig nach. »Hal, nein! Tu es für mich! Nicht, bitte nicht! Ich brauche dich!« Tränen rannen über ihre Wangen, und sie biß auf ihre bebende Lippe.

Die verbliebenen Torra Altaner zogen sich in den dichteren Schutz des Waldes zurück, die Waffen gezückt und angriffsbereit, und warteten. Nach langer, gespannter Stille raschelten die Büsche zu ihrer Rechten. Eine schwarze Schnauze ragte hervor und schnüffelte. Der Kapuzenwolf erstarrte, als er sie witterte, und stürzte vor. Abelard schoß einen Pfeil ab, der sich ihm in den Hals bohrte und den wilden Angriffsschrei erstickte. Doch der Schrei hatte andere auf sie aufmerksam gemacht, und Sekunden später wurden sie von einem Bären angegriffen, der Schößlinge niedertrampelte. Caspar spannte seine Bogensehne, wartete aber mit kühlem Kopf, bis der Bär zwischen den Bäumen und Büschen hervorgekommen war, und schoß den Pfeil erst dann. Weder sein erster noch sein zweiter Pfeil hielt das Untier auf, und drei weitere waren nötig, einer von ihm und zwei von Abelard, um den Bären zu erlegen.

Sie starrten in den dunklen Wald, lauschten dem Klagen und Heulen vom Weg her, bis schließlich ein Rückzug zu hören war, Pferde und Wölfe galoppierten davon, wobei das donnernde Getrappel bald vom Wald aufgefangen wurde. Nach dem Klirren von Stahl und den Schmerzensschreien war die plötzliche Stille fast greifbar und hing dick in der Luft.

Brid sagte als erste etwas. »Wir müssen nachsehen, ob wir helfen können.« Mit dem Kind in ihren Armen trieb sie ihr Pferd an. Caspar holte sein Messer und eilte ihr und den anderen nach. Abelard war verletzt. Er hatte seinen Schmerz gut verborgen, doch als er gehen wollte, taumelte er, stöhnte und hielt seinen Arm.

»Es ist nichts«, knurrte er und wandte die verwundete Seite von ihnen ab.

»Laß mich sehen«, meinte Brid, reichte Caspar das Mädchen und glitt von ihrem Pferd.

»Ich habe schon Schlimmeres gehabt«, scherzte Abelard, als Brid den Schnitt in seiner Lederjacke betrachtete.

Unter der Jacke waren Hemd und Haut feucht vom Blut, und es ließ sich schwer sagen, was zerschnittenes Fleisch und was zerfetzter Stoff war. Rasch schnitt sie seinen Ärmel ab und drückte die Wunde mit einer Hand zusammen, während sie sie mit der anderen fest verband. Eilig kam Pip herangelaufen, um Abelards andere Schulter zu stützen.

»Guter Junge«, lobte Abelard, und Pip grinste. Nie zuvor hatte Caspar den Jungen derart selig gesehen.

Als sie zur Straße kamen, machten sie angesichts des Blutbads halt. Zermalmte und zerstückelte Gliedmaßen ragten unter umgestürzten Wagen hervor, deren Lasten in grellbunten Farben auf der Erde verstreut lagen. Alles war voller Blut. Tote Menschen und Tiere, Freund und Feind, lagen Seite an Seite in der endgültigen Gleichheit des Todes, so daß die aufgetürmten Leichen der Gefallenen die Straße blockierten.

Doch wo war Hal?

Brid biß auf ihre Unterlippe, und ihre Augen glitten voll Sorge über die Szenerie. »Da!« Sie zeigte auf etwas. »Hal!«

Er stand hinter einem umgestürzten Wagen auf, rief sie

mit kurzem Winken und machte sich wieder daran, einen Mann zu befreien, der unter einem Rad festsaß.

Caspar sah sich den Rest an. Die Eskorte, vierzig Mann stark, lag erschlagen da, inmitten wohl doppelt so vieler Banditen und Söldner. Drei Wölfe liefen zwischen den Körpern herum, rissen an Bäuchen und trieben ihre spitzen Schnauzen in die warmen Innereien. Caspar zielte mit seinem Bogen auf den Wolf, der ihm am nächsten war, und das Tier schrie fürchterlich, als sich der Pfeil durch seine Schulter bohrte. Die anderen flohen.

Er verzog das Gesicht, als er das tote Tier und fünf weitere Kadaver zwischen den Männern betrachtete, und wunderte sich, daß nur sechs Kapuzenwölfe getötet worden waren, nachdem so viele angegriffen hatten. Noch im Tode erfüllten ihn die Kapuzenwölfe mit Entsetzen.

Brid eilte nicht an Hals Seite, als der Junge mit dem rabenschwarzen Haar von dem Mann zu seinen Füßen aufsah. Wütend wandte sie ihm den Rücken zu und begann das kalte Geschäft, die zermalmten und zerfetzten Leichen aufzubahren. So blaß und ernst ihr Gesicht auch sein mochte, schien sie doch vor der kalten Hand des Todes nicht zurückzuschrecken.

Hal ließ den Mann, den er hervorgezogen hatte, liegen und begann nach Ceowulf zu rufen.

Manche der Verletzten schrien und schlugen um sich, andere lagen reglos da und stöhnten leise vor Schmerz. Pferde standen zitternd da, einige mit aufgeschlitzten Flanken, andere, denen sich weiße, gezackte Knochen durch die Haut gebohrt hatten. Zwei, deren Zaumzeug sich verheddert hatte, kämpften panisch miteinander. Zwischen den liegenden Leibern und den tretenden Pferden war es unmöglich, auf den ersten Blick zu erkennen, wer zu den Toten gehörte.

»Wir hatten Glück«, sagte Brid leise, »großes Glück, daß wir am Ende der Wagen waren, weit weg von der Prinzessin.«

»Ceowulf!« brüllte Hal erneut.

Er riß Körper fort, grub und trat sich einen Weg hindurch. Endlich hielt er inne, und mitten im Schrei brach seine Stimme. Die Torra Altaner erstarrten, als der Junge mit dem schwarzen Haar einen Mann an dessen Stiefeln hervorzog und den Kadaver eines Wolfes beiseite schob. Dort lag ein Ritter. An seinem rot-weiß karierten Rock war er augenblicklich als Ceowulf, der jüngste Sohn des Barons Cadros von Caldea, zu erkennen. Blut rann aus seinem Unterarm, wo ihm der Handschuh von der Hand gerissen worden war. Der Helm war ihm vom Kopf geschlagen, und Klauenspuren zeichneten sein Gesicht.

Brid sank an seiner Seite auf die Knie und drückte ihren Kopf an seine Brust, lauschte aufmerksam. Endlich lehnte sie sich zurück. »Er atmet«, flüsterte sie und strich über seine Stirn. »Ceowulf, lieber Freund, ich bin es, Brid. Keine Sorge, ich helfe dir.«

Caspars Herz schlug ihm bis zum Hals.

»Was steht ihr alle da und gafft? Es gibt viel zu tun. Sucht die Verwundeten zusammen und bringt sie mir«, forderte Brid, während sie Ceowulfs Wunden versorgte. Sie schickte Pip, um Wasser und Decken von den Wagen zu holen, und die anderen sollten unter den Gefallenen diejenigen suchen, die noch atmeten.

Hal reagierte nicht auf Brids Befehle. »Sie ist weg«, sagte er leise. »Ich kam zu spät. Man hat sie in den Wald gezerrt. Und es gibt keine Spur von Prinz Renaud oder Prinz Tudwal. Auch nicht von Tupwell und Hardwin, doch könnten sie noch unter all dem hier liegen.«

Brid mühte sich viele Stunden lang, bereitete Umschläge

und wusch Wunden aus. Trotz seiner eigenen Verletzungen arbeitete Abelard stetig an ihrer Seite, denn er hatte sein altes Handwerk auf den Schlachtfeldern ihrer Vorväter erlernt, was ihn zur dieser Aufgabe befähigte. Mit starken Händen richtete er verdrehte Glieder und streckte gebrochene Knochen, damit die Hohepriesterin sie schienen konnte. Feierlich brachten Hal und Caspar die Leichen auf eine Lichtung, welche die Straße vor ihnen durchmaß, und legten sie ehrfürchtig in einen Kreis, Ceolothianer neben Ceolothianer und Belbidianer neben Belbidianer. Es dauerte eine Weile, bis sie eine wahre Bestandsaufnahme ihrer Verluste vornehmen konnten.

Von keinem der anderen Edelleute war auch nur eine Spur zu finden, und mindestens ein halbes Dutzend Soldaten fehlte. Hal war froh, daß Unteroffizier Ogden nicht unter den Toten war. Er hatte das Berufsethos des Mannes stets bewundert.

»Lösegeld?« meinte Hal.

Caspar nickte. »Warum sonst sollte man sie lebend mitnehmen? Aber wie solch schwerbewaffnete Männer Söldnern weichen können, kann ich mir nicht erklären.«

»Sie waren nicht gut ausgebildet«, erklärte Hal. »Wir wurden mehrmals im Wald angegriffen, und nur ich selbst, Ceowulf und Prinz Tudwal wußten, wie man ein Schwert schwingt. Der Rest war leichte Beute.«

»Aber wieso haben sie nur die Prinzessin und die Edelleute mitgenommen? Warum nicht auch die Mitgift?«

Hal schnaubte, als läge die Antwort nahe. »Wir allein sind übrig, wir und eine Handvoll verletzter Soldaten, die wir nun alles in Sicherheit bringen müssen. Was werden wir tun? Wahrscheinlich die Wagen auf dem Rücken tragen, denn wir haben nicht mehr als drei Pferde, die auf ihren Beinen stehen können. Wir sind mitten im Trollwald. Es sind sicher drei bis vier Tagesritte hierher, und sie werden wiederkommen und die Beute einsacken, bevor wir Hilfe holen können.«

Sie sahen sich nach Brid um, die über Ceowulf gebeugt stand. Der Ritter war grau und hatte sich nicht mehr bewegt, nur ein-, zweimal geblinzelt und war dann wieder in kalten Schlaf gesunken.

Hal kniete neben Brid, legte seinen Arm um sie und drückte ihre Schulter. Einen kurzen Moment lehnte sie ihren Kopf an ihn, dann reckte sie sich, um seinen Hals zu küssen. Schließlich stieß sie ihn von sich und widmete sich wieder ihrem Schützling.

»Am besten machen wir ein Feuer für die Nacht«, sagte Hal mit gezwungenem Frohsinn.

»Wenn wir nicht am Ende der Kolonne gewesen wären ...«, murmelte der alte Brock und starrte den Kreis der Toten in ihren flachen Gräbern an, die er für sie ausgehoben hatte.

Endlich kam Fern zwischen den Bäumen hervor. Er rümpfte die Nase, als er ihr Werk sah. »Die Mühe hätte ich mir erspart. Die Wölfe haben sie wieder ausgegraben, noch bevor eine Woche um ist.«

Ceowulf rührte sich, als der Faun sprach.

»Wölfe«, spie er aus.

Seine Augen rollten unter den schweren Lidern und blickten in den Kreis der jungen Mienen, bis sie schließlich Caspar ins Auge faßten. »Wolf, Spar!« sagte er vorwurfsvoll. »Kein natürlicher Wolf. Er lief auf seinen Hinterbeinen, Spar, und er hatte einen leeren Schädel als Gesicht.« Er sprach keuchend, dann sank er vor Erschöpfung wieder in sich zusammen.

Brid zerdrückte Stengel aus Färberwaid und benutzte die Tinte, um Ceowulf Runen auf die Stirn zu malen. »Er ist nicht bei Sinnen. Ruhig, Ceowulf, es sind die Runen der Heilung. Große Mutter, wir bitten um deinen Schutz. Dieser tapfere Ritter, der dir stets zu Diensten ist, braucht deine Gnade.« Während sie sprach, blitzten ihre Augen böse in Caspars Richtung.

»Es ist nicht meine Schuld! Ich habe nichts getan!« protestierte er vehementer als beabsichtigt.

Plötzlich stand Hal auf den Beinen, und ohne Vorwarnung schlug er seine geballte Faust nach Caspar. Der wohlgezielte und unerwartete Hieb warf ihn auf die Knie. Verdutztes Schweigen folgte. Diesmal erwiderte Caspar den Angriff nicht, sondern kam nur langsam auf die Beine.

»Ich habe sie nicht gerufen. Das ist nicht mein Werk«, protestierte er nervös.

»Du hast dich am Necrönd zu schaffen gemacht!« brüllte Hal und rieb seine Faust, wo Caspars Zähne die Haut aufgerissen hatten.

Schmollend zog sich der jüngere Torra Altaner zurück. Er fühlte sich dumm und schämte sich und wußte, daß ihm niemand glaubte. Er zog sich an den Rand der Lichtung zurück, hockte am Boden und zog sein dickes Bärenfell fest um sich. Sein einziger Trost war, daß sich die kleine Wölfin aus Pips Armen befreite und ihm nachlief, um sich dann auf seinem Schoß niederzulassen. Gemeinsam sahen sie, wie das Feuer wuchs und einen hellen Kreis ins Dunkel des Waldes warf. Runas weißes Fell war weich, und es tröstete ihn, sie zu streicheln. Sorgsam vermied er es, die runenförmige Wunde an ihrer Schulter zu berühren. Er kraulte sie, versuchte irgendwie, ihr seinen Dank zu vermitteln, weil sie Nimue gefunden hatte.

»Ich habe die Kapuzenwölfe nicht gerufen«, erklärte er ihr. »Ich bin seit Wochen nicht mehr in der Nähe des Necrönd gewesen. Wie könnte ich?«

»Was meinst du damit: die Wölfe gerufen?« Plötzlich war Fern an seiner Seite, hielt einen Stock, den er nach dem kleinen Wolfswelpen schwenkte. Caspar schützte ihren Kopf. »Hör auf, Fern! Sie tut dir nichts.«

»Nur weil sie dafür noch zu jung ist. Aber was hast du Unrechtes getan, Spar, und wieso hast du dich von diesem Mann verprügeln lassen?«

»Ich habe nichts Unrechtes getan«, protestierte Caspar heftig. »Ich habe nichts getan. Nur weil sie es sich nicht erklären können, geben sie mir die Schuld. Immer geben alle mir die Schuld.«

»Aber ich dachte, du wärst ein mächtiger Herr. Ich dachte, du wärst der Erbe von Torra Alta. Wie kannst du zulassen, daß er dich so behandelt?«

Weil ich ein Niemand bin, Fern, wollte Caspar erklären, doch er seufzte nur und dachte, es hätte ja doch keinen Sinn. Stets hatte man seinem Onkel größeren Respekt gezollt als ihm, und Brid war die Hohepriesterin, die bald die Mutter werden sollte, die Mächtigste der Trinität. Es machte keinen Unterschied, wie viele Titel er besaß. Sie würden ihn niemals respektieren.

Fern stieß mit seinem Stock nach dem Welpen. Die kleine Wölfin schnappte sich das Ende und warf es wütend hin und her.

»Du bist ein Kind«, fuhr Caspar ihn an und riß Fern den Stock aus den Händen.

»Du hast mir nichts erklärt«, beklagte sich der Faun. »Wie rufst du diese Wölfe?«

Caspar zuckte mit den Schultern und rieb unwillkürlich an seiner Kopfhaut. »Um Torra Alta vor drei Jahren vor dem Angriff zu schützen und meine Mutter, Lady Keridwen, die Hohepriesterin, zu retten, mußte ich einen Talisman suchen. Ein Ei.«

»Ein Ei!« wiederholte Fern verächtlich.

Caspar nickte. »Aber es ist ein magisches Ei, und darin ist der Odem des Lebens von allen uralten, wilden Lebewesen enthalten, die einst frei auf dieser Erde wandeln konnten. Sie wurden vom Ersten Druiden in die Anderwelt verbannt, ins Land der Geister. Das Druiden-Ei macht es mir möglich, sie zurückzuholen. Es lockt sie als geisterhafte Kreaturen, die sich allmählich zu festen Wesen formen. Das Ei nennen wir Necrönd.«

»Und du bist sein Herr?« Fern klang ungläubig.

»Ich glaube nicht, daß irgendwer sein Herr sein kann. Ich bin sein Wächter, nur trauen mir die Priesterinnen nicht genügend Sorgfalt zu«, ergänzte er bitter. »Sie glauben, es hätte zuviel Macht und ich hätte mich daran zu schaffen gemacht.«

»Hast du?«

»Seit dem Vaalakischen Krieg nicht mehr. Seither war ich in Versuchung und habe vielleicht ein- oder zweimal, wie ich zugeben muß, vielleicht ein oder zwei Kreaturen gerufen, aber ich habe sie immer zurückgeschickt. So unverantwortlich bin ich nicht.«

»Du klingst unsicher.« Plötzlich stand Abelard über ihnen, und der Feuerschein flackerte auf seiner fragenden Miene.

Caspar breitete die Arme mit ehrlicher Bestürzung aus. »Niemand sonst kann zu dem Druiden-Ei gelangen. Solange ich auf Torra Alta war, konnte sich niemand daran zu schaffen machen. Ich habe täglich nachgesehen. Aber dennoch sind die Wölfe gekommen. Manchmal fürchte ich, daß ich sie in meinen Träumen rufe, obwohl ich nicht weiß, wie. Ich kann keinen Geist rufen, ohne das Druiden-Ei in Händen zu halten, und ich bin nicht mal in der Nähe gewesen!« Seine Stimme wurde vor Erregung laut.

»Du fürchtest, dein Geist könnte dazu in der Lage sein, dich bei Nacht zu verlassen und das Druiden-Ei zu bewegen?« fragte Abelard.

Caspar nickte. Er fühlte, wie ihm eine Last von seinen Schultern genommen wurde, als er seine Schuld eingestand. »Vielleicht sind diese Menschen allesamt von meiner Hand gestorben.«

Eilig kam Brid herüber, um sich zu ihnen zu gesellen. Sie spürte stets, wenn irgendwo etwas von Bedeutung vor sich ging. Sie bot Caspar ihre Hand. »Wir müssen reden. Komm, setz dich zu uns ans Feuer. Was du vermutest, könnte tatsächlich stimmen. Ich will die Runen des Schutzes um dich werfen, wenn du schläfst. Dann müssen wir dich schnell nach Hause bringen, damit Morrigwen und Keridwen ein Ritual ausführen, das deinen Geist vor der Macht des Druiden-Eis schützt. Die uralten Kreaturen, die seit Tausenden von Jahren von dieser Welt verbannt sind, können es sicher kaum erwarten, in den Kreislauf des Lebens heimzukehren. Der gemeinsame Wille so vieler Lebewesen, wenn er sich auf ein gemeinsames Ziel ausrichtet, muß überwältigend stark sein. Er wird einen Zauber schaffen, der durch die Dimensionen dringt. Sie sehnen sich danach, befreit zu werden, und sie werden ihre Wünsche in deine Gedanken schleichen lassen, sobald dein Geist schwach ist. Und, Spar, hör auf, an deiner Kopfhaut herumzukratzen!« Plötzlich wurde Brids Stimme scharf. »Diese Stelle wird niemals heilen, wenn du ständig daran reibst.«

»Ich muß wohl mit dem Kopf an einen Ast gestoßen sein«, murmelte Caspar. »Es ist wieder aufgerissen.«

»Ich habe hier zu viele andere Sorgen, als daß ich über einen solchen Kratzer nachdenken könnte.« Ärgerlich spitzte Brid die Lippen und machte sich an ihre Runen.

Als Caspar am Feuer kauerte, konnte er die flackernden

Schatten der Bäume nicht ignorieren. Er mochte sie nicht. Wie riesenhafte Geier schienen sie über ihm zu hängen. Er sehnte sich nach den Bergen und dem offenen Himmel von Torra Alta.

Ein Rascheln zwischen den Bäumen ließ sie alle aufschrecken. Unwillkürlich zuckte Caspars Hand zu seinem Bogen.

Ferns Hals wurde ganz lang, und seine Nase zuckte schneller, als es Menschen möglich war, dann entspannte er sich. »Es ist kein Wolf und auch kein Bär. Nur ein Mann.«

Gleich war Hal auf den Beinen, als zu hören war, wie Zweige knackten und Äste beiseite geschoben wurden. Wortlos verschwand er im Dunkel, kehrte jedoch Minuten später zurück, wobei er einen alten Soldaten stützte. Zwei weitere stolperten gleich dahinter.

»Master Hal, der Mutter sei Dank, Ihr seid in Sicherheit«, sagte der alte Soldat vor Erleichterung, dann nickte er zum Gruß in die Runde der Torra Altaner. »Ich habe sie gejagt, aber vier von denen haben sich auf uns gestürzt und unsere Pferde erschlagen.«

»Laßt Euch Zeit, Ogden«, erklärte Hal freundlich. »Kein Grund zur Eile. Setzt Euch ans Feuer.«

»Sie haben die Prinzessin und alle Edelleute mitgenommen«, keuchte Ogden. »In Säcke gesteckt und an die Pferde gebunden. Sie sind tiefer in den Wald gezogen, mit ganzen Rudeln von Wölfen an ihrer Seite. Es ist Teufelswerk im Spiel.«

Während er sprach, mischte Brid eine beruhigende Arznei in einem goldenen Kelch, den sie der Mitgift entnommen hatte, dann wandte sie sich den schwerer verletzten Soldaten zu.

Nachdem die Verwundeten so gut wie möglich versorgt waren, kehrten sie ans Feuer zurück. Hinter ihnen hatten die umgestürzten Wagen ihre reiche Juwelenfracht verstreut, und die großen Haufen der Sonnenradrubine glitzerten wie Feenlicht im Feuerschein des Lagers.

»Wir könnten unsere Taschen füllen und die reichsten Männer von Belbidia sein«, scherzte Ogden.

Die überlebenden Gefährten lachten, doch nahm keiner von ihnen auch nur den leisesten Anlauf, diesem Vorschlag zu folgen. Im endlosen Wald, vom Tod umgeben, schienen die Juwelen wertlos, nicht wertvoller als die Steine und vermoderten Blätter um sie herum.

Hal blickte vom Schatz zu den Torra Altanern, Ceowulf und den acht Soldaten, die den Angriff überlebt hatten. Unter ihnen war kein einziger Ceolothianer.

»Das bedeutet Krieg!«

»Krieg! Wieso?« fragte Brid. »Sicher werden König Dagonet und König Rewik gemeinsam die nötige Summe auftreiben, um für die sichere Heimkehr der Prinzessin zu sorgen. Dann werden ihre Armeen gemeinsam die Wälder durchforsten, bis die Entführer gefunden und bestraft sind. Aber doch nicht Krieg!«

Hal schüttelte den Kopf. »Es wird Krieg zwischen Ceolothia und Belbidia geben.« Er klopfte an seine Brusttasche, dann zog er ein paar Fetzen aus zerrissenem Pergament hervor. »Ich sage euch: Renaud steht hinter alledem. Noch bevor wir den Wald erreicht hatten, wußte ich, daß er Pläne für einen Hinterhalt schmiedete. Sie werden Lösegeld für alle Edelleute fordern, doch Prinzessin Cymbeline wird nicht lebend aufgefunden werden.«

»Woher weißt du das?« fragte Brid.

Hal legte die Pergamentstücke zu einer gewissen Ordnung zusammen. »Wißt ihr noch?« Er winkte mit dem Pergament. »Ich habe es im Kadaver eines Wolfes versteckt gefunden. Darin ist die Rede von der Prinzessin und ihren sechzehn Wagen, und es wird gewarnt, daß sie den Trollwald nicht verlassen darf.«

Caspar zuckte mit den Schultern. »Wieso beweist es, daß Prinz Renaud die Schuld trifft?«

»Ist das nicht offensichtlich, Spar?« Plötzlich sprang Brid auf. »König Rewik ist alt und hat nie eine Neigung zur Heirat gezeigt. Alle haben erwartet, daß sein jüngerer Bruder, Prinz Renaud, ihm nachfolgen würde, doch die Ankündigung, Prinzessin Cymbeline zu heiraten, hat alles verändert. Hal hat recht. Es wird nicht lange dauern, bis König Dagonet merkt, daß allein Prinz Renaud Nutzen aus Cymbelines Tod zieht, und dann wird er an Belbidia Rache nehmen wollen.«

»Und das hast du in einem Wolfskadaver gefunden«, wiederholte Caspar. »Überall sind Wölfe.«

Brid sah ihn an, und dann, als fiel ihr plötzlich wieder etwas ein, griff sie nach ihrem Kräuterbeutel. Ungeduldig zog sie die Lederbänder auf, mit denen er verschlossen war, und zog ein Stück Lederhaut hervor. »Das hier haben wir im Keilerwald gefunden«, erklärte sie Hal. »Es ist eine Nachricht über einen Fund von Sonnenradrubinen in den Gelben Bergen.« Sie nickte zu einem glitzernden Haufen von Juwelen hin, der sich wie geschmolzenes Magma aus einer geborstenen Schatulle ergossen hatte. »Wir haben diese Nachricht im Kadaver eines begrabenen Wolfes gefunden, als hätte jemand sie zurückgelassen, damit Fallensteller sie finden sollten.«

»Tatsächlich sind überall Wölfe«, wiederholte Hal und riß Brid das Lederstück aus den Händen.

Caspar zog das Bärenfell um seine Ohren. Renaud also wollte den Thron für sich allein, und jemand anders wollte seinem Vater Torra Altas Mineralienreichtum stehlen. Es war merkwürdig, sehr merkwürdig, und Caspar fragte sich, ob es denn Zufall sein konnte, daß beide Verschwörer Fallensteller benutzt hatten, um ihre Nachrichten zu übermitteln.

Er suchte in seinen Taschen und fand den Knochensplitter, den Morrigwen ihm gegeben hatte und den Generationen sorgsamer Finger geglättet hatten. »Die Rune des Wolfes«, murmelte er.

Nachdenklich sah Brid ihn an, und der Feuerschein tanzte in ihren weiten Pupillen. »Die Rune, die dir Morrigwen gegeben hat. Die Rune des Wolfes steht für die wilde Seite der Natur. In letzter Zeit war etwas sehr viel davon um dich herum. Komm, bald schläfst du ein. Ich muß das Ritual ausführen, das deinen Geist vor ihrem Willen schützt, während du ruhst.«

»Krieg«, wiederholte Hal. »Und wir sind nicht stark genug. Noch nicht.«

KAPITEL 2

Caspar spürte Brids süßlichen Atem im Gesicht, als ihre kühlen Finger blaues Färberwaid auf seiner nackten Haut verstrichen.

Finster sah Hal die beiden an, und die Muskeln an seinem Unterkiefer spannten sich, aber er hätte sich die Eifersucht sparen können. Brids Zärtlichkeit hatte nicht dieselbe berauschende Wirkung auf Caspar, wie es noch vor einem Monat der Fall gewesen wäre. Er sehnte sich nicht mehr ganz so sehr nach ihr.

Später brachte sie einen Becher mit dunkler Flüssigkeit dorthin, wo er abseits neben einem kleinen, qualmenden Feuer lag, gut dreißig Schritte vom eigentlichen Lagerfeuer entfernt. Die Arznei schmeckte bitter, und er verzog sein Gesicht, als er daran nippte.

Einmal mehr zeichnete sie die neun Ringe der Runen nach, die sie ihm um Kopf, Brust und Bauch gezeichnet hatte. »Drei Ringe, um die drei Geisteszustände zu binden, drei für die Seele und drei für den Körper«, erklärte sie ihm. »Sie werden verhindern, daß dein Geist über die Träume hinauswandern kann.«

Sein Schlaf, als er kam, brachte keine Ruhe. Er träumte lebhaft von Torra Altas Kerker, bis er sogar die Feuchtigkeit der schmierigen Wände riechen konnte. Er träumte, er sei in der kalten, luftlosen Zelle, in welcher sich das Necrönd befand, und würde sich über die alte Eichenschatulle beugen, die das Druiden-Ei hütete. Die enge Kammer hallte vor keuchendem Atem und tappenden Pfoten. Er wandte sich um, um dem gespenstischen Lärm zu entgehen, und kämpfte sich mit bleiernen Beinen die Stufen zur sauberen

Luft des Burghofs hinauf, doch folgte ihm der Lärm, und als er sich umwandte, schnüffelten finstere Wölfe an seinen Fußabdrücken. Er wollte rennen, aber je schneller er rannte, desto mehr Wölfe nahmen Gestalt an, wanden sich wie Echsen aus den geborstenen Steinmauern der uralten Burg hervor.

Er wachte früh vor seinen Gefährten auf. Mit schweren Lidern sammelte er die letzten Pferde ein und machte sich daran, einen der Wagen für die Verwundeten abzuladen. Bald gesellten sich Ogden und Brock zu ihm, die lachten, als sie die Sonnenradrubine vom Weg fegten. Niemand zeigte auch nur die leiseste Absicht, ein Stück vom Schatz für sich zu behalten, der ihnen soviel Unglück gebracht hatte. Es war ein langer Marsch durch den Trollwald in die Heimat, und sie alle waren eifrig darauf bedacht, weiterzuziehen, bevor die Banditen wiederkamen, um ihre Beute einzusammeln.

Sie begegneten nur wenigen Händlern auf der zerfurchten Straße. Caspar haßte die langen, langsamen Stunden der Tage, an denen sie sich durch den Wald schleppten, doch waren sie ihm willkommener als die von Schleiereulen und dem Geschrei der wilden Katzen heimgesuchten Nächte, wenn immer wieder dieser Traum kam und ihn quälte. Aufgeheizt und schwitzend wachte er dann auf. Er fühlte sich schon besser, als sie endlich den Wald hinter sich ließen und auf die öde, windige Ebene des südlichen Vaalaka kamen, wo die Pferdehufe auf dem nackten Felsen knallten und Funken schlugen. Noch immer lagen lange Tage vor ihnen.

Eines grauen Morgens, als inzwischen alle – bis auf zwei – Soldaten wieder im Sattel saßen, kamen sie auf eine Hochebene und blickten nach Süden. Die Morgensonne traf die zerklüfteten Gipfel ferner Berge, und bei diesem

Anblick wurde Caspar warm ums Herz. Jenseits der harschen, stählernen Landschaft aus windumtostem Fels und Asche, aus denen die Hochebene von Vaalaka bestand, ragte das leuchtende Gold der Gelben Berge Torra Altas auf, welche die Nordgrenze Belbidias darstellten.

»Es ist wie eine goldene, diamentenbesetzte Krone«, seufzte Abelard. »Welch ein Anblick. Aye, es ist lange, lange her.« Plötzlich sank seine Miene in sich zusammen. »Dennoch ist es traurig. Sie alle sind nun tot. Jeder einzelne von denen, die ich einst gekannt habe, ist lange schon begraben.«

Brid schüttelte den Kopf. »Aber nein, Abelard. Sie sind noch da, im Geiste ihrer Nachkommen. Es sind noch immer die gleichen tapferen Männer von Torra Alta.«

»Nur sind die meisten von ihnen eigentlich keine Männer«, murrte Hal. »Seit dem Vaalakischen Krieg ist drei Viertel der Garnison minderjährig. Es wird noch viele Jahre dauern, bis Torra Alta wieder in der Lage ist, sich richtig zu verteidigen. Die meisten sind mit dem Bogen ungeschickt.«

Brock nickte leidenschaftlich. »Kinder! Jammernde Kinder!«

Ständig lief Fern voraus, so daß er nicht er zu sehen war, und blieb oftmals stundenlang fort. Sie wendeten die Wagen zum Ufer des Silberflusses hin, dessen Fluten die südlichen Hänge der vaalakischen Hochebene entwässerten und sich südwärts ins Herz von Belbidia bohrten. Schließlich kam der grüne Streifen Keilerwald in Sicht, der den nördlichen Fuß der Gelben Berge umgab. Caspar lächelte. Endlich wären sie bald zu Hause.

Als Sonnenelf die Gefühle des Jungen spürte, wurden ihre Schritte länger, und sie schnaubte und wieherte. May würde auf ihn warten. Auch Vater und Mutter würden ihn freudig begrüßen. Seine Hände zitterten, als er sich vorstellte, wie er über die glatte, glasige Hülle des Necrönd streichen würde. Seine Gedanken stockten, als er angewidert merkte, daß seine brennende Sehnsucht, das Druiden-Ei zu sehen, alle anderen Gefühle überdeckte. Tief aus dem Bauch der alten Burg rief das Necrönd nach ihm.

»Wohin ist das dumme Männchen jetzt gelaufen?« klagte Abelard mit seinem schweren Akzent.

Bis Abelard es erwähnt hatte, war Caspar gar nicht aufgefallen, daß Fern fehlte. Er schüttelte sich und versuchte sich auf seine Umgebung zu konzentrieren. Der Silberfluß glitt durch den Laubschatten des Spätherbstes, zog vorbei, wobei das Licht in Tupfen auf den welligen Fluten tanzte. Er spähte in den finsteren Keilerwald. Wo er anfangs nur Streifen von Licht und Schatten auf den Baumstämmen gesehen hatte, entdeckte er schließlich ein Rudel gefleckter Rehe mit kleinen Kitzen, und er fragte sich, ob Fern wohl unter ihnen war.

Der Wald wurde lichter, und stolz lächelte er beim Anblick einer Herde grasender Pferde mit kräftigen jungen Fohlen. Sie rissen ihre Köpfe vom Gras am Rande der Straße auf und folgten einem muskulösen Hengst, bis sie hinter einem Felsen verschwanden. Caspar lächelte liebevoll. Es waren feine, gesunde Tiere, ein guter Wurf von Fohlen, und in ein paar Jahren wären sie soweit, daß man sie zu Streitrössern würde ausbilden können. Noch zwei Jahre, und sie wären zum Export bereit. Es war allgemein bekannt, daß torra-altanische Streitrösser die begehrtesten am ganzen Caballischen Meer waren.

Sein Blick ging südwärts an der großen Schlucht mit ihren steilen, glatten Wänden entlang und machte an einem massiven Felsenturm halt, der von ihrem Boden aufragte und dessen Spitze die Burg von Torra Alta krönte. Die dicken, von Pfeilern gestützten Mauern ragten über der

Schlucht auf, blickten finster auf jeden herab, der es wagte, sich ihnen zu nähern. Für Caspar hingegen war es ein willkommener Anblick. Die Sonne spielte auf den hellen Basaltmauern, und der Wind zerrte an der blaugoldenen Drachenstandarte der Baronie. Der enge Paß um den Felsenturm war der nördliche Zugang nach Belbidia, und die Burg von Torra Alta war der Schlüssel. Caspar war von tiefem Stolz erfüllt.

»Denk nur«, murmelte Abelard, und seine Augen waren bei dem Anblick tränenfeucht, »was diese Ceolothianer vor vierhundert Jahren empfunden haben müssen, als sie gegen eine solche Festung marschiert sind. Die Herzen müssen ihnen bis auf die schmutzigen Füße gerutscht sein, als sie gemerkt haben, daß sie in der Schlucht ersticken, den Felsenturm vor Augen.«

Die Burgbefestigungen ragten wie riesige zerklüftete Zähne vor dem endlosen Himmel auf. Kaum einmal wandte Caspar seinen Blick von der Burg ab, während sie weiterritten, an einem uralten Steinkreis vorüber. In seiner Kindheit war dieser umgestürzt gewesen, unter einem Erdhaufen und kriechendem Efeu begraben, ein künstlicher Hügel auf dem flachen Grund der Schlucht. Nun standen die Steine wieder, ein Ring aus spitzen Obelisken, wie Haifischzähne geformt und doppelt so hoch wie er selbst, stolz und sauber. Jedesmal, wenn er daran vorüberkam, lief ihm ein Schauer über den Rücken.

Dünne, stockähnliche Gestalten marschierten auf den Burgmauern und reihten sich auf den Zinnen oberhalb der Wachtürme aneinander, die hoch in den dunkelblauen Himmel ragten. Der Ton langer Steinbockhörner rief röhrend zum Appell.

Caspar runzelte die Stirn. »Was ist los? Sie rufen die Männer zur Burg.«

»Tun sie nicht«, sagte Brid sanft. »Sie rufen uns. Vor zwei Monaten haben wir uns zu einem kurzen Ritt in den Wald aufgemacht, und seither dürften sie uns gesucht haben.«

Caspar schluckte bei dem Gedanken an die Sorge seiner Eltern. Er wollte gerade vorauseilen, als Hal den Kopf seines Pferdes hochriß und dem Felsenturm entgegengaloppierte. Sonnenelf stürzte voran, doch Caspar zügelte sie. Man würde jemanden brauchen, der den Wagen und die ungeübten Pferde die steile Straße hinaufgeleitete, welche die jähen Klippen des Felsenturms umrundete, und das konnte er nicht Ceowulf überlassen. Der Ritter war nach wie vor kaum wiederhergestellt.

»Geht nur, Master Spar«, drängte Abelard, als läse er seine Gedanken. »Ich mag ja etwas aus der Übung sein, aber ich habe noch immer länger als Ihr auf Torra Alta gelebt. Ich kann den Wagen hinaufbekommen. Und Brock wird mir dabei helfen.«

Der alte Brock grinste. »Wir schaffen das schon, Master Spar.«

Sonnenelf stürmte im Galopp, fegte dahin, überholte Hals Stute schon nach Sekunden. Mühelos durchmaß Caspar die Felder am Fuß des Felsenturms, an den Pferden vorbei, die dort darauf warteten, daß sie Proviantwagen die schwierige Steigung hinaufhelfen konnten. Köpfe fuhren herum, als er vorüberhetzte und sein Umhang dabei flatterte. Der eine oder andere stöhnte auf, zeigte und rief eine Warnung, weil sie nicht wußten, was mit solcher Geschwindigkeit durch ihre Mitte geritten war. Aber Caspar hörte ihre Worte nicht. Sonnenelfs Hinterbeine waren eingeknickt, die Sprunggelenke stramm gespannt, um sie den steilen Weg hinaufzubringen. Wie heißer Wind fegten sie über den Weg.

»Vater!« rief er, als er durch die offenen Falltore stürmte. »Vater! Mutter!«

Junge Stimmen schrien aufgeregt. »Gespenster!« kreischte jemand. »Geisterpferde!«

Ein Mann in mittleren Jahren, groß und schlank mit dichten dunklen Augenbrauen und einer Hakennase, trat schweigend zwischen den Jungen hervor.

»Hauptmann!« Caspar hob eine Hand zum Gruß.

»Master Spar!« Der Mann salutierte mit warmem Lächeln. »Wir waren in Sorge. Feuerschweif kam vor Wochen ohne Reiter heim.« Seine Stimme erstarb, und Caspar merkte, daß er nicht ihn, sondern sein Pferd betrachtete. Seine Blicke gingen über Sonnenelfs glattes goldenes Fell, die silberne Mähne und den Schweif. »Vermutlich hätten wir nicht erwarten dürfen, daß Ihr mit einem weniger bemerkenswerten Pferd heimkehrt«, sagte er mit einiger Untertreibung, doch Caspar hörte nicht mehr zu.

»Mutter«, rief er mit ersticktem Flüstern, sprang von seinem Pferd und rannte ihr ohne jedes Schamgefühl mit ausgebreiteten Armen entgegen.

Keridwen, die für gewöhnlich stets würdevoll war, lief über den Burghof, daß ihr schlichtes blaues Kleid um ihre schlanken, festen Beine flatterte. »Mein Junge, mein Kind, ich dachte, wir hätten dich verloren.« Sie schluchzte an seiner Schulter.

Sanft schob Caspar sie von sich und wischte eilig mit seinem Hemdsärmel an seinem Gesicht herum. Sein Vater kam über den Hof, und Caspar wollte nicht, daß er Tränen auf seinem Gesicht sähe.

Branwolf streckte ihm seine beiden starken großen Hände entgegen und hielt Caspar mit festem Griff. »Die anderen?« fragte er mit leiser Stimme. »Brid, Pip und Brock?«

Der Sohn des Barons holte tief Luft und richtete sich auf,

weil er wußte, daß es seine Pflicht war, den Kriegsherrn von den Ereignissen seiner Expedition in Kenntnis zu setzen. Es war von entscheidender Bedeutung, daß man in der Lage war, Informationen schnell und klar weiterzugeben und zu empfangen.

»Sie sind wohlauf, alle wohlauf. Hal auch!«

»Hal?« unterbrach ihn der Baron. »Aber ihr wart auf der Suche nach einem Wolfswelpen, der uns zu der neuen Jungfrau führen soll. Ihr seid nur in den Keilerwald geritten.« Caspars Erklärung schien ihn nicht zu überraschen, eher gab er dem Jungen das Gefühl, er müßte sich wohl täuschen. Der Baron hob seine Hand, um die Erkärung seines Sohnes aufzuhalten, als Hal auf den Burghof geklappert kam, dicht gefolgt von Brid.

»Er kann es mir selbst sagen. Bruder!« grüßte er über den Hof hinweg. »Du hast mir meinen Sohn gebracht.« Er hob seine Hände zum Gruß, strahlte dankbar, und Caspar fühlte sich beschämt, weil sein Vater augenblicklich davon ausging, daß er nur wegen Hal sicher heimgekehrt war. »Erzähl mir, was geschehen ist.« Er wandte sich Hal zu, um die Einzelheiten zu erfahren.

Hal salutierte. Er war kaum älter als Caspar und erheblich jünger als sein Halbbruder Baron Branwolf, dem er mit seinem dunklen Äußeren und dem kräftigen Körperbau sehr ähnlich war. Branwolf jedoch wurde nun an den Schläfen reichlich grau, und seine Haut war von den Jahren in der Höhensonne ledrig und faltig.

»Wir sind tief im Trollwald auf Spar und seinen Trupp gestoßen. Es schien, als hätten Fallensteller sie gefangen, die es auf den gesuchten Wolfswelpen abgesehen hatten. Nachdem sie sich unserer Eskorte angeschlossen hatten, gerieten wir in einen Hinterhalt. Prinzessin Cymbeline, ihr Bruder Prinz Tudwal, dazu unser eigener Prinz Renaud,

Tupwell von Ovissia und Hardwin von Piscera wurden gefangen. Alle anderen, außer denen, die man hier sieht, sind gefallen. Schlimm vor allem ist: Ich muß Euch die Nachricht bringen, daß der Hinterhalt von unserem eigenen Prinzen Renaud gelegt wurde und andere planen, Sonnenradrubine aus dem Bauch deiner Berge zu entwenden.« Wie stets hatte Hal mit knappen Worten die Lage zusammengefaßt.

»Darüber reden wir, sobald ihr ausgeruht seid und etwas gegessen habt«, sagte Branwolf sanft, obwohl seine Augen voll Sorge waren.

»Aber wir wurden nicht alle von Fallenstellern ...«, wollte Caspar eingreifen.

Brid stieß ihn mit dem Ellenbogen an. »Jetzt ist nicht der rechte Zeitpunkt für Erklärungen. Manchmal verstehen die Leute mehr, wenn man weniger erklärt.« Mit Nimue in den Armen wandte sie sich Hal zu und gab ihm einen Kuß. »Ich habe zu tun und muß euch nun verlassen«, sagte sie. Ihre Augen blickten in die seinen, bis sie mit Keridwen zum Westturm entschwebte.

Caspar empfand keinerlei Eifersucht. Statt dessen lächelte er über ihr Glück und wandte sich den Mienen der sich sammelnden Menge zu. Pip schlängelte sein Pferd zwischen den aufgeregten Jungen hindurch. »Und ich habe meinen Dolch genommen und hin und her gestochen«, erzählte er lauthals, »hab ihnen die Schreie aus der Kehle geschnitten. Ich habe an der Seite des großen edlen Ritters Lord Ceowulf gekämpft und dem Wolf in den Hals gestochen, als der an seinem Arm riß.«

»Ein Wolf? Ein Kapuzenwolf?« fragten die Jungen der Garnison ganz aufgeregt.

»Ein mächtiger schwarzer Kapuzenwolf. Riesig war der«, erklärte Pip ihnen, und staunend stöhnten sie auf.

Caspar lächelte über die Geschichte des Jungen, während er die Menge nach einem ganz bestimmten Gesicht absuchte. Und da war sie! Sie hatte einen Seitenblick auf ihren kleinen Bruder Pip geworfen, doch nun sah sie zu ihm auf. Ihre Blicke trafen sich, und Caspar streckte ihr beide Hände entgegen, hieß sie willkommen. Eifrig trat sie vor, dann ging sie argwöhnischer voran, als mißtraute sie seinen Gefühlen nach wie vor.

»Master Spar, ich freue mich, daß Ihr sicher wieder zu uns heimgekehrt seid«, sagte May würdevoll, wenn auch nicht übermäßig höflich.

»Süße Silbermond«, murmelte er, und seine Stimme erstarb. Er wollte erklären, daß er seine Besessenheit mit Brid überwunden hatte und sie allein wahrlich und wirklich liebte. Er rang darum, es ihr zu sagen, doch er konnte irgendwie nicht recht die Worte dafür finden.

»Jeden Tag habe ich Feuerschweif für dich gebürstet«, sagte sie scheu. »Er wollte die Stallburschen nicht an sich heranlassen und hat sich dreimal aus seinem Stall befreit, aber ich habe bei ihm gesessen, Stunde um Stunde, bis er mir vertraut hat.«

»Hast du?« Caspar war hocherfreut, doch er merkte, daß er sich für sein Pferd begeisterte, statt zu sagen, was er sagen wollte. Es juckte ihn, die Hand nach ihrer auszustrekken. So gern hätte er sie in die Arme geschlossen und sie endlich zu der Seinen gemacht, wäre mit den Fingern durch ihr dichtes braunes Haar gefahren, das in Löckchen auf ihre Schultern fiel und ihre sanften Züge umrahmte. Liebevoll wollte er in diese dunklen, haselnußbraunen Augen blikken, die so traurig schienen, aber er konnte es nicht. Irgendwie fühlte er sich unwürdig. Er brauchte Zeit und wollte ihr seine Gefühle richtig und zur Gänze erklären. Beide spürten sie die neugierigen und erwartungsvollen

Blicke, die der Köchin ganz besonders, die sie beobachtete, eifrig auf Klatsch und Tratsch bedacht.

»Aber vielleicht willst du Feuerschweif gar nicht mehr?« Abschätzig sah sie zu Sonnenelf hinüber.

»O nein. Feuerschweif werde ich immer wollen.« Caspar staunte, wie schnell Sonnenelf war, aber er empfand keine tiefere Leidenschaft für dieses Pferd und zog das wilde Wesen des Hengstes vor, den er schon als Fohlen gezähmt hatte. »Nein, ich werde Sonnenelf an Brid verschenken.«

Da sank Mays Miene in sich zusammen, und augenblicklich merkte Caspar, daß er etwas Falsches gesagt hatte. »Aber, nein, ich meinte ...«, begann er, doch war May bereits dabei, sich zu entschuldigen.

»Ich muß meinen Bruder begrüßen, dann muß ich mich um die Hohepriesterinnen kümmern. Ich bin noch ihre Dienerin, und meine Pflichten darf ich nicht vernachlässigen«, sagte sie im schweren Akzent des Keilerwaldes, als wollte sie den Unterschied zwischen ihnen hervorheben. Niedergeschlagen sah Caspar, wie sie eilig ihrem Bruder entgegenstrebte. Liebevoll hielt Pip den weißen Welpen, und May begann sofort, das Tier zu streicheln. Gleich darauf eilte sie zur Küche, um für Runa etwas Futter zu besorgen.

»Ein wirklich hübsches Mädchen.« Abelard nahm Caspar bei der Schulter. »Wirklich sehr hübsch.«

Caspar schenkte ihm ein zufriedenes Lächeln. Er hatte diesem Mann einen großen Teil seiner Seele anvertraut. Nur er und Abelard wußten von den schrecklichen Qualen in den Kerkern von Abalone, der einsamen Burg im Herzen der Anderwelt. Nur diese beiden – niemand sonst – wußten, was jenseits des Todes wartete und welche Bitterkeit am Ende eines unerfüllten Lebens drohte.

»Kommt, Abelard. Ich will Euch meinem Vater vorstellen, doch vorher solltet Ihr etwas essen und Euch waschen.

Brock, sorgt für unseren Freund hier und achtet darauf, daß Ogden und die anderen Männer zu essen und Quartier bekommen, damit sie ruhen können, bevor sie die Heimreise antreten«, befahl er.

Manches war zu tun. Die Priesterin war fortgeeilt, um mit den anderen über die Wölfin und das kleine Mädchen, das sie gefunden hatten, zu sprechen. Hal war mit Branwolf beschäftigt, erklärte ohne Zweifel detaillierter, was Prinzessin Cymbeline zugestoßen war, und auch er hatte dringende Geschäfte zu erledigen. Er ließ Sonnenelf beim Stallburschen und bahnte sich einen Weg zur stillen Ecke des Burghofs, wo abgewetzte Stufen in die schwarze Grube der Kerker von Torra Alta führten. Vor Erwartung ganz gespannt, hastete er die Stufen hinab und tastete nach den Schlüsseln, die er nie hergegeben hatte. Die halb verbrannte Fackel war noch dort, wo er sie zurückgelassen hatte, und seine Hand zitterte, als er einen Feuerstein schlug, um sie zu entzünden.

Kaum zwei Monate war es her, seit er seinen Blick zuletzt am Necrönd gelabt hatte, aber es schien ihm wie eine ganze Lebensspanne. Die Ängste seiner Träume waren so real gewesen, daß er mit eigenen Augen sehen mußte, ob alles in Ordnung war. Er warf die Kerkertür auf und hielt seine Fackel hoch in die Luft, damit das Licht die Kammer erfüllte. Bei diesem Anblick wurden seine Knie weich.

Drei Jahre war er täglich durch den Kerker voller Folterinstrumente gelaufen. Stets waren sie ihm makaber und barbarisch erschienen, denn in seiner Phantasie steckten gepeinigte Leiber darin, doch nun wußte er, daß seine Phantasie nicht lebhaft genug gewesen war. Er hatte die Wirklichkeit der Folter in der Anderwelt gesehen und schwor, er würde den Stock, die Ketten, Fesseln und Käfige bei erster Gelegenheit aus der Burg entfernen lassen. Auf wackligen Beinen taumelte er durch die Kammer, in der sich die Erinnerungen an uralte Seelen drängten, zu jener Zelle hin, die sich jenseits der niedrigen Eichentür am anderen Ende des Kerkers befand. Sein Mund war trocken, und das Herz hämmerte in seiner Brust.

Es stank, und nun wußte er, woher dieser Gestank kam ... es war der Todeshauch der Kapuzenwölfe. Er spürte sie überall um sich herum, denn sie liefen hungrig an genau demselben Ort herum, nur in jener abgetrennten Dimension der Anderwelt.

Sein Atem ging keuchend, als er die niedrige Zellentür aufriß und in das enge Loch hineinkroch, das in das feste Fundament der Burg gegraben war. Er fiel auf die Knie und schürfte seine schlanken Schultern an beiden Wänden der Grube auf, in der die Gefangenen in alten Zeiten zu dunkler Einsamkeit verbannt gewesen waren.

Da er kaum zu atmen wagte, starrte Caspar eine volle Minute lang die Schatulle an, betrachtete jede Einzelheit. Die Runen der Warnung waren deutlich wie eh und je. Er sah sich die Worte an, ohne ihre Bedeutung zu bedenken, und sein Blick suchte nach der Strähne seines roten Haars, die den Deckel und die gesamte Schatulle umfassen sollte. Drei Haare hatte er auf den Spalt gelegt, um sicherzugehen, daß sich niemand in seiner Abwesenheit an der Schatulle zu schaffen machte, und mit großer Erleichterung seufzte er auf, als er sah, daß sie allesamt genau dort waren, wohin er sie gelegt hatte. Der angelaufene Deckel knarrte, als er ihn öffnete. Er beugte sich vor und konnte kaum erwarten, sich an der schlichten blauen Maserung des Druiden-Eis zu laben, welches dort in seinem schlichten Moosbett lag. Er streichelte es mit zitternden Fingern, als liebkoste er den weichen Bauch eines Mädchens, das zum ersten Mal an sein Bett getreten war.

Solche Macht, solch schreckliche Macht lag unter seinen Fingerspitzen. Er mußte das Druiden-Ei nur in die Hand nehmen und konnte alle möglichen Tiere in diese Welt rufen und sie seinem Kommando unterwerfen. Er konnte Drachen aussenden, um Cymbeline zu suchen, und doppelköpfige Bären, wie jenen, den Hal beschrieben hatte, um Belbidia von der Plage der Kapuzenwölfe zu befreien. Er konnte den Himmel mit Greifen erfüllen und sie als Wächter auf den Mauern seiner Burg postieren. Nichts und niemand konnte ihn daran hindern, zu tun, was ihm beliebte.

Das Druiden-Ei flehte darum, seine Macht zeigen zu dürfen, bettelte, er solle sich zum Gott aufschwingen und die Untiere aus ihrer Gefangenschaft in der Anderwelt zu befreien. Er konnte das elende Leid ihrer Existenz beenden und ihnen das Leben schenken. Sie sehnten sich nur danach, wieder atmen zu dürfen und die warme Erde der Großen Mutter unter ihren Füßen zu fühlen.

»Spar, du Narr!« Eine Stimme stach durch die feuchte Luft des Kerkers.

Caspar schlug den Deckel der Schatulle zu und schloß nervös den Riegel.

»Spar, du Narr. Erst ein paar Minuten bist du wieder da, und schon machst du dich hier unten zu schaffen!«

Der Junge fühlte, wie sein Gesicht dunkelrot anlief. Die Stimme seiner Mutter war schrecklich, scharf vor Enttäuschung.

»Aber, Mutter ...«, wollte er protestieren und zupfte sich drei weitere Haare aus, um die Öffnung der Schatulle zu überbrücken, dann kroch er steifbeinig in die größere Kammer.

»Ich wußte, daß du hier sein würdest. Wann wirst du es je lernen?«

»Ich habe nichts getan.«

Keridwen hörte nicht zu. »Ich war geduldig, mehr als geduldig. Hast du denn keine Ahnung, welchen Schaden du anrichtest? Das Land ist voller Wölfe.«

»Es liegt nicht an meinem Tun. Aber wenn du mich das Necrönd nutzen läßt, könnte ich sie vertreiben.«

»Andere geben uns die Schuld für das Schlachten, Spar. Weißt du denn nicht, was das bedeutet?«

»Aber ich bin es nicht! Ich habe nichts getan!«

»Wie kannst du mich belügen?« Keridwens Stimme war kalt vor Zorn, und Caspar schrumpfte innerlich. Er sehnte sich nach ihrem Trost und ihrer Bestätigung.

»Aber, Ma, ich habe nichts getan.« Warum konnte sie ihn nicht umarmen, wie sie es bei seiner Heimkehr getan hatte? »Ma, ich mußte doch nur sehen, ob es in Sicherheit war, daß niemand es angerührt hatte.«

»Ich glaube dir nicht. Hier riecht es nach Zauberei.«

Da mußte Caspar ihr recht geben. Die Luft war schal und faulig vor Tod und Verwesung. »Aber ich habe nichts gerufen, niemanden«, beharrte er.

»Da ist Haß, überall ist Haß in diesen Wänden«, fuhr Keridwen fort, eher sorgenvoll als böse. Sie streckte eine Hand nach ihrem Sohn aus. Er sehnte sich nach ihrem Trost und nahm sie gern entgegen.

»Siehst du denn nicht, daß ich um dich fürchte? Diese Ungeheuer verachten den Menschen. Es war der Mensch, der sie erschlagen hat, und auch der Mensch, der sie in die Anderwelt verbannte.« Nun sprach sie sanft, und ihre freie Hand vollführte eine schützende Geste. »Soviel Haß ist übermächtig. Am Ende wird ihre vereinte Macht dich überwältigen. Spar, du bist mein Sohn. Du mußt mir trauen und gehorchen, denn ich will nur das Beste für dich.«

»Aber ich bin stark genug, das Necrönd zu nutzen! Du glaubst nur, ich könnte es nicht, weil du noch nicht bemerkt hast, daß ich zum Mann herangewachsen bin. Du siehst mich immer noch als hilfloses Kind.«

»Ich merke mehr, als dir lieb sein dürfte, Spar, sehr viel mehr. Ich glaube einfach nicht, daß irgendein Mensch die Geisteskraft besitzt, das Necrönd zu beherrschen, am allerwenigsten jemand, der damit Gutes tun will.« Sie lächelte ihn zärtlich an. »Komm, dein Vater hat eine Versammlung in der Oberen Halle einberufen. Ein Bote ist gekommen.«

Das Gewölbe war warm und verraucht. Drei große Windhunde lagen ausgestreckt am Boden und wärmten ihre Bäuche an einem prasselnden Kamin, der tief in die Westmauer hineinreichte. Nur das gelegentliche Zucken eines Ohrs verriet ihr Interesse an den menschlichen Akivitäten um sie herum.

Branwolf wollte sich erst setzen, als sich die älteste der Hohepriesterinnen dem Rat anschloß. Er lief vor dem Kamin auf und ab, und Brids kurzbeiniger Terrier, ein Ophidianischer Schlangenfänger, blieb ihm stetig auf den Fersen.

Er hielt einige Fetzen Pergament und Leder in Händen, mit Schrift versehen, die Hal und Caspar ihm gegeben hatten, und er zerknüllte sie, als wollte er ihnen eine Erklärung abpressen. Der Hauptmann saß an einem langen Tisch mit all jenen Torra Altanern, die aus den ceolothianischen Wäldern heimgekehrt waren, wobei Pip von einem Ohr zum anderen grinste, das pfefferkornschwarze Haar sauber gestriegelt. Brid saß etwas abseits und streichelte den weichen, weißen Kopf der kleinen Wölfin aus den Gelben Bergen, die sie vor den Fallenstellern gerettet hatten. Abelard blickte mit undurchdringlicher Miene vor sich hin, während der alte Brock in Gesellschaft der Edelleute unsicher schien. Fern war nicht bei ihnen. Tatsächlich hatte Caspar ihn nicht mehr gesehen, seit er im Keilerwald verschwunden war.

Der Junge starrte ins Feuer, fragte sich, was May in diesem Moment wohl tat, und dachte immer und immer wieder darüber nach, wie er ihr seine Liebe gestehen konnte. Der Augenblick mußte ganz besonders sein. Sollte er zu ihren Füßen knien und um ihre Hand anhalten? Sollte er sie in seine Arme schließen und nichts sagen, sondern sie nur leidenschaftlich küssen? Sollte er sie bei der Hand nehmen, den Sonnenuntergang betrachten und ihr leise seine Ergebenheit ins Ohr flüstern?

Morrigwen erschien als letzte. Caspar erschrak angesichts ihrer Veränderung derart, daß seine Gedanken ruckartig die Tagträumereien über May hinter sich ließen. Die Greisin wurde von einem stämmigen jungen Bogenschützen begleitet, und Keridwen hastete voran, um sie zu einer Liege zu geleiten, während Brid eilig die Kissen ordnete.

»Zum Kamin«, befahl die alte Frau. Ihr faltiges, zerfurchtes Gesicht war wie die vertrocknete Haut eines alten Trolls. Der Feuerschein leuchtete durch ihr feines Haar auf die faltige Kopfhaut. »Ich muß am Feuer sein. Branwolf, warum läßt du dieses Haus so kalt werden?« knurrte sie und warf dem Baron mit eisig weißen, halbblinden Augen einen finsteren Blick zu. Sie keuchte und hustete, und Caspar war entsetzt, wie sehr sie gealtert war. »Warum hast du uns hier versammelt? Ihr hättet in meine Gemächer kommen sollen.«

Mitfühlend sah Branwolf sie an, doch er sagte mit leiser, beherrschter Stimme: »Weil ich der Baron von Torra Alta und Herr über diese Burg bin und von meiner eigenen Halle aus regiere.« Er wandte sich der Versammlung zu. »Erneut habe ich eine Nachricht vom König erhalten ...« Er hielt mitten im Satz inne, da Morrigwen lautstark ihren Beutel mit runenverzierten Knochen auf einem niedrigen Tisch neben sich verschüttete. »Morrigwen!« Ungeduld sprach aus der Stimme des Barons, und Caspar war augenblicklich wach. Sonst war sein Vater in seinen Befehlen gleichmütig und beherrscht. »Darf ich nun beginnen?«

Die Greisin schnaubte und winkte ab, während sie weiterhin mit den runenverzierten Knochen in ihren Händen klapperte. Caspar hatte gedacht, sie wäre hocherfreut gewesen, als sie Nimue mitbrachten, doch das war anscheinend nicht der Fall. Plötzliche Zugluft wehte Holzrauch in den Raum zurück, und Morrigwen hustete und warf ihre Runen zu Boden. Eilig sammelte Brid sie ein, während Branwolf finster herübersah.

»Ich habe wichtige Neuigkeiten.« Er entrollte ein langes Pergament und breitete es mit vier Krügen auf dem Tisch aus. Eifrig beugte sich Caspar vor. Ein grober Kreis aus blauem Wachs war unten auf der Seite mit dem Zeichen des Königs gesiegelt. Daneben war mit roter Tinte eine Unterschrift gekritzelt.

»Der König fordert, daß ich die Hilfe aller meiner Männer, seien es nun Adlige oder Bauern, dafür in Anspruch nehme, sämtliche Wölfe zu erschlagen, die durch meine Länder streifen. Jeden einzelnen, egal ob Kapuzenwolf oder aus den Gelben Bergen. Und ich soll ihm zum Beweis unseres Tuns die Felle schicken.«

Es herrschte Schweigen, als die Mitglieder des Rates einander ansahen.

»Aber das ist Wahnsinn. Der König meint doch sicher, daß nur die Kapuzenwölfe getötet werden sollen«, unterbrach Hal.

Zornig schlug Branwolf seine beiden Fäuste auf den Tisch. »Du warst fort, Bruder. Dieses ist die dritte Nachricht vom König in ebenso vielen Wochen, ganz zu schweigen von der Deputation der Barone von Jotunn, Nattarda und Ovissia. Sie erleiden große Verluste an ihren Herden. Unser Freund Baron Bullback allein hat schon elf Preisbullen eingebüßt!«

Caspar war verblüfft. Bei ihrer Rückkehr hatten sie Herden von Wild und Pferden am Rande des Keilerwaldes frei herumlaufen sehen. Wenn die Zahl der Wölfe so bedrohlich groß war, wieso waren dann die eigenen Herden nicht angegriffen worden?

»Seit der Kadaver der ermordeten Wölfin hinter diesen Mauern war, habe ich alles Fallenstellen unterbunden. Und Baron Godafrid von Ovissia ist fuchsteufelswild«, erklärte Branwolf. »Ich habe die Wälder durchstreift und nicht mehr als drei Kapuzenwölfe getötet. Drei! Und doch spricht man von Hunderten. Mehr als die Hälfte aller Burschen unserer Baronie sind inzwischen in den Bergen und berichten täglich, daß sie nur selten Kapuzenwölfe sehen, doch keiner von denen ist mit dem Bogen gut genug, um sie niederzustrecken.«

»Wir müssen selbst gehen«, sagte Hal mit Nachdruck.

»Ich habe hundert Mann dort draußen! Meinst du etwa, du, Hal, könntest etwas ändern?« Branwolfs Stimme klang angestrengt, und Caspar spürte die schwere Last, die auf den Schultern seines Vaters lastete. »Einhundert Mann, und sie haben drei Wölfe in ebenso vielen Wochen erlegt. Es ist erbärmlich! Unsere Nachbarn sind erbost, aber ich kann sie nicht mit den Fellen unschuldiger und harmloser Wölfe aus den Gelben Bergen beruhigen.«

»Willst du dich dem König widersetzen?« Hal sah überrascht aus.

Branwolf seufzte. »Ich will, und ich muß. Genauso wie ich etwas gegen die Kapuzenwölfe unternehmen muß, die unsere Nachbarbaronien plagen.«

»Ich kann es mit dem Necrönd versuchen!« Caspar stand auf, sprach lauter als beabsichtigt. Sein Stuhl fiel hinter ihm um und stürzte krachend auf die Binsen am Boden.

Urplötzlich war in der Halle alles still. Alle starrten ihn an, und Hoffnung leuchtete in den Augen seines Vaters auf. Die Stille wurde nur von Morrigwen durchbrochen, die ihren Runenbeutel am Boden verstreute. »Niemals! Damit hat alles Übel angefangen!«

»Ich habe nichts getan!« protestierte Caspar. »Ich habe diese Wölfe nicht gerufen.« Unwillkürlich kratzte er an seinem Kopf, wo die Haut wund war.

»Je öfter du mit diesem Ei herumhantierst, desto mehr Kapuzenwölfe werden kommen. Der Zusammenhang ist klar. Vielleicht haben die Ovissianer recht, wenn sie uns für diese Plage verantwortlich machen«, sagte Morrigwen barsch.

»Ruhe!« donnerte Branwolf. »Ich glaube meinem Sohn, wenn er sagt, daß er diese Wölfe nicht gerufen hat.«

Caspar lief hochrot an, und seine Hand zuckte zur krummen Nase, an der er herumdrückte. Er fürchtete, die Greisin könne seine Gedanken lesen und ihn auf seine Schuldgefühle hin prüfen.

Branwolf wandte sich um und sah die Miene seiner Frau. Still schüttelte Keridwen den Kopf, und Caspar wußte, daß man ihm nicht gestatten würde, das Druiden-Ei zur Rettung aller zu benutzen. Trotzig sah er seine Mutter an, dachte, dieses eine Mal könne doch nicht schaden. Geflüsterte Mutmaßungen summten durch die Halle.

Branwolf hob eine Hand, forderte Ruhe. »Genug! Es gibt noch anderes zu besprechen, denn es scheint, als kämen Probleme stets zu dritt: Schürfer suchen meine Erze, Prinzessin Cymbeline überfallen, und die Wölfe. Die Erze können warten. Hal, du wirst auf direktem Wege mit der schlimmen Nachricht über seine Braut zum König an den Hof von Farona reiten. Vielleicht sorgt er sich dann etwas weniger um die Wölfe.« Er lachte böse. »Wir anderen sollten uns besser der Wolfsjagd anschließen.«

Die Jagdgesellschaft von dreißig berittenen Männern und Knaben ritt im ersten Morgenlicht in die Berge hinaus. Caspar war froh, wieder in Feuerschweifs Sattel zu sitzen, und stürmte nach vorn. Der reinrassige Oriaxianer war eines der schnellsten Tiere in den Ländern am Caballischen Meer. Es mangelte ihm zwar an der puren Kraft von Sonnenelf, doch Caspar war die erdige Festigkeit seines schlanken Hengstes lieber.

Ihr Weg führte sie südwestwärts ins flachere Vorgebirge der Gelben Berge an der Grenze zu Ovissia. Auf den unteren Weiden grasten große Herden stämmiger Bergpferde mit breitem Rücken und stoischem Wesen, die einen Großteil des Reichtums dieser Baronie ausmachten. Sie mochten argwöhnischer als gewöhnlich sein, als der Trupp sich näherte, ließen sich aber nicht davon abbringen, Klee und Gras zu rupfen, von denen die warmen, gut gewässerten Hänge der südwärts gewandten Berge reich übersät waren.

»Aber Baron Branwolf, Ihr habt keine Fohlen an die Wölfe verloren?« erkundigte sich Brid. Sie hatte darauf bestanden, mit den Jägern auszureiten, und da Hal bereits nach Farona abgereist war, hatte man sie auch nicht bremsen können.

»Kein einziges«, gab der Baron ihr recht. »Ich habe im Frühling zwei Fohlen verloren, aber nicht an Wölfe, sondern an Krankheiten. Es war genauso wie in den letzten beiden Jahren, als im Rest des Landes Seuchen wüteten. Auch unter denen haben wir nicht gelitten.«

»Nein, aber das war zu erklären. Auf Torra Alta lassen wir unsere Tiere frei laufen. Krankheiten verbreiten sich nicht so schnell wie in den überfüllten Ställen der großen Höfe im Flachland.«

»Dennoch lasten sie uns ihre Seuchen an, weil wir nicht darunter leiden. Ich kann mir nicht erklären, warum uns die Wölfe hier verschonen. Meine Fohlen sind durch die Wölfe mindestens so gefährdet wie Baron Bullbacks junge Ochsen, und doch hat er elf Bullen eingebüßt. Ich kann es mir nicht erklären.«

»Seht! Wolf! Wolf!« rief einer der jungen Bogenschützen und machte die Gesellschaft auf die Beute aufmerksam.

Die älteren Männer stöhnten auf, aber Caspar hatte Mitleid mit dem jungen Burschen, der die Jagd verdorben hatte. Zweifellos hatte er jeden Wolf in meilenweitem Umkreis verscheucht, und nun würde er den Spott der anderen ertragen müssen, und es konnte Jahre dauern, bis ein solcher Zwischenfall vergessen war.

»Es war ein schwarzer Wolf«, erklärte der Junge eilig. »Ich habe ihn dort oben am Horizont gesehen.«

Es dauerte Stunden, bis sie wieder einen Wolf entdeckten, und diesmal war es ein Rudel blaßgrauer Wölfe aus den Gelben Bergen. Sie waren dünn und ausgezehrt, suchten hoch oben in den Bergen Aas, wo es nur wenig Futter gab.

»Sie werden sterben, noch bevor der Sommer kommt«, sagte Brid mit einigem Bedauern.

Als ihr selbsternannter Leibwächter gab sich Abelard alle Mühe, an ihrer Seite zu bleiben, doch es fiel ihm sichtlich schwer. Nachdem er den Großteil seines Lebens mit einem Bogen in der Hand und auf beiden Beinen verlebt hatte, war er kein guter Reiter. Er konnte einfach nicht mithalten, wenn sie im Kreis um den Trupp galoppierte, offenbar begeistert von dem Pferd aus der Anderwelt. Schließlich gab Abelard es auf und reihte sich neben Caspar ein.

»Ihr hättet ihr dieses Pferd nicht schenken sollen«, schalt ihn Abelard. »Ähm, Master Spar«, fügte er den Titel nachträglich hinzu.

Caspar merkte es kaum. »Wolf, Kapuzenwolf«, zischte er. »Ganz da oben.« Er deutete auf einen schwarzen Fleck.

Mit Gesten verteilte Branwolf die Männer zu einer langen Reihe, als sie einen Felsvorsprung umrundeten, der vom steilen Hang dem Talgrund entgegenragte. Mit verknoteten Zügeln lenkten sie die Pferde mit den Beinen allein und zückten kurze Bögen, die im Sattel leicht zu benutzen waren. Caspar stöhnte innerlich, als er sah, wie sich die jungen Burschen mühten, die Bögen in den Zügeln verheddert, die Köcher gefährlich geneigt, da sie falsch verzurrt waren.

Der Baron winkte, ließ den Trupp haltmachen und wartete, bis sie sich gerichtet hatten. Caspar bewunderte die Rücksicht seines Vaters, doch er wußte, daß stundenlange, fürchterliche Übungen die armen Burschen bei ihrer Rückkehr erwarteten, bis sie dieses simple Manöver allesamt mit Leichtigkeit allein vollbringen konnten. Wieder schritten sie voran, doch als einige zuließen, daß ihre Pferde nervös wurden oder scheuten, ließ er sie halten und winkte nur die Erfahrenen weiter.

Noch immer war der große schwarze Wolf eine Silhouette am westlichen Horizont. Nachdem er sich eine Minute langsam vorangetastet hatte, hob Abelard seinen Bogen, ein feines Laminat aus Eibenholz, das Caspar getestet hatte, jedoch nicht spannen konnte. Es war ein Schuß bergauf, und er schien bei der Entfernung seiner Sache nicht sicher, denn er ließ den Bogen wieder sinken und schüttelte den Kopf. Caspar wußte, daß er gut dreißig Schritte näher dran sein mußte, um das Tier sicher töten zu können. Abelard schlich allein voran und hielt sich hinter den Felsen und Büschen verborgen.

Der Wind wehte ihnen vom Wolf her entgegen, und ganz offensichtlich hatte das Tier sie noch nicht bemerkt. Es hockte auf den Hinterläufen und wandte ihnen den Rücken zu. Caspar spannte seinen Bogen, zum Zielen bereit, mit strammen Muskeln, was ihm dieses wunderbare Gefühl in Brust und Armen bereitete, als er sich gegen die Sehne stemmte. Er zielte und holte tief Luft, hielt still. Es war in jedem Fall ein weiter Schuß, aber er wußte, daß er es schaffte. Er wollte Abelard beweisen, daß die Männer von Torra Alta so fähig waren, wie es zu seiner Zeit der Fall gewesen sein mochte.

»Nein! Warte!« rief der Baron.

Der Wolf sprang in den Schutz der Büsche und herabgestürzten Felsen, die das Licht darunter verschluckten. Doch im Sprung stieß er ein Kreischen aus und taumelte, schlug auf die Felsen. Caspar und Abelard liefen zu den Pferden, um die anderen einzuholen, die schon zum Wolf hinüberritten, wobei Brid auf Sonnenelf den Männern wie ein goldener Blitz vorausstürmte.

»Wer hat diesen Pfeil abgeschossen?« rief der Baron. »Das war kein Kapuzenwolf.«

In seinem müßigen Bemühen, Brid einzuholen, rief Abelard ihr nach, sie solle vorsichtig sein. Sie ließ sich nicht anmerken, daß sie ihn gehört hätte, und als sie als erste bei dem herabgestürzten Wolf war, glitt sie von ihrem Pferd und fiel daneben auf die Knie.

»Er ist tot.« Traurig sah sie zu ihnen auf, als die anderen zum Stehen kamen. Aus nächster Nähe wurde deutlich, daß es sich um einen Wolf der Gelben Berge handelte. Zwar waren dunkle Exemplare selten, und dieses Männchen war für einen solchen Bergwolf ungewöhnlich groß und muskulös, aber ihm fehlte die schwarze Mähne, die den Kapuzenwölfen ihren Namen gab.

»Wer hat diesen Pfeil abgeschossen?« wollte Branwolf wissen, aber er machte sich nicht die Mühe, die Reihe der unerfahrenen Burschen zu betrachten, die hinter ihm den Hang hinauftrotteten. Die Vorstellung, daß einer von ihnen auf diese Entfernung töten konnte, war absurd.

Brid sprang wieder auf Sonnenelf, und wie ein geflügeltes Einhorn stürmte das Tier den Hang hinauf, dem Fels am Horizont entgegen. Dort setzte sich Brid aufrecht, suchte das nächste Tal ab, dann stürmte sie mit einem Aufschrei außer Sicht. Abelard eilte zu seinem Pferd, doch war er noch nicht mal aufgestiegen, als Caspar schon auf Feuerschweif saß und fort war.

Laut kreischend wie eine Todesfee stürzte sich Brid waghalsig den anderen Hang hinunter, näherte sich schnell drei Reitern, die südwärts der Grenze entgegengaloppierten. Sonnenelf drängte sich zwischen ihnen hindurch, und sie brüllten und fluchten, als hätte ein Dämon sie gestellt. Caspar stürmte ihr nach.

KAPITEL 3

May kroch in die schmale Nische der halb verschlossenen Schießscharte. Sie drückte ihr Gesicht in die enge Öffnung, beobachtete, wie die winzig kleinen Reiter der Jagdgesellschaft weit unten durch die Schlucht eilten, und suchte eifrig nach Caspars schlanker, athletischer Gestalt.

Mit Leichtigkeit erkannte sie ihn auf seinem roten Hengst und biß enttäuscht auf ihrer Lippe herum. Er galoppierte gleich neben Brid, die auf ihrer neuen goldenen Stute saß.

Wie konnte sie sich mit ihr messen? Es schien nichts auszumachen, daß Brid mit Hal verlobt war. Sie sah, daß Caspar die junge Hohepriesterin noch immer liebte. Mit schlechtem Gewissen merkte sie, daß sie Brids zarter Gestalt finstere Blicke zuwarf. Sie respektierte Brid – schließlich war sie die Jungfrau und eine der Drei Ergebenen Dienerinnen –, dennoch war sie ihr als Frau nicht wohlgesinnt.

Als Caspar aus Ceolothia heimgekehrt war, hatte sie eine Weile geglaubt, es hätte sich etwas verändert. Sie hatte gespürt, daß er ihr etwas Bedeutsames hatte sagen wollen, und vielleicht würde er ihr nun endlich doch seine Liebe gestehen. Doch wie hatte sie sich das erhoffen können, wenn er doch nur wieder freudestrahlend an Brids Seite ritt, ganz wie zuvor?

Es schmerzte sie. Natürlich wäre sie ihm als Holzfällerstochter nie ebenbürtig. Wie hatte sie so dumm sein können, sich in ihn zu verlieben? Sie schniefte und schluckte, versuchte, ihre blasphemischen Ressentiments gegen Brid zu vertreiben. Es war nicht Brids Schuld, das wußte sie, wenn sie auch fand, die Hohepriesterin hätte mehr dazu beitragen können, Master Spar zu entmutigen. Sie sah auf ihre fest gefalteten Hände und sammelte ihre Gefühle.

»Silbermond, das Feuer! Du hast es ausgehen lassen!« schimpfte Morrigwen mit leicht geneigtem Kopf, während sie May mit ihren halbblinden Augen anstarrte.

May wandte sich vom Anblick dort unten ab und machte sich eilig daran, die Glut zu schüren und weitere Scheite aufzustapeln. Sie stolperte im Dunkeln, bis sich ihre Augen an die trübe Beleuchtung des Turmzimmers gewöhnt hatten. Morrigwen mochte es in ihren Gemächern gern dunkel und ließ nur den goldenen Schimmer vom Feuer und einen schmalen Lichtspalt durch die verriegelte Schießscharte zu. In der Turmkammer war es stets heiß, und doch klagte die Greisin schrecklich über die Kälte.

Keridwen saß an ihrer Seite, und die beiden tuschelten unablässig. May hatte eine zu große Ehrfurcht vor Keridwen, als ihr gegenüber warme Gefühle aufzubringen, dennoch liebte sie die Greisin wie eine Großmutter. Einmal, kurz nach dem Tode ihrer Mutter, hatte May gehofft, Morrigwen würde sie zur zukünftigen Jungfrau machen, doch es sollte nicht sein. Die Greisin hatte zwar Freundschaft mit ihr geschlossen und sie manche Kunst der Priesterinnen gelehrt, aber sie blieb nach wie vor eine Außenseiterin in der Welt der Eingeweihten.

Das Mädchen, das Brid aus der Anderwelt mitgebracht hatte, saß in der Ecke der Kammer und spielte mit dem Salamander. May verstand ihre stille Trauer, da auch Nimue eine Waise war. Teilnahmslos und blaß, wie sie war, hatte niemand bisher auch nur ein Sterbenswörtchen von ihr gehört. Die kleine Nimue besaß noch nichts von der Kraft der Priesterinnen, aber vielleicht würde das noch kommen.

May sorgte sich um sie, und sie suchte sich einen Weg zwischen den heruntergefallenen Büchern, den Kräuterhaufen und verstreuten Utensilien, mied die Hitze des spuckenden Kessels und schob sich anmutig und lautlos durch den Raum, um dem Kind Trost zu spenden.

Kniend tätschelte sie Nimues Hand, gab sich Mühe, ihren Widerwillen bei der Berührung der kalten, klammen Haut des Mädchens zu verbergen. May verstand nicht recht, wo Brid sie gefunden hatte, nur daß der weiße Wolfswelpe sie als neue Jungfrau auserkoren hatte. Beim Feuerfest von Beltane, das den Beginn der Lichthälfte des Jahres und des Erblühens der Fruchtbarkeit im Lande darstellte, sollte sie offiziell zu Brids Nachfolgerin ernannt werden. Trotz der Bemühungen des Neuen Glaubens in den vergangenen Jahrzehnten war Beltranes Tradition als Tag der Brautschau nicht einmal unter den eifrigsten Anhängern verlorengegangen. Nachdem der Alte Glaube nun wieder intakt war und soviel junges Blut die Burg bewohnte, sah man dem religiösen Fest sehnsüchtig entgegen.

In wenigen Tagen schon sollte Beltane sein, die Vorbereitungen waren bereits fortgeschritten, und die Kuriere, die herausbringen sollten, ob Nimue noch lebende Verwandschaft besaß, waren bisher nicht heimgekehrt. Falls keine Eltern gefunden würden, wäre sicher, daß dieses zerbrechliche Kind in Brids Fußstapfen treten sollte. Nur ein Waisenkind konnte Hohepriesterin werden.

May schniefte und lauschte.

Ihre Aufmerksamkeit war geweckt. Die beiden Priesterinnen hatten Caspars Namen erwähnt. Hatten sie vergessen, daß May hier am Boden im Dunkel saß? Sie wagte sich nicht zu rühren, um die beiden nicht von ihrem Gespräch abzulenken.

»Ich fürchte um seine Seele.« Keridwens Stimme klang

angespannt. »Wieviel davon hat die Macht des Necrönd bereits verschlungen? Der Wille der Untiere auf der anderen Seite ist zu stark für ihn.«

»Es war sein Tun. Es gibt keine andere Erklärung. Spar muß die Wölfe gerufen haben«, meinte Morrigwen mit eisiger Stimme.

»Er schwört mir, daß er es nicht war«, sagte Keridwen.

»Und doch will er dir die Schlüssel nicht geben.«

Keridwen schüttelte den Kopf. »Nein, er sagt, er sei der Wächter. Die Große Mutter habe ihm diese Verantwortung übertragen, und die will er nicht vernachlässigen.«

»Der Druide selbst hat das Ei aus gutem Grund versteckt. Er konnte nicht mal sich selbst trauen, was die Wacht angeht. Spar ist jung und unschuldig. Wie kann er weise genug sein, dieses Ding zu schützen? Wie viele dieser teuflischen Kreaturen müssen die Grenze noch überschreiten, bis sie ihn gänzlich unter Kontrolle haben?«

»Was können wir tun? Nachts habe ich Vogelbeerzweige um sein Bett verstreut, und Brid hat ihn mit fesselnden Runen betupft, aber er ist zu stark für uns geworden. Wir können ihn nicht mehr halten.« Keridwens Stimme bebte.

May spürte ihre Pein. Auch sie machte sich große Sorgen um Caspar. Sie liebte ihn mehr als alle anderen, und falls die Priesterinnen nichts tun konnten, um seine Seele vor dem Übel aus der Anderwelt zu schützen, wußte sie, daß sie es tun mußte. Es mangelte ihr vielleicht an der Kunst der Hohepriesterinnen, aber es gab doch etwas, das selbst sie tun konnte.

Es war spät an jenem Tag, als die Jagdgesellschaft heimkehrte, und als sie es tat, geschah es mit großem Hallo. Brid, deren Gesicht hochrot war, saß auf Sonnenelfs goldenem Rücken, und ihre entrüstete Stimme hallte über den Burghof. May eilte mit Keridwen herbei, um nachzusehen, was es mit dem Spektakel auf sich hatte.

Ein großer Wolf lag vorn auf Branwolfs Sattel, und sein Kopf schaukelte mit den Schritten des Pferdes, wobei Blut aus seinem Maul rann. Die kleine Wölfin zu Mays Füßen saß auf ihrem Hinterteil und heulte jämmerlich.

Branwolf sah seiner Gattin in die Augen. »Es ist der Schwarze Wolf, mein Namensvetter«, sagte er traurig. »Sie haben ihn erschossen. Diese drei Ovissianer haben ihn umgebracht.«

Die Beschuldigten wurden auf den Hof getrieben, der letzte grob von einem übereifrigen Wächter gestoßen. Er stolperte und stürzte schwer gegen den Wolfskadaver. Pferde zerstreuten sich bei dem Lärm, und May stand dicht an der Mauer, da sie fürchtete, umgestoßen zu werden. Sie schob sich zur Küchentreppe und stieg hinauf, um über die Köpfe der Menschen hinwegzusehen und einen Blick auf die Gefangenen zu werfen. Überrascht bemerkte sie, daß sie allesamt nur junge Burschen waren.

Die Stimme des Barons ging über den Lärm hinweg. »Ich habe erlassen, daß in meiner Baronie keine Wölfe der Gelben Berge mehr erlegt werden sollen. Muß ich euch über die Burgmauer werfen lassen, als Exempel, daß sich mir niemand ungestraft widersetzen darf? Niemand widersetzt sich meinem Wort!«

»Dann seid Ihr ein Mörder! Die Wölfe haben ganze Dörfer gemordet. Ovissianische Männer, Frauen und Kinder liegen noch immer unbestattet da, die Kehlen von Euren Wölfen herausgerissen«, kreischte der Junge.

May erschrak, daß er es wagte, derart haßerfüllt mit dem Baron zu sprechen. Der Hauptmann schlug ihm hart über den Mund, doch der Knabe spuckte nur Blut und grinste ihn höhnisch an.

»Wir tragen die Farben Ovissias. Schlagt uns, und Ihr schlagt den Baron Godafrid«, knurrte ein etwas älterer Mann zu seinen Füßen, der nicht wagte, dem Baron in die Augen zu blicken.

Die hohe Stimme des Jungen schnitt durch das Gemurmel der Menge. »Ihr seht lieber tote Ovissianer, als Euch dieser räudigen Wölfe zu entledigen? Was seid Ihr, Baron Branwolf? Ihr teuflischer Anführer?« Er spuckte die letzte Silbe des Namen aus.

Manche Stimme wurde auf dem Burghof laut. »Werft ihn über die Mauer!« hieß es.

Branwolf hob seine Hand zum Schweigen, ignorierte den aufgebrachten Jungen und trat näher an den älteren der beiden Männer heran, überschattete ihn mit seinem mächtigen Leib.

»Euer Leid schmerzt mich«, sagte Branwolf kalt. »Aber ich dulde diesen Wahnsinn nicht länger. Ihr tötet die falschen Wölfe.«

Stotternd fand der Mann wieder Mut. »Seht Euch die Wolfszähne an. Genau wie die Zähne, die meiner Frau die Kehle herausgerissen haben. Wir im ovissianischen Hügelland sterben. Ist es nicht seltsam, daß es Euch und Euren Hexen nicht so ergeht? Wir haben gesehen, wie hier Pferde und manches junge Fohlen friedlich grasen können, und doch drängen die Wölfe aus Euren Bergen auf unsere Weiden und töten Männer, Frauen und Kinder. Ihr seid ein Mörder, ein hinterhältiger Mörder.«

»Werft sie in den Kerker«, bellte der Baron.

»Nein!« rief Caspar. Seine Stimme erstickte beinahe im hohen, aufgeregten Geschrei der Garnison. »Das dürft Ihr nicht. Seit Hunderten von Jahren wurde niemand mehr dorthin verbannt.«

Nur einen kurzen Augenblick dachte May, der Junge zögere aus Mitleid. Caspar war aschfahl, und sein Blick zuckte zur Kerkertreppe hin. Er dachte an das Necrönd.

Finster blickte Branwolf auf seinen Sohn herab, die Augen schwarz vor Zorn. »Noch niemand hat gewagt, sich einem Baron von Torra Alta zu widersetzen. Eine dunkle, kalte Nacht wird ihnen die Köpfe geraderücken.« Er streckte seine Hand nach den Schlüsseln aus.

»Aber ...« Caspar zögerte.

»Die Schlüssel!« donnerte Branwolf.

Widerwillig zog Caspar sie aus seiner inneren Brusttasche.

Es dauerte zwei Tage, bis der Baron die Männer wieder freiließ. Da sie offensichtlich von starkem Willen und Durchsetzungskraft beseelt waren – geringere Männer hätten sich einem belbidianischen Baron nicht derart widersetzt – und die Strafe keineswegs hart war, hatte May erwartet, daß sie schlimmstenfalls elend oder niedergeschlagen wirken würden. Doch es war blankes Entsetzen, was sie in ihren weißen Gesichtern sah, als sie taumelten und über den Burghof flohen, ausgebuht und geprügelt von der Garnison.

»Laßt es euch eine Warnung sein!« donnerte der Baron. »Erzählt euren Kameraden, wenn ich sie dabei erwische, daß sie Wölfe aus den Gelben Bergen jagen, sperre ich sie in den Kerker und vergesse sie einfach.«

Eilig nahm Caspar von seinem Vater die Schlüssel entgegen und verschwand sogleich mit verstohlenem Blick.

May sah ihm nach. Auch sie brauchte diese Schlüssel.

Erst lange nach Einbruch der Dunkelheit hatte sie Gelegenheit, sie an sich zu bringen. Der geschäftige Lärm der Burg, das Rufen der Jungen, das stete Schlurfen von Schritten und Klappern der Hufe auf dem Burghof, selbst das Scheppern der Töpfe aus der Küche war verklungen.

Sie prüfte, ob die vier Küchenmägde, mit denen sie die Kammer teilte, selig schlummerten, öffnete heimlich die Tür zum Korridor nur einen Spalt weit und zwängte sich hindurch. Sie schlich durch die dunklen, hallenden Säle zu Caspars Kammer, und das Herz schlug ihr bis zum Hals, als sie die Hand an den Ring des Riegels legte. Die Tür war verschlossen. Sie fragte sich, ob jemand sie gesehen hatte. Man würde sich die Mäuler zerreißen, und liebend gern würden sich die Küchenmägde am Klatsch und Tratsch erfreuen. Aber das war ihr egal, solange man ihre wahren Absichten nicht ahnte.

Der Riegel bewegte sich knarrend, und überrascht sah sie, daß Licht aus der Kammer drang. Anfangs glaubte sie, Caspar müsse wohl noch wach sein, und überlegte sich eine vernünftige Ausrede für ihre Anwesenheit, bis sie ihn im Schlaf stöhnen hörte. Sie schob sich durch die Tür, blinzelte in der Flut des Kerzenscheins, der sich in einer glasigen Lache um Caspars Bett herum ergoß. Die Kerzen waren in einem Kreis um sein Bett aufgestellt, ihrerseits umgeben von einem Ring aus kleinen Steinen, allesamt innerhalb eines Rings aus wassergefüllten Kelchen. Um das Ganze waren Vogelbeerzweige zum Schutz gegen böse Geister ausgelegt.

May trat einen Schritt zurück. Der Junge auf dem Bett lag halbnackt da, Bauch, Brust und Stirn von Runen beschriftet, die zweifelsohne Brid geschrieben hatte. Widerwillig rümpfte sie die Nase. Eine Sekunde lang nahm der Anblick der festen Muskeln an seiner Brust sie gefangen. Er wand sich und zuckte im Schlaf, als kämpfte er mit einem Feind. In seiner Hand hielt er den Ring mit drei Schlüsseln, die Knöchel weiß vor Spannung.

Sie stand da und sah ihn an, wartete, bis sein Traum verging und sich seine Finger wieder lockerten. Sein Atem schien in der Stille der Kammer zu dröhnen, und endlos zogen sich die Minuten hin. Sie wagte nicht, auch nur einen Muskel zu bewegen. Endlich lag er still, die Hand weiter starr um die Schlüssel verkrampft. Sie schlich voran und zögerte, fürchtete plötzlich, die Kreise zu übertreten.

Sie schluckte fest, überlegte, welche Bannsprüche in den Kreis verwoben sein mochten, und kam zu dem Schluß, daß es sich um einen Schutzzauber handeln mußte. Sie war sich der Bedeutung von Steinen, Wasser und Feuer nicht sicher, doch wußte sie, daß die Vogelbeere dort war, um jene mit bösen Absichten zu vertreiben. Sie wollte aber nichts Böses, ganz im Gegenteil sogar, und sie betete darum, daß sie in der Lage wäre, die wachenden Kreise zu übertreten. Der flackernde Kerzenschein spielte auf den Schlüsseln, der uralte Rost vom gedankenverlorenen Reiben durch Caspars Finger abgewetzt. Sein schlanker Leib war von einem Schweißfilm überzogen.

Auf Zehenspitzen schlich sie voran. Als sie durch den Kreis nach seiner Hand griff, durchfuhr sie ein prickelndes Gefühl. Lange Gesichter mit riesigen schreienden Mündern und leeren Augen sprangen ihr aus dem Dunkel entgegen. Ondinen der Elemente, dachte das Mädchen ängstlich und blieb wie angewurzelt stehen.

»Verflucht seien all jene, die ihm schaden wollen, während er in den geweihten Kreisen ruht«, sangen sie, und langfingrige Hände streckten sich, um mit seinem Haar zu spielen.

»Nein, ich ... ich ... ich will ihm doch nichts tun«, stotterte May mit bebenden Lippen. »Ich liebe ihn. Ich komme, ihn zu retten.«

Der seltsam süße Duft von Geißblatt drang in ihre Nase, und sie spürte, wie die Geister ihren Leib durchdrangen, ihre Seele nach dem Geheimnis erforschten. »Sie liebt ihn«, murmelten sie. »Es stimmt.«

May wußte, daß es stimmte, wenn es auch schmerzte, es einzuräumen. Der Schmerz ihrer unerwiderten Liebe verdarb ihr jeden Tag des Lebens. »Ja, ich liebe ihn, und ich muß es tun, um ihn zu retten. Wenn ich es nicht tue, werden sie ihn hassen, die ganze Welt wird ihn hassen, und das Necrönd wird ihn vernichten. Helft mir! Laßt mich die Schlüssel nehmen!«

Die Geister wirbelten im Raum herum, flüsterten und drehten sich, schlangen sich um die eichenen Pfosten des großen Himmelbettes. Plötzlich rankten sie sich um Caspar. Mit federleichter Berührung streichelten sie seine Haut, lösten seine feste Faust und hoben die Handfläche sanft von seiner Brust. Seine Hand ging auf, und vorsichtig hob May die Schlüssel an.

Sobald sie diese hatte, wandte sie sich um und lief eilig aus der Kammer, nahm eine Kerze mit. Sie zog die großen Eichentüren hinter sich ins Schloß, zuckte zusammen, als sie sich schlossen, und rannte zum Burghof. Sie holte tief Luft, hastete die abgewetzte Wendeltreppe hinab, den fensterlosen Räumen im Herzen der Burg entgegen, wobei die kleine Kerze in ihrer Hand flackerte.

Die erste Tür führte in einen Raum mit einem hohen Gewölbe, der mit makabren Gegenständen angefüllt war. Sie versuchte, nicht zum Stock aufzublicken, und lief lieber an der gegenüberliegenden Wand entlang, abseits der Eisernen Jungfrau, die reglos an ihrer rostigen Kette hing. Ihre Kerze zitterte in der feuchten Luft und verlieh den Ketten Form und Leben. In ihrer Phantasie sah sie schreiende Menschen im Stock, den Wahn im Blick angesichts ihrer elenden Existenz, und dringend suchte sie die Tür, die Caspar ihr gelegentlich beschrieben hatte.

Die niedrige Eichentür ließ sich mit überraschender Leichtigkeit öffnen, und sie hielt die Kerze hoch, erwartete, etwas Monströses zu erblicken, doch in der engen Kammer gab es nur eine kleine hölzerne Schatulle. Bevor sie versuchte, sie zu öffnen, zögerte sie und las die warnenden Runen, die auf dem Deckel eingraviert waren.

»Bediene dich nicht an den Gaben der Götter, sofern sie sich nicht deiner bedienen«, murmelte sie, und ohne die Bedeutung zu begreifen, schob sie Caspars kleinsten Schlüssel in das Schloß. Kurz bevor sie aufschloß, fielen ihr drei Härchen auf, die auf dem Schloß lagen. Diese entfernte sie und klebte sie mit etwas Spucke seitlich an die Schatulle. Knarrend ging der Deckel auf, und sie schrie lauthals.

Ein körperloses Gesicht starrte sie an. Schwarze, augenlose Höhlen klafften ihr entgegen, und ein bestialisches Maul brüllte. Sie wich zurück, murmelte schützende Sprüche und schluckte fest. Als sie sich gefangen hatte, merkte sie, daß es nur der schwache Schein ihrer Kerze war, der ihr im Licht nun Streiche spielte. Es war kein Gesicht, sondern nur ein Ei, kaum größer als ihre Faust, das auf einem Bett aus Moos lag. Sie verfluchte sich, daß sie so dumm gewesen war, und streckte zögernd eine Hand aus, um es zu berühren.

Ihre Knie gaben nach, und vom Staunen überwältigt, sank sie an der Wand zusammen. Das feste Grundgestein, das die Zellenwände bildete, kam ins Wanken. Was sie als schwarz und fest kannte, rührte sich und nahm gespenstische Formen an: Untiere, Kreaturen mit unnatürlichem Antlitz, mit Löwenleibern, Pferdeköpfen und Flügeln und Klauen. »Befreit uns!« klagten sie. »Laßt uns noch einmal auf der Erde wandeln. Wir alle sind Wesen der Großen Mutter: Befreit uns!«

Sie hatte Caspar gefragt, was er empfand, wenn er

das Druiden-Ei in Händen hielt, aber er wollte nicht darüber sprechen, sagte nur, er spüre Haß, weil diese Kreaturen vor Rachegelüsten schier überschäumten. Auch sie spürte das.

»Hexenfrau, Kerkermeisterin, Mörderbrut!« Diese Worte kamen aus dem Nichts. Dann stieß eine gespenstische Drachenschnauze sie aus dem Dunkel an. Seltsamerweise empfand sie keine Furcht. Sie hielt das Necrönd fester und betrachtete das Geistertier, das denselben Raum wie fester Felsen einnahm. Blut quoll aus einem Schnitt in seiner Kehle, und ein lahmer Flügel hing von seiner Schulter. »Henkerstochter«, herrschte er sie an. »Ich bin dein Sklave.«

Sie schob das Druiden-Ei in einen kleinen Silberkasten, und das Bild der Tiere auf der Wand verblaßte. Morrigwen hatte ihr den Silberkasten gegeben, in welchem sie die Haarsträhnen vom Kopf ihrer Mutter hüten sollte. Mancher hielt es für makaber, aber von ihrer Mutter war ihr nichts sonst geblieben. Die rote Locke gab ein sicheres Nest für das Ei ab.

Sie überlegte, was zu tun war. Sie mußte alles so hinterlassen, als wäre nichts geschehen. Sorgsam legte sie die Härchen, die auf dem Schloß gelegen hatten, wieder zurück und ließ dabei eines auf den staubigen Boden fallen. Unmöglich ließ es sich finden. Sie zupfte eines von ihrem Kopf und sagte sich, daß in diesem trüben Licht sicher niemand den Unterschied bemerken würde. Sie schloß die Schatulle, zog sich in den Hauptraum des Kerkers zurück und schob die Zellentür mit der Schulter zu.

Schwitzend vor Angst und Mühe hastete sie eiligen Schrittes durch die Burg zurück zu Caspars Kammer. Mit angehaltenem Atem öffnete sie die Tür und trat ans Bett. Mit tränenfeuchtem Blick betrachtete sie ihn, streckte ihm die Hand entgegen, sehnte sich danach, ihn zu berühren, doch hielt sie sich starr zurück und sah ihn nur mit glasigen Augen an.

»Lebwohl, mein Geliebter. Möge die Große Mutter dich beschützen«, flüsterte sie.

Diesmal hießen die Ondinen sie willkommen, erkannten sogleich, daß sie nichts Übles im Schilde führte. Sie ließ die Schlüssel in Caspars Hand gleiten und sah traurig, wie sich seine Finger schützend darum schlossen. Sie hastete zur Tür, bemerkte den Zweig der Weißdornblüten nicht, der auf seinem Kissen lag. Mit der silbernen Schatulle an der Brust lief sie los, wußte, daß sie keine Zeit zu verlieren hatte. Die unangenehme Ahnung, daß ihr etwas auf den Fersen folgte, kroch ihr den Rücken hinauf.

Sie hatte alles bereit, und so eilte sie direkt zu den Ställen, um ihr Pony dort zu holen, eine alte, verläßliche Stute, die Caspar ihr ausgesucht hatte. Das Tier war fast rein weiß und hatte daher den großartigen Namen Rosalba bekommen, doch als ihr trottendes Wesen deutlich wurde, verkürzte sich dieser von allein auf Rosy. Leise führte sie die Stute durch die Seitentür neben den Falltoren, die in Friedenszeiten offenblieb. In der Dunkelheit wagte sie nicht, den steilen Weg hinabzureiten, sondern führte das Tier bis ganz nach unten, und erst dort am Grund des Tales wurde ihr bewußt, daß sie keine Ahnung hatte, wohin sie reiten wollte. Ganz benommen, tränenreich und aufgewühlt, wandte sie sich südwärts der Tiefebene Belbidias zu, folgte dem Lauf des Silberflusses. Stets hatte Morrigwen gesagt, das Wasser suche sich die natürliche Route, und im Zweifel solle man ihm folgen.

Erst als der Felsenturm nur noch eine dünne, ferne Nadel war und die Türme der Burg erstrahlten, als sich die ersten Strahlen der Morgensonne darauf fingen, wendete sie ihr

Pony, um sich umzublicken. »Lebt wohl, Mylord, ich werde Euch ewig lieben.« Fast erstickte sie an diesen Worten.

Sie wischte ihre Tränen fort und wandte ihrem vergangenen Leben den Rücken zu.

KAPITEL 4

Caspar blickte ins weiche Licht hinaus, und Stille umfing ihn. Er konnte nicht schlafen. Nichts rührte sich auf dem Band der Straße, die vom Grund der Schlucht zu den steinigen Höhen des Felsenturms führte. Seit Stunden hatte sich nichts geregt.

Die fahlen Umrisse eines Steinbocks mit langen, geschwungenen Hörnern glitten über die Straße und verschwanden hinter dem Schwarz zerklüfteter Felsen und der Leuchtfeuer, die man kürzlich entlang der Straße aufgehäuft hatte. Ein Gefühl der Unwirklichkeit, vielleicht aufgrund mangelnden Schlafes, erfüllte ihn. Er fühlte sich verloren, benommen. Dunkelheit bedeutete, daß er nicht nach ihr suchen konnte. Ihm blieb nur, im Wachturm über den Zinnen zu sitzen, die Straße im Auge zu behalten und sich nach Mays Rückkehr zu sehnen.

Tagelang hatte er im umliegenden Land und den Dörfern gesucht, noch das kleinste Kind und jeden vorüberfahrenden Händler nach ihr gefragt, doch niemand hatte sie gesehen. Überall hatte er nach ihr gesucht, und trotz allen Zorns seiner Mutter war er in den Kerker hinuntergeschlichen, um dort nach ihr zu suchen. Dort war sie auch nicht, und er hatte nur kurz nachgesehen, ob auch die drei Haare noch auf der Schatulle an Ort und Stelle waren.

Trotz seiner Sorge um Mays Sicherheit empfand er ein unerklärliches Behagen, ein Gefühl der Erleichterung tief in seiner Seele. Er spürte fast unnatürliche Energie in sich. Selbst der entzündete Kratzer an seinem Kopf verheilte.

May strafte ihn, dessen war er sicher, doch würde sie bestimmt bald wieder zu ihm kommen. Heute endlich würde sie heimkehren. Er beschloß, nicht hinauszureiten, um nach ihr zu suchen, sondern zu warten. Er vertraute darauf, daß sie zu ihm zurückkehren würde. Sie mußte es tun. Er liebte sie.

Das liebliche Lied einer Amsel ging durch die Lüfte, und in der Küche klapperte eine Pfanne, noch bevor der Hahn im Hühnerstall krähte und herausgelassen werden wollte. Er riß seinen Blick von der Straße los und wandte sich zum Burghof um. Eine schmale Gestalt rührte sich im Schatten. Er erkannte sie sogleich und eilte die Wendeltreppe hinab, um sie zu begrüßen.

Brid stand am Herzstein von Torra Alta, mit erhobenen Armen, um den Osten zu umarmen, während die Strahlen der blassen Sonne zwischen den Gipfeln der Gelben Berge hervorkamen.

»Sie hat mich verlassen, habe ich recht?« sagte er. Seine Sorge um May überschattete alles andere, selbst diesen Morgen.

»Mmmmh«, murmelte Brid abwesend, als hätte sie ihn nicht gehört. Caspar fühlte sich mißachtet, doch er mußte einräumen, daß er seit Tagen kaum von etwas anderem gesprochen hatte. Er versuchte, seine eigenen Sorgen zu vergessen, und dachte zum ersten Mal, daß auch Brid große Sorgen hatte.

Eben wollte er wieder gehen, als sie sich von ihren trüben Gedanken losriß. »Es macht keinen Sinn, nach ihr zu suchen«, sagte sie leise. »Sie hat sich fortgestohlen und will nicht gefunden werden. Vielleicht kommt sie bald heim. Sie war uns allen lieb, besonders dir.«

»Heute«, sagte er wehmütig. »Bis heute habe ich gewartet. Es sollte inmitten der großen Feuer geschehen, wenn sie zum mitternächtlichen Himmel aufstreben. Es sollte etwas Besonderes sein, damit wir es bis ans Ende unserer Tage nicht vergessen. Ich wollte ihr sagen, daß ich sie liebe und mir wünsche, sie wäre meine Braut. Doch nun ist sie fort.«

»Vielleicht kommt sie bald zurück«, erwiderte Brid, und die untypische Platitüde zeigte Caspar, daß sie mit den Gedanken nicht gänzlich bei der Sache war.

»Du weißt so gut wie ich, daß May kein Mensch übereilter Entscheidungen ist.«

Brid nickte in Gedanken.

»Ich hätte nicht warten dürfen«, schalt er sich selbst.

Die junge Priesterin klopfte ihm auf die Schulter. »Es tut mir leid, Spar, aber ich muß dich verlassen. Bis zur Zeremonie ist noch manche Vorbereitung zu treffen.«

Caspar fühlte sich von allen verlassen. Jedermann, so schien es, machte ihn für die Wölfe verantwortlich, und nun auch noch für Mays Verschwinden. Sie mieden ihn. Nur die kleine Wölfin, die aus der Wachstube hüpfte und übers Pflaster stolperte, begrüßte ihn überschwenglich und schnappte nach seinen Knöcheln, hieß ihn ohne jedes Vorurteil willkommen.

Kurz überlegte er, bei den Vorbereitungen für die heutige Wolfsjagd zu helfen, doch dann tat er seine Pflicht mit einem Schulterzucken ab. Er konnte sich den vorwurfsvollen Blicken nicht stellen. Brütend kehrte er auf das Vorwerk zurück und beugte sich über die steinernen Zinnen. Es war der Morgen des Beltane-Festes, der erste Tag des Silbermondes. Im klaren Morgenlicht waren die dunklen Hügel der Nacht deutlich zu erkennen, die Leuchtfeuer in Abständen vom Talgrund bis hinauf zum Burgtor. Weitere waren auf den drei konzentrischen Kreisen der Burgmauer aufgehäuft. Die Flammen züngelten am Felsenturm hinauf, umfingen die Burg und leuchteten von den Wehranlagen und den höchsten Türmen. Heute abend wäre Torra Alta ein

Flammenturm, zum Dank für die bevorstehende helle Jahreshälfte.

Er blickte in die ferne Schlucht, bis die Sonne seinen Rücken wärmte. Liebevoll kraulte er Runa, holte tief Luft und dachte, daß er sich vor seinen Pflichten nicht länger drücken konnte. Im Vorübergehen holte er etwas Brot aus der Küche, gab die Hälfte an den Wolfswelpen weiter und kaute freudlos am Rest herum.

»Hier, Master Spar, Ihr braucht mehr als das«, schalt ihn die Köchin. »Ich habe Eier und ein schönes Stückchen Schinken für Euch in der Pfanne. Ihr seid nur Haut und Knochen. Ihr werdet noch verkümmern.«

Er zuckte mit den Achseln und schlich davon, murmelte eine Entschuldigung. Er hörte die Stimme seines Vaters von den Ställen her, wo er die Jagd zusammenstellte. Caspar fragte sich, wo da der Sinn sein sollte. Sie hatten insgesamt nicht mehr als vier Kapuzenwölfe erlegt. In letzter Zeit sah er kaum noch in irgend etwas einen Sinn.

»Ich hatte mehr erwartet«, krächzte Morrigwen, als sie Keridwen bat, ihr den Anblick zu beschreiben.

Die Greisin hatte ein dickes Bärenfell um sich gewickelt und stöhnte, während sie von einem stämmig wirkenden Soldaten zur Bank getragen wurde, die man neben den Herzstein von Torra Alta in der Mitte des inneren Burghofs gestellt hatte. Caspar vermutete, daß das Bärenfell mehr wog als sie selbst. Unruhig arrangierte Keridwen Kissen, um die zerbrechlichen Knochen der Alten zu schonen. Nie zuvor hatte Caspar gesehen, daß sich seine Mutter solche Sorge hätte anmerken lassen, und betreten sah er zu und kaute an seine Unterlippe herum.

Die heutige Jagd hatte sich einmal mehr als fruchtlos erwiesen, und sie waren früh heimgekehrt, um sich für das

Fest bereitzumachen. Tausende Pilger drängten sich auf der Straße durch die Schlucht, eifrig darauf bedacht, an jenem Tag dabeizusein, wenn die neue Jungfrau in ihr Amt eingeführt werden sollte. Die Jagdgesellschaft hatte sich einen Weg durch die Pilger erkämpfen müssen. Einige Pilger lagerten schon um den Felsenturm und freuten sich am Wetter, das für diese Jahreszeit sehr warm war.

»Sie sind aus ganz Torra Alta gekommen, selbst ganz von der Westküste, wo die Rabenvögel und Dreizehenmöwen vor den Klippen tanzen und man in Torfhütten oder Höhlen wohnt«, plauderte Keridwen, um ihre Sorge zu verbergen. »Aber es sind weniger, als ich erwartet hätte, aus dem Süden angereist. Ein Dutzend etwa aus Jotunn und Farona, einige Hundert aus Quertos, doch kein einziger aus Ovissia. Ich weiß, dort macht man uns die Wölfe zum Vorwurf, nur hatte ich gehofft ...«

Als die Sonne unterging und die Berge schwarz über der Schlucht aufragten, so daß die letzten Strahlen die Gipfel trafen und sie wie Rubine leuchteten, entzündete Brid das erste Feuer. Die Kohlenpfanne, die über dem Herzstein hing, flammte knisternd auf, und auf ihr Zeichen hin wurden jene Leuchtfeuer auf den Wehranlagen und dem Vorwerk ebenfalls entzündet und tauchten alles in flackernd rotes Licht.

Brid wandte sich um und führte Nimue in die Mitte der Versammelten. Das zarte Kind taumelte voran, so daß sein weißes Hemdkleid um die Knöchel flatterte, und trat auf den runden Herzstein, der ins Pflaster des Burghofs eingelassen war. Die kleine Wölfin setzte sich und heulte mit tiefer und viel zu ausgewachsener Stimme für einen so kleinen Welpen. Trund blickte verwundert drein und stieß Runa mit seiner flachen Schnauze an.

Aufgeschreckt vom Wolfsgeheul, zupfte Nimue an Brids

Hemd. Die Priesterin kniete nieder und bot ihr etwas Blutwurz an, dann trat sie hoheitsvoll vor, um die Zeremonie zu beginnen. Ihre Fackel berührte einen Ring aus Kampferöl, der mit Kräutern vermischt war. Blaue Flammen schlugen im Kreis um jene Privilegierten auf, die sich auf dem inneren Burghof versammelt hatten. Sie stöhnten. Feuerwerkskörper knallten und heulten, dann barsten sie zu einem Schauer roter Funken, und Brid und Keridwen tanzten mit offenem Haar, drehten und drehten sich wild um den Herzstein.

Nimue mußte weinen.

Morrigwen hielt Caspar beim Arm, und während sie ihn so heftig knetete, daß ihre brüchigen Fingernägel an seiner Haut umknickten, murmelte sie leise etwas von bösen Omen. Dann schien sie zu vergessen, wo sie war, und auch die Bedeutung der Lage, denn sie knurrte aus tiefer Kehle und sagte verletzenderweise: »May sollte hier an meiner Seite sein, nicht du. Du hast sie vertrieben. Kein Mädchen wartet ewig. Du bist ein Narr, Spar.«

Der Rest der Versammelten schloß sich dem taumelnden Tanz an. Ohne jede Zeremonie oder Muster kreiselten sie umeinander, juchzten und johlten mit freudigen Stimmen.

Caspar tanzte nicht. Er verstand die Schwermut der Greisin und saß da, starrte seine Füße an und dachte an May. Dann ließ ihn eine plötzliche Spannung im Griff der Greisin aufblicken. Er folgte ihrem blinden Blick durch die wirbelnden Tänzer zu einer einsamen Frau in Schwarz, die sich einen Weg durch die Menge bahnte.

Kraftlos sank Morrigwens Hand von Caspars Schulter.

Einen Moment lang fürchtete er, sie sei gestorben. Immer und immer wieder hatte sie ihm erklärt, daß sie nur deshalb noch lebte, weil sie die neue Jungfrau finden müßte, und nun, da diese Aufgabe fast vollbracht war, neigte sich ihr Leben dem Ende zu. Dann packte sie ihn fest und zog ihn mit neuerlicher Kraft an sich. »Irgend etwas stimmt nicht. Jemand kommt heran.«

Caspar wunderte sich, woher sie es wissen konnte, denn immer wieder hatte sie gesagt, sie könne nur noch Feuerschein erkennen.

»Da ist eine Frau, eine Frau in Schwarz«, sagte sie langsam. »Sie sieht Nimue an.«

Die Menge teilte sich, und die beiden anderen Priesterinnen hielten abrupt in ihrem Tanz inne. Da die Frau ihnen nun nahe stand und das Licht ihr ins Gesicht schien, sah Caspar die Tränen, die über ihre Wangen rannen, als sie die Hand dem Kind entgegenstreckte. Nimue wankte vor, dann rannte sie ihr in die Arme.

»Mama, Mama!« weinte sie. Es waren die ersten Worte, die man auf Torra Alta je von ihr gehört hatte. Die Frau fiel auf die Knie und schloß das Kind in ihre Arme.

Caspar schluckte trocken. Die Mutter des Mädchens lebte. Nimue war kein Waisenkind! Morrigwen ließ Caspars Arm los. Leichter Frühlingsregen zog über den Himmel, ließ die Feuer zischen, und betrübtes Schweigen machte sich unter der Menge breit.

Die Frau sprach in Gefühlsaufwallungen. »Ich ... seht doch ... es liegt nun schon zwei Monate zurück. Ich habe sie aus unserer Heimat Piscera hierhergebracht und gebetet, daß Ihr sie mit Euren Mächten heilen könnt.« Ein Schluchzen ließ ihre Schultern erbeben, dann lächelte sie ihr Kind staunend an. Es dauerte einen Moment, bis sie sprechen konnte, obwohl niemand sie trieb. »Das Blut in ihrem Leib war niemals stark genug, und so starb sie auf der Reise. Dann – Grausamkeit aller Grausamkeiten – wurde ihre Leiche noch gestohlen. Man muß sie Euch gebracht haben, und nun sehe ich, daß es Feen gewesen sein müssen. Gepriesen sei die Große Mutter! Ihr habt geheilt, was sicher nur die Schlafkrankheit war, und ihr das Leben geschenkt, ein neues Leben.«

Die Frau schwang das Kind auf ihre Hüfte, und ein friedliches Lächeln breitete sich auf Nimues Miene aus, während sie die Schultern ihrer Mutter drückte.

Sprachlos starrten die drei Priesterinnen sie eine endlose Minute lang an, dann fing die Greisin an zu stottern und zu husten. Keridwen eilte ihr zur Seite, während Brid ihr Wasser brachte. Die alte Frau war zum Trinken nicht kräftig genug. Tränen rannen Brid über die Wangen.

»Mir bleibt keine Zeit«, keuchte Morrigwen.

Keridwen wiegte ihren siechen Leib, wiegte sie hin und her, während Branwolf der Menge leise sagte, man solle gehen. Morrigwen krächzte, und Keridwen beugte sich herab, um sie hören zu können.

»Sie sagt, die Leute sollen bleiben. Vielleicht ist die neue Jungfrau unter ihnen und sie gibt sich an diesem Tag zu erkennen.«

Aber niemand trat vor. Nur die kleine Wölfin schmiegte sich enger an Morrigwen und stupste sie sanft an.

»Du hättest uns zu ihr führen sollen«, stöhnte Morrigwen nach einigen angespannten Minuten, während deren nur ihr ungleichmäßiger Atem in der Stille der Menge zu hören war. »Die Runen haben gezeigt, daß du uns zur neuen Jungfrau führen wirst, aber du hast nur ein Kind von Toten mitgebracht. Erst wurde eine Mutterwölfin getötet, dann wandeln die Toten auf der Erde, und nun sterbe ich. Die Trinität wird zerbrechen.« Sie sah Keridwen an. »Meine letzte Aufgabe bestand darin, zu leben, bis eine neue Jungfrau gefunden wäre, doch nun sterbe ich. Ich habe versagt, meine Tochter.«

»Vielleicht hat es von vornherein May sein sollen«, murmelte Brid. »Obwohl sie in wolkenverhangener Nacht nicht auf den Mond deuten konnte, sieht sie doch nach alten Traditionen aus.«

Morrigwen stierte zum Himmel auf. »Wenn ich sterbe, bringt mich zum alten Steinkreis. Laßt mich von den Raben und Adlern sauberpicken. Wenn mein Skelett weiß und trocken ist, nehmt die Knochen meiner Hand und schnitzt die Runen hinein, damit sie für die neue Jungfrau bereitliegen. Dann nehmt meinen Schädel, bringt ihn hier zu Torra Altas Herzstein und schlagt ihn mit einem Felsbrocken der Gelben Berge in Stücke. Dann ritzt in jedes Stück die Rune der Hoffnung, denn mehr kann ich euch nicht bieten. Ich habe schon viel zu lang gelebt. Ich lasse mein Werk unvollendet, und die Last ruht nun auf deinen Schultern, Keridwen. Die Macht von zweien ist nicht die von dreien. Die Große Mutter wird dich nicht hören, und deine Mächte werden schwinden. Du bist nur noch du selbst, bis zu jenem Tag, an dem die Trinität wiederhergestellt wird. Lange haben wir uns bemüht, doch wir sind gescheitert.« Sie tätschelte den Wolfskopf. »O wildes Biest, möge ich ins nächste Leben übergehen und dich nach wie vor über die Hügel streifen sehen, wozu du geboren bist. Diese Berge gehören nicht dem Baron und seinen Nachkommen, sondern den Wölfen, die hier seit Tausenden von Jahren leben, lange schon bevor wir aus dem Süden heranmarschiert sind und die Höhlen der alten Welt um der fruchtbaren Erde des Nordens willen verlassen haben. Spar«, murmelte sie, »sorge dafür, daß diese Tiere nicht sterben müssen. Du hast die Rune des Wolfes gewählt, die Rune des wilden Wesens, und du bist ihr Hüter.«

Der Junge tastete nach dem runden Knochenstück, das er stets in seiner Tasche hatte, während die Tränen ungehemmt über seine Wangen liefen. Er weinte nicht nur um Morrigwen, sondern um sie alle.

Jene, die ihr am nächsten standen, wichen zurück, sahen sie an, warteten, rührten sich kaum. Sie warteten die ganze stille, wolkenlose Nacht und auch den nächsten Tag, wachten und beteten. Die Sonne zog ihren Bogen über ihnen, wärmte den kranken Körper der Greisin, doch als sie dem westlichen Horizont entgegenzog, weinte die blutrote Kugel ihre dämmernden Farben über die goldenen Berge, und frischer Wind wehte von Norden her.

Die Greisin schlug ihre Augen auf. »Ich folge der Sonne. Die Nachtluft ist für mich zu kalt.« Sie lächelte friedlich. »Ich habe mir alle Mühe gegeben, euch zu lehren. Ich habe das Banner einhundertfünfzehn Jahre lang getragen, weit länger als natürlich ist, und nun ruft mich die Große Mutter zu sich. Ich habe schlimmere Schmerzen, als ihr euch vorstellen könnt, und ich sehne mich nach Frieden. Keridwen, verzeih mir, daß ich dir diese Bürde überlasse.« Ihr Hand öffnete sich, und das letzte Flackern von Leben in ihren blinden Augen war vergangen.

Die Nacht verschlang die Schlucht. Der Wolfswelpe, gespenstisch weiß im Dunkel, warf den Kopf zurück und heulte. Das Heulen erfüllte die Burg, wehte über die Mauern und dann über die Berge hinaus, und dieser Ruf der Trauer wurde von Wölfen in fernen Tälern aufgenommen. Hoch über der Burg stieg ein Adler in den matten Himmel auf, kreiste durch die letzten Sonnenstrahlen, die den Boden nicht mehr berührten, und flog westwärts dem Tag hinterher.

Keridwen sank über der alten Frau zusammen, schlug das Bärenfell zurück, um sich nah an ihren Leib zu schmiegen. Caspar schluckte sein Schluchzen herunter und zog an der Schulter seiner Mutter, wollte sie irgendwie aus ihrer Trauer holen, doch sie schenkte ihm keinerlei Beachtung.

»Sie muß die wilden Wälder der Anderwelt durchqueren«, sagte Abelard sanft. »Möge ihre Reise in die Glückseligkeit des Annwyn zügig vonstatten gehen. Man sollte ihr ein Pferd geben, damit sie den trottenden Seelen vorausreiten kann, von allen verehrt, ihr Körper wieder stark, ganz wie ihr Leben stark war.«

Caspar spielte mit der Rune des Wolfes in seiner Tasche herum und spürte die Last der Verantwortung, als er sich die Tränen von den Wangen wischte. Die Wirklichkeit ihres Todes war kaum zu begreifen, und so starrte er die Tote an, die bereits blau war, während er mit zitternden Händen die Rune betastete.

»Die Trinität ist zerbrochen«, sagte Brid bebend. »Ich bin schwach, wie ich im ganzen Leben noch nicht schwach war.« Sie fuhr mit der Hand über Morrigwens faltige Stirn und stieß zwischen leisen Schluchzern hervor: »Morrigwen, wir brauchen dich.« Sie hob den Kopf und blickte südwärts in die belbidianische Tiefebene. »Hal, wo bist du, wenn ich dich brauche?«

Die Feuer brannten die ganze Nacht, während die Frauen weinten. Branwolf zog sich in seine Halle zurück, mit Trund auf seinen Fersen. Gesenkten Hauptes folgte Caspar ihm bald nach, und die kleine Wölfin tappte auf übergroßen Pfoten an seiner Seite. Er griff nach ihr, kraulte ihren Hals, und sie leckte seine Hand.

Am nächsten Morgen war die Menge nach wie vor um den Felsenturm versammelt. Die meisten kauerten an Lagerfeuern. Einige knieten im stillen Gebet. Allein die torraltanischen Frauen innerhalb der Burg setzten ihr Klagen fort.

Der Wind wirbelte um die Burg, blies den Rauch wieder in die Türme zurück, so daß der gesamte Felsenturm schwarze Schwaden ausblies, als brüteten die alten Drachen nach wie vor im hohlen Berg. Allmählich rührten sich die Pilger in ihrem kalten Schlummer und kamen nun als Trauernde, sich Morrigwens Leichnam anzusehen. Sie lag auf einer Eibenliege, das zottige Haar von Weißdornblüten durchwoben.

Die Blumen erinnerten Caspar an May, und die Trauer, die sie empfinden würde, wenn sie von Morrigwens Tod erführe, ließ ihn schier verzweifeln. Vielleicht würde die Nachricht sie nach Hause holen. Sicher würde sie ihr die letzte Ehre erweisen wollen. Hoffnung rührte sein Herz. Er stand auf den Zinnen, sah, wie die Pilger den kreiselnden Weg zur Burg erklommen, doch von May war nichts zu sehen. Er mischte sich unter die Leute, fragte, ob jemand ein Mädchen mit kastanienbraunem Haar und großen Haselnußaugen gesehen hatte, doch schüttelten die meisten nur den Kopf. Einige hatten auf Mädchen gedeutet, auf die die Beschreibung paßte, doch keine davon war May.

Unermüdlich suchte er den ganzen Morgen und kehrte dann zwecks besserer Sicht auf das Vorwerk zurück. Bald schon fiel ihm eine vertraute Gestalt auf. Freudig hüpfte Fern den steilen Anstieg zum Felsenturm hinauf.

»Spar!« rief er ihm zu, und seine fröhliche Stimme war ein Mißklang zwischen den ernsten Trauergesängen. »Ich habe sie gefunden!«

Halb laufend, halb fallend stürmte der Junge die Treppe im Inneren des Vorwerks hinab. Er drängte sich durch die Menge und hob den kleinen Faun von seinen Beinen. »Wo?« rief er verzweifelt. »Wo?«

Ferns Hörner waren fast ganz verschwunden und nun kaum mehr als samtige Knötchen, die aus seinem Lokkenschopf ragten. Doch mit seinen großen Augen, der langen Nase und der sandfarbenen Haut hatte er noch immer viel von einem Reh an sich.

»Im alten Teil des Brombeerwaldes östlich von hier.«

Caspar nickte, da es Sinn machte. Wieso hatte er nicht längst daran gedacht? Natürlich würde May dorthin reiten. Der östliche Teil der Gelben Berge war nur wenig bewohnt, und die Wälder an den Nordhängen waren dicht und verschlungen, da dort kaum Wildschweine lebten, die das Unterholz ausdünnten. Nur Wilde und Eremiten lebten dort.

»Die Wölfe verlassen den Wald, und bald wird sie sicher sein. Ich hätte mich nicht sorgen müssen«, fuhr Fern aufgeregt fort. »Natürlich ist sie gewachsen und so schön wie ihre Mutter. Sie hat mich gesehen. Einen Moment lang stand sie still und sah mich direkt an«, fügte er selig hinzu.

Langsam setzte Caspar Fern ab und versuchte, seine Enttäuschung zu verbergen. Der aufgebrachte Bursche sprach von Sorrel, seinem Rehkitz. Wahrscheinlich wußte er von Mays Verschwinden gar nichts. »Fern, ich freue mich für dich. Wirklich, ich freue mich.«

Fern tanzte aufgeregt herum. »Wichtig war nur, daß sie in Sicherheit ist. Sie hat mich lange angesehen.« Fern beendete seinen Tanz auf den hornigen Zehen und blickte traurig zu Boden. »Dann, Spar, ist sie fortgelaufen.«

»Du bist nun fast zu einem Menschen herangewachsen. Sie wird in dir eine Bedrohung gesehen haben«, erklärte Caspar, der helfen wollte.

Tränen traten in Ferns Augen. »Ich weiß.« Angewidert blickte er an sich herab. »Deshalb bin ich gekommen. Ich wollte nicht, aber ich kann nicht mehr im Wald leben. Ich habe die Buchen- und Birkentriebe probiert, die ich so gern mochte, nur schmeckte alles ... na ja, so holzig. Kannst du dir das vorstellen?«

Caspar dachte, daß er es möglicherweise konnte.

»Und ich habe Hunger, Spar, und weiß nicht, wohin ich sonst gehen soll.« Trübselig sah er zu dem Jungen auf.

»Fern, du bist hier willkommen. Natürlich bist du willkommen«, versicherte ihm Caspar eilig, aber der Faun hörte nicht zu, sondern betrachtete die Menschenmenge, die an der Greisin vorüberschritt.

»Eine sehr große Herde«, bemerkte er voll Sorge und drängte sich an den Sohn des Barons.

Caspar zuckte mit den Achseln und wies einen Soldaten an, Speisen für Fern zu holen. »Achtet darauf, daß kein Fleisch dabei ist. Ein Teller mit Kräutern, Obst und Brot wäre gut«, erklärte Caspar.

Bald kehrte der Soldat mit den gewünschten Speisen zurück, dazu mit einem riesigen Teller voller Spezialitäten der Köchin. Ferns Augen wurden bei diesem Anblick ganz groß. Er knabberte abwechselnd am Brot, den Kräutern und den Früchten, doch als er die Honigkekse der Köchin entdeckt hatte, rührte er nichts weiter an.

»Du wirst fett werden«, warnte Caspar.

Die gierigen Augen des kleinen Männchens quollen vor Wohlgefallen hervor, als er einen riesigen Bissen nahm und eilig kaute.

Ferns Ankunft konnte Caspar nur kurz von seiner Suche ablenken, und bald schon schlängelte er sich wieder durch die Menge und fragte nach May. Fern folgte ihm. Eifrig darauf bedacht, seinem neuen Herrn zu dienen, lief er zwischen den Trauernden umher und wiederholte zwischen den Bissen Caspars Fragen. Mancher sah ihn amüsiert an, andere wiederum mit einiger Verachtung, als wäre seine Begeisterung angesichts der bedrückten Stimmung in der Menge unangemessen. Dann verlor Caspar den Faun aus den Augen, als er sich durch die Menge drängte, und schenkte ihm keine weitere Beachtung, während er seine

Fragen der nächsten Pilgergruppe stellte, einer kleinen Gruppe von Rinderzüchtern von der Ostküste Jotunns. Einen Moment lang wirkten sie nachdenklich, doch dann schüttelten sie die Köpfe. Nein, sie hatten sie nicht gesehen.

Sein Mut war dahin. »Große Mutter«, flehte er, »hilf mir, sie zu finden.« Der Gedanke schoß ihm durch den Kopf, daß er das Necrönd nehmen und die Kreaturen der Anderwelt aussenden sollte, aber er widerstand der Versuchung. Schließlich hatte er Keridwen versprochen, daß er sich von den Kerkern fernhalten würde.

Plötzlich kam Fern herangeeilt, zwängte sich durch die finstere Reihe von Menschen, wobei er nicht merkte, daß er sie mit seinem rüden Verhalten gefährdete. Seine Nase zuckte, und seine sandige Haut war gerötet.

»Wolf!« keuchte er hervor.

Überrascht sah Caspar ihn an und fragte sich, was er meinte. Es war unvorstellbar, daß hier mitten zwischen den Leuten ein Wolf sein sollte.

»Beruhige dich. Hier gibt es keine Wölfe. Denk nach und sag mir, was du tatsächlich gesehen hast«, meinte Caspar und versuchte seinen Ärger zu verbergen.

»Ich habe nach May gefragt, wie du mich angewiesen hattest, doch dann hörte ich jemand anderen fragen. Er stank nach Wolf«, erläuterte er. »Groß, trug Wolfsfelle, roch nicht nach Mensch, nur Wolf. Ein Wolf, der auf zwei Beinen lief.«

In Caspars Kopf läuteten die Alarmglocken. Nach dem Überfall im Trollwald hatte Ceowulf behauptet, auch er habe einen unnatürlichen Wolf gesehen, der auf seinen Hinterbeinen lief. Caspar konnte sich nicht erklären, was die beiden damit meinen mochten, und wunderte sich nur, wieso jemand anderes nach May fragen sollte. Er bahnte sich einen Weg durch die Trauernden und suchte nach dem angeblichen Wolfsmann. Einmal erblickte er ganz kurz die grauen Umrisse eines Wolfspelzes bei einem großen Mann, doch die Menge schloß sich um Caspar, und er war zu klein, um über die Köpfe der Umsteheden zu blicken. Bis er sich an den Straßenrand gedrängt hatte und auf einen Felsbrokken geklettert war, um einen besseren Überblick zu bekommen, war weit und breit kein Wolfspelz mehr zu sehen.

»Habt ihr einen Mann im Wolfspelz gesehen?« fragte er die Leute in der Nähe. Die meisten sahen ihn mit leerem Blick an, doch ein kleines Kind sagte, es habe einen Mann mit riesigen Zähnen gesehen, der es angeknurrt habe.

»Hört nicht auf sie, Sir. Sie ist müde, mehr nicht«, erklärte die Mutter der Kleinen. »Du hast rein gar nichts gesehen, meine Süße«, tröstete sie.

»Hab ich wohl«, heulte das Kind mit angstvoll aufgerissenen Augen.

Eine Trompetenfanfare und das Klappern sich nähernder Pferde hinderten Caspar an weiteren Fragen. Jemand rief: »Obacht!« Pferde stürmten durch die Menge, und ihre Reiter traten Pilger beiseite und riefen wütend, sie sollten Platz machen.

»He! Was fällt Euch ein?« schrie er, als er die roten und blauen Farben von Ovissia erkannte. Ovissianische Edelleute waren die letzten, von denen er erwartet hätte, daß sie Morrigwen die letzte Ehre erweisen wollten.

Er rannte die Straße hinauf und holte sie auf dem inneren Burghof ein, wo sie wütend brüllten und ihre Pferde von der Mühe des harten Anstiegs keuchten und husteten.

»Wie könnt Ihr es wagen, die Ruhe unserer Totenwacht zu stören?« Branwolfs dröhnende Stimme füllte die Leere hinter den Burgmauern. »Die Nachricht muß dringend sein.«

»Das ist sie!« donnerte der Edelmann und sah voller Abscheu auf Branwolf herab. »Während Ihr den Verlust einer einzigen Frau beklagt, erleiden wir den Verlust Hunderter durch Eure Wölfe. Ihr haltet sie hier sogar als Haustiere.« Finster sah er Runa an, die sich hinter Keridwen drückte.

Caspar betrachtete seine Brosche, die den hohen Rang anzeigte, und die prächtige Uniform. Er sah das kurze Kinn, den runden Kopf, die auffälligen Ohren und bemerkte sogleich die Familienähnlichkeit. Branwolf zögerte einen Moment, musterte den Mann, dann lächelte er Baron Godafrid von Ovissias zweiten Sohn zum Gruß an.

»Irwin, Ihr habt Euch verändert. Von Mal zu Mal, wenn ich Euch sehe, werdet Ihr Eurem Bruder Tupwell ähnlicher. Willkommen an diesem traurigen Tag.«

Der Mann rümpfte die Nase und blieb zu Pferd. »Ich bin nicht hier, um Freundlichkeiten mit Euch auszutauschen. Erst schickt Ihr Wölfe, um unseren Lebensunterhalt zu zerstören, dann schickt Ihr drei meiner Männer zurück, nachdem Ihr sie gefoltert und in Euren Kerkern von Dämonen habt quälen lassen. Es ist die letzte Untat, die Torra Alta gegen uns begehen wird. Mein Vater ist zum König geritten, um zu besprechen, was mit Euch geschehen soll.«

Irwins Augen wurden schmal, und drohend beugte er sich vor. »In Farona spricht man nur noch von Eurer Niedertracht. Wir haben erfahren, wie Prinzessin Cymbeline, Prinz Renaud und mein Bruder neben weiteren Edelleuten gefangengenommen wurden. Der König glaubt, daß Ihr, Branwolf, die Wurzel dieses Anschlags auf seine Braut seid, und hält Euren Bruder Hal gefangen, um Euer zügiges Erscheinen bei Hofe zu sichern.« Er warf Branwolf ein Pergament in die Hand.

Ungläubig stand Caspar da, doch Branwolf zuckte mit keiner Wimper. Das Pergament war mit dem Siegel des Königs gestempelt, und eilig las er, was darin stand.

»Der König verlangt meine Anwesenheit«, verkündete er ruhig. »Und natürlich werde ich mich fügen, obwohl der Zeitpunkt unpassend ist.«

Caspar las den Rest der Schrift allein und schluckte angesichts der Worte. Der König drohte, seine Truppen gegen Torra Alta marschieren zu lassen, falls der Baron es versäumen sollte, bis zum Monatsende auch noch den allerletzten Wolf in seiner Baronie zu töten. Er kniete neben dem kleinen Welpen und drückte ihn beschützend an sich.

»Ich bin persönlich gekommen, Euch diese Botschaft zu überbringen«, verkündete Irwin, »und Euch mitzuteilen, daß sich die Hirten der Armee meines Vaters angeschlossen haben. Er wird sie aussenden, damit sie die Reihen des Königs schließen, um sicherzustellen, daß Ihr Euch seinem Befehl unterwerft. Wenn Ihr Euch nicht fügt, wissen wir, daß diese Wölfe Euer Teufelswerk sind, die den König vom Thron stoßen und somit dem Rest Belbidias Euer Heidentum aufzwingen sollen.«

Wütend kamen die Männer der Garnison heran.

»Laßt ihn!« befahl der Baron mit kalter, harscher Stimme.

Widerwillig zogen sich die Männer zurück und jubelten, als Irwin und sein Gefolge fortritten, wobei die Hufe ihrer Pferde auf dem nackten Fels der Straße um den Felsenturm gefährlich rutschten.

»Wir werden kämpfen! Wir bleiben hier und kämpfen!« rief einer der jungen Soldaten aufgebracht von den Zinnen herab.

Caspar blickte in die jungen Mienen, die vor Begeisterung fast überschäumten, begierig nach Ruhm und Ehre. Er war selbst noch jung, doch nicht mehr so unschuldig. Er hatte die Toten der Belagerung gesehen und wußte, daß Branwolf nicht darauf aus sein konnte, junge und unerfahrene Knaben in den Kampf zu treiben.

»Es liegt kein Ruhm darin, unseren König zu bekämpfen. Kommt!« forderte der Baron. »Spar, Hauptmann, folgt mir in die Halle. Spar!« Er stampfte davon und ließ die Frauen mit ihrer Trauer allein. Caspar hastete ihm nach.

»Ich muß umgehend reisen«, erklärte Branwolf, sobald sie unter sich waren.

»Auch wenn Ovissia bereit ist, Waffen gegen uns zu führen?« Caspars Mund war trocken. Zorn gegen die Nachbarn brodelte durch seine Adern, und er gab sich alle Mühe, seine Stimme ruhig zu halten.

»Was soll ich sagen, Spar? Sie halten es für eine Art Teufelswerk. Sie halten mich für meinen Namensvetter, den Schwarzen Wolf, und glauben, ich wolle Belbidia stürzen. Ich muß persönlich dort sein, um den König von meinem guten Willen zu überzeugen.«

»Laß mich das Necrönd nehmen«, schlug Caspar vor, und plötzlich war seine Stimme heiser und leise. »Ich kann all dem ein Ende machen.«

Knarrend ging die Tür auf, und Keridwen schwebte herein, mit tränenverquollenen Augen und zottigem Haar um ihre Schultern, das sonst immer schimmerte. »Niemals! Dein Tun hat uns in diese Lage gebracht. Das Allerschlimmste, was du tun könntest, wäre es, die Mächte freizusetzen. Es muß an Ort und Stelle bleiben, und bis unsere Schwierigkeiten aus dem Weg geräumt sind«, sagte sie voller Überzeugung, »werde ich mit Brid eine Möglichkeit ersinnen, wie das Necrönd für alle Zeiten vor der Menschheit verborgen bleibt.«

»Nein«, brach es aus Caspar hervor. »Ich bin sein Hüter! Die Große Mutter hat vor langer Zeit bestimmt, daß ich sein Hüter sein soll.«

»Aber du hütest es nicht, Spar. Du willst sein Herr sein«, erklärte Keridwen.

Brid kam durch den schmalen Türspalt und stand mit tränenfeuchten Wangen neben Keridwen. »Es ist deine Schuld«, klagte sie Caspar an.

Der Junge errötete und wandte sich ab, dankbar, daß die laute Stimme seines Vater die Aufmerksamkeit von ihm ablenkte.

»Wir haben dringendere Angelegenheiten zu bedenken. Der König ruft mich zu sich, damit ich mich den Anschuldigungen des Verrats stelle. Ich werde mit dem ersten Tageslicht nach Farona reiten. Spar, ich lasse meine Burg in deiner Obhut, aber natürlich wird der Hauptmann für den reibungslosen Ablauf in der Garnison sorgen. Keridwen wird dir zur Seite stehen. Und du wirst auf sie hören!« befahl der Baron, und seine Worte klangen drohend.

»Nein«, unterbrach Keridwen sanft. »Spar ist alt genug, sich der Verantwortung seines Geburtsrechts zu stellen, und meine Pflicht besteht darin, bei dir zu sein, Branwolf. Ich werde mit dir nach Farona kommen, um dem König deine ehrenhafte Absicht zu beweisen.«

Branwolf nickte. »Es wäre eine tapfere Tat, aber es bringt dich in Gefahr. Nie zuvor hat Rewik wissentlich eine heidnische Priesterin in seinen Thronsaal gelassen.«

»Wir alle nehmen Risiken auf uns«, sagte Keridwen feierlich. »Wir müssen tun, was in unserer Macht steht, um uns das Wohlwollen des Königs zu bewahren und ihn davon zu überzeugen, daß auch wir uns – wie alle seine Untertanen – danach sehnen, von diesen Kapuzenwölfen befreit zu sein.«

Branwolf blickte seinem Sohn in die Augen. »Mach dich für das Kommando bereit, Spar. Wir werden Morrigwens Leichnam im ersten Sonnenlicht aufbahren und gleich darauf abreisen. Torra Alta wird dann in deinen Händen liegen.«

Caspar schenkte ihm ein schiefes Lächeln. Er platzte ob

dieses Vertrauens nicht eben vor Stolz. Er wußte, daß es eine leere Geste war und der Baron auf die unzweifelhafte Kompetenz des Hauptmanns baute, wenn es darum ging, seine Burg zu sichern. Außerdem lag es allein daran, daß Hal nicht da war und sein Vater somit überhaupt einen Gedanken daran hatte verschwenden können, ihm das Kommando zu übertragen.

Mehr als die Hälfte dieser Nacht grämte sich Caspar im Dunkel seiner Kammer, lief auf und ab, ohne Schlaf zu suchen. Sie täuschten sich. Er wußte, daß sie sich täuschten. Er hatte sich nicht an dem Druiden-Ei zu schaffen gemacht, wie man ihm vorwarf. Er hatte sogar seine Kraft bewiesen, hatte sich den Besuch mehrere Tage lang versagt, und er war sicher, daß er ihre Probleme lösen konnte, wenn er es in ihrem Sinne nutzte. Er wollte warten, bis Keridwen fort war.

Er freute sich über den Morgen, wenn dieser auch eine traurige Aufgabe mit sich brachte. In den frühen Morgenstunden trugen sie den Leichnam der Greisin die gewundende Straße hinab und legten ihn innerhalb des uralten Steinkreises auf eine Felsplatte. Die Kleider wurden von ihrem Leib genommen, so daß die blaugraue Haut den Wind zu spüren bekam. Caspar fand es schrecklich, doch es war das, was Morrigwen gewollt hatte: sie alle an die Unumstößlichkeit des Todes und die Sterblichkeit des Fleisches zu erinnern. Keridwen nahm ihre Sichel, schnitt Morrigwens brüchiges Silberhaar ab und flocht es zu einem Knoten.

Traurig lächelte sie Caspar an. »Auf diese Weise kann ich wenigstens einen Teil von ihr bei mir behalten.« Sorgsam legte sie das kostbare Haar in ihren Beutel und rief dann, indem sie die Arme hob, die Geister der Elemente. Betend bat sie die Ondinen, Morrigwens Leib vor allem Übel zu beschützen. Caspar spürte das Beben in der Luft, und obwohl er weder etwas sehen noch irgend etwas hören konnte, hatte er doch das unangenehme Gefühl, als würde er von kritischen Blicken betrachtet.

Als alles vorüber war, nahm Branwolf seine Frau bei der Hand. »Wir müssen gehen.«

Caspar ritt mit ihnen bis ans Ende der Schlucht und gab seiner Mutter einen Abschiedskuß.

»Versprich mir, daß du das Necrönd nicht anrührst«, flehte sie. Ihre Miene war vor Trauer starr.

Er spürte, daß ihr Blick tief in seine Seele drang, und zum ersten Mal sah er in ihr nur die Mutter, nicht die Priesterin, deren Kräfte nun schwanden. Plötzlich war sie verwundbar. Er wollte es nicht versprechen, nickte aber trotzdem. Er durfte ihr keinen Schmerz mehr bereiten.

»Spar, konsultiere den Hauptmann, wann immer es vonnöten scheint«, befahl Branwolf. »Und sorge dich nicht. Ohne Zweifel wird König Rewik Hal noch im selben Augenblick freilassen, wenn ich in Farona bin, und in zehn Tagen, höchstens zwei Wochen, wird er hier sein, um dir zur Seite zu stehen.«

»Ich freue mich auf Hal«, sagte Caspar der Wahrheit entsprechend, obwohl ihm mißfiel, daß sein Vater davon ausging, er würde Hals Hilfe brauchen. »Aber ich schaffe es sicher auch ohne ihn, keine Sorge. Am Ende des Sommers bin ich erwachsen.«

»Kein Mensch ist mit achtzehn erwachsen«, meinte Branwolf. »Mit achtzehn hast du noch alle Fehler vor dir und keinerlei Bescheidenheit. Also, deine Aufgabe ist es, herauszufinden, wo diese Kapuzenwölfe ihre Jungen zur Welt bringen. Es muß irgendwo in den Bergen sein. Machen wir ihnen ein Ende.«

Graue Wolken ballten sich am westlichen Horizont, verhüllten die Gipfel, und Caspar vermutete, daß es selbst zu dieser Jahreszeit auf den höchsten Bergen schneite. Die Luft war feucht, und einzelne Regentropfen rannen über seine Wangen, als weinten die großen Götter im Himmel stille Tränen um Morrigwens Tod und den Umstand, daß Keridwen die Burg verließ.

Zwölf Tage ritt er mit den Männern aus, doch sie fanden kein Wolfsnest. Es überraschte ihn nicht. Im Grunde seines Herzens wußte er, daß sie irgendwie vom Necrönd kamen. Am dreizehnten Tag sehnte er sich nach Hals Rückkehr. Es war ein Wochenritt von Farona, doch mit einem schnellen Pferd konnte er es schneller schaffen, und er hatte erwartet, daß Hal spätestens jetzt wieder da wäre.

Mit müden Augen und noch in ihren ledernen Jagdkleidern vom Tag zuvor stand Brid schweigend an seiner Seite, hielt ihren Blick starr auf die Straße gerichtet und drehte den langen Zopf durch ihre Finger.

»Ich werde Morrigwen besuchen«, sagte sie mit angespannter Stimme.

Caspar beschäftigte sich mit anderen Pflichten, aber er sah immer wieder nach ihr, während sie Stunde um Stunde zwischen den Raben bei Morrigwens verwesendem Leichnam saß. Abelard stand an ihrer Seite, stets mit seinem Eibenbogen in der Hand, und blickte argwöhnisch umher. Und so kam es, daß Abelard als erster vor nahenden Reitern warnte, die vom südlichen Eingang her in die Schlucht kamen. Brid sprang auf die Beine und lief zu ihrem Pferd, gab ihm auf dem Weg zur Burg hinauf die Sporen, um besser sehen zu können.

»Ist er es?« keuchte sie, als sie auf den Burghof klapperte, von Sonnenelfs Rücken sprang und neben Caspar auf die Mauer stieg.

»Ich bin nicht sicher. Er könnte in ihrer Mitte sein, aber ich sehe nur Männer, die das Rot, Gelb und Schwarz der Königsfarben tragen.«

»Er ist nicht unter ihnen«, sagte Brid entschieden. »Er wäre ganz vorn, würde den anderen vorausgaloppieren.«

Tatsächlich waren es Soldaten des Königs, doch sie bogen nicht auf die Straße zur Burg ein, sondern ritten weiter nach Norden, nachdem sie kurz vor den Ställen am Fuß des Felsenturms haltgemacht hatten. Caspar schickte einen Soldaten hinunter, der herausbringen sollte, was sie im Schilde führten, und wartete ungeduldig darauf, daß der Bursche wiederkam.

»Master Spar, sie haben nur gehalten, um Korn zu kaufen, und gesagt, sie seien auf dem Weg nach Norden auf der Suche nach Prinzessin Cymbeline.«

»Und kein Wort von Hal«, rief Brid aus und warf ihren Zopf entschlossen über ihre Schulter. »Ich reite nach Farona«, verkündete sie.

»Das darfst du nicht«, verbat ihr Caspar. »Wir haben Morrigwen verloren. Keridwen ist fort. Wir brauchen dich hier.«

»Du kommst auch ohne mich zurecht, Spar«, gab sie zurück. »Und ich brauche nicht lang. Sicher ist Hal schon auf dem Heimweg, und ich treffe ihn unterwegs.« Sie lächelte optimistisch.

»Aber ...« Caspar suchte nach Worten. Er konnte sie nicht ziehen lassen. Er war sicher, daß er es allein nicht schaffen würde. Schon jetzt gab es ständig respektloses Gerede unter den jungen Soldaten der Garnison, das augenblicklich verstummen würde, sobald sein Vater wieder da wäre.

»Ich werde gehen. Da gibt es nichts zu wollen«, sagte Brid förmlich und unterstrich damit Caspars mangelnde Autorität auf der Burg.

»Ich stelle eine Eskorte zusammen«, meinte er.

Sie zuckte mit den Achseln. »Abelard wird mit mir kommen.«

»Das reicht nicht«, protestierte Caspar.

Brid lachte. »Wenn könntest du schicken? Ich hätte mehr damit zu tun, auf sie achtzugeben als sie auf mich. Außerdem brauchst du jeden Mann, wenn du die Wölfe finden willst. Abelard nützt mir mehr als hundert aufgeregte Knaben.«

Verzweifelt sah Caspar, wie Brid auf Sonnenelf unter den Falltoren hindurchritt, während Abelard hinter ihr auf einem stämmigen alten Bergpferd saß. Der Bogenschütze wirkte im Sattel nicht eben glücklich, und Caspar dachte, er wäre sicher lange vor Farona schon sattelwund.

Er wurde mutlos, als sie nicht mehr zu sehen waren. Er versuchte sich aufzurichten und hoffte, er sähe aus, als hätte er Befehlsgewalt. Die Garnison aus Knaben und jungen Burschen sah ihn unruhig an, was seinen eigenen Gemütszustand widerspiegelte.

»Sir?« Der Hauptmann salutierte und wartete auf Order.

Caspar grinste verlegen. Niemand auf der Burg hatte ihn jemals »Sir« genannt. Er hustete. »Mmh, Hauptmann ...«, begann er unentschlossen, dann hielt er inne. Eben wollte er seine Befehle für die heutige Jagd ausgeben, da wurde er von lautem Rufen und Hufgeklapper unterbrochen. Der Trupp, den er vor vier Tagen in die abgelegeneren Gebiete Torra Altas ausgesandt hatte, kehrte endlich heim.

KAPITEL 5

Sie wollen nicht sagen, woher sie kommen, Master Spar«, rief einer der Männer des Jagdtrupps aufgeregt, während die anderen Soldaten darum rangen, drei säuerlich dreinblickende Männer festzuhalten.

»Wir haben sie im Wolfsrachen aufgegriffen, als sie in den Geröllhalden herumgruben, die mit den Lawinen heruntergekommen sind. Fallensteller sind es, die Ponys mit Fallen, Knüppeln, Messern und Pelzen beladen. Aber sie haben gegraben! Und das tun Jäger sonst nicht.«

Die Soldaten brüllten und stritten so laut, daß Caspar nicht wußte, was er denken sollte.

Einer wandte sich den drei Fallenstellern zu, die im festen Griff der anderen Soldaten waren. »Wir sollten euch in eure eigenen Fallen setzen und auf dem Burghof ausstellen. Das wäre euch eine Lehre. Dann würdet ihr uns sagen, wonach ihr gegraben habt!«

»Mmmh ... hört mal«, begann Caspar leise. Die Soldaten stritten weiter um die Gefangenen, stießen sie grob umher. Das Blut stieg ihm zu Gesicht, und er hob eine Hand, damit sie schwiegen, aber er hatte keine Ahnung, was er tun sollte. Schon zerrte Pip das Gepäck von den Pferden und wühlte darin herum. »Pip!« rief er. »Warte doch, bis wir Anweisung bekommen.«

»Aber, Master Spar, seht es Euch doch an.« Weiterhin riß Pip Pelze, Kleidung, Kochtöpfe und Proviant hervor, während sich die anderen Männer um ihn sammelten. Caspar war von einer Ahnung drohenden Unglücks erfüllt. Eine schwere Hand lastete auf seiner Schulter, und er sah dem Hauptmann ins Gesicht.

»Handelt entschlossen«, murmelte er. »Ihr müßt nicht gleich wissen, was Ihr mit diesen Jägern anstellen wollt, nur gebt den Männern eine Aufgabe, irgendeine Aufgabe. Sie brauchen die Gewißheit eines Befehls.«

»Aber ...«, stammelte Caspar.

»Ich will es Euch zeigen.« Der Hauptmann war ein freundlicher Mensch, der sich stets zurückhielt, und Caspar hatte großen Respekt vor ihm. Er erfüllte seine Pflichten mit stetiger Einsatzfreude, suchte niemals Anerkennung, und Caspar wußte, wie dankbar sein Vater für die Erfahrung und das entspannte Wesen des Mannes war. »Olwen, Rollo, kümmert Euch ums Pferd. Will, Bronn, ihr ladet die Ponys der Fallensteller ab und führt sie in den Stall.«

Er senkte seinen Kopf und raunte Caspar zu: »Jetzt kommt das Wichtigste.« Dann sprach er lauter weiter: »Pip, du bewachst die Satteltaschen und achtest darauf, daß niemand sie anrührt, hörst du?«

Pip salutierte schneidig und grinste zufrieden.

»Gebt dem Burschen stets die Aufgabe, die er für wichtig hält«, riet der Hauptmann. »Er macht seine Sache gut, wenn er das Gefühl hat, man wüßte ihn zu schätzen, ansonsten stört er nur.«

Bald schon hatte alles seine Ordnung. Die Fallensteller waren in der Wachstube untergebracht, vom alten Brock gehütet. Der Inhalt ihrer Satteltaschen, den Pip überraschend ordentlich arrangiert hatte, lag zur Inspektion bereit. Caspars Blick strich über Messer und Beile und ruhte dann auf einem kleinen, fest verknoteten Lederbeutel. Er schnitt das Band mit seinem Messer durch und schüttete den Inhalt in seine Hand. Auf den ersten Blick sah er schlichte, grobe Steine, doch als er sie in seiner Hand umdrehte, merkte er, daß die kleinen hellgrauen Kiesel von roten Flecken durchzogen waren. Er rieb einen am anderen, um die Außenschicht von mattem Stein abzuschlagen, und legte darunter das helle, schimmernde Rot einer Gemme frei, aus deren Herzen ein goldenes Leuchten wallte. Augenblicklich war ihm klar, daß er Sonnenradrubine vor sich sah.

Er marschierte zur Wachstube und warf die Tür auf. Die Augenbrauen des alten Brock schoben sich vor Überraschung in die Höhe, als er ihn derart vehement eintreten sah. »Für wen arbeitet ihr?« fuhr Caspar die Fallensteller an, die ihn weit überragten. Der Zorn gab seiner Stimme Autorität.

Gleichzeitig blickten die Jäger dort an der Wand finster zu ihm auf. Der alte Brock riß den Nächstsitzenden bei den Ohren auf die Beine. Brock war ein großer Mann, und wie alle alten Soldaten, die während Caspars Kindheit auf der Burg gelebt hatten, war er hart gesotten, ernst und von schlichten Prinzipien. »Du, antworte dem Sohn des Barons«, knurrte er und drehte das Ohr zwischen seinen Fingern.

Der Jäger war ein harter Bursche und schien von Brocks Behandlung nicht sonderlich beeindruckt. »Wir arbeiten für den König und töten Wölfe«, erwiderte er spöttisch.

»Und was macht ihr dann mit diesen hier?« wollte Caspar wissen und hielt den Beutel mit den Sonnenradrubinen hoch.

»Die hab' ich einem Burschen abgenommen, der sich an unseren Fallen zu schaffen gemacht hat«, gab er säuerlich zurück.

»Warum habt ihr im Geröll herumgegraben?«

»Wir hatten einen Bau gefunden und dachten, vielleicht wären da junge Bären.«

Caspar wußte, daß der Jäger log, war sich jedoch seiner Unfähigkeit, die Wahrheit herauszubringen, schmerzlich bewußt. Außerdem war er sicher, daß sie sich hinter ihrem säuerlichen Grinsen vor Lachen über ihn die Bäuche hielten. »Wißt ihr, was das hier ist?« Er hielt eine Faust voll ungeschliffener Rubine hoch.

»Natürlich wissen wir das. Es sind Rubine. Deshalb haben wir sie dem Burschen abgeknöpft. Wir wären wohl kaum so dumm, eine solche Beute zurückzulassen, oder?«

»Für wen arbeitet ihr?« Der Hauptmann knallte die Tür hinter sich zu, zückte sein Schwert und sah sich aufmerksam an, wie scharf die Klinge war. Ein scheußliches Grinsen zog sein Gesicht auf einer Seite in die Höhe.

»Werft sie in den Kerker!« rief Pip aufgeregt.

Caspar stöhnte. Wie war der Junge hier hereingekommen? Das allerletzte, was Caspar wollte, war, daß die Männer in den Kerker kamen ... so nah am Necrönd.

»Hängt sie an die Falltore«, meinte Brock und rammte dem einen den Knauf seines Stocks in die Rippen. »Sie werden schon reden, wenn die Raben über ihnen kreisen.« Er schlug dem stehenden Jäger in den Magen, hob dem Mann den Stock in sein Gesicht und stieß ihn an die Wand. Blutspuckend glitt der Fallensteller neben seinen aschfahlen Gefährten zu Boden.

Caspar wand sich. Er wußte, daß sie Antworten aus diesen Männern herausbekommen mußten, aber er wollte nicht, daß man sie aus ihnen herausprügelte, und wünschte, es wäre jemand da, der ihm die Verantwortung hätte abnehmen können. In keinem Falle konnte er Folter dulden. »Genug«, sagte er leise und legte eine Hand auf Brocks Arm. Zufrieden sahen die Jäger ihn an.

»Bringt sie zum Steinkreis und laßt sie die Nacht bei Morrigwens Leichnam an Pfähle gefesselt verbringen«, befahl er dem Hauptmann, der scharf salutierte, wenn er dabei Caspar auch zweifelnd in die Augen sah. Es war mitnichten eine harte Strafe, da die Nächte warm waren und kein Wolf der Burg so nahe kam.

Enttäuscht sah Pip Caspar an. »Aber Master Spar, der Baron hat die anderen in das Verlies gesperrt.«

»Das war vor Morrigwens Tod.« Caspar gab sich alle Mühe, geheimnisvoll zu klingen, um sein mangelndes Selbstvertrauen zu verbergen. Alle Blicke ruhten auf ihm, und er wußte, daß er sich keinerlei Zögern mehr anmerken lassen durfte.

»Wir sollten sie in den Ker...«, wollte Pip beharren, doch endeten seine Worte, als Brock ihn beim Kragen nahm und zur Tür schleppte. »Master Hal würde dafür sorgen, daß sie richtig bestraft werden. Abelard wüßte, was zu tun ist«, rief der Junge über seine Schulter zurück.

Caspar wußte, daß der alte Brock Pip für seine Unverschämtheit bestrafen würde, und so wandte er sich wichtigeren Dingen zu. An diesem Abend wachte er über die drei Fallensteller, die an Pfähle um Morrigwens welken Leichnam gefesselt waren. Dieser war unangetastet. Caspar hatte erwartet, daß sich Maden unter der Haut gütlich täten, doch von Verwesung war kaum etwas zu sehen. Friedlich lag sie im sommerlichen Sonnenuntergang, mit den blauen Runen der Liebe und Bewahrung auf der Haut, wo Brid und Keridwen sie aufgemalt hatten. Sie sah dennoch kalt und einsam aus.

Die Fallensteller waren noch nicht gefügig. »Das ist alles, was von der großen Burg von Torra Alta übrig ist? Ein kleiner Junge?« verspotteten sie Caspar. »Glaubst du wirklich, es würde uns erzittern lassen, hier bei einer Toten gefesselt zu sein? Dir fehlt der Mumm, Männer zu befehligen. Eine Grenzburg, auf der ein Junge das Kommando führt! Ha! Du hast doch Mitleid mit uns, wie du Mitleid mit den Wölfen hast. Kein Wunder, daß sie hier überall herumlaufen.«

Caspar beachtete sie nicht, sondern betete zur Großen Mutter und hoffte, daß die Nähe der toten Morrigwen, die dort nackt im Wind lag, ihm Kraft verleihen würde. Er fühlte sich bei ihrem Leichnam seltsam wohl. Sie sah so friedlich aus, wenn der Wind im Zwielicht ihr das kurze Haar raufte.

Er wich den Blicken der Männer aus, die nach ihm spuckten und ihn einen Wolfsliebling und Kindsmörder nannten. Vielleicht würde ihm hier im Steinkreis manches deutlich werden. Er fühlte sich seltsam friedlich, als die Dunkelheit ihren Mantel über das Land breitete, wenn er auch hörte, daß der eine oder andere seiner eigenen Männer murmelte, er verlöre nun wohl gänzlich den Verstand. Er achtete nicht auf sie und konzentrierte sich auf Morrigwens Leichnam. Sie allein konnte ihm nun noch raten, und langsam konnte er klar denken.

Es überraschte ihn, daß May nicht heimgekehrt war. Die Nachricht vom Tod der Greisin hatte sie doch sicherlich erreicht, wo immer sie auch sein mochte. Ebenso war Hal nicht heimgekehrt. Seine Gedanken wurden vom leisen Flüstern der Fallensteller unterbrochen. Caspar wußte nicht, wie er mit diesen Männern umgehen sollte, und war zutiefst entnervt. Er mußte nur irgendein Untier mit dem Necrönd rufen, und schon wären sie wie versteinert, bereit, ihm alles zu erzählen. Aber er hatte seiner Mutter versprochen, daß er es nicht tun würde, und ein Torra Altaner hielt sein Wort.

Er seufzte schwer, zog sein Bärenfell um sich und betete einmal mehr zur Großen Mutter. Stunden verstrichen, Ängste kamen und gingen. Er erinnerte sich daran, daß Morrigwen kurz vor ihrem Tod von Gwion, dem Bruder seiner Mutter, gesprochen hatte, den sie aufgezogen hatte, als wäre er ihr eigener Sohn, und wie sehr sie fürchtete, ihm im nächsten Leben zu begegnen. »Ich spüre seine Nähe so deutlich.« Morrigwens Stimme hatte gebebt, als sie von ihm sprach. »Es ist, als sei er noch am Leben und wartete auf die Gelegenheit, mich zu vergiften.«

Caspar hatte versucht, sie zu beruhigen. Er war Zeuge gewesen, als das Runenschwert den Priester über eine Klippe in den Tod stieß. Im Schneesturm hatte niemand den Leichnam gefunden, nur den Schrei gehört, als er abstürzte. Aber er konnte unmöglich noch leben.

Kalt durchfuhr es ihn. Hier, im Schutz des Steinkreises, herrschten Todesahnung und ein brütender Zorn, von dem er meinte, dieser richte sich gegen ihn. Er dachte an alle Leute, die ihm vielleicht übelwollten, und ihm wurde klar, daß er zahllose Tode zu verantworten hatte, all die Zehntausende Vaalaker, die seinetwegen gefallen waren, weil er Untiere aus der Anderwelt gerufen hatte, um die Angreifer aus Torra Alta zu vertreiben. Er zog sein Bärenfell fest um die Schultern.

Es war nach Mitternacht, als der Vollmond direkt in die Schlucht schien und die großen Türme von Torra Alta erhellte, was Blitze aus weißem Licht in die Tiefen des Tales schickte. Dann kam etwas Fremdes über ihn, ein plötzliches Gefühl von Gewißheit, als wäre ihm die Last der Verantwortung von seinen Schultern genommen.

Es war noch jemand da. Er setzte sich auf, war sofort wach. Einer der drei Gefangenen stöhnte furchtsam, doch Caspar war keineswegs entsetzt, als sich die Leiche rührte. Dünne, verschleierte Umrisse schwebten über der Toten. Er näherte sich dem Altarstein in der Mitte des Steinkreises und griff ins matte Licht hinein. Ein Auge ging im Äther auf und starrte ihn offen an, blitzte rot im Mondlicht. Ein Gesicht formte sich aus, das Gesicht einer hübschen jungen Frau. Aus Morrigwens Leichnam stieg sie auf, die Haut im

Mondlicht silbrig, Brüste und Bauch mit Symbolen aus Sternen und Monden bedeckt.

»Necrönd«, murmelte sie schwach, und ihre Hand kam dem Jungen forschend entgegen. Er nahm die Hand, doch als ihre Finger die seinen berührten, fühlte er die verkrüppelte, knochige Hand einer alten Frau. Sie packte ihn und zog ihn heftig an sich.

Die Nachtluft im Steinkreis rührte sich. Dämpfe traten aus den spitzen Obelisken und ballten sich zu vier nebulösen Formen, die bisweilen nackten Frauen glichen und dann wieder nichts als wirbelnder Rauch waren. Die fließenden Formen unterschieden sich insofern voneinander, daß sie, wenn sie sich zu erkennbareren Umrissen verdichteten, von den Fingern und Haaren der einen Flammen leckten, von einer anderen Wasser tropfte, die dritte durch die Lüfte schwirrte und heulte wie der Wind, und die letzte sich langsamer bewegte und die festeste Form besaß. Die Ondinen, dachte Caspar und wußte nun, daß sie die vier Elemente darstellten.

Sie zerrten ihn an Armen und Haaren rückwärts, bissen ihm in die Hände, damit er Morrigwens tote Finger losließe. Die junge Frau wischte die Ondinen mit einer Handbewegung fort und tanzte wild im Kreis herum, sprang, als erfreute sie sich der Anmut und Freiheit ihres Körpers. Während sie hüpfte und sich drehte, schickte sie den Fallenstellern die Ondinen, wobei die eine Ondine einen Wasserstrahl über sie erbrach, eine andere ihnen Feuer in die Gesichter hauchte. Die Ovissianer schrien und stammelten.

Ein Summen und Surren wie schwärmende Wespen erfüllte Caspars Hirn, so daß er sich benommen fühlte. Die Luft wurde schal, und die Frau mit dem dunkelroten Haar schwebte von Morrigwens Leichnam zurück, als würde sie von einem Riesenmund angesogen. Der Leichnam bebte, und der tote Mund keuchte vor Schmerz.

Caspar roch Rauch und nahm eine Verzerrung in der Atmosphäre vor seinen Augen wahr. Irgendwie paßte die Zone um Morrigwen nicht zum Steinkreis. Plötzlich war die Luft ganz heiß, und er konnte Stimmen hören. Augenblicklich wußte er, daß der Schleier zwischen dieser Welt und der Anderwelt beiseite gerissen war und er in die Kerker von Abalone blickte. Vier der gelbäugigen Wesen aus der Anderwelt packten Morrigwen und trieben ihr lange Spieße in Knie und Ellenbogen, bogen die Gelenke auseinander. Sie schrie ganz schrecklich.

Einer der drei Fallensteller erbrach sich vor Angst bei diesem grauenvollen Anblick, während die anderen beiden von Dämonen heulten. Caspar beachtete sie nicht.

»Es reicht«, flehte eine weibliche Stimme. Die dreizehn Mitglieder des Hohen Rates blickten von einer Zuschauergalerie über den Kerkern auf Morrigwen herab, und es war Saille, der Geist des Weidenbaumes, der gesprochen hatte. Caspar erinnerte sich gut an sie.

»Ihr könnt eine alte Frau nicht derart foltern, Oberförster. Haltet ein!« befahl die Ratsfrau.

Ein kleiner Mann mit grünen Hosen und nacktem Oberkörper sah erwartungsvoll zu ihr auf. Caspars Magen knotete sich zu einer Faust bitteren Hasses zusammen, da er Talorcan erwartete, den Oberförster, der Brids Liebe mit seinem Zauber gestohlen hatte, um ihr die Seele zu nehmen. Aber hier war nun ein anderes Wesen, etwas größer und dünner mit enger zusammenstehenden Augen, die ebenso gelb leuchteten wie Talorcans. Anscheinend hatte man Talorcan ersetzt.

»Nein, fahrt fort«, befahl Tinne, der aggressive Geist der Stechpalme.

Der Förster zog es vor, eher diesem als Sailles Wunsch nachzukommen, und nahm ein stählernes Eisen aus einer Grube voll glühender Kohlen.

»Wir sollten bei dieser alten Frau keine Ausnahme machen. Es ist ihre eigene Schuld, daß sie die Schrecken dieser Kammer erdulden muß. Sie müßte nur ihr Leben aufgeben und die Reise durch den Wald in die Glückseligkeit des Annwyn antreten«, sagte Phagos ruhig und kaute knirschend an einer Buchecker, die er aus seinem Bart gezupft hatte.

Caspar war verwirrt. Er hatte geglaubt, Morrigwen wäre darauf bedacht gewesen, die Glückseligkeit des Annwyn zu erreichen. Er konnte nicht glauben, daß sie bereit war, in ihrer Verzweiflung wieder zu ihnen zu gelangen, solche Schmerzen zu ertragen.

»Sie ist eine der Drei Ergebenen Dienerinnen. Nie zuvor wurde die Trinität zerbrochen. Man muß ihr die Rückkehr erlauben«, meinte Saille.

»Nein!« Phagos war unnachgiebig. »Das Gesetz ist klar. Sie hat weit länger als die meisten gelebt, und es ist ihre eigene Schuld, daß sie in ihrer Lebenszeit nicht erreicht hat, was sie wollte. Wenn sie die Nachfolgerin der Jungfrau in hundertfünfzehn Jahren nicht gefunden hat, gibt es keinen Grund, wieso es ihr jetzt gelingen sollte. Sie hatte Zeit genug. Förster, fahrt fort.«

»Nein!« schrie Caspar durch den rauchverhüllten Eingang in die Anderwelt, während die drei Fallensteller heulten und stöhnten, als sich der Förster über Morrigwens ausgestreckten Leib stellte.

Der Förster nickte seinen vier Assistenten zu. Einen Moment zogen sie ihre Spieße aus den Gelenken der Greisin, und sie keuchte vor Pein.

»Alte Frau, zieh weiter. Umarme dein nächstes Leben.

Gib die Verantwortung ab. Es ist nicht mehr an dir, dieses Mädchen zu finden.«

Finster sah sie den Förster an, und Caspar spürte, wie die Kraft ihres Widerstands und der Verzweiflung in Wellen durch die Luft ging.

Der Förster spuckte auf die Spitze eines rotglühenden Spießes, so daß dieser zischte, und er zögerte nicht mehr. Wütend stieß er ihn in ihren Bauch, stemmte sein Gewicht dagegen, bis er sich tief in ihren Unterleib bohrte. Ihr Körper rollte sich darum, Arme und Beine wanden sich im Schmerz. Ihr Augen traten hervor, und eine Hand streckte sich Caspar entgegen.

»Necrönd!« kreischte sie und sank in Ohnmacht.

Der Förster stampfte mit dem Fuß auf ihren Brustkorb, riß den Spieß hervor und nickte seinen Männern zu, sie sollten ihren leblosen Leib in ihre Zelle bringen. »Schafft sie wieder her – falls sie sich noch immer widersetzt –, sobald sie zu sich kommt.«

Das rauchige Loch in der Atmosphäre war verschwunden. Caspar merkte, daß er Morrigwens Leichnam anstarrte. Er packte ihre knochigen Schultern und schüttelte sie wild, so daß ihr Kopf wackelte. »Morrigwen, gib dein Leben auf. Wir finden die neue Jungfrau. Ruhe. Ruhe in Frieden. Es ist jetzt unsere Bürde, nicht mehr deine.«

Die kleine Wölfin, die sich die ganze Zeit über im Dunkel ruhig verhalten hatte, sprang auf einen Stein, warf vor dem Hintergrund des runden Mondes ihren Kopf in den Nacken und heulte.

Caspar strich über Morrigwens papierne Wange, die im Mondlicht silbern schimmerte. »Laß nicht zu, daß sie dich foltern.«

Ihr Kopf sank zur Seite, die Zunge zwängte sich zwischen blauen Lippen hervor. Ihre Augenlider schoben sich zurück, und Caspar war nicht sicher, ob es eine Täuschung des Lichts war oder ob er tatsächlich in die leuchtenden Augen einer jungen Frau blickte, die sehr lebendig war. Entsetzt ließ er den Leichnam sinken, und der dünne Schädel schlug knackend an den Stein. Die Bewegung ließ eine Blase von Blut aus dem Hals dringen. Es rann seitlich aus ihrem trockenen Mund, während feuchtes Gurgeln mit dem Blut hervortrat. »Necrönd«, schien es zu sagen.

Eine weiße Made schlängelte sich aus einem Tränenkanal. Er schluckte die Galle in seiner Kehle herunter. Er fürchtete, daß Morrigwens gepeinigte Seele seinen Widerwillen spüren mochte. Er mußte ihr helfen! Er durfte unmöglich zulassen, daß die alte Frau in den Kerkern von Abalone gefoltert wurde. Er konnte sie mit dem Necrönd retten. Das mußte sie gemeint haben. Er sollte sie aus der Anderwelt zurückholen. Er wußte, daß er seiner Mutter ein Versprechen gegeben hatte, doch Morrigwens Flehen befreite ihn von seinem Eid.

Er lief den Felsenturm hinauf, wobei ihm der Welpe auf den Fersen folgte. Die Wache rief laut ihre Warnung, als er durch die Tür neben den Falltoren stürmte. Jemand hatte den Hauptmann geweckt, der durch die frische Luft marschierte, die lange, düstere Gestalt lebhaft, fast blau im hellen Mondlicht.

Der Hauptmann hielt ihn bei der Hand. »Master Spar, was ...?«

»Laßt mich. Ich muß Morrigwen retten«, rief er, ohne zu merken, daß er fraglos wie im Wahn klang, und seine Augen rollten, als er sich befreite und zum inneren Burghof lief, wo er atemlos die abgewetzten Stufen zum Verlies hinunterrannte. Sie folterten Morrigwen, und es lag in seiner Macht, sie aufzuhalten. Er riß an den Stahltüren und hastete über den staubigen Boden. Als er nach seinen Schlüsseln tastete, nahm er kaum wahr, daß der seltsame Gestank, der ihm in den letzten Monaten zu schaffen gemacht hatte, verflogen war. Es roch nur feucht, dazu eine gelegentliche Schwefelschwade aus dem Brunnenraum.

Er fand den Schlüssel zu der beschlagenen Eichentür, die sich in die Ecke der Kammer drückte, und riß sie auf. Mindestens einen Monat lag es zurück, seit er das Druiden-Ei betrachtet hatte, und er zitterte aus Vorfreude, seinen Blick auf die lauernde Macht zu richten. Sein Mund war trocken, und er fiel auf die Knie, um den Riegel an der Schatulle zu öffnen.

Nachdem er sicher war, daß die Härchen auf dem Schloß an Ort und Stelle waren, hob er den Deckel der Schatulle an und hielt die Fackel darüber.

Kalter Schweiß schimmerte auf seiner Stirn, und sein Atem ging flach und schnell. Er stützte sich an der schleimigen Wand ab. Von einigen Moossträngen abgesehen, auf denen das weißblau geäderte Ei hätte liegen sollen, war die Schatulle leer.

Er riß den alten Kasten nach vorn, hoffte jenseits aller Hoffnung, das Druiden-Ei läge irgendwie vielleicht dahinter. Wiederum suchte er das Moos ab, war sicher, daß es dort sein mußte. Doch der Kasten blieb leer.

Das war nicht möglich. Hatte Keridwen es genommen? Tief in seinem Herzen wußte er, daß dem nicht so war. Er hätte es ihr angemerkt, als sie Torra Alta verließ, ebenso Brid. Jemand hatte das Necrönd gestohlen. Plötzlich wurde ihm klar, daß Morrigwen ihn nicht gebeten hatte, es für sie einzusetzen, sondern daß sie ihn vor dessen Fehlen warnen wollte.

Welche Übel würden sie nun heimsuchen? Wenn keine der Hohepriesterinnen es bei sich hatte, wer mochte dann das Druiden-Ei genommen haben? Die Schlüssel hatte er Tag und Nacht bei sich gehabt. Seine Gedanken rasten.

So viele Menschen waren auf die Burg gekommen. Er sank an die Wand der Zelle, versuchte nachzudenken, versuchte seine Panik zu unterdrücken. Er wischte klebrige Spinnweben von seinem Kopf, strich mit der Hand über seine Kopfhaut. Sie war nicht mehr wund! Nun erst merkte er, daß die juckende Stelle verheilte und nicht gleich blutete, sobald er sie berührte. Jetzt, da er darüber nachdachte, hatte ihm der Schorf seit Tagen schon keine Sorgen mehr bereitet, nur war er so beschäftigt gewesen, daß er es gar nicht gemerkt hatte, und jetzt konnte er nicht mehr sagen, wann dieser Wandel stattgefunden hatte.

Ein Husten an der Tür ließ ihn aufschrecken.

»Spar!«

Er kannte diese Stimme.

»Spar, was ist passiert? Die Burg ist in Aufruhr, und der Hauptmann hat ein paar Fallensteller in der Wachstube eingesperrt, alle drei jammernde Narren. Man sagt, du hättest den Verstand verloren!«

»Es ist fort!« Verloren sah Caspar den kleinen Faun an. War Fern wirklich der einzige, der ihm noch helfen wollte?

Die Nase des kleinen Männchens zuckte, und es schnüffelte angewidert an der Schatulle herum, verzog den Mund. »Wölfe«, klagte der Faun voller Ekel.

»Nur Feuchtigkeit und Schimmel«, korrigierte ihn Caspar.

»Nein, es stinkt nach Wolf.«

Fern weckte etwas in Caspars Erinnerung. Der Faun hatte einen Mann unter den Trauernden gesehen und behauptet, er röche nach Wolf. Er sah Fern an. Noch immer lief er barfuß, die Zehennägel auf groteske Weise schwarz und hornig. Er hob das kleine Männchen am Kragen an und schüttelte es heftig. »Erinnerst du dich an diesen Mann?« fragte er zornig.

Ferns Nüstern bebten, und sein Blick ging im Raum umher. »Wölfe!« wiederholte er, als nähme er Caspar gar nicht wahr.

Der Junge ließ den kleinen Faun auf den Steinboden herab und dachte nach. Der Mann, der nach Wolf gerochen hatte, mußte es genommen haben. Er konnte nicht warten, bis Hal heimkehrte. Sie durften die Spur nicht kälter werden lassen. Schon jetzt hatten sie zuviel Zeit vergeudet. Er berührte die Stelle auf seinem Kopf und dachte, daß ihn die Wunde etwa um Morrigwens Tod herum zuletzt gestört hatte. Nun war es offenbar. Seine Selbstzufriedenheit hatte sich eingestellt, als das Druiden-Ei verschwunden war.

»Wir reiten gleich! Sofort! Noch bevor die Garnison aufsteht«, erklärte er Fern. »Such deine Sachen zusammen.«

»Ich habe keine.« Fern zuckte mit den Schultern.

Caspar überlegte, was er brauchen konnte, suchte hastig seinen Bogen, etwas Proviant und Decken und sattelte eilig Feuerschweif. Fern, das wußte er, würde kein Pony haben wollen, sondern lieber laufen. Er betrat die Küche und nahm sich etwas Brot, einen besonders guten Laib Käse aus Jotunn, einen Schinken, etwas gepökeltes Rindfleisch, etwas gepökeltes Wild, dann beschloß er, letzteres zurückzulegen, aus Sorge, er könne Fern verärgern. Glücklicherweise hatte die Köchin eine ganze Lage honigsüßer Haferkekse gebacken. Mit schlechtem Gewissen sammelte er sie ein, denn sicher hatte die Köchin sie fürs Frühstück gedacht und würde nun statt dessen Backpulverbrot zaubern müssen. Holzlöffel, Nudelhölzer und scharfe Worte würden fliegen. Er hielt inne, um ihr einen Zettel zu hinterlassen, doch ihm fiel nicht das Rechte ein.

Nun mußte er nur noch ein paar Dinge holen. Eilig

brachte er den langen Weg hinauf in Morrigwens Turmkammer im Westturm hinter sich. Er drückte die schwere Tür in den runden Raum. Ohne das prasselnde Feuer der Greisin war es hier kalt und unbehaglich. Die Kammer war sauber, was sie zu Morrigwens Lebzeiten nie gewesen war, als ständig irgendein Gebräu in ihrem Kessel blubberte und Kräuter, Bücher und Utensilien wie Kraut und Rüben am ungefegten Boden herumgelegen hatten.

Nun war alles kalt und ordentlich, und Caspar mußte nicht aufpassen, daß er auf etwas trat, oder sich vor dem Kessel vorsehen, der unerwartet dunkle Flüssigkeiten spuckte. Er lugte über den kalten Rand in den großen Topf hinein, wo sich am Boden eine dicke, sirupartige Flüssigkeit gesammelt hatte. Ein Kelch, ein Opfermesser, eine Opfersichel lagen ordentlich auf einem dreibeinigen Tisch. Wenigstens hatte er nicht lange suchen müssen, dachte er, als er die Sichel nahm, die kaum größer als seine Handfläche war, und sie in seinen Gürtel schob.

Die Drachenklaue sammelte Staub, und große Spinnen machten sich in den Alkoven zu schaffen. Getrocknete Kräuter hingen von einem Dachbalken, gaben der Luft einen süßlichen Duft, und das Durcheinander von Wassermolchschwänzen, geschrumpften Kaulquappen und Zaunkönigfüßen, die für gewöhnlich am Boden verstreut lagen, war nun zu sauberen Häufchen geordnet. Das natürliche Chaos war nicht mehr da, und die Kammer wirkte steril. Er mochte sie lieber, wie sie gewesen war.

Morrigwens Bücher, die sich normalerweise gefährlich auf Stühlen stapelten und auf Simsen wankten, reihten sich nun ordentlich auf Regalen aneinander, offenbar von jemandem geordnet, der nicht lesen konnte, da sie weder alphabetisch noch thematisch standen, sondern der Größe nach.

Wo war es, das kleine schwarze Buch, das niemand hatte anrühren dürfen? Selbst noch, als sie zunehmend das Augenlicht verloren hatte, blätterte sie blindlings durch die Seiten, als tastete sie nach Worten. Brid und Keridwen waren fort, und wenn Morrigwen auch tot sein mochte, hatte er doch gesehen, daß sie noch in der Anderwelt weilte. Während sie dort war, konnte er sie vielleicht erreichen. Aber nur, wenn er dieses Buch fand.

Er war schließlich doch froh, daß die Kammer aufgeräumt war, als er seinen Blick über die Bücherborde schweifen ließ und es dann sah, ganz oben. Er stieg auf einen Stuhl und zog das Buch auf Zehenspitzen heraus, steckte es, ohne es anzusehen, gleich in seine Tasche.

Nun zu ihren Runen, die stets aus ihrem Beutel kamen, entweder in der Hand der Greisin oder über ihren Weissagungskreis verstreut. Es dauerte Jahre, die Kunst der Prophezeiung zu erlernen, doch Brid hatte ihn einiges der Runenkunde gelehrt, und wenn er auch kein wahres Verständnis dafür besaß, betete er doch, daß ihm, falls er sie finden sollte, sein Instinkt sagen würde, wie er damit umzugehen habe. Schließlich war er der Sohn einer Hohenpriesterin. Dreimal durchsuchte der die Kammer, doch ohne Erfolg. Er ging hinaus und kam wieder herein, versuchte, sie mit neuen Augen zu sehen. Wohin würde jemand, der nichts davon verstand und nur wenig Sympathie für das System empfand, Morrigwens Runen oder ihren Beutel legen?

Er hätte sie in den Beutel gegeben und in den Weissagungskreis gelegt, doch der befand sich auf dem Boden, und der Boden war gefegt. Er hob jedes Kissen an und durchsuchte alle Schubladen. Ihr Runenstab, für den Caspar keine Verwendung hatte, stand am Kamin neben dem Schürhaken aufgereiht. Er nahm ihn, und er fühlte sich gut in seiner Hand an. Er konnte ihn nicht brauchen, aber er ließ ihn weiser wirken, und die Erscheinung, wie Hal ihm oft genug erklärt hatte, machte viel aus. Nie zuvor hatte er geglaubt, daß es wahr sei, und hatte Hal für seine Verstellung oftmals ausgelacht, besonders für seinen stetigen Wunsch nach einer Rüstung. Wäre eine solche schwere Rüstung in den Bergen nicht nur hinderlich? Jetzt war er derjenige, der sich als ungenügend empfand und etwas brauchte, was sein Selbstvertrauen stärkte. Er nahm den Runenstab an sich.

Schließlich fand er den Runenbeutel zwischen allerlei weiteren Seltsamkeiten, ordentlich in einem Nähkorb verstaut, der May gehörte, und warf einen letzten Blick in den Raum. Er hielt inne. Ein Knochenkamm, von Schmuckwerk aus Adlerflügeln und Pferdekiefern eingerahmt, lehnte an einem kleinen, matten Fläschchen, von dem er wußte, daß es Kampferöl enthielt. Er liebte den scharfen, reinigenden Duft der weißen Flüssigkeit und hatte einst gesehen, wie Morrigwen die winzigen reinen Kristalle genommen und sie hatte aufflammen lassen, indem sie sie in den Dampf über dem Kessel warf. Der Kamm gehörte May und war in der Eile, ihm zu entfliehen, zurückgeblieben. Als er mit den Fingern über die Zacken fuhr, ratterte eine Reihe dumpfer Töne. Er seufzte schwer, dachte an ihr volles braunes Haar und schob ihn in seine Tasche. Wie hatte sie ihn verlassen können, wenn er sie doch so sehr brauchte?

Er hatte alles, was er wollte, und eilte die Stufen hinab, immer zwei mit einem Mal, und seine leichten Schritte trappelten auf den abgewetzten Stufen, dann eilte er benommen über den Burghof zu den Ställen. Angesteckt von seiner Dringlichkeit, schubste ihn Feuerschweif gegen einen Pfosten und stieß ihn wiehernd und schnaubend auf den Burghof hinaus, als sie zu Fern hinüberliefen, der schon bei den Falltoren auf sie wartete.

Mit nachdenklich gesenktem Kopf schritt der Hauptmann der Wachstube entgegen, doch er blieb stehen, als Feuerschweif wiehernd das erste Sonnenlicht des frühen Morgens begrüßte. »Master Spar!« grüßte er. »Die Wachen haben die Gefangenen wieder in die Burg gebracht. Sie haben den Verstand verloren. Ihr solltet lieber ...«

»Verzeiht, ich habe keine Zeit«, brach es aus dem Jungen hervor. »Das Druiden-Ei ist fort, und ich muß es finden.« Was sollte er sonst sagen? Er hatte keine Zeit zu verlieren. Feuerschweif riß an den Zügeln und drehte ihn herum. »Bald wird Hal heimkehren. Sagt ihm ...« Er zögerte, war unsicher. »Sagt ihm, es täte mir leid.«

Er klapperte unter den Falltoren hindurch, und aufgeregtes Japsen und Bellen folgte ihm. Feuerschweif bockte, und Caspar sah zu Boden, wo Trund nach Feuerschweifs Hufen schnappte und die kleine Wölfin wiederum neben ihm herumsprang. Die beiden waren unzertrennlich.

»Geht heim!« befahl Caspar.

Der Hund wedelte heftig mit dem Schwanz und schien zu grinsen, doch er machte keine Anstalten umzukehren. Caspar schalt ihn und schickte ihn zum Wachturm, aber Trund legte die Ohren an, als wollte er nicht hören, und der Junge gab den Kampf verloren. Hal hatte recht: Brid hatte den Hund verzärtelt.

Als sie wieder bei Morrigwens Leichnam waren, hatte es inzwischen gedämmert, so daß Streifen von Gold durch die Wolkenbänke strahlten, die träge am Horizont im Osten hingen. Das helle Blau des Himmels war von dünnen Bändern rosafarbener Wolken durchstreift; die Schlucht lag noch immer in kühlem Schatten. Dichter Tau versah das satte Frühlingsgras mit silbrigen Spitzen, und Spinnweben funkelten wie Girlanden aus juwelenbesetzter Seide im matten Licht. Feuchtigkeit sickerte durch das gesprungene Leder seiner Stiefel. Irgendwo schrie eine Eule, die die nächtliche Jagd nicht enden lassen wollte.

Morrigwens Körper war feucht, doch bald stieg die Sonne über die Wolken und stand zwischen den beiden Gipfeln im Osten, und ein Balken aus Licht schnitt durch die Schlucht und wärmte den Leichnam. Auf Zehenspitzen trat er in den Kreis, hielt das schwarze Buch wie einen Schild vor sich, um die Ondinen abzuwehren.

Er hielt Morrigwens Runenstab hoch. »Ich komme nicht in böser Absicht«, rief er, aber sie schwebten ihm kampfbereit entgegen, schrien ihm ins Gesicht und schlugen mit luftigen Fingern auf seine Augen und Hände. »Morrigwen wird das hier von mir haben wollen!« Er schwenkte den Stab nach ihnen. Feuer spie ihm ins Gesicht, und instinktiv duckte er sich unter dem erhobenen Stab. Sie wanden sich um seine Beine und rissen an seinem Haar. Zähneknirschend schützte er seinen Geist, um das kreischende Geschrei zu ignorieren, und watete voran, das schwarze Buch in einer Hand, die Opfersichel in der anderen.

Oft schon hatte er sich nach dem Zweck der winzigen Sicheln gefragt, welche die drei Hohenpriesterinnen bei sich trugen, und die Antwort kam ihm instinktiv, als er an sein eigenes Vorhaben dachte. Die gebogene Klinge war für seine Zwecke wie geschaffen. Beide Hände zitterten, als er durch die Seiten blätterte, auf der Suche nach den Runen der Omen, die ihm die Hand führen würden.

Ängstlich schrie Fern von jenseits der Kreises. »Nur Aas kann solches Übel tun.«

Caspar überhörte ihn und las den alten Text. Mit güldener Klinge schneide vom Halse zum Bauche auf und teile dann die Haut. Caspar verdrängte den Gedanken daran, was er gerade tat, und machte den ersten Schnitt. Es quoll kein Blut hervor, das Gewebe war kaum feucht, doch erzeugte die Kraft, mit der er die lose Haut aufschneiden mußte, bei ihm Übelkeit. Der Schnitt war ausgefranst, und der alte Leib der Greisin schlackerte umher, während er daran arbeitete.

Endlich war der Schnitt vollbracht, und er schob, wegen des Gestanks mit abgewandtem Kopf, seine Finger in das weiche Gewebe, um die Bauchhöhle aufzureißen. Maden wanden sich durch das löchrige Gedärm. Seine Finger glucksten im rötlichen Gewebe, als sie Lungenflügel und Milz und ein dickes Stück übergroßer Leber durchsuchten, ohne ein Gramm Fett unter der Haut. Er zog das Gedärm heraus, das sich wie lebende Schlangen in seinen Händen wand, und zum ersten Mal verlor er die Kontrolle, und Galle stieg ihm in die Kehle. Er mußte würgen und preßte die feuchte Stirn an seine Schulter, zwang sich, stark zu sein.

Das Gedärm kam leicht heraus, aber er mußte beide Hände nehmen, um den Knorpel aus ihrem Brustkorb zu reißen. Der gab ganz plötzlich nach, Brust und Kehle rissen mit einem Mal auf, so daß er vorwärtsfiel, als der Druck nachließ und seine Nase kaum einen Daumenbreit vor den weißen Knochen ihrer Rippen haltmachte. Erschrocken wich er zurück. Seine Finger berührten ihren Leib nicht mehr, dennoch hatte das Herz gezuckt und sich das Gedärm bewegt. Anfangs dachte er, ein großer Parasit würde in ihrem Leib geboren, doch dann wurde ihm klar, daß er sich ihre Innereien ansah, wie sie in der Anderwelt waren, wo ihr Herz noch schlug und das Gedärm ihres gemarterten Körpers vom Folterwerkzeug der Förster durchbohrt wurde.

Er wandte sich zur Anleitung dem Buch zu, an dessen pergamentenen Seiten Blut und winzige Gewebeklumpen klebten. Das Buch wies ihn an, die Größe und Lage von Leber und Herz zu betrachten und das Gedärm herauszuziehen. Der Größe der Leber seien Richtungsangaben zu entnehmen, den Schwellungen im Darm der Zweck, doch das war für Caspar bedeutungslos, da er nie zuvor menschliche Eingeweide gesehen hatte.

Fern fühlte sich elend.

Mit einem Blick in das Gesicht der alten Frau schrie er: »Morrigwen, du mußt mir sagen, wie ich das Necrönd finden kann.« Er zog die Eingeweide hervor, wie das Buch es ihm erklärte, und breitete sie so aus, daß sie den Leichnam umgaben. Dann hieß es in dem Buch, er solle einen Eschenzweig nehmen, und eilig sah er sich nach der nächststehenden Esche um. Mit einer Entschuldigung brach er das Ende eines langen Astes ab, nahm den Zweig voll federiger Blätter und legte ihn Morrigwen in den Mund. Die Esche würde zeigen, wie sich das größere Muster der Welt im kleineren Muster ihres Körpers widerspiegelte. Er breitete ihre Arme und Beine aus, wobei ihr Leib nun, nachdem er ihn ausgeweidet hatte, nicht mehr als ein leerer Sack war.

»Dein Herz war hier in Torra Alta«, sagte er. »Vielleicht entspricht dein Körper von daher dem Rest Belbidias.«

Ein Zaunkönig huschte durch das Dickicht und hüpfte auf einen der stehenden Steine, wobei sein kurzer Schwanz leicht wippte. Caspar sammelte drei Runen auf, drehte sich einmal um sich selbst und warf sie in die Luft, wobei er den alten Namen der Großen Mutter sagte, ein Wort, das niemals leichtfertig gesagt sein sollte. Seine Stimme klang seltsam, als er sprach, alt und krächzend. Ein Schauer durchfuhr ihn, und ein Gefühl großen Lebens und Energie erfüllte sein ganzes Wesen, brachte ein kurzes, überwältigendes Aufblitzen der Erkenntnis mit sich, was die Verbindung aller Dinge und den Sinn des Seins anging. Als er sich umwandte, stieß der winzige Zaunköng herab und sammelte einen der Knochen auf.

Schon wollte Caspar fluchen, als ihm einfiel, daß der Vogel angeblich mit den Toten kommunizierte. Morrigwen würde das wissen, und sicher würde sie ihm irgendwie mitteilen, wo er suchen solle.

Zwei der Runen fielen kopfüber zu Caspars Füßen, so daß ihre Symbole nicht zu lesen waren, aber der Zaunkönig hüpfte nach wie vor mit dem dritten in der Kralle umher. Der Vogel hackte darauf ein und hüpfte dann noch etwas weiter, offenbar verschreckt von den Ondinen, die ihn anzischten, daß die Luft durch seine Federn blies und er flauschig wie ein Küken wurde. Caspar schlug den Runenstab mit einem schallenden Knall auf den Altarstein, um die Ondinen abzulenken. Wütend summten sie um seinen Kopf, drehten und drehten ihn, und plötzlich war seine Kehle nur sengender Schmerz, als die Ondine des Feuers ihm in den Mund hauchte.

Er schrie und wich zurück, schlug mit dem Stab nach ihnen, und der Zaunkönig hüpfte tapfer auf Morrigwens Leichnam und legte das Knochenstück auf ihre Schulter. Der Vogel wandte seinen Kopf zur Seite und sah sie fragend an. Dann stach sein winziger Schnabel geradeaus und hackte auf ihre Augenlider ein. Caspar verscheuchte den Vogel und sah sich die Rune an.

Sie lag östlich des Herzens, das er als Torra Alta sah, doch es ergab für ihn noch immer kaum Sinn. Er hob die Rune auf und war sicher, daß sie es ihm erklären würde. Morrigwens Beutel war gewichtiger als Brids und enthielt Runen, welche die Jungfrau ihm nicht gezeigt hatte. Er betrachtete die Umrisse dieser Rune, dann blätterte er im schwarzen Buch herum und suchte eine Hinweis. Es gab keinen.

Wieder sah er sich die Rune an und lachte in sich hinein. Es sah Morrigwen ähnlich, ihm das Leben schwerzumachen. Es war nicht eine Rune, sondern es waren drei Runen, die miteinander verbunden waren: Nuin, die Esche, Duir, die Eiche, Huathe, der Hagedorn. Er wußte nichts von ihrer gemeinsamen Bedeutung, nur daß sie sehr mächtig sein mußten.

Er fragte sich, wie eine Priesterin einen solchen Wurf erklären mochte, und setzte sich. Nuin war der Schlüssel zum Verständnis dessen, wie das Universum zusammenhing, da alle Dinge Teil des Ganzen waren. Duir bot Stärke, Schutz und einen Zugang zu den inneren Mysterien. Huathe war die Baumrune von Keuschheit, Läuterung und Beherrschung. Sein Kopf schmerzte, als er versuchte, eine Bedeutung in der Verbindung der drei Runen zu erkennen, doch er kam zu keinem Schluß. Dann fiel ihm Brids Ratschlag ein, niemals allzu tief nach einer Bedeutung zu suchen, sondern sie kommen zu lassen. Sie sagte, oft genug seien die simpelsten Antworten die richtigen und würden leicht übersehen, wenn wir allzu angestrengt versuchten, sie zu finden.

Was also war die simple Bedeutung? Geh ostwärts zu Esche, Eiche und Hagedorn? Das war allzu simpel! Es konnte nicht stimmen. Aber wieso nicht? Jenseits der ersten Steilhänge der Gelben Berge im Osten drückte sich mancher Wald in die dunklen schattigen Täler: Hirschsprung, Krähenforst, Brombeerwald und Feenhain, um nur vier davon zu nennen. Der Feenhain, aber natürlich! Konnte es wirklich so einfach sein? Dort wuchsen Esche, Eiche und Hagedorn so dicht, daß ihre Äste sich oftmals derart umeinander schlangen, daß sie wie ein und derselbe wirkten. Solche Bäume nannte man Märchenbäume, und Caspar wußte von May, daß Waldbewohner niemals in ihre Nähe gingen.

Er lächelte. Ja, das wäre ein guter Ort, wenn man sich

mit dem Necrönd verstecken wollte. Kaum jemand durchstreifte die östlichen Berge, und der Feenhain war nur über steilste Hänge oder durch den Brombeerwald zu erreichen, der ein dichtes Dornengewirr war. Darüber hinaus lag der Feenhain mitten im Bärenland. Niemand, der noch bei Sinnen war, würde dorthin reisen. Es wäre ein ausgezeichneter Ort, um sich mitsamt dem Druiden-Ei zu verstecken.

»Morrigwen, es tut mir leid.« Bedauernd sah er die Verwüstung, die er an ihrem Leib angerichtet hatte, und wich steifbeinig zurück, winkte Fern, daß sie nun gehen sollten.

»Warum hier entlang?« wollte Fern wissen. »Der Wolfsmann ist nach Süden gezogen. Wir sollten gen Süden ziehen.«

Caspar knurrte aus tiefer Kehle. »Weil ich eben herausgefunden habe, daß wir ostwärts in den Wald ziehen sollten.«

»Heiliger Giftpilz!« murmelte der kleine Faun. Offenbar war das für Hirsche eine der rüderen Bemerkungen, die man machen konnte. »Was wird Lady Keridwen sagen, wenn sie von den schrecklichen Dingen erfährt, die du der alten Frau angetan hast?«

Caspar versuchte dem Gedanken auszuweichen. Er hatte den Namen der Großen Mutter laut gesagt, und Sie hatte ihn durch den Zaunkönig gelenkt. Er mußte Gewißheit haben. Brid hätte es getan. Hal hätte es getan ... Er durfte sich nicht von Fern verunsichern lassen.

Der Faun sah ihn an und rümpfte die Nase. Irgendwo hatte er sich die störende Gewohnheit angeeignet, ständig zu kauen, und schien einen endlosen Vorrat an Grünzeug im Mund zu haben.

»Fern, wenn mir die Große Mutter gesagt hat, daß ich ostwärts im Feenhain suchen soll, glaubst du, ich würde dort suchen oder dir folgen?«

Schmollend folgte Fern auf Caspars Fersen. »Was hast du

in dem Packen? Ihr seid doch allesamt Barbaren. Ich rieche Fleisch.« Anklagend zeigte er auf Caspar.

Seine geschärfte Wahrnehmung für Gefahr könnte sich als äußerst nützlich erweisen, doch Caspar wünschte schon jetzt, er hätte das kleine Männchen zurückgelassen.

»Ich habe dir doch gesagt, daß sie auf direktem Wege die Straße nach Süden genommen haben«, beharrte Fern, während er an Feuerschweifs Seite trabte, dessen schlanke Muskeln Caspar nordwärts zur steinernen Brücke über die Fohlenfurt trugen, die nächste Möglichkeit, den Silberfluß zu überqueren.

»Vielleicht weiß Morrigwen mehr als du. Wer bist du, daß du derart nörgeln darfst?« fuhr Caspar ihn an.

»Und wer bist du?« gab der Faun zurück. »Bisher habe ich nichts gesehen, was mir gezeigt hätte, daß du wichtiger bist als ich.«

Caspar spitzte die Lippen. Er fühlte sich nicht wichtig. Vielleicht hatte Fern recht, aber er würde den Silberfluß dennoch überqueren und von dort aus dem Pfad ostwärts in den Feenhain folgen. »Du mußt nicht mitkommen. Du kannst hierbleiben.«

Fern drehte sich nach dem hohen Felsenturm um, und ein Schauer durchfuhr ihn, bevor er Caspar eilig nachlief.

KAPITEL 6

Du hättest nicht kommen dürfen, Pip.« Abelard beherrschte seinen wachsenden Unmut dem Jungen gegenüber. »Du hättest deinen Posten nicht verlassen dürfen, ohne vorher Master Spar um Erlaubnis nachzusuchen. Er hat das Kommando.«

»Das Kommando!« Respektlos rümpfte Pip die Nase.

Abelard konnte eine solche Frechheit nicht begreifen. Man stelle sich vor: Pip war einfach fortgelaufen und ihnen gefolgt! Er überließ es Brid, den Jungen zu schelten, was sie unaufrichtig tat, während er sich fragte, ob es nicht ein schrecklicher Fehler gewesen war, Master Spar auf Torra Alta allein zu lassen. Natürlich war es nicht seine Entscheidung gewesen, aber er hätte etwas sagen können. Der Junge besaß große charakterliche Stärke und eine drängende Entschlossenheit, die er mit Leidenschaft verteidigte, doch er war nach wie vor zu reserviert und seiner selbst nicht sicher, wenn es ums Befehlen ging. Allerdings war der Hauptmann noch da, ein guter Mann.

»Darf ich nicht Sonnenelf reiten?« meinte Pip zu Brid.

»Nein, Pip, ich will nicht, daß sie verdorben wird«, sagte sie, ohne ihren Blick von der Straße zu nehmen. »Er müßte uns inzwischen entgegengekommen sein. Was hält ihn auf?«

Pip schmollte und zupfte brütend an seiner Bogensehne. Er nahm sich einen Pfeil, hob den Bogen an und zielte auf einen dicken Knoten am Fuß eines Baumes. Er traf die Auswüchse, wenn auch acht Daumenbreit neben der Mitte.

»Geh und hol den Pfeil«, hieß ihn Abelard. »Der Bogenmacher schnitzt nicht tagein, tagaus vor sich hin, damit du die Meilen nach Farona damit markierst.«

»Wenn es Euch so wichtig ist, holt Ihr ihn doch«, erwiderte der Junge mit herausforderndem Glitzern in den Augen. »Und wenn wir schon beim Thema sind: Alle sagen, Ihr wäret ein so großer Meister mit dem Bogen, und doch habt Ihr es bisher nie bewiesen. Ich glaube Euch kein Wort.« Pips respektvoller Ton Abelard gegenüber war verflogen, seit der Bogenschütze ihn derart tadelte, weil er seinen Posten auf Torra Alta verlassen hatte.

Abelard hob seine Hand, um nach Pips Hinterkopf zu schlagen. Lange schon hätte jemand diesem Knaben Respekt einprügeln sollen, und die Nachlässigkeit des Barons in dieser Sache überraschte ihn. Jedoch hatte er gehört, daß Pips Vater sein Leben geopfert hatte, um Caspar zu retten, und er vermutete, daß der Baron aus diesem Grund dem großmäuligen Knaben gegenüber solche Milde walten ließ. Dieser Gedanke verlangsamte seine Hand, und Pip schaffte es noch, sich zu ducken und der vollen Wucht des Hiebes auszuweichen.

Da Abelard seine Geduld nicht auf eine weitere Probe stellen wollte, trieb er sein Pferd an und setzte sich neben Brid. Die Reise nach Farona hatte er in seiner Jugend zweimal gemacht, und er erinnerte sich noch gut an die schlammigen Wege, doch in vierhundert Jahren hatte sich viel verändert. Das Gasthaus zum Halben Weg stand noch, was ihn lächeln ließ, als er sich an seinen letzten Aufenthalt erinnerte, aber das Land, das sie durchritten, war ganz und gar nicht mehr, wie er es in Erinnerung hatte. Fort waren die dunklen, wilden Wälder voller Wildschweine; an deren Stelle breiteten sich nun riesige, weite Felder aus. Er mußte sich sogar beherrschen, daß er beim Anblick der

Ochsen von Jotunn mit ihren mächtigen weißen Leibern und schwarzen Gesichtern nicht aufstöhnte. Die Viecher waren ungeheuer groß, mit dicken Fleischrollen um Schultern und Hälse. Nie zuvor hatte er derart viele Tiere auf einem Feld gesehen, so daß ihre Hörner gegeneinanderstießen. Das baumlose Feld war fest umzäumt, damit sie einen Bereich abgrasten, bis man sie am nächsten Tage weitertrieb, damit sie an anderer Stelle fraßen.

»Zu meiner Zeit gab es einen Ochsen für jeden Acker«, sagte er. »Ist das nicht auch die Bedeutung eines Ackers? Die Viecher haben keinen Schutz vor Sonne oder Regen. Was ist, wenn der Winter kommt? Es ist doch ungesund, so viele Tiere in Scheunen zu sperren.«

Das löste einen willkommenen Wutausbruch bei Brid aus, die den Rest der Reise die Tyrannei belbidianischer Landwirtschaftspraktiken verfluchte, was besonders vehement wurde, als sie durch die weiten, windverwehten Ebenen von Faronshire im Herzen des Landes ritten. Hier stürmten Windhosen über endlose Felder. Die Luft erstickte in trockener Spreu und feiner Erde, und die Pferde keuchten, während die Reiter ihre Gesichter in den Armbeugen verbargen.

»Wir haben noch gar nicht Sommer, Lady Brid. Wie können sie jetzt schon Getreide ernten?« Abelard konnte den Wahnsinn nicht begreifen.

»Sie pflanzen zweimal im Jahr und haben es nun schon Jahrzehnte so gemacht«, seufzte sie.

Abelard grunzte. »Das ist Plünderung.«

Brid nickte nachdenklich.

Der Bogenschütze deutete neben die Straße. »Hier, ich weiß noch, daß hier hohe Buchen und ein Eichenwäldchen standen, mit dicken, verdrehten und altersknorrigen Stämmen, die regelmäßig Holz und Fuhrmännern, Wagenbauern und Zimmerleuten manch gutes Tagwerk boten, ganz zu schweigen von den Buchingern.«

»Buchinger?« fragte Brid.

»Männer, die Buchenholz zu Stuhlbeinen verarbeitet haben«, erklärte er. »Dann gab es natürlich noch die Weizenfelder, und Müller natürlich, immer die Müller, aber es gab auch Kräuter- und Pilzsammler und solche, die nach Trüffeln suchten. Und der Weizen wurde stets am Ende des Sommers eingebracht ... zur rechten Zeit.«

»Ich weiß«, murmelte Brid mit ihrer wundersam sanften Stimme. Abelard wünschte, er wäre jünger. Sie war so wunderschön, so ... Er zügelte seine Gedanken, weil er sich ihrer Unangemessenheit im stillen bewußt war.

In seinen ganzen Jahren hatte er kaum jemals einen Mann und eine Frau getroffen, die so zueinander paßten, und wenn doch, hielt er ihre Liebe später oftmals für flach, als bedeutete der Mangel an Konflikt zwischen ihnen irgendwie, daß auch die Leidenschaft kaum Chancen hatte. Doch er war nie von einem Paar überraschter gewesen als von Hal und Brid. Sie war sensibel, mit jedermann um sich in Einklang, leidenschaftlich sorgend für die Welt, wohingegen Hal ...

Abelard merkte, daß er aus tiefer Kehle knurrte. Hal war ein zorniger junger Mann. Natürlich sah er blendend aus und war auch fähig, und Abelard verstand, wieso sich die meisten jungen Mädchen von seinem lauten Selbstvertrauen und dem heftigen Wesen angezogen fühlten ... doch nicht Brid. Ihr Verständnis ging zu tief.

»Was ist los?« fragte ihn Brid. Er lächelte verlegen, weil er merkte, daß er sie offen angestarrt hatte.

»Ich dachte nur eben, wie sehr sich die Welt verändert hat. Die Menschen bleiben dieselben, aber die Welt hat sich verändert.«

Sie kamen über weite Ebenen mit gelegentlichen Windmühlen, und am frühen Nachmittag erreichten sie die Kreuzung bei Bleham, wo Kornspeicher die vier Wege säumten, deren lange Schatten auf den geschäftigen Ort fielen. Sie machten vor einem Stall halt.

»So, Freundchen, runter von deinem Pferd. Für dich gibt's eine Bauernstute.«

Pip runzelte die Stirn. »O nein, gewiß nicht! Ich reite nach Farona, fein wie eine Feder.«

»Nein, tust du nicht, und wir anderen auch nicht«, erklärte ihm Abelard, während er steifbeinig abstieg.

»Aber wir sollten uns dem Königspalast mit der flatternden Fahne Torra Altas und Fanfaren nähern, welche die Ankunft der Jungfrau kundtun.«

Abelard lachte amüsiert, warf seinen Umhang vom Rükken und stopfte ihn in seine Satteltasche.

»Kein Torra Altaner geht ohne seinen Umhang irgendwohin«, schalt ihn Pip.

»Das weiß ich besser als du, Freundchen. In den alten Zeiten war das nicht anders. Damals lag der Schnee höher, und die Straßen waren nicht so gut. Ohne Bärenfell konnte man in der Kälte leicht wie ein Küken sterben. Bärenfell und Bogen waren stets der kostbarste Besitz, und ebendeshalb lassen wir beides zurück.«

»Das ist Unsinn.«

»Nein, ist es nicht, Freund. Die Faroner werden uns sogleich als Torra Altaner erkennen, und so können wir uns in der Stadt nicht frei bewegen. Du vergißt, daß diese Wolfsplage unseren Herrn und alle anderen Torra Altaner verdächtig gemacht hat. Wir müssen einen Plan aushekken.«

Sie rasteten im Gasthaus, während Abelard dem Stallknecht erklärte, daß sie die Pferde hierlassen wollten, wo sie sich tagsüber frei auf den Feldern bewegen konnten, statt sie in Farona in einen Stall zu geben. »Sie dürfen ihre Kondition nicht verlieren. Aber wir brauchen Pferd und Wagen.«

Er handelte einen guten Preis für den Wagen und einen alten Klepper aus, und bald waren sie auf dem Weg. Er konnte sich einfach nicht an das ständige Ächzen und Schnurren der Windmühlen gewöhnen, an denen sie alle halbe Meile vorüberkamen.

Nach vielen unbequemen Meilen auf den Planken des Wagens sah er in der Ferne einen dünnen Turm, der aus der baumlosen Ebene himmelwärts ragte. Er war auf Farona nicht vorbereitet und starrte ungläubig hinüber.

»Ich weiß! Es ist schrecklich, nicht?« sagte Brid ganz leise. »Und dort halten sie ihn fest.«

Bald rumpelte und klapperte der Wagen auf dem Pflaster der schmalen Straßen dieser Stadt. Über ihnen blieb der Himmel größtenteils von den gestuften Häusern ausgesperrt, die sich wie gebückte alte Männer nach vorne beugten, um den anderen zu verstehen. Karren und Wagen klapperten übers Pflaster, und Gassenkinder mühten sich im Nieselregen, die Straßen vom Matsch der Pferdeäpfel zu reinigen. Abelard erinnerte sich, daß Farona zu seiner Zeit eine Rundstadt aus Lehmhütten gewesen war, die Dächer mit Reet vom Dors gedeckt, doch nun bestand sie aus hohen Steinhäusern, nur gelegentlich von einem braunbeigefarbenen Lokal unterbrochen, und es gab weit und breit keinen Flecken grüner Pflanzen oder brauner Erde irgendwo. In den Straßen hallte das Geschrei der Händler, und der Gestank der offenen Rinnsteine in den kalten, luftlosen Gassen, in welche die Sonne nur während der Hochsommerhitze fiel, war überwältigend.

Schweigend blickte Brid voraus.

Hoch oben im Westflügel des Königspalastes marschierte Branwolf die luxuriöse Galerie der Länge nach auf und ab. Zu seinem Ärgernis dämpften die dicken, grell gefärbten Wollteppiche seine schweren Schritte, während die Pelze der Wölfe aus den Gelben Bergen an den Wänden das Echo schluckten. Finster betrachtete er die blau bemalten Vasen, die auf den polierten Beistelltischchen standen. Ihm fehlte das süßlich duftende Stroh, das in Torra Altas Bergfried am Boden verstreut lag.

Unter den Türen heulte keine Zugluft hindurch, und die großen, klaffenden Fenster ließen reichlich Licht herein. Das Feuer gab keinen Rauch von sich, und in seinem Rükken wimmerten keine störenden Hunde. Weder pfeifende Pfeile noch deren dumpfer Schlag in Strohziele wehte von draußen herein. Statt dessen drangen das Geschrei von Märkten aus der Ferne und das Schlurfen weicher Sohlen von den Korridoren der Bediensteten herein. Der Bau selbst litt unter drückender Stille, als störten Lärm und Geplapper.

Kelche mit feinem caldeanischen Wein und Krüge mit Apfelmost aus Quertos standen auf einer geschnitzten Kommode beim flackernden Feuerschein. Auf einem flachen Tisch mit kariertem Intarsienmuster aus Elfenbein und Ebenholz standen geschnitzte Figuren. Ein Kriegsherrenspiel war im Gange. Branwolf sank auf den schlichtesten Stuhl, den er finden konnte, und legte die Stiefel auf den Tisch, so daß die geschnitzten Figuren zu Boden fielen. Wütend sah er zum nächsten Fenster hinüber, dessen Gitterstäbe ihn in diesen luxuriösen Kerker sperrten.

Keridwen schnaubte.

»Schnaub mich nicht an, Frau! Ich bin Baron und Kriegsherr.« Er trat nach dem Tisch, daß dieser durch die Kammer rutschte und an einen gepolsterten Schemel stieß.

»Die Geduld zu verlieren wird dir nichts nützen.«

»Ich verliere die Geduld, wann immer ich will, hörst du?« Er sprang auf, fast blind vor Zorn. Sein Blick fiel auf winzige Gegenstände in der Kammer, Vasen, Statuetten, sogar eine Uhr, ein seltener Anblick in Belbidia. Neben der Tür stand eine schimmernde Rüstung, penibel poliert, ein Zeremonienstück mit einem Schwanenkopf, der den Helm zierte, Handschuhen und weiten Röcken, die einen Ritter zu Pferd schützen sollten. Darüber hingen an der Wand der ausgestopfte Kopf und das Geweih eines reichlich mottenzerfressenen Hirschs. Er riß den Hirsch von der Wand und schlug damit auf die Rüstung ein, daß das Klirren und Rasseln schmerzlich in der Kammer hallte.

Keridwen sah ihn kurz an, und noch in seinem Zorn war er sich ihres kühlen Blicks bewußt. Aufreizend ungerührt saß sie da und suchte in ihrem Runenbeutel herum. Er stampfte hinüber und riß ihn ihr aus der Hand.

»Wie kannst du es wagen, mich zu schelten?« donnerte er, sich seines unflätigen Benehmens wohl bewußt.

»Du bist ein Narr. Wie ein Bulle herumzustampfen wird dir rein gar nichts nützen«, sagte sie gelassen und streckte eine Hand nach ihrem Beutel aus. »Ich kann nicht einfach hier sitzen und nichts tun. Gib mir meine Runen wieder.«

Branwolf ließ ihr die Runen vor die Füße fallen und marschierte ans Fenster, überließ es seiner Frau, sie aufzusammeln. Er wußte nicht, was er ohne Keridwen tun sollte. Jedermann glaubte, er sei ein großer Mann, ein mächtiger Mann mit kühlem Kopf, doch er war in Wahrheit nicht vernünftiger als Hal. Er ballte seine Fäuste und versuchte seinen Zorn zu zügeln.

»Ich bin Baron und hier vom König eingesperrt. Von einem schwachen König noch dazu! Und seit Tagen nichts Neues von Hal. Was tun sie ihm an?«

»Die anderen werden uns nicht im Stich lassen«, sagte

Keridwen milde. »Sie werden kommen. Bullback wird kommen. Ceowulfs Bruder Cenward wird zu uns kommen. Sie werden nicht zulassen, daß wir hierbleiben müssen.«

»Rewik hatte versprochen, daß er meinen Bruder freilassen würde, sobald ich komme.« In einem Wutanfall riß er die Wolfspelze von der Wand und sah sich um, was er noch angreifen konnte. Die umgestürzte Rüstung! Er schlug mit der Faust gegen den Brustpanzer und grinste über die Delle, die er hinterlassen hatte. Zufrieden trat er zurück und leckte an seinen Knöcheln.

»Du benimmst dich wie ein Kind.«

Säuerlich lächelte er sie an. »Ich weiß, aber hier sieht mich außer dir ja niemand.« Plötzlich war er ganz ruhig, nahm die Hand seiner Frau und drückte sie an sich. »Ich mache mir Sorgen. Es scheint keine natürliche Erklärung für die Kapuzenwölfe zu geben, und doch macht man uns dafür verantwortlich, und wir sollen für die Plage den Sündenbock spielen.«

Sanft schob Keridwen ihn von sich und lief in der Kammer herum, räumte auf. Er murrte und begann, ihr widerwillig zu helfen, stellte die Rüstung zurück, während Keridwen die Wolfspelze wieder an die Wand hängte.

»Stell das Spielbrett auf«, sagte sie, als sei nichts Unbotmäßiges geschehen. »Wir setzen uns und spielen.«

Branwolf knurrte. »Ich will kein Spiel spielen.«

»Sie werden jeden Augenblick eintreffen«, erklärte sie ihm, während sie die Runen in ihrem Beutel knirschen ließ, was Branwolf als unangenehm empfand. Ihre Blicke gingen auf eine Art und Weise durch den Raum, die ihm zeigte, daß sie etwas spürte, was ihm entging. Traurig wurde ihm bewußt, wie sehr sie seit Morrigwens Tod gealtert war.

Als das Spielbrett aufgebaut war, nahm er ein krummes

Horn von einer Kommode, das halbvoll mit Wein war, den er in eine der zahlreichen Vasen schüttete, und füllte den Hornkelch mit Wasser. Er wollte einen kühlen Kopf bewahren. Er setzte sich an das karierte Brett und begann die Figuren so aufzustellen, als wären sie mitten im Spiel, stellte sorgsam sicher, daß er in erheblich besserer Lage als Keridwen war. Zu leicht konnte sie ihn schlagen, und er durfte nicht riskieren, daß Rewik so etwas vermutete.

Keridwen saß ihm gegenüber und warf einen Blick auf das Brett. Sie rollte die Augen gen Himmel, weil sie ihn sofort durchschaute. Er zwinkerte ihr zu, und sie grinste ihn an. Das war das Wunder Keridwen. Wenn sie oft auch ernst war, ihre Gedanken Höherem galten, sah sie in allen Lagen doch stets das Amüsante.

Ganz wie sie vorausgesehen hatte, knirschten und scharrten bald die Schlösser, als jemand die Riegel aufschob. Die Tür ging auf. Absichtlich sah Branwolf nicht hin.

»Ein guter Zug, Mylady«, sagte er zu seiner Frau, »doch werde ich Euch übertreffen.«

Keridwen hielt den Kopf gesenkt, blieb auf das Spiel konzentriert und lachte freudig. »Oh, aber diesen Zug hier habt Ihr nicht gesehen. Mein Rabe schlägt Euren Bären.«

Branwolf stöhnte schwer, denn er wollte nach wie vor nicht nachsehen, wer eingetreten war.

Jemand hustete laut und tappte ungeduldig mit den Füßen. Branwolf betrachtete das Spielbrett nur noch um so aufmerksamer. Verdammt, dachte er. Er hatte die Figuren absichtlich so aufgestellt, daß sie ihm einen leichten Sieg bescherten, dennoch hatte Keridwen eine Möglichkeit gesehen, wie ihr Rabe todbringend herabstürzen konnte. Er knurrte tief in seiner Kehle und kaute fest auf seiner Unterlippe, bis ihm ein schlauer Zug einfiel. Mit zuversichtlichem Grinsen schob er sein Pferd nach vorn.

Der Zug löste bei Keridwen freudiges Kichern aus. Wenn er bedachte, daß er sie das Spiel überhaupt erst gelehrt hatte! Nun hatte er einen Fuchs verloren, einen Bären und einen Schwan. Das war zuviel. Er lehnte sich zurück und blickte über seinen Kelch, nahm einen großen Schluck Wasser, ließ ihn sinken und lächelte verschwörerisch.

»Vetter Rewik! Welch angenehme Überraschung. Verzeih, wenn ich dich habe warten lassen, aber meine Frau wird immer besser bei diesem Spiel.« Er sprach mit leiser, wohlklingender Stimme. »Vielleicht möchtest du sie herausfordern. Möglicherweise findest du es amüsant, zu sehen, wie der weibliche Verstand solche Probleme löst.«

Keridwen warf ihm einen kalten Blick zu, dann wandte sie sich langsam um und erhob sich, um ihrem Herrscher zu begegnen. Sie sparte sich die Mühe eines Hofknickses oder auch nur einer schlichten Verbeugung, sondern sah Rewik nur offen in die Augen. »Willkommen. Kommt, gesellt Euch zu uns. Ein Glas Wein vielleicht?« Sie sprach wie eine Hausherrin, und als der König den Kopf schüttelte, ging sie und setzte sich ans Feuer. »Bitte«, sie nickte dem Stuhl ihr gegenüber zu, »macht es Euch bequem.«

Die Augen des Königs wurden schmal, als er sie betrachtete, die schmalen Lippen wurden weiß. Er schnippte mit den Fingern, und mehrere Priester betraten den Raum, wedelten betont auffällig Weihrauch und murmelten Verse aus den Heiligen Schriften.

»Spielt kein Spiel mit mir, die Ihr des Teufels seid.« Rewik sprach mit barscher, abgehackter Stimme, während seine Blicke durch die Kammer streiften, als versuchte er herauszubringen, wie sie die letzten Tage verbracht haben mochten.

Zorn brodelte in Branwolf auf, doch von einem Zucken seines Unterkiefers abgesehen, blieb er vollkommen ungerührt. Keridwen brauchte ihn nicht, um ihre Schlacht zu schlagen, und der König wäre beunruhigter, wenn er sich nicht beteiligte.

»Es ehrt mich, daß Ihr Euch vor mir fürchtet.« Keridwen deutete mit einer Geste auf die Priester, die nun lauter sangen und ihren bohrenden Blicken auswichen.

»Ihr sprecht mit Eurem König, Frau.« Rewiks Stimme klang drohend, obwohl er nur flüsterte. »Fürchtet mich! Ich brauche keinen Anlaß mehr, Euch verbrennen oder enthaupten zu lassen.«

Branwolf kam hoch und ragte drohend über dem König auf.

Die Priester und vier Soldaten traten vor. Keridwen stieß aus tiefer Kehle ein verschrecktes Stöhnen hervor, und die Luft schimmerte um sie, ein Rund aus blauem Feuer flammte vor den Füßen der Soldaten auf. Ängstlich wichen die Priester zurück. Branwolf konnte nie recht begreifen, wie sie es schaffte, ihr Kampferfläschchen zu öffnen und um sich zu verspritzen, ohne daß er es sehen konnte. Nach wie vor vermutete er, daß es wahre Magie sein mochte.

»Laßt Eure Tricks, Teufelsweib.« Rewik hatte mit keiner Wimper gezuckt. »Ich bin gekommen, um mit Euch zu sprechen und zu sehen, ob ihr willens seid, um Euren Gatten und seinen Bruder zu verhandeln.«

»Verhandeln!« Branwolf wollte von diesem Gespräch nicht ausgeschlossen sein. Er tastete nach seinem Schwert, dann fiel ihm ein, daß man es ihm genommen hatte.

»Schickt diese Wölfe zurück, Teufelsweib, und gebt mir

Prinzessin Cymbeline, dann will ich Euren Mann und seinen Bruder freilassen.«

»Du hattest versprochen, du würdest Hal freilassen, sobald wir einträfen«, donnerte Branwolf. Groß und kräftig, wie er war, machte ihn sein Bärenfell noch größer, und er sah wie eine Eiche aus, die über einem Schilfrohr aufragt, als er sich König Rewik näherte. »Du hast dein Versprechen gebrochen. König von Belbidia, und du machst dir Schande!«

Rewik zuckte mit den Schultern. »Ich will, daß mein Reich von Wölfen frei ist und daß meine Braut heimkehrt.«

»Ich weiß nichts von Prinzessin Cymbeline, und die Wölfe sind nicht unser Werk«, beharrte Branwolf mit leiser, entschiedener Stimme, doch er fühlte sich selbst wie ein wilder Wolf, dem es danach gelüstete, diese Männer in Stücke zu reißen. »Ich gewinne nichts, wenn ich Belbidia gefährde. Es ist mein Land.«

»Wie kommt es dann, daß dein eigenes Land nicht leidet? Und warum hast du mit deinesgleichen mir Braut und Bruder entführt? Du wünschst dir offenbar, daß ich keinen Nachfolger bekomme. Du weißt besser als jeder andere, daß nach Prinz Renaud Baron Godafrid von Ovissia und du selbst gleiches Anrecht auf den Thron besitzen.«

Branwolf schob seine Augenbrauen in die Höhe. »Ich will den Thron von Belbidia nicht. Ich will meine eigenen Ländereien.«

Rewik winkte ab. »Es gibt keinen Menschen, der nicht mehr will. Du willst den Thron, damit du das Teufelswort verbreiten kannst. Mich wirst du nicht täuschen, so selbstgefällig du auch hier meinen Palast betreten magst.«

»Und wie geht es meinem Bruder?« wollte Banwolf wissen.

»Oh, er ist noch hier«, erwiderte Rewik wohlerzogen. »Ich

denke, es wird Zeit, daß du dich zu ihm gesellst.« Er winkte sie zur Tür.

Keridwen marschierte mit den Runen in der Hand neben Branwolf die endlos weißen Korridore im Herzen von Rewiks Palast entlang. Überall war poliertes Weiß, mit Teppichen, Gobelins und feingeschnitzten Ebenholzstühlen möbliert, von denen jeder sicher soviel wert war wie ein Streitroß. Man eskortierte sie an den Küchen vorbei, wo die Wände kahl und narbig und deutlich älter als der Rest des Palastes waren. Der Korridor schlängelte sich abwärts, und sie betraten eine Säulenkammer, in der es stank. Branwolf wußte augenblicklich, daß es der Eingang zu einem Verlies war.

»Du willst uns in den Kerker werfen, ohne mir Gelegenheit zu geben, daß ich mich erkläre?« schrie er, als man ihn von Keridwen trennte, in eine kleine Seitenkammer warf und die Tür verschloß. Schweigend lauschte er den Schritten seiner Frau, die in der Ferne verklangen.

Er mußte nur Minuten warten, doch sie fühlten sich wie Stunden an. Die Tür wurde aufgerissen, und er stürmte hinaus, einer Speerspitze entgegen.

»Hier entlang«, erklärte ihm der Wachmann knapp. Ein Dutzend weiterer Männer, allesamt starrend vor Speeren und Schwertern, drängten ihn in ihre Mitte, und Branwolf blieb nur, sich zu fügen. Benommen vor Sorge um seine Frau, wurde er in eine kleine, runde Kammer geführt, die nur von trübem Licht erfüllt war, das durch ein Gitter in der Decke fiel.

»Was hast du mit ihr gemacht?« schrie Branwolf, als er Rewik vor sich sah.

Dann wandte er sich einem zweiten Mann zu, der ebenfalls hochherrschaftlich gekleidet war und glattes blondes Haar besaß, das an den Schultern sauber geschnitten war.

Lange, spitze Sporen ragten von den Fersen seiner Stiefel, und eklig süßer Duft von Weihrauch umgab ihn. Seine Halsberge war mit leuchtenden Juwelen besetzt, und das Abbild eines aufrecht stehenden, tobenden Bären prangte auf seiner Brust. Offensichtlich war dieser stolze Mann Ceolothianer.

KAPITEL 7

Wie Reihen riesiger Zauberer unter hohen, spitzen Hüten beherrschte die Silhouette der Gelben Berge den abendlichen Himmel. Der Felsenturm stand wie ein lanzenbewehrter Ritter zwischen ihnen.

Von der Grenze zwischen Torra Alta und Jotunn blickte May auf die wuchtigen Umrisse der Burg zurück und sah, wie eine orangefarbene Flamme vom Bergfried in den Himmel stieg. Stille Tränen rannen über ihr Gesicht, während die großen Leuchtfeuer auf den Zinnen der Burg knisterten und tosten, roter Rauch in Schwaden in die Nacht aufstieg und die ganze Burg wie eine Fackel wirken ließ, die in den Himmel flammte. Ein mächtiges Gefühl des Verlustes nagte an ihrer Seele. Instinktiv wußte sie, daß die alte Frau nun tot war.

Bald kämen die Trauernden und würden ihr Respekt zollen, nur sie nicht. Für sie war dort kein Platz mehr. Drei lange Jahre hatte sie Morrigwen gepflegt, seit der Priester Gwion, Keridwens Bruder, sie mit Vaalakischem Nesselkraut vergiftet hatte. Manch langen Tag hatte sie ihr aus endlosen Bücherstapeln vorgelesen, Geschichten über Geschichten, detaillierte Beschreibungen von Überlieferungen, Kräutern und Physik. Mancher hielt Morrigwen für streng, doch sie wußte es besser. An den Geschichten erfreute sich die alte Frau am meisten.

Sie trauerte um Morrigwen und war betrübt, daß sie nicht unter den Trauernden sein konnte. Sie hatte sich den Segen der alten Frau so sehr gewünscht, bevor sie starb. Morrigwen hätte ihr etwas gegeben, ein Zeichen ihrer Liebe, doch nun hatte sie nichts, was sie an die Greisin erinnerte. Es war, als verlöre sie ihre Mutter ein zweites Mal.

May wandte sich ab, von der ungeheuren Macht des Necrönd abgelenkt, die in ihren Adern prickelte. Es drängte stetig, forderte, flehte, drohte, alles gleichzeitig. Bewußtsein drang daraus hervor, die mächtige Gegenwart von Seelen. Sie fühlte sich wie eine hilflose Königin, die einem hungernden Land gegenüberstand, das forderte, sie solle ihre Untertanen ernähren, was sie nicht konnte.

Sie scherte von der Hauptstraße nach Farona aus und schlängelte sich einen grasigen Pfad entlang, bis ein Leuchten durch die Bäume im Süden lockte. Sie trat mit ihren Fersen, um ihrem Pony etwas mehr als nur ein Traben abzuringen, und ritt in diese Richtung. Feuer prasselten um ein kleines Dorf in Jotunn, und sobald sie in dessen Umkreis war, fühlte sie sich sicherer. Eilig errichtete Hürden umgaben das Dorf und waren verstärkt, wo große Zähne auf das Holz eingehauen hatten.

Sie runzelte die Stirn. Sie hatten nur Verteidungsanlagen aufgebaut, und niemand hatte daran gedacht, das Dorf mit Runen oder Baumzauber zu schützen. Sie seufzte, sich wohl bewußt, daß sie einiges an Wissen einer Priesterin besaß, und fragte sich, ob sie ein paar Minuten damit zubringen sollte, Runen des Schutzes zu werfen und eine Barriere mit Eichenästen anzulegen. Sie betrachtete die Hürden aus Haselholz und schüttelte verzweifelt den Kopf. Eiche wäre besser.

Die Dorfbewohner wollten eben ihre Tore schließen, als sie sich noch hindurchschob, ungemein erleichtert, daß sie im Licht der Kohlenpfannen vor den Bauten nun in Sicherheit war. Kälber stöhnten und jammerten in einer Scheune, vor der acht Männer mit Mistgabeln und Bullenpeitschen Wache standen.

Es wurde kaum gesprochen, und erwartungsvolle Sorge lag über diesem Dorf. Ein geschäftiges Gasthaus mit niedrigem Dachvorsprung lockte sie an. Lieder drangen durch die verriegelten Fensterläden und grelles Licht von prasselnden Feuern im Inneren.

Aber das Gasthaus war für sie ein Luxus, der ihre Mittel überstieg. Sie hatte nur ein paar Kupfermünzen und verfluchte ihre mangelnde Voraussicht. Sie hätte sich etwas von Pip borgen sollen, doch war es andererseits ausgesprochen unwahrscheinlich, daß Pip Geld gespart hatte. Da sie so wenig Aufmerksamkeit wie möglich erregen wollte, machte sie sich auf den Weg zu einem kleinen Bau am anderen Ende des Dorfes.

Sie hob eine Hand, um an die Tür zu klopfen, während die andere die silberne Schatulle unter ihrem Rock umfaßte, um sich Mut zu machen. Doch als sich ihre Hand dem Druiden-Ei näherte, wurde ihr vor Furcht ganz übel, und Bilder von monströsen Tieren und gehörnten Männern blitzten in ihren Gedanken auf. Sie fühlte deren Furcht und deren schreckliches Gefühl von Verlust und Einsamkeit, doch auch den Haß und die Wildheit. Wie die Kapuzenwölfe waren sie auf Zerstörung aus.

Doch hinter diesen Gefühlen schwoll ein Teil ihres Geistes von einem ungeheuren Gefühl der Macht an. Sie war die Herrin dieser Tiere, eine Herrscherin. Sie mußte nur das Necrönd nehmen, und sie wären ihr zu Diensten. Nun verstand sie die Sorgen der Priesterinnen um Caspar. Sie machte ihre Hand los und klopfte wieder an die Tür, diesmal zögerlich. Es dauerte lange, bis jemand antwortete, und als es dazu kam, leuchtete das Licht der Kohlenpfanne tief in das Gesicht des Dörflers, während Mays nichts als ein schwarzes Relief war.

Ein junger Mann öffnete die Tür. Erschrocken wich er

zurück und knallte ihr die Tür vor der Nase zu. Von drinnen hörte man jemanden »Wolf!« schreien, und May spürte, wie kaltes Entsetzen sie durchfuhr, da sie fürchtete, hinter ihr stünde ein Wolf. Sie fuhr herum, doch da war nichts.

Wieder klopfte sie. Diesmal wurde eine Mistgabel durch den Türspalt geschoben, dann folgte ein weißes Gesicht. »Wer ist da?« Es war ein älterer Mann, und er hielt eine Laterne in Mays Gesicht. Sie blinzelte.

»Du Narr, Sohn, es ist doch nur ein junges Mädchen. Was machst du nach Einbruch der Dunkelheit da draußen?« fragte er May, öffnete die Tür weiter und blickte in das Schwarz in ihrem Rücken.

»Ich reise nach Süden«, murmelte May und war sich plötzlich ihrer Dummheit bewußt. »Ich habe kein Geld und möchte Euch bitten, mich eine Nacht an Eurem Feuer schlafen zu lassen.«

»Laß sie nicht herein.« Der junge Mann hielt eine Mistgabel in der Hand. »Ich habe einen Wolf an ihrer Schulter gesehen, Vater. Ich habe ihn so deutlich gesehen, wie ich dich sehe.«

Die Härchen in Mays Nacken richteten sich auf.

»Sie kommt von Norden her, eine dieser teuflischen Torra Altanerinnen. Sieh dir ihren Umhang an. Laß sie nicht herein«, hörte man die Stimme einer Frau. Ein Windstoß wehte an das Licht des Mannes und drückte die Flamme nieder, ließ einen schwarzen Brunnen aus Finsternis vor Mays Gesicht zurück. Erschrocken wich der alte Mann zurück und schlug ihr die Tür ins Gesicht.

»Wolfsfrau!« hörte man von drinnen.

Sie lief zu ihrem Pony, schwang sich auf Rosys Rücken, als die Türen der Hütte aufgeworfen wurden und Männer und Jungen schreiend herausgelaufen kamen, Mistgabeln und brennende Fackeln schwenkend.

May trieb Rosy zu trägem Galopp, ritt dem südlichen Ende des Dorfes entgegen. Die Tore standen noch offen, da die letzten Dörfler ihre kostbaren Ochsen und schwangeren Kühe hereintrieben, die stets als letzte von der Weide kommen. Ein hinkender Bulle trug mächtige Wunden in seiner Flanke, wo sich ein Wolf über ihn hergemacht hatte.

Nun strömten Männer aus den Hütten und schrien lauthals. Einer schleuderte seine Mistgabel wie einen Speer, und sie landete nur eine Handbreit neben ihrem Pferd. Ein Ruck durchfuhr Rosy in ihrem langsamen, trägen Trab, und ächzend verdoppelte sie ihr Bemühen. Sie war ein Ackergaul, eine alte Mähre mit durchhängendem Bauch von allzu vielen Fohlen, doch sie war von liebenswertem Wesen und begrüßte May stets wiehernd. Als ihr nun diese Männer auf den Fersen waren, brauchte sie keine Ermunterung durch May, loszugaloppieren, und das schwere Stampfen ihrer Hufe hallte über den harten Ochsenpfad.

Ein Mann hielt May eine Fackel ins Gesicht, und sie drückte sich an Rosys Rücken, krallte ihre Fäuste in die rauhe Mähne, betete, sie möge die Kraft haben, sich festzuhalten. Die alte Stute stolperte, als sie durch die Ochsen stürmten, ein Horn schnitt an Mays Oberschenkel entlang, doch sie war zu erleichtert, um den Schmerz zu spüren, als sie in die dunkle Nacht hinausritt.

Als sie dann jenseits des Dorfes war, gaben die Männer ihre Hatz auf, und bald wurde Rosy langsamer und begann zu keuchen. Kaum eine halbe Meile waren sie gekommen, als der träge Galopp zu einem Traben wurde, das Mays Rückgrat durchrüttelte, und schließlich zu einem Schritttempo, während May sich fragte, wo sie wohl die Nacht verbringen konnte. Müde trottete Rosy voran, ließ den Kopf zwischen den Knien hängen, und May merkte, daß auch sie selbst hart und heftig keuchte.

Nach kurzer Weile glaubte sie, gleich hinter sich jemanden atmen zu hören. Sie fuhr herum, doch sie konnte außer den Schatten der Bäume entlang des Weges nichts erkennen, und dahinter, wo der Mond sein Licht auf die hügeligen Felder warf, mehrere mächtige Gestalten, die sie erkannte. Sie beruhigte sich. Anscheinend hatte sie die Ochsen auf dem Feld ächzen gehört, von deren Rücken und Nüstern Dampf aufstieg, weil die Nacht kühl wurde.

Sie trieb Rosy voran und hoffte, eine Scheune zu finden, in der sie schlafen konnte, als sie erneut ein leises Atmen hinter sich vernahm. Sie blickte über ihre Schulter, und da sie nichts sah, schalt sie sich ärgerlich dafür, daß ihre Phantasie sie zum Narren halten konnte.

Ein Ochse schnaubte und stieß ein langes, tiefes Stöhnen aus, worauf der Rest der Herde im Chor einging. Ängstlich trotteten sie von ihr fort. May wunderte sich, was sie aufgeschreckt haben mochte. Beunruhigt von den Nachtgeräuschen, eilte sie voran, und kalter Schweiß stand auf ihrer Stirn. Die Ochsenweide lag ein Stück weit hinter ihr, aber sie konnte das Keuchen noch immer hören. Sie berührte die Schatulle an ihrer Brust, und das Keuchen wurde lauter.

Sie hatte die Dörfler für närrisch gehalten, weil sie versuchten, sich allein mit Haselholzhürden zu schützen, und doch hatte sie für sich selbst noch nichts getan. Sie riß die Hand vom Druiden-Ei los, als ein Schrei die Luft zerriß. Er kam von irgendwo zu ihrer Linken. Weder menschlich noch tierisch, ein teuflisches Geräusch von Zorn und Schmerz.

»Große Mutter, rette mich«, murmelte sie, als die Nacht von einem tiefen Heulen erfüllt war, das höher und immer höher jaulte. Als es schließlich verklang, war der Rest der Welt ganz still, hielt die Luft an, furchtsam und erwartungsvoll. Wölfe, dessen war sie sicher, zweifelsohne von den Ochsen angelockt. Sie sah sich um und beschloß, etwas anzusteuern, das wie ein kleiner Wald am gegenüberliegenden Ufer des Silberflusses aussah.

Der Fluß stand vom Schmelzwasser hoch, die Fluten ein weißes, schäumendes Band im Mondlicht. Bald fand sie eine Stelle, an der sie hinüberkonnte. Sie setzte ihr Vertrauen in Rosy und fragte sich, woher sie den Mut nahm, den Fluß im Halbdunkel zu durchqueren. Caspar hätte es nie zugelassen. Nein! Sie rümpfte die Nase. Er selbst zögerte nie, mit Brid in die wildesten Gegenden zu reiten. Aufrecht saß May da, wies jeden Gedanken an den Sohn des Barons von sich. Sie war eine Holzfällerstochter, und der Wald würde sie gut behandeln. Sie verstand ihn, liebte seine wiegende Umarmung, die sie vor der Welt beschützen würde. Dort wäre sie in Sicherheit.

Dankbar für den Mond, der das leichte Blätterdach des kleinen Waldes durchdrang – Weideland war kostbar in Jotunn und die Zahl der Bäume begrenzt –, suchte sie sich einen Weg in dessen Herz hinein. Dort fand sie eine kleine Lichtung mit einer Eiche in der Mitte und lächelte. Die Eiche war der Baum des Schutzes. Ein prächtiger Baum, dessen Äste sich weit ausbreiteten und auf einer Seite mit den federigen Blättern einer Esche verbanden. Sie klopfte an seine rauhe Rinde und fühlte sich gleich besser.

Auf der anderen Seite des Baumes war der mächtige Stamm von einem Blitz gespalten, und May wurde sich ihres Mangels an Wissen bewußt. Brid hätte die Bedeutung einer vom Blitz gespaltenen Eiche gekannt, doch sie war unsicher, ob es nun Gutes oder Böses verhieß.

Dann sattelte sie Rosy ab, murmelte eine Entschuldigung, brach einen Zweig von der Esche und zeichnete mit den frischen Blättern der zarten Spitze einen Kreis um den Fuß der Eiche. Oft hatte sie gesehen, wie die drei Priesterinnen Riten in der Abgeschiedenheit von Morrigwens Turmkammer ausgeführt hatten, und nun merkte sie zu ihrer Zufriedenheit, daß sie wußte, welche Runen sie schreiben mußte. Runen, die sie vor realen Feinden schützen sollten, und Runen, die sie vor bösem Zauber und Nachtgeistern bewahren sollten. Ihre Haut prickelte, und sie war sicher, daß die Luft im selben Augenblick, in dem der Kreis vollendet war, mit der Kraft ihres Bannspruchs schimmern würde.

Dann stöhnte sie erschrocken auf, als knisternde Energie von den Erde aufflammte, über ihre Füße, dann Beine und Leib hinauf, als stünde sie im Feuer des großen Ofens in Torra Altas Brunnenraum.

Ein Funke weißen Lichts zuckte von den Wurzeln des Baumes auf und blitzte in die Nacht. Keuchend und stöhnend erwartete sie, versengt zu werden, doch als der Schreck verging, stellte sie fest, daß sie gänzlich unversehrt war. Tief und gleichmäßig holte sie Luft und betrachtete ihre Hände, die nach wie vor den Eschenstock hielten, mit dem sie die Runen geschrieben hatte. Sie grinste und lachte benommen, kam zu dem Schluß, daß sie mit dem Zweig versehentlich den großen Zauber ausgelöst haben mußte. Vielleicht hatte sie es doch in sich, die neue Jungfrau zu werden. Bitter tat sie den Gedanken mit einem Achselzucken ab, da sie wußte, daß der Weg, den sie gewählt hatte, dieser Möglichkeit ein Ende bereitet hatte.

Zu müde zum Essen, nahm sie einen Schluck aus ihrer Kürbisflasche, dann zog sie das Bärenfell um ihren Körper und rollte sich im tiefen Tal zwischen zwei Wurzeln der alten Eiche zusammen. Sie zog das Bärenfell über ihren Kopf, damit sie auf dem braunen Erdboden vollständig getarnt war, und schloß die Augen. Sie war sicher, daß sie erst ein paar Minuten geschlafen hatte, als ein seltsames Geräusch sie weckte. Sie blinzelte ins stille Dunkel. Sie hörte Gesang!

Als das Bärenfell zurückgeworfen war, spähte sie in die

Nacht hinaus. Überrascht sah sie, daß sie schon einige Stunden geschlafen haben mußte, denn der Mond war untergegangen und dichtes Schwarz verbarg den stillen Wald. Anscheinend hatte sie den Gesang geträumt. Nicht einmal eine Eule rührte sich.

Benommen vom Schlaf blinzelte sie, glaubte, ihre Augen spielten ihr Streiche. Gespenstische Lichtflecken sprangen aus der Finsternis, schwebten ihr entgegen und tanzten um die Eiche. Necrönd erschauerte und pulsierte an ihrer Brust vor Energie, und instinktiv legte May eine schützende Hand auf die Schatulle.

Die Lichter verblaßten, und sie sagte sich entschlossen, daß es zweifelsohne Glühwürmchen gewesen seien. Langsam kehrten die Geräusche der Nacht zurück, sanfter Wind ließ die Blätter rascheln, und eine Weile beruhigte sie das Schnüffeln eines Dachses, der im Dickicht wühlte, bis heiseres Atmen den Frieden störte. Sie konnte nicht orten, woher es kam. Zitternd rollte sie sich zusammen und betete, bibberte, als sie beklemmend jedes Geräusch wahrnahm, das Schnüffeln von Igeln, das ferne Muhen des Viehs, den fernen Schrei einer Füchsin. Ihr Magen krampfte sich zusammen, daß ihr vor Angst ganz übel wurde, als sie schon darauf wartete, daß Reißzähne oder der kalte Dolch eines Wegelagerers aus der Nacht auf sie einstachen. Doch niemand kam, und endlich hörte sie die ersten schrillen Töne des Morgenchores.

Mit dem Tageslicht kam ein neues Gefühl. Jemand beobachtete sie. Sie konnte es fühlen. Die lieblichen Töne einer Amsel, die von den Ästen des Eichenbaumes über ihr trällerten, machten ihr ausreichend Mut, daß sie das Bärenfell auf ihrem Kopf beiseite schob. Rosy kaute bereits fröhlich an den wenigen dürren Grasbüscheln, die im Schatten des großen Baumes wuchsen. Ein Seufzen entfuhr ihr. Wenn

Rosy so entspannt war, mußte wohl alles gut sein, wenn auch das unangenehme Gefühl blieb, daß man sie musterte. Eilig stand sie auf.

»Wer ist da?« rief sie und hörte deutlich ein Seufzen, unverkennbar menschlich. Rosy stellte die Ohren auf. Sie hatte sich nicht getäuscht. »Wer ist da?« rief sie erneut.

Sie sah sich um, der Blick instinktiv zum eleganten Eschenbaum hingezogen, dessen feine Blätter in der leichten Morgenbrise flatterten. Sie fühlte sich nackt und verletzlich und wünschte, sie hätte den Schutz der Mauern Torra Altas nie verlassen. Wie hatte sie das Necrönd an sich nehmen können? Wie hatte sie so dumm sein können? Welch pompöser Irrsinn, zu glauben, daß sie sich vor der wilden Macht des Druiden-Eis schützen konnte, wenn alle drei Hohenpriesterinnen sich geweigert hatten, es auch nur anzurühren. Wie eine kinderlose Jungfer, die einen Säugling aus der Krippe stiehlt, hatte sie das Necrönd mitgenommen, ohne recht zu wissen, worauf sie sich einließ.

Rosy zupfte wieder zufrieden am Gras herum. Sicher war da niemand. Sie fragte sich, ob ihre Furcht vor lauernden Wesen vom Druiden-Ei und ihrem Wissen um die darin eingesperrten Tiere herrührte, die sie beobachteten und dazu bewegen wollten, sie über die Grenze zu holen. Zögerlich öffnete sie die Schatulle und sah entsetzt einen schwarzen Streifen, der im Zickzack über die Schale lief. Dieser war neu, zweifelsfrei durch die Hitze ausgelöst, die sie mit den Runenkreisen freigesetzt hatte. Das schlechte Gewissen ließ sie erröten. Staunend über die Bürde der Verantwortung klappte sie den Kasten zu und stopfte ihn in ihr Hemd.

Eben erst hatte sie die Schatulle weggesteckt, als sie hörte, wie ihr etwas durchs Unterholz entgegenraschelte. Ihr sackte das Blut in die Kniekehlen, und ihr blieb nichts weiter, als einen abgebrochenen Ast aufzuheben und vor sich hin und her zu schwenken. Ein bestialisches Kreischen erfüllte den Wald, und was immer es auch sein mochte: Es zog sich ins Unterholz zurück. Irgend etwas schlich durch den Wald, und schon fürchtete sie, sie hätte Untiere der Macht im Schlaf gerufen, wie die Priesterinnen es bei Caspar befürchtet hatten. Wind wehte ihr ins Gesicht, und sie atmete schale Luft. Zorniges Geheul durchdrang den Wald, gefolgt von einem Angriffsschrei. Sie kauerte unter ihrem Bärenfell. Die Wölfe kamen, sie zu holen, dessen war sie sicher.

Doch nichts und niemand griff an. Als schließlich im Wald alles wieder still war und das graue Morgenlicht durch die Blätter fiel, kroch sie hervor. Der Kreis war von Fußspuren umringt, die langen Krallenabdrücke eines Wolfes, der um sie herumlief, und dennoch hatte sie nichts gesehen. Zitternd stand sie in ihrem Bärenfell da. Wo war Rosy? Was würde Baron Branwolf von ihr denken?

Sie war Torra Altanerin. Sie durfte nicht zitternd dastehen. Sie machte sich gerade und rief mit leiser, bebender Stimme nach ihrem Pferd.

Ihre Schultern sanken herab. Sie war keine Kriegerin aus Torra Alta. Sie war nur eine Holzfällerstochter, die fortgelaufen war, allein und ängstlich, und nicht einmal mehr ihr Bruder war bei ihr. Sie hatte nicht geglaubt, daß Pip ihr fehlen würde, doch es war so.

Ein entsetzter Pferdeschrei antwortete ihr von der Straße her, und da sie fürchtete, daß Rosy in Bedrängnis war, vergaß sie sich. Mit dem Dolch in der Hand duckte sie sich unter den Bäumen durch, bis sie Hufe blitzen sah, und lief schneller, bis sie erkannte, wie Rosy bockte und um sich trat, weil ein schwarzer Schatten nach ihrer sandfarbenen Flanke schnappte.

»Laß sie in Frieden!« schrie May.

Eine lange Kralle peitschte aus dem Schatten, und ein tiefer roter Schnitt tauchte an Rosys Flanke auf. May dachte daran, ihr Messer zu werfen, während sie so lief, doch hielt sie ungläubig abrupt inne, als ein kleiner Mann zwischen den Bäumen hervortrat und auf den Schatten einschlug.

Klein und schlank, wie er war, bewegte er sich schnell und voller Anmut. Er schien ihr ein Elf zu sein. Sie sah Leder und eine grüne Jacke und golden blitzendes Haar. Sein Anblick ließ sie stehenbleiben.

Obwohl viele Märchen von Elfen handelten, hatte Morrigwen oft zu ihr gesagt, so etwas existiere gar nicht, und einmal hatte sie sogar das *Buch der Namen* geholt, um es ihr zu beweisen.

Der Schatten und der Elf waren verschwunden. Verdutzt hielt May dem Pony eine zitternde Hand entgegen.

»Verzeih mir«, murmelte sie, weil sie dachte, sie hätte im Schlaf irgendwie den schwarzen Schatten gerufen. Die Wunde an der Flanke des Tieres roch, als hätte die kalte Hand des Todes sie berührt.

Sie führte das hinkende Tier zu einem Bach und wusch die Wunde mit Wasser aus. »Die Elemente säubern eine Wunde so gut wie jedes Kraut«, hatte Morrigwen ihr einst erklärt. »Lehm zieht eine Infektion heraus, Wasser hilft, sie fortzuwaschen, Feuer brennt sie aus, und selbst frische Luft trocknet eine Wunde schneller als Gaze.« Doch May schalt sich noch immer. Sie hätte Pfennigkraut und Klee in ihrem Beutel haben sollen, wie es Brid stets hatte.

Trotz ihrer Fürsorge zitterte das Pferd heftig und riß die Augen vor Schmerz weit auf. May wußte nicht, was sie tun sollte. Sie saß am Ufer und weinte.

Sie war eine Närrin. Sie würde heimkehren. Sie schaffte

es nicht einmal bis in die Nachbarbaronie. Wie konnte sie hoffen, weit zu reisen, damit Caspar sie nie finden würde? Das Schluchzen blieb ihr im Halse stecken. Sie hatte versucht, nicht an ihn zu denken. Seit Monaten hatte sie nicht mehr wegen Caspar geweint, nicht mehr seit jenem Tag, an dem er versprochen hatte, daß er sie lehren wollte, auf Feuerschweif zu reiten, es jedoch vergessen und statt dessen Brid geholfen hatte. May zupfte an ihrem langen kastanienbraunen Haar. Wie konnte sie mit Brid wetteifern? Das Mädchen war so berauschend schön mit ihren durchdringend grünen Augen. Sie selbst hatte nur schlichte braune Augen.

May warf ihr Haar zurück. Was brütete sie über solchen Dingen? Jener Teil des Lebens war vorüber. Das alles lag nun hinter ihr, und sie mußte sich ein eigenes Leben schaffen. Sie mußte all jene, die sie liebte, vor dem Necrönd schützen. Ein kalter Schauer lief über ihren Rücken, als sie an das Druiden-Ei dachte.

Nachdem sie feinen Schlamm vom Ufer des Baches auf die Wunde gelegt hatte, führte sie das hinkende Tier ins Licht hinaus und wieder auf die Straße. Die Sonne stand hoch über einem wolkigen Horizont, und schon marschierten Pilger in stiller Prozession gen Norden. Die meisten ignorierten sie, doch jene, die ihr ins Gesicht sahen, machten eilig das Zeichen der Mutter oder wechselten auf die andere Straßenseite und flüsterten verschreckt.

Sie konnte nicht verstehen, was man an ihr fürchtete.

Die spitzen Dächer des nächsten Dorfes stachen über einer Heckenreihe hervor, und sie lief schneller, hoffte, jemand könne Rosy helfen oder sie könnten dort rasten. Sie konnte die Stute nicht mehr weiter laufen lassen.

Nach ihrem letzten Erlebnis hielt sie es für klüger, am

Gasthaus haltzumachen. Die Tür *Zur Kuh und zum Kalb* in Wiesengrund stand ein Stück weit offen, und ein Mann mit einer Schürze über seinem großen Bauch und einem Tuch in seiner Hand spähte ins Zwielicht hinaus, holte frische Luft. May hielt ihn für den Wirt. Sein Gesicht mit Bakkenbart und grauen Augen sah auf sie herab.

»Ich habe kein Geld, aber ich bitte Euch, eine Weile in Eurem Stall rasten zu dürfen«, sagte May mit ihrer freundlichsten Stimme.

»Die Ställe sind alle voll, Kleine«, erklärte ihr der Wirt. »Alles voller Pilger. Sie sagen, die Hexe sei gestorben.«

May versuchte, sich ihre Trauer nicht anmerken zu lassen. Im Grunde ihres Herzens hatte sie es schon gewußt, doch zu hören, wie jemand die Worte aussprach, war fast mehr, als sie ertragen konnte. »Aber ...«

»Ich habe keinen Platz.«

»Mein Pferd ist verletzt«, wiederholte May eindringlicher. Pip hätte ein Nein nicht hingenommen. Warum also sollte sie es tun?

»Was macht ein junges Ding wie du allein auf der Straße?« Der Mann schenkte ihr ein freundliches Lächeln, doch fühlte sich May unter seinem Blick ausgesprochen angreifbar.

»Ich mußte von zu Hause fort«, sagte sie.

»Du bist doch aber von Torra Alta, nicht?« Er wies auf das schwere Bärenfell, das sie ein Stück weit von ihren Schultern geschoben hatte.

»Aye, ich komme aus dem Wald im Norden jenseits der Burg. Mutter und Vater wurden getötet, und im Wald war ich nicht sicher«, sagte sie wahrheitsgemäß, wenn diese Ereignisse nun auch schon drei Jahre zurücklagen.

»Wölfe überall! Du siehst für ein Waldmädchen zu wohlgekleidet aus. Weshalb läufst du fort? Bist du nicht zum

Schutz auf die Burg zu deinem Lord gegangen?« frage der Mann mißtrauisch.

»O ja, dort war ich, aber ich konnte nicht bleiben ... unwillkommene Avancen ...«

»Aye«, erwiderte der Wirt einsichtig.

Eine ernst dreinblickende Frau mit einem Mop in einer Hand und einem tropfenden Tuch in der anderen schob ihn beiseite. »Hier, Mann, wir haben heute viel zu tun. Gib dem Kind ein Eckchen und fertig.« Mitfühlend lächelte sie May an. »Die hohen Herren bedrängen dich, und du bist nicht in der Position, es ihnen abzuschlagen.«

Der Wirt knurrte zustimmend, wie May vermutete. »Wir schaffen im Stall Platz für dein Pferd, und du kannst an unserem Feuer sitzen. Ein Gast, der nicht bezahlen kann, wird uns kaum schaden. Gestern abend waren sicher hundert Pilger hier. Es ist nicht unser Bier, die alte Tradition, und vielleicht bringt es uns Unglück, die Trauergäste dieser Hexe zu bewirten, doch kann man gute Kundschaft nicht fortschicken, wenn man Steuern zahlen muß. Der Tod dieser Frau war das Beste, was seit Jahren aus der Baronie gekommen ist.«

»O ja«, gab seine Frau ihm recht und zeigte May die Ställe. »Hat sich schlimm verändert, dieses Torra Alta. Nun mach es deinem Pferd bequem, Kind, und dann komm ans Feuer.«

May brachte Rosy in den übervollen Ställen unter, gab ihr Heu und einen Eimer Wasser, und als ein junger Stallbursche sie breit angrinste und versprach, sich um ihr Pony besonders gut zu kümmern, ließ sie ihren Packen und das Bärenfell gern dort zurück und ging ins Gasthaus. Die vielen Menschen dort und das Gefühl, unter Anhängern des Alten Glaubens zu weilen, tröstete sie. Zögerlich lächelte sie diese an und erntete Freundlichkeit. Entspannt setzte sie sich ans Feuer, versuchte, nicht an ihre Einsamkeit zu denken.

»Eine Geschichte!« rief ein junger Mann in die Runde. Er war gut gekleidet, mit geschneiderter Jacke, saß bequem auf seinem Stuhl und aß einen teuren Teller Wachteln. Er klimperte mit seiner Börse. »Unterhalte uns jemand mit einer Geschichte«, sagte er laut. »Ich will dafür bezahlen.«

May hielt ihren Kopf gesenkt. Sie kannte mancherlei Geschichten, doch sie wollte keine Aufmerksamkeit erregen.

»Ich will Euch eine Geschichte erzählen«, bot ein Reisender mit breitem Akzent aus dem südlichen Belbidia an, während er von seinem Stuhl aufstand und sich auf den Tisch in der Mitte setzte. Seine Haut war wohlgebräunt und sein Haar so dunkel wie Ceowulfs. May vermutete, daß er Caldeaner war. »Mein Herr ist Weinhändler, und ich bin über alle Meere gesegelt, und einmal, vor Jahren, fuhren wir mit unserem Schiff den Narwhal Ria hinauf nach Ceolothia hinein.«

»Oh, das ist eine schöne Reise!« Die Menge sank zurück, hob die Kelche, begierig, seine Mär zu hören.

»Oh, aye, eine lange Reise, und die Wogen gingen hoch, und in jenem Jahr wollte der Wein nicht reisen. Manches Faß brach auf, andere verdarben vom Salz. Doch mein Herr ist ein weiser Mann, und er sagt uns, die Reise zahlt sich aus, indem wir ceolothianische Seide kaufen und hier in Belbidia dann verkaufen. Er ist ein kluger Kopf, mein Herr. Nun, wir fuhren mit unserem Schiff weit den Fluß hinauf, und – wie das Schicksal so will – liefen auf Grund. Es heißt, Ceolothia habe im Inland einst große Häfen besessen, nur sind die Flüsse inzwischen von den Tonnen an Abraum, die aus den Minen gespült werden, meist verschlammt. Wir mußten unsere Waren auf Wagen laden und landeinwärts ziehen, wo uns riesige Bären angriffen, die auf den Hinterbeinen standen und sich über uns hermachen wollten, aber wir sind ihnen entkommen. Und als ich eben dachte, meine Haut würde im Regen schimmeln, stand dort funkelnd wie ein Diamant inmitten dieser schlammigen Ebene die weiße Stadt Castabrice. Dort trafen wir einen Mann, der seine Hand als Bärenbändiger verloren hatte, was schrecklich aussah. Er kam vom Ende der Welt, aus den hohlen Bergen von Kalanazir, wo man die tiefsten Minen findet, und er war ganz unten im Bauch des Berges gewesen, als die Erde Feuer spuckte. Er erzählte von den Tausenden Männern und Frauen, die von den Minen verschlungen werden, daß sie nie mehr wiederkehren, und er beschrieb die prachtvollen Rubine mit gelbem Kern, nach denen sie gruben. Seine Frau war ihm von Sklaventreibern gestohlen worden, und er sah sie nie mehr wieder. Sklaven kommen nie mehr wieder, heißt es. Nur jene, die von den Minen wegen einer bestimmten Gabe angestellt wurden, kommen wieder ans Tageslicht. Jedenfalls wurde dieser Mann eines Tages Bärenbändiger, weil er hoffte, daß ihn die großen Tiere niedermachen würden, aber bisher hatten sie ihn noch nicht getötet. Vielleicht würden sie ihn Stück für Stück auffressen, Bissen für Bissen.«

Der Erzähler fuhr mit seiner abenteuerlichen Geschichte über Ceolothia fort, doch May hörte ihm nicht mehr zu. Sie hatte eine entscheidende Tatsache erfahren: Die Minen von Kalanazir würden sie in die Tiefen der Erde führen, in den Schoß der Großen Mutter. Das war die Lösung. Und die Frau des Bärenbändigers war nie mehr heimgekehrt. Wenn sie dorthin gelangen konnte, könnte sie nie mehr, nicht mal wenn sie wollte, heimkehren. Sie würde keine Willenskraft mehr brauchen.

Der junge Mann entlohnte den Erzähler großzügig, und einer nach dem anderen in der übervollen Gastwirtschaft machte sich zum Schlaf bereit, meist dort, wo sie waren, am Feuer, da die Zimmer allesamt belegt waren. In der Taverne hallte es vor Schnaufen, Grunzen und dem tiefen, gleichmäßigen Atem Schlafender. May konnte vor trunkenem Schnarchen nicht einschlafen, und da die Nacht warm war, wollte sie sich zu Rosy gesellen. Die Stute grüßte sie mit einem Wiehern, und zu Mays Erleichterung stand sie auf ihren Beinen.

Sie machte es sich bei ihr bequem, vom dicken Stroh und ihrem Bärenfellumhang gewärmt, und bald nickte sie ein. Kurz darauf jedoch wurde sie von lautem Röcheln nah an ihrem Ohr geweckt. Sie schüttelte sich und kroch in die Stallecke. Das Röcheln ließ nach.

Als sie sicher war, daß niemand sie dort stören konnte, rollte sie sich wiederum zum Schlaf zusammen, doch das Röcheln kehrte zurück. Sie roch heißen, schalen Atem.

»Große Mutter, hilf mir«, flüsterte sie und fürchtete sich schrecklich, daß das Röcheln von ihr selbst kommen könnte.

Eine Stunde noch blieb sie wach, bis Erschöpfung sie übermannte, sie einschlief und träumte, sie würde in einer engen Zelle immer im Kreis laufen und von der Einsamkeit ihres Daseins fast in den Wahnsinn getrieben. Sie schnüffelte an einem Türspalt, wußte, daß dort draußen die Freiheit wartete. Sie setzte sich, kratzte sich am Ohr und sah plötzlich ihr langes, graues Fell. Klägliches Geheul, erschreckend nah, ließ sie aus ihrem Traum aufschrecken.

Vier Männer beugten sich über sie, einer mit der Mistgabel in der Hand, ein anderer mit seiner Reitpeitsche. »Verschwinde hier!« schrien sie.

Sie sprang auf, raffte ihr Bärenfell um sich, und ein Knurren drang aus ihrer Kehle. Entsetzt schrie sie, doch ihre Stimme kam als Heulen hervor, und sie senkte ihren Kopf und lief, stürmte zwischen den Männern hindurch. Einer schleuderte seine Mistgabel, aber sie klapperte nutzlos auf das Pflaster. In ihrer Panik stolperte sie und stürzte zu Boden. Eine Peitsche traf sie am Knöchel.

»Wolf!« riefen die Männer.

Sie schrie, und wieder war die Luft von bestialischem Geheul erfüllt. Die Peitsche traf sie am Arm, riß sie herum und dann zurück. Rosy trat sich den Weg aus dem Stall frei, und endlich riß das Seil an ihrem Geschirr. Sie ging durch, warf die Männer um. Von allen Seiten stach der Stahl. Blut strömte über Mays Gesicht, wo die Peitsche sie an der Wange getroffen hatte, und ihre Seite war ganz taub, wo die Mistgabel sie gestochen hatte, doch sie schaffte es dennoch irgendwie, ihrem Pony nachzulaufen.

Dann wurde ihr der Ausgang von einem weiteren Mann versperrt, der sein Messer hob, um es zu schleudern. May erstarrte und wußte nicht, wohin sie sollte.

Hufe klapperten auf dem Kopfsteinpflaster, und eine berittene Gestalt galoppierte aus dem Dunkel dem Mann entgegen. Mit einem Tritt an den Kopf stieß der Reiter den Mann zu Boden, und das Messer klapperte über die Steine. Zwar war der Reiter klein und schlank, doch sein Griff war sehr kräftig, als er May von ihren Beinen hob, sein Pferd herumriß und wieder zur Straße galoppierte, während sie noch an seiner Faust hing. Im Dunkel hatte sie seine Augen gesehen, und diese blitzten gelb. Baumelnd schlug sie an die Pferdeflanke. Ein Stück weit die Straße hinunter ließ er sie zu Boden, wendete und kümmerte sich um die sechs Männer, die ihnen brüllend folgten.

Da sie sich vor dem Stehenbleiben fürchtete, rannte May immer weiter, obwohl ihre Seite schmerzte und die Stirn noch feucht vom Blut war. Rosy war kurz vor ihr und stand glücklicherweise lange genug still, daß sie das Tier beim Geschirr nehmen und von der Straße zerren konnte. Instinktiv suchte sie im Wald Zuflucht.

Zu aufgebracht, um rasten zu können, rannte sie die ganze Nacht. Sie wich Ästen aus und rannte, froh und glücklich, daß bald Morgen wäre.

KAPITEL 8

Dröhnendes Krachen hallte durch die zerklüfteten Berge. Fern stellte die Ohren auf.

»Steinböcke«, erklärte ihm Caspar, als die Hörner der Böcke wieder aufeinander prallten und Geröll von ihren scharrenden Hufen prasselte. Er klopfte gegen den muskulösen Kamm an Feuerschweifs Hals und ritt voran, doch Fern blieb unsicher stehen.

»Ich denke, wir sollten nach Süden ziehen«, murmelte der Faun. »Warum hörst du nicht auf mich?«

Caspar achtete nicht auf ihn. Es überraschte ihn nicht, daß Fern sich unwohl fühlte. Die hohen Berge waren kein natürliches Revier für Wild. Wie die Wildschweine und Bären bevorzugten sie die unteren, bewaldeten Hänge und Täler, nicht die kahlen Wände der Felsspalten, wo sich tosende Wasserfälle wie silberne Schärpen durchs Land schlängelten. Die prasselnden Fluten stürzten freudig zu Tal, polierten den Fels, der im grellen Sonnenlicht glitzerte. Fernes Rumpeln warnte vor Lawinen im Norden. Das Brüllen eines einsamen Bären war zu hören.

»Bärenland!« Fern zitterte.

»Als meine Vorfahren nach Torra Alta kamen, war es ein Land dreier Tiere: Drache, Bär und Wolf. Die Drachen sind seit langem schon ausgestorben. Die Wölfe sind gefährdet. Allein der Bär bleibt«, sagte Caspar traurig.

Feuerschweifs Hufe rutschten auf dem losen Geröll, das überall auf den Hängen der von Wacholder überwucherten Berge zu finden war. Der junge Mann glitt aus seinem Sattel, zog den Runenstab aus seinem Packen, um ihn als Gehstock zu benutzen, und grinste dämlich vor sich hin, während er sein Pferd weiter in die Wildnis hineinführte. Irgendwie gab ihm der Stock tatsächlich das Gefühl, klüger zu sein.

Natürlich war er schon auf den östlichen Zügen der Gelben Berge gewesen, doch nur selten und seit vielen Monaten nicht mehr. Dort gab es keine Hütten, wenn dort auch angeblich ein paar alte Männer leben sollten – Ausgestoßene und Eremiten oder solche, die einfach vor ihrem Wahn in den Wald geflüchtet waren. Wenn sie es taten, dann vorsichtig. Es war der Lebensraum des Braunbären von Torra Alta, der einzige Ort auf der ganzen Welt, wo diese Art existierte.

Er zupfte an den langen Haaren seines Bärenfells herum. Die harten Winter im nördlichen Belbidia sorgten dafür, daß die meisten Torra Altaner, Männer und Frauen gleichermaßen, solche Umhänge trugen. Die Bärenfelle waren haltbar, wurden von den Eltern an die Kinder vererbt, so daß nur sehr wenige Bären gejagt und getötet wurden. Nur wenn sie westwärts auf Wanderschaft gingen und den Frieden der Dörfler im Keilerwald oder der bäuerlichen Gemeinschaften auf den Südhängen bedrohten, sandte man Jäger aus. Die Braunbären wurden respektiert, beinahe bewundert, und ihre Zahl wurde für künftige Generationen Torra Altaner geschützt.

Herabgestürzte Brocken versperrten ihnen den Weg, zwangen sie, höher zu steigen, und als sie atemlos um die Schulter des Berges kletterten, öffnete sich vor ihnen ein weiteres Tal. Gipfel und Kämme erstreckten sich endlos nach Osten, und ihre satte, goldene Färbung fing die Sonne ein.

»Du hättest auf mich hören sollen«, beharrte Fern.

»Warum sollte ich auf dich hören, wenn Morrigwen mir gesagt hat, daß ich in diese Richtung ziehen soll?«

»Morrigwen ist tot«, erwiderte Fern barsch. »Hast du noch mehr Haferkekse?«

Caspar stöhnte. »Du ißt ununterbrochen.« Seine Hand am Zügel zuckte, als Feuerschweif nach dem Wolfswelpen trat, der ihm zu nahe gekommen war, während er spielerisch nach Trunds Flanke schnappte. Der einst behende Schlangenfänger war in den letzten Jahren ruhiger geworden, besaß einen dicken, runden Bauch und den unbändigen Drang, der Länge nach ausgestreckt vor dem Feuer zu liegen, doch er war erheblich lebhafter geworden, seit die kleine Wölfin da war.

»Warum hörst du nie auf mich?« fuhr Fern fort. »Auf alle anderen hörst du, besonders auf Hal, wenn du auch schwörst, daß du rangmäßig über ihm stehst.« Angewidert rümpfte Fern die Nase. »Du hörst auf Brid, natürlich, aber auf diesen gräßlichen Bogenschützen hörst du ebenso.« Fern legte eine tiefe Abneigung gegen Abelard an den Tag. »Du hörst sogar auf Morrigwens Leichnam, aber auf mich hörst du nie!« Er stampfte mit dem Fuß auf und zuckte mit der Nase.

»Fern, ich höre nicht auf dich, weil ...« Caspar zögerte, gab sich alle Mühe, seine Ungeduld mit dieser Kreatur zu bändigen. Er wollte das arme Ding nicht ernstlich verletzen. »Ebendeshalb!« endete er, als wäre das eine Antwort.

»Du wirst es bereuen. Du wirst noch sagen, daß es dir leid tut.«

Caspar hörte nicht zu. Unter ihnen lag der Brombeerwald, und bald wären sie am Feenhain, wo er hoffte, das Necrönd zu finden, und mit diesem Gedanken war er voll beschäftigt. Als er wieder aufblickte, merkte er, daß er Fern folgte, und da der Faun eine natürlich Gabe besaß, neue Wege zu erkunden, ließ Caspar ihn vorausgehen. Sie stiegen zu einem Fluß hinab, der in einem dichten Dickicht aus

Vogelbeerbüschen, Birken und hohen, rotstämmigen Kiefern verschwand, das sich in das felsige Tal schmiegte. Tatsächlich rankten Brombeeren in diesem Wald, und Caspar fürchtete, daß es lange dauern würde, bis sie sich einen Weg hindurchgebahnt hatten.

Der Faun erstarrte und deutete auf etwas. Voraus, unter den Bäumen, bewegten sich die Schatten. Etwas Großes lief dazwischen. Caspar sah ein Stück von einem riesigen Geweih. Dann wurden ein Quieken und ein Japsen laut, und Trund stürmte voran.

Fern jaulte und drohte ihm mit seinem Stock.

Caspar lachte. »Trund wird dem Hirsch nichts tun. Er ist viel zu langsam.«

Plötzlich änderte der Hund seine Richtung, schnüffelte am Boden herum und wedelte dabei aufgeregt mit seinem Schwanz. Fern ließ seinen Stock fallen und sah weiß und kränklich aus.

»Was ist los?«« fragte Caspar.

»Blut.« Fern deutete zum Ufer.

Der Faun lief voraus, als sie weitergingen und sich mühsam einen Weg am Fluß entlangbahnten. Als das Geäst sich lichtete, waren Caspars Hände von Kratzern und Rissen übersät. Sie brachen aus dem Wald hervor, doch der Faun blieb dann stehen und wollte nicht weitergehen. Vor ihnen lag der Quell des Blutes. Fell, Füße, Kopf und Eingeweide einer Hirschkuh lagen über die Felsen verstreut. Der Kadaver fehlte.

»Fern, der Mensch muß essen«, versuchte Caspar ihn zu beruhigen, als der Faun an die Reste heranschlich und aufgeregt schnüffelte. Er schnaubte und marschierte davon, knurrte vor sich hin und sah sich dabei angewidert nach Caspar um.

»Hör auf damit!« Plötzlich wurde der Junge wütend. Er

konnte nicht einsehen, daß er vor diesem Männchen ständig ein schlechtes Gewissen haben sollte. »Der Mensch hat immer schon Wild gegessen. Daran ist nichts Schlechtes.«

»Nichts Schlechtes! Du hast es nicht mal gemerkt, oder? Es nützt nichts, wenn ich dir irgendwas sage, weil du mir nie zuhörst. Nein, du hörst nur auf die Leute, für die du angeblich Verantwortung trägst. Mutter allein weiß, was hier vor sich geht«, fuhr der Faun fort. »Wölfe ziehen nach Süden, Menschen ziehen nach Norden.«

»Was meinst du damit: Menschen ziehen nach Norden?«

»Es nützt nichts, Euch etwas zu erzählen, hoher Herr und Herrscher über Torra Alta. Den ganzen Tag schon sage ich, daß wir in die falsche Richtung ziehen. Der Wolfsmann ist nach Süden gegangen. Ich habe es dir gesagt, aber du willst nicht hören. Du hörst auf das Gedärm einer alten Frau, aber auf das Gedärm eines Hirschs hörst du nicht, was? O nein, weil ein Reh nichts wert ist, nur Futter, das auf Hufen wächst. Nun, ich will dir mal was sagen, junger Mann.« Er rümpfte die Nase und zuckte damit. »In den Augen der Mutter sind wir alle gleich. Du und ich, es gibt keinen Unterschied zwischen uns.«

»Gibt es wohl«, erwiderte Caspar gekränkt. »Ich trage Verantwortung. Eines Tages werde ich eine Burg und eine Baronie lenken.«

Ungläubig schnaubte Fern. »Du wirst immer andere Leute haben, die sie für dich lenken.«

Caspar verlor den Mut. »Und was ist jetzt mit dem Kadaver dieser Hirschkuh?« fragte er, um den Faun zu beschwichtigen.

»Sie wurde nicht von einem Torra Altaner getötet.« Schmollend weigerte sich Fern, ihm mehr darüber zu erzählen.

Sie kamen an mehr als einem Dutzend Rehkadavern

vorüber, von denen jeder einzelne mehr oder weniger wie der erste dalag: ausgeweidet, das Fleisch entfernt, das Fell abgezogen. Caspar konnte verstehen, wenn ein oder zwei Stück Wild getötet wurden, doch das hier reichte, um ein ganzes Dorf zu füttern. Es schien, als lebten hundert Menschen hier draußen in den Bergen. Er bückte sich, um einen zerbrochenen Pfeil aufzuheben, der dort am Boden lag.

»Ich sagte doch, es waren keine Torra Altaner. Die benutzen stets graue Gänsekiele, und deren Pfeile sind um vieles länger. Pip hat es mir erzählt. Jeder weiß das«, erklärte ihm Fern vorlaut.

Caspar fuhr mit den Fingern über die Federn, die weiß mit braunen Flecken waren, wahrscheinlich Gans, sicher keine von Torra Alta. Fern hatte recht.

»Es müssen die Männer sein, die das Necrönd haben«, sagte Caspar nachdenklich.

»Wieso um alles in der Welt glaubst du das?« fragte Fern entgeistert.

»Es ist doch offensichtlich, oder nicht?« fuhr Caspar ihn an und warf den Pfeil beiseite. »Morrigwen hat mich hierhergeschickt, und ich finde Anzeichen für eine große Bande von Männern, die hier oben in den Bergen lebt. Das müssen die richtigen sein. Warum sonst sollten sie hier leben?«

»Ich habe dir doch schon erklärt, daß Morrigwen nichts gesagt hat«, erwiderte Fern.

Am Boden schnüffelnd lief Trund voraus, wobei seine Schwanzspitze wild über den Wacholderbüschen wedelte, mit denen die Gegend dicht bewachsen war. Caspar eilte ihm nach und suchte nach Spuren. »Wir müssen diese Männer finden.«

»Damit sie bestraft werden!« fügte Fern begeistert hinzu.

»Rehmörder! Sollen die Hunde sie holen. Der einzig gute Grund, Hunde zu halten.«

Caspar nickte zu einem Kegelgipfel im Norden hinüber. Eine Rauchwolke drehte und wand sich von seiner Spitze, zeigte, wo Winde wirbelten und um die nackte Erde pfiffen, wenn auch dort, wo sie standen, nur eine leise Brise wehte. »Wir gehen da hinauf«, verkündete er. »Von dort aus können wir meilenweit sehen.«

Der Junge band Feuerschweif fest und stieg langsam hinauf, zog sich an den rauhen Stämmen der Wacholderbüsche hoch. Der Wacholder duftete wundervoll, was ihn ganz benommen machte. Die fünf Stutenschweife ragten unübersehbar am östlichen Horizont auf. Fünf Gipfel, welche die grausamen Elemente zu Hörnern geschliffen hatten, kratzten an den Wolken, die der Wind sich packte und die wie Schweife schneller Pferde wirkten.

Eine weitere Rauchsäule stieg auf halbem Wege zwischen ihnen und den fünf Gipfeln auf. Diese war gelblichbräunlich und stieg träge aus dem warmen Tal empor. »Sieh doch! Ein Lagerfeuer!« Caspar deutete darauf. »Und es liegt gleich neben einem Wald, beim Feenhain. Das müssen die Männer sein, die das Necrönd haben.«

»Wir sollten umkehren«, riet Fern. »Wir sollten umkehren und Verstärkung mitbringen. Den Hauptmann holen. Er wird wissen, was zu tun ist.«

Ärgerlich legte Caspar seine Stirn in Falten. »Ich brauche keine Hilfe.«

»Nun, ich gehe keinen Schritt weiter«, wiederholte Fern mehrmals, als sie Feuerschweif holten und ostwärts dem Lagerfeuer entgegenzogen. »Nie im Leben.«

Als sie sich nach einer Weile dem Feuer näherten, klagte Fern immer noch, doch er machte keinerlei Anstalten, umzukehren. Sie bahnten sich einen Weg in den Feenhain und versteckten sich zwischen den seltsamen Bäumen, wo Eichen, Eschen und Hagedorn, schwer duftend von der Frühlingsblüte, eng verwoben waren. Vom Waldrand blickten sie ins Tal hinab. Mehr als zwanzig Männer und etwa ein halbes Dutzend Frauen saßen geschäftig ums Feuer versammelt, bereiteten Mahlzeiten und sammelten Holz. Caspar beglückwünschte sich selbst zu seinem Talent, die Zeichen zu deuten, die ihm Morrigwens Leichnam gegeben hatten. Seine Hände zitterten bei dem Gedanken daran, daß das Necrönd in der Nähe sein sollte.

Er wartete bis zur Dämmerung, bis die Schatten mit der Dunkelheit eins wurden, dann rückte er vor. Er zog das Bärenfell über seinen Kopf, hielt sich im Dunkel und kroch heimlich voran. Ein Lied wehte vom Lager herüber, ein Hirtenlied, ausgerechnet, dachte er.

Auf den Hügeln, beim plätschernden Bach,
Das Feuer geschürt, und alles ist wach.
So zählen wir Schafe und zählen sie gut,
Denn Hirten sind wir, allzeit auf der Hut.

Der Bock ist wild, das Schaf ist fett,
Sein Fell ist dick und wollig.
Wir fürchten nicht den schwarzen Wolf,
Wir finden ihn nur drollig.
Die Nacht ist lang, die Luft ist kalt,
Der Wolf ist eine Mißgestalt.
Mein Feuer schwillt, mein Stab, er drillt,
Mein Bock, der ist sehr wild.

Wir fürchten keinen schwarzen Wolf
Und finden ihn nur drollig,
Sind auch die Lämmer jung, die Schafe fett
Und ihre Felle wollig.

Am Ende des Liedes wurde freudiges Gelächter laut, was Caspar beruhigte. Sicher würden Menschen, die solch harmlose Lieder sangen, keine Schwierigkeit bereiten.

Er schlich näher.

»Müssen wir denn Lieder über Wölfe singen?« Einer klang besonders ärgerlich. »Seit Tagen haben wir keinen Wolf gesehen, im Grunde nicht mehr, seit wir hier sind, und ich möchte nicht daran erinnert werden.«

Caspar runzelte die Stirn. Der Akzent klang ovissianisch.

»Ich bin hier, um Wölfe zu erlegen. Es hieß: ›Mach mit, Naith, töte Wölfe.‹ Aber ich habe noch keinen gesehen«, wurde eine jüngere Stimme zwischen dem Murren der Älteren laut.

Caspar schüttelte den Kopf. Diese Männer hatten doch sicher nichts mit dem Necrönd zu tun.

Als plötzlich Fern aufschrie, stellten sich Caspar die Nackenhaare auf. Heulend wie ein Dämon stürmte der Faun mitten ins Lager und schlug wild mit seinem Stock nach ihnen. Caspar hielt die Luft an, wußte nicht, was er tun sollte. Welcher Teufel war in den Faun gefahren? Einer der Männer hielt Fern beim Arm und schwang ihn herum. Ein anderer drehte ihm den Stock aus der Hand, während ihm der nächste mit geballter Faust ins Gesicht schlug.

Fern spuckte Blut, doch er wehrte sich noch immer. Caspar beherrschte sich, ihm wütend zu Hilfe zu eilen, denn es waren viel zu viele Männer, als daß er ihnen gewachsen gewesen wäre, und er beschloß, in ihre Mitte zu treten und sich zu entschuldigen. Eben kam er auf die Beine, als ein böser Schmerz durch seine Schulter zuckte. Instinktiv rollte er ab, mit einem Pfeil am Bogen, um seinen Angreifer abzuwehren. Er zielte einem jungen Mann direkt ins Gesicht. Offensichtlich hatte der ihm einen Schlag auf den Hinterkopf versetzen wollen, ihn statt dessen jedoch an der

Schulter getroffen, und die Wucht des Hiebes war vom Bärenfell abgedämpft worden.

Caspar dachte, der Pfeil würde ihm weiteres Vorgehen austreiben, doch knallte zu seiner Linken eine Bullenpeitsche und riß ihm seine Hand vom Bogen, was einen roten Striemen um sein Handgelenk zurückließ. Vier weitere Männer stürzten sich auf Caspar und zerrten ihn in den Kreis.

»Verdammter Torra Altaner.« Einer von ihnen spuckte aus. Ein großer Rehrücken briet über dem Feuer, und Fern heulte, daß ihm die Tränen über die Wangen liefen. »Meine Sorrel«, weinte er. Wenn er auch klein sein mochte, so hatten die Männer doch einige Mühe, ihn festzuhalten, da er vor Zorn und Verzweiflung um sich schlug. »Daß ich das erleben muß. Meine Sorrel! Ihr Teufel, ihr Ungeheuer!«

Caspar spürte, wie seine Glieder nachließen.

Ein großer Mann mit drahtigem Haar wischte Blut von seinem Handrücken. »Was ist das für eine Kreatur? Immer mehr üble Viecher kommen von Torra Alta.« Lange Narben zogen sich an seinen Armen entlang, wo ihn, wie Caspar vermutete, ein Wolf verletzt hatte. Er sah sich unter den Männern um. Das waren keine Fallensteller. Weit und breit war kein Wolfspelz zu sehen.

»Hüte deine Zunge, dummes Männchen, sonst stopf ich dir für alle Zeit das Maul.« Der Mann hieb Fern die Faust in den Magen, und der Faun klappte zusammen.

»Hey!« schrie Caspar, doch er konnte sich nicht rühren, da ihn vier Männer an Armen und Beinen festhielten. Sie nahmen ihm den Bogen, den Försterdolch und seine Jagdmesser.

»Was ist er?« wollte der Mann mit dem Stachelhaar wissen und deutete dabei auf Fern, während er neugierig den blauen Stahl der gezackten Klinge betrachtete.

Caspars Gedanken rasten, und er zuckte mit den Schultern, um einen Augenblick nachdenken zu können. »Ein ganz normaler Mensch, aber er wurde von einem Wolf gebissen, und das ist ihm zu Kopf gestiegen. Jetzt hält er sich für einen Hirsch.«

Die zottig grauen Augenbrauen des Mannes schoben sich in die Höhe, und er lachte böse. »Vom Wolf gebissen, ja? Das glaube ich nicht. Kein Torra Altaner wurde von einem Wolf gebissen.«

Caspar spürte ihre Feindseligkeit und zermarterte sein Hirn, was er tun konnte. Eilig sah er sich in der Gruppe um und staunte, als er sah, daß sich immer mehr Männer und Frauen zu ihnen gesellten. Es waren zweifelsohne Ovissianer, nach ihren Kitteln und Wollwaren zu urteilen. Was hatten sie in den Bergen von Torra Alta herumzugraben? Hatte er die Männer gefunden, die seinem Vater das kostbare Erz stehlen wollten? Mit Bedauern kam er zu dem Schluß, daß ihm dieses Wissen im Augenblick nichts nützen würde.

Offensichtlich haßten sie in ihm den Torra Altaner, und es dauerte nicht lange, bis er wußte, wieso. Die meisten trugen Krallenspuren oder tiefe Wunden, wo Fleisch herausgebissen war. Einem kleinen Mädchen fehlten Auge und Ohr auf der rechten Seite des Gesichts. Offenbar gaben sie Torra Alta die Schuld für die Wölfe und ihr Leid.

»Ich will es Euch beweisen, wenn Ihr mich loslaßt«, meinte Caspar.

Nachdenklich kratzte der Mann seinen stachelhaarigen Schopf, dann nickte er den anderen zu, sie sollten ihn loslassen. Caspar stolperte zu Fern hinüber, zog das rote Taschentuch beiseite, das dieser um den Hals trug, dann öffnete er seine Weste, um die Brust zu zeigen. Die Männer stöhnten auf.

»Wie hat er das überlebt? Solche Wunden an der Hauptschlagader!« rief einer aus. Caspar hielt Ferns zitternde Hände und sah in seine wilden Augen, die groß und schwarz leuchteten. Sanft bedeckte er die dunklen Narben an Hals und Brust.

»Hört zu, Freunde«, sagte Caspar, »auch wir sind Feinde der Wölfe und haben gelitten wie ihr.«

Der große, stachelhaarige Mann trat zurück und sah sie skeptisch an. »Aber ihr seid doch offensichtlich von Torra Alta.«

Caspar nickte. »Und?«

Die Männer wandten sich ab und murmelten miteinander. »Wir können ihm nicht trauen. Wir sollten warten, bis Mamluc wiederkommt. Dann sehen wir, was mit ihnen geschehen soll.«

Caspars Finger schlossen sich kalt um Ferns Schultern, bohrten sich in seine Haut, während er sich fragte, ob dieser Mamluc das Necrönd hatte. Da die Männer weiter stritten, ahnte er, daß kein Führer unter ihnen war. »Wir werden auf Mamluc warten müssen«, wiederholte einer, und nur darauf konnten sie sich einigen.

Caspars Hoffnungen, sich aus ihrer mißlichen Lage herauszureden, wurden durch ein Jaulen von oben zerschlagen. Alle Blicke zuckten aufwärts, wo zu sehen war, daß Trund von einem Felsen nicht weit vom Lager aus einen Angriff wagen wollte. Die kleine Wölfin neben ihm saß da und heulte. Mehrere Männer griffen nach Bögen und Schleudern. Caspars Herz schlug heftig, doch er mußte sich keine Sorgen machen. Er war keineswegs von fähigen Bogenschützen umgeben, und ihre Pfeile flogen viel zu kurz, obwohl sie die beiden Tiere wieder in die Wildnis scheuchten. Jene mit Schlingen zielten besser, doch auch ihnen mangelte es an Reichweite.

»Fesselt sie«, sagte der Älteste. »Es wird ihnen nicht schaden, bis Mamluc wiederkommt.«

Caspar und Fern wurden an Händen und Füßen gefesselt und dazu gezwungen, am schwelenden Feuer zu sitzen. Argwöhnisch hielten die Männer Abstand.

»Er ist ein Zauberer, ein Hexer«, murmelte einer. »Seht euch seinen Stock an. Vielleicht verflucht er uns.«

Caspar wünschte, er wäre dazu in der Lage.

Er lauschte dem Grunzen aus dem tiefen Tal, während er mit seinen Fesseln spielte. Er wollte nicht gefesselt und wehrlos sein, falls irgend etwas angriff. Er hatte einen braunen Bären auf den Hinterbeinen stehen sehen, der fast zehn Fuß hoch ragte. Mit einem Bogen in der Hand hätte er sich erheblich sicherer gefühlt. Er schmiegte sich an das weiche Bärenfell um seinen Leib, dankbar für dessen Wärme in der kühlen Bergnacht. Er hatte diesen Bären nicht getötet. Der Umhang hatte seinem Großvater, Baron Brungurd, gehört, der schon tot gewesen war, als Caspar zur Welt kam.

Die Männer rührten sich im Schlaf und waren eilig auf den Beinen, raunten und flüsterten, und im Dunkel klirrten leise Ketten. Das Lager leerte sich, so daß Fern und Caspar wie angebundene Ziegen wirkten, die einen Tiger fangen sollten. Das Grunzen wurde lauter, von schweren Schritten begleitet.

Fern wimmerte.

»Sei still. Du lockst ihn an.«

»Es ist ein Bär!« jammerte der Faun. »Ein Bär!«

»Das weiß ich.« Caspar versuchte ruhig zu klingen. »Bären wollen Fleisch. Schlimm wie Wölfe sind sie. Schlimmer! Ungeheuer!« Er zitterte.

Irgendwie erleichterte es Ferns Angst Caspar, die Ruhe zu bewahren. »Die werden uns schon nicht als Köder sitzenlassen. Das würde kein menschliches Wesen einem anderen antun.«

Er irrte sich. Das Knirschen von Schritten, begleitet von schnüffelndem Grunzen, wurde immer schneller, bis der Bär ins Lager trabte. Caspar sah die Umrisse, den mächtigen Schädel unten am Boden, als er im Lager stöberte, wobei ein Hieb mit seiner Pfote die Decken einer Lagerstatt aufwarf. Er lief ans Feuer und umrundete es mißtrauisch, ließ schmatzend seine Kiefer klappen, als er die Bratenreste sah. Fern stieß ein leises Stöhnen aus und vergrub seinen Kopf an Caspars Schulter. Der Junge biß die Zähne zusammen.

Lichter flackerten um den Kreis, und erleichtert ahnte er, daß die Männer wiederkamen. Langsam entfernte sich der Bär, grunzte und schwankte vor und zurück, dann lief er schwerfällig davon. Plötzlich hörte Caspar splitterndes Holz, einen tiefen Aufschrei und ein schweres Krachen, das den Boden erschütterte. Auf kurze Stille folgte Knurren und wildes Toben, das seltsam klang. Caspar blieb nur wenig Zeit, darüber nachzudenken, was geschehen war, da die Männer angelaufen kamen und dabei ihre Fakkeln schwenkten. Seine Augen waren trüb, doch er hörte Ketten rasseln, die über den Boden gezogen wurden. Tiefe, entsetzte Schreie kamen von dem Bären, dazu das Klirren eines Hammers auf Stahl. Das Hämmern ging noch eine Weile weiter, während das Geschrei der Männer langsam an Dringlichkeit einbüßte und freudiger wurde.

»Alles in Ordnung?« fragte einer.

Erschöpftes Ächzen antwortete ihm. Der Bär tobte weiter, wenn es nun auch hohl und gedämpft klang. Während der ganzen Zeit hatte Caspar nachgedacht und gemerkt, daß der Bär sicher in einer Grube saß. Als der Morgen dämmerte, stellte er fest, daß er, wenn er den Hals nur lang genug reckte, sehen konnte, daß sie ein Kettennetz über ein klaffendes Loch am Boden hämmerten. Er war zu müde, um sich darum Sorgen zu machen, welcher Wahnsinn die Männer dazu trieb, einen Bären einzufangen. Das Tier tobte, doch es wurde allmählich ruhiger, bis es schließlich mit einem dumpfen Schlag zu Boden ging und sich nicht mehr rührte. Das aufgeregte Plappern der Männer ließ nach, und nach kurzer Pause brachen sie in triumphierenden Jubel aus.

Caspar und Fern bekamen Wasser und etwas Brot, aber sie blieben am Baum angebunden. Sie konnten nur dasitzen und zusehen, während die Männer einander gratulierten, etwas zuviel Bier tranken und ständig über den Rand der Grube spähten, um nach ihrer Beute zu sehen.

Die Festlichkeiten dauerten fast den ganzen Morgen und wurden allein durch die Ankunft eines seltsam gekleideten Mannes unterbrochen. Neugierig verdrehte sich Caspar. Nie zuvor hatte er etwas Ähnliches gesehen. Die Haut des Mannes besaß eine rötliche Färbung, seine Augen blinzelten und waren tief eingesunken. Er trug ein schweres schwarzes Bärenfell um die Schultern, fast wie ein Vaalaker. Ringe umfaßten seine nackten Arme, und Hosen, die mit Lederriemen verschnürt waren, schürzten seine Beine. Er hatte einen langen, dornenbesetzten Knüppel um seinen Rücken gebunden.

Caspar war derart von den eindringlichen Augen des Mannes fasziniert, daß ihm kaum etwas anderes in dessen Gesicht auffiel. Eines war schwarz und das andere hellgrün, und sie bewegten sich unabhängig voneinander. Im selben Augenblick, als Caspar ihn aus der Nähe sah, zweifelte er daran, daß er das Necrönd hatte. Es war nicht der Mann, den sie in der Menge auf Torra Alta gesehen hatten.

Der blinzelnde Mann strahlte Überheblichkeit aus. »Ihr habt einen Bären für mich.« Seine Stimme klang selbstbewußt. »Ich sehe es in euren furchtsamen Augen. Ihr Belbidianer seid stets ängstlich.«

Caspar wollte schäumen, doch als er einen Blick in die Runde warf, sah er tatsächlich die Angst, von der dieser Mann sprach. Als er die ovissianischen Schafhirten betrachtete, fielen ihm erneut die Schaufeln und Hacken auf, von denen er gedacht hatte, sie dienten der Suche nach Erz, doch nun sah er, daß damit vermutlich nur Bärengruben ausgehoben wurden.

»O ja, Mamluc, Sir! Ein großes Tier. Ihr werdet zufrieden sein«, sagte einer der Männer aufgeregt.

Sie traten an die Grube. »Ihr habt gut getan«, räumte Mamluc ein.

Caspar konnte seinen Akzent nicht einordnen, doch er war sicher kein Belbidianer, der rötlich-braunen Hautfarbe nach zu urteilen nicht einmal aus den Ländern am Caballischen Meer. Caspar reckte sich höher, um sehen zu können, bis sich die Muskeln an seinem Hals zu verkrampfen drohten, und er staunte, als er sah, daß der Fremde in die Grube sprang. Schweigen lag über dem Lager, bis er endlich wiederkam. Er ließ die Grube hinter sich und starrte auf Caspar herab. Der Junge war sich des großen schwarzen Stiefels sehr wohl bewußt, der direkt neben seinem Ohr plaziert war.

»Wer sind die beiden hier? Ich will Bären, keine Bengel.« Er trat an Fern heran, riß dessen Gesicht hoch und starrte tief in seine großen Augen. Mamlucs Miene wurde vor Entsetzen bleich, und er wich zurück, stieß Flüche aus, wischte mit den Finger über die Erde und warf Fern Staub in die Augen. »Ich bin Mamluc der Bärenzähmer, und nun soll ich Mamluc der Verfluchte sein. Ich habe in die lebendigen Augen eines Toten gesehen.« Er trat zurück und befahl den Männern lauthals, Caspar und Fern gefesselt zu belassen, während er sich um den Bären kümmerte.

Die Männer murmelten aufgeregt, während ein kalter Schauer Caspars Leib durchfuhr. Dieser Mamluc war unangenehm scharfsinnig. Die Hirten händigten ihm Caspars Waffen aus, und begierig nahm Mamluc den Försterdolch an sich. »Er wird mit mir zufrieden sein, wenn ich ihm eine solche Gabe bringe«, sagte er leise zu sich selbst, wobei er die Spitze der Klinge voller Respekt berührte.

Am nächsten Morgen war der Bär wach und brüllte wie ein Dämon.

»Was wollt ihr mit einem Bären?« fragte Caspar den großen Jungen, der sich tags zuvor Naith genannt hatte und nun kam, um ihnen Essen und Wasser zu bringen. Das Brot war schal, und das Wasser schmeckte, als sei es schon zu lange in der Kürbisflasche. Die dünne Scheibe Fleisch war trocken und sehr zäh, und natürlich rührte Fern davon nichts an.

Naith hatte haselnußbraune Augen, was er mit dem Großteil der Bevölkerung im Flachland von Belbidia gemein hatte, dazu rote Wangen, die von einem Leben unter freiem Himmel kündeten. Das Haar fiel über seine Augen, und dunkler Flaum sproß an seinem jungen Kinn. Ein kleines Mädchen, das nur halb so alt wie er sein konnte, die Augen vor Tränen blutunterlaufen, die Fingernägel schwarz vor Erde, hielt sich nah an seiner Seite.

Trotz des Drecks und der Spuren harten Lebens war es unmöglich, die Schönheit ihrer zarten Züge zu übersehen. Unruhig setzte sie sich und sah sich um, zupfte ständig an ihrem langen braunen Haar herum, das in zottigen Strähnen um ihr Gesicht hing. Müde sah sie aus.

»Ich weiß nicht, wieso wir die Bären fangen«, erklärte

ihm Naith schließlich. »Ich bin mitgekommen, um Wölfe zu erlegen.«

»Das war auch mein Plan«, fügte Caspar hinzu, da er dachte, es würde ihn dem Jungen näherbringen, der doch fast in seinem Alter war.

»Nachdem sie mir Mutter und Vater getötet hatten, habe ich an nichts anderes sonst gedacht – Wölfe töten –, aber ich muß auch noch an Lana denken, und ihr tut es nicht gut, hier zu sein. Was haben Bären mit Wölfen zu tun?«

Caspar schüttelte den Kopf und zuckte mit den Schultern. »Was machen sie mit denen?« fragte er.

»Bringen sie über die Berge.« Naith deutete nach Osten.

Caspars Aufmerksamkeit wurde von Mamluc angelockt, der sich in diesem Augenblick mit Gebeten und Pülverchen am Bären zu schaffen machte, wobei er farbigen Staub in die Grube streute.

Fern zischte: »Das ist nicht der Wolfsmann. Ich hab dir doch gesagt, daß er südwärts gezogen ist.«

Die belbidianischen Banditen zerrten an Seilen, zogen den großen Bären herauf und legten ihm weitere Ketten um Pfoten und Hals. Sie zerrten und mühten sich, obwohl das Tier benebelt war, und einer wurde zu Boden geworfen und hielt seinen Arm, nachdem der Bär müde nach ihm geschlagen hatte.

Naith, der junge Mann, der mit Caspar gesprochen hatte, half am linken Hinterbein, während seine Schwester nah bei Caspar blieb. Er lächelte sie an, und unruhig lächelte sie zurück. »Ich fürchte mich vor Bären«, murmelte sie.

Caspar wollte keine tröstende Erwiderung einfallen, während er sah, wie die Männer darum rangen, den Bären festzuhalten. Mamluc nahm eine Flöte hervor und begann zu spielen. Der Bär ließ sich von der Musik beruhigen und folgte dem blinzelnden Mann, als dieser das Tier ostwärts aus dem Lager führte. Die Frauen und verbliebenen Männer luden eilig ihre Habseligkeiten auf ein paar zottige Ponys, die mit klappernden Hacken, Schaufel und dem einen oder anderen rostigen Kochtopf beladen waren, und folgten ihnen nach. Fern und Caspar wurden mit einem Stück Seil an den Rücken eines Ponys gebunden und gezwungen, hinterherzulaufen.

Sie zogen nordwärts dem flüsternden Wald entgegen, wo Unmengen silbriger Espen ihre Blätter flattern ließen, dann erklommen sie steil den Kamm eines Berges, daß den Männern der Schweiß über den Rücken lief, weil sie sich mit dem Bären abmühen mußten. Die eine oder andere Frau schluchzte vor Anstrengung, doch als Mamluc sie anschrie und dabei seinen Knüppel schwang, verdoppelten sie ihre Mühen, den Bären durch die Schluchten zu befördern, wobei sie ihn mit Peitschen und Ketten antrieben. Blutkreise entstanden um seine Pfoten, wo die Ketten ihm ins Fleisch schnitten.

Der Anstieg erschöpfte Caspar auf unerklärliche Weise, und er war erleichtert, als sie über den ersten Kamm kamen und einen breiten Weg sahen, der an einem Bach entlangführte, der von Erzen dunkelgolden leuchtete und wie Honig floß. Einen Moment lang fragte sich Caspar, ob es die Höhe sein mochte, die ihn schwindlig machte. Er lachte bei der Vorstellung. Er war von Torra Alta! Seine Beine taten ihren Dienst, setzten einen Schritt nach dem anderen, doch sein Kopf war vernebelt, konnte sich nur noch auf Mamluc und die süße Melodie konzentrieren, die aus seiner Flöte kam.

Sie klang magisch und seidenweich. Caspars Blicke huschten hin und her, folgten den Bewegungen von Mamlucs Bärenfellumhang, der bei seinen zielstrebigen Schritten schwankte.

Das kleine Mädchen Lana hielt sich nah bei Caspar, als spürte sie in ihm die Aversion gegen diese Brutalität. Sie weinte. Immer wieder sah sich ihr Bruder sorgenvoll nach ihr um, fing Caspars Blicke auf und warf ihm ein schiefes Lächeln zu.

Mamluc ließ halten und warf einen Blick ins Tal zurück, schleuderte Pulver in die Luft, das wie tausend kleine Regenbogen glitzerte. Erschöpft sank Caspar zu Boden, hielt seinen Kopf und versuchte, klar zu sehen, doch die Welt um ihn herum verschwamm.

Fern knurrte voller Widerwillen. »Ich hab doch gesagt, daß dieser Mann nicht der Wolfsmann ist. Was tun wir hier, Master Spar? Wir müssen fliehen.«

Caspar stöhnte auf. »Wie?« Fern besaß die irritierende Angewohnheit, seinen Kopf an den Fesseln zu reiben, und Caspar wollte ihm schon sagen, daß es keinen Sinn mache, doch ihm fehlte die Kraft dazu. Vage überlegte er, wie Fern es schaffte, derart munter auszusehen. »Es muß etwas im Fleisch gewesen sein«, murmelte er. »Wenn nur Brid hier wäre, könnte sie uns vielleicht heilen. Selbst May hätte vielleicht eine Idee, welche Kräuter helfen würden.«

Ferns Kopf fuhr zu ihm herum, und sein Unterkiefer zuckte beständig. Er rümpfte die Nase, als sei Caspar ein Narr. »Im Fleisch! Ich dachte, die Menschen wären intelligent.«

Der Faun brachte es nach wie vor zustande, seinen Hals lang zu machen und in die Ferne zu blicken, wohingegen Caspar nicht über die Spitzen seiner sich drehenden Finger hinaussehen konnte, und seine Gedanken kreisten einzig und allein um seinen Magen und daß er sich jeden Augenblick würde übergeben müssen.

»Es war im Wasser«, fuhr Fern fort. »Hast du es nicht gerochen?«

»Wieso hast du nichts gesagt?«

»Weil wir trinken mußten«, erwiderte Fern.

Caspar war ganz durcheinander. »Aber dir ist nicht übel?«

»Nein, natürlich nicht.« Fern stand auf und witterte die Luft.

Caspar verstand es nicht. Langsam wußte er, wieso Abelard das kleine Männchen so ärgerlich fand. »Sie folgen uns«, teilte ihm der Faun mit.

»Wer folgt uns?« gab Caspar zurück.

»Die anderen.«

»Fern, kannst du nicht Belbidianisch sprechen?«

Der Faun sah ihn an. »So war es in der Herde nicht. Ich habe ein oder zwei Worte gesagt, und alle haben es verstanden, nur bei den Menschen muß ich ermüdend lange Erklärungen von mir geben.«

»Aber du erklärst doch gar nichts!«

»Tu ich doch. Ich habe dir gesagt, daß es das Wasser war.«

»Aber das erklärt doch nichts. Es erklärt nicht, wieso dir nicht übel ist, mir aber.«

»Ist dir übel?« Fern staunte. »Hast du nichts vom Bocksgras gefressen?«

»Ich esse kein Gras.«

»Aber jeder weiß doch, wenn man Sumpfwurz frißt, obwohl die Spitzen schon schwarz sind, muß man reichlich Bocksgras fressen.« Fern sah ihn an, als wäre er ein Dummkopf.

»Du wußtest, was uns vergiftet hat, kanntest das Mittel dagegen und hast mir nichts davon gesagt!«

Fern legte die Stirn in Falten. »Na ja, nein«, räumte er ein. »Es ist mir gar nicht in den Sinn gekommen, daß man es jemandem sagen müßte. Es ist so naheliegend.«

Es zuckte Caspar in den Zehen, ihn zu treten, doch er hielt sich zurück. »Nun, und hast du welches?«

Fern nickte und zog einen Klumpen aus grünem, dickstengeligem Gras aus seiner Tasche, welches von schwarzen Äderchen durchzogen war. »Natürlich muß es von der Bergsorte sein«, fügte er hinzu.

Caspar kaute schwer an den staubig schmeckenden Blättern, und bald schon schmerzte ihm der Unterkiefer. »Wer folgt uns?«

»Ich habe es dir schon gesagt«, wiederholte der Faun.

»Es war niemand bei uns, Fern«, meinte Caspar.

Wieder warf der Faun seinen Kopf zu ihm herum und sah ihn stirnrunzelnd an.

»Sie haben Namen, sie sprechen mit dir, aber du erinnerst dich nicht mal an sie.« Angewidert nickte er, als ginge ihm ein Licht auf. »Natürlich, ich vergaß. Es sind keine Menschen, also bedenkst du sie nicht. Du siehst weder den edlen Feuerschweif noch diesen Gauner Trund oder die Mörderin Runa als deine Gefährten. Ihr denkt immer nur an euch selbst.«

»Aber, Fern, sie sind uns nicht gefolgt. Trund vielleicht, und Runa könnte ihm gefolgt sein, aber niemals Feuerschweif. Ein Pferd würde doch stets nach Hause laufen.«

»Sieh selbst.«

Caspars Blick war noch nicht klarer geworden, doch ihm war nicht mehr so benommen zumute. Er mußte Fern beim Wort nehmen. Fern – das war ihm in den letzten Monaten klargeworden – verstand nichts vom Geschichtenerzählen, von Lügen oder Erfindungen.

Mamluc sprang vom Fels herab und riß Caspar am Kragen hoch. »Hexer!« kreischte er, daß der Schrei im schmalen Tal hing und hin und her geworfen wurde. »Du bist dem Gift erlegen, doch schon hast du seine Wirkung überwunden. Welches Teufelswerk treibst du?« Wiederum flog Staub, der zu Blitzen aufflammte, Caspar in die Augen, aber er roch den Gestank versengter Haare und schwefeligen Feuerwerks. Da er wußte, daß der Zauber nicht aus den Fingern des Mannes kam, lachte er lässig, während alle anderen verschreckt am Boden kauerten.

Das kleine Mädchen heulte auf, und die älteren Männer knurrten sie an, sie solle still sein.

Mamluc schnaubte und fand seine Fassung wieder, indem er befahl, daß sie ihr Lager aufschlugen. Fern war aufgeregt, stieß immer wieder ein leises Bellen aus. Mamluc kam heran, und seine blinzelnden, lidlosen Augen schienen anzuschwellen. Er griff in die Luft, als wollte er Schmetterlinge fangen, und riß aufgeregt die Luft an sich.

»Zauberei!« zeterte Mamluc, wenn auch mit Respekt. »Deine Augen sind klar.« Fast freudig lachte er, als habe er endlich einen würdigen Gegner gefunden.

»Laßt uns frei, sonst wird sich meine wahre Macht über Euch ergießen«, drohte Caspar und langte in seiner Tasche nach dem Kampfer. In der Hoffnung, daß der Bluff wirken würde, brach er den Deckel vom Fläschchen, das er aus Morrigwens Kammer mitgenommen hatte, und schnippte einen Tropfen der ätherischen Flüssigkeit in die feuchte Luft. Dieser entzündete sich zu flammendem Sprühregen.

Mamluc lachte. »Ein guter Trick, Zauberer.« Er schnippte mit den Fingern vor Caspars Gesicht, ging steifbeinig davon und gab den Männern Anweisung, eine große Grube auszuheben, damit der Bär über Nacht gesichert war.

Erschöpft schlief Caspar tief und fest. Als er aufwachte, war es noch dunkel. Zwischen den flüsternden Espen drangen grüßende Stimmen hervor. Er setzte sich auf und sah eine

Reihe von Laternen, die zum Lager kamen. Ein weiterer Trupp von Männern mit einem Bären an der Kette trat aus der Dunkelheit hervor. Dieser Bär machte keinerlei Anstalten zu fliehen.

Caspar zwinkerte im Feuerschein. Ein Mädchen, jung, kräftig und knapp bekleidet, führte das Tier, das fügsam hinter ihr schlurfte. Sie verneigte sich vor Mamluc. Die beiden Banden mischten sich ums Lagerfeuer, und alle erkundigten sich, ob jemand Wölfe gesehen habe, doch das war nicht der Fall.

»Das stimmt natürlich nicht«, rief einer aus der ersten Bande. »Der Torra Altaner, den wir gefunden haben, er hatte einen Wolf bei sich, aber er ist verschwunden.«

Die zweite Bande war mißtrauisch, und drei standen auf, um sich Caspar und Fern anzusehen.

Einer war älter und allgemein besser gekleidet. Er hielt Caspar eine Fackel ins Gesicht. »Ihr Narren, ihr dumpfen Hirten. Das ist kein gewöhnlicher Waldbewohner aus Torra Alta. Seht euch seine Kleider an. Lange genug habe ich mit ihnen Handel getrieben und meine Wolle auf die Burg gebracht. Ich habe sie aus der Nähe gesehen. Er ist Torra Altaner von hoher Geburt. Er liebt Wölfe. Er ist einer der Teufel, die für das Blutbad Verantwortung tragen.«

»Schneidet ihm die Kehle durch!« schrie ein anderer.

Hände packten Caspar. Jemand schnitt ihn von dem Baum los, an den er gefesselt war, doch ließ man seine Hände hinter dem Rücken. Fern kreischte, zappelte und trat um sich, eher einem Hasen als einem Menschen gleich, und seine schlanken Glieder entschlüpften dem Griff der Männer. Schreiend wie ein Tier, das in der Falle sitzt, stürmte er mit gesenktem Kopf voran, rammte seinen Schädel dem Erstbesten in den Magen, der sich ihm in den Weg stellte. Der Mann ging zu Boden, während Fern mit einem Satz auf und davon war und wie ein echtes Reh rannte, allerdings eines mit gefesselten Händen.

»Laßt ihn laufen«, rief ein Ovissianer. »Er ist nur ein Bauer, und die Wölfe werden ihn zerfetzen. Aber der hier«, er deutete auf Caspar, »der ist ein Edelmann von Torra Alta.«

»Werft ihn in die Grube. Er hat nichts Besseres verdient«, knurrte der stachelhaarige Hirte voller Bosheit.

KAPITEL 9

Reglos lag er da. Er preßte seinen Kopf an den Boden, hielt die Luft an und erstickte den Schrei, der in seiner Kehle steckte. Eine riesige Pfote stieß an seinen Oberschenkel, heißer Atem krächzte nah an seinem Kopf. Wieder knurrte der Bär.

Eine Kralle drückte forschend zwischen seinen Schulterblättern herum, faßte dann unter ihn und rollte ihn auf den Rücken. Die Gesichter, die den Rand der Grube säumten, keuchten vor morbider Vorfreude. Mit enormer Selbstkontrolle lag er leblos da und starrte auf eine lange Schnauze, die an seinem Gesicht schnüffelte, wobei die kalte, feuchte Nase seine Wange inspizierte. Der Atem des Bären war von halbverdautem Fleisch ganz säuerlich, und seine Zähne waren gelb. Einer war lose, das Zahnfleisch rot und rundherum geschwollen. Obwohl er taumelte und fiel, sich alle Mühe gab, tot zu erscheinen, während der Bär ihn untersuchte, blieben seine Augen weiter starr auf dieses große Maul gerichtet.

Wieder schlug der Bär nach ihm und zerkratzte ihm den Arm. Ein scharfer Schmerz durchfuhr ihn, und alle Muskeln spannten sich, doch er hielt sich unter Kontrolle und blieb still. Enttäuscht verlagerte der Bär sein Gewicht von einem Fuß auf den anderen, und ein verdutztes Brummen drang aus seiner Kehle.

Große Mutter, betete er im stillen, laß diesen Bären wissen, daß ich sein Freund bin. Er ahnte, daß es nur noch Augenblicke dauern würde, bis das Tier im Zorn angriff und seine scharfen Krallen ihn zerfetzten.

Eine große Pfote drückte auf seine Brust, und Caspar

spannte seine Muskeln, je mehr Gewicht auf ihm lastete. Er konnte nicht atmen und dachte, daß ihm jeden Augenblick der Brustkorb bersten würde. Wie gelähmt starrte er das Tier an, wobei ihm in den Augenwinkeln schwarz wurde, als er nach Luft rang. Seine Muskeln ließen nach, und die Zunge wurde dick in seinem Mund. Der Bär wiegte sich rückwärts, und er keuchte Atemluft in sich hinein, die laut in seiner Kehle krächzte. Sofort wurde ihm sein Fehler klar, als sich eine mächtige braune Pranke über seinen Kopf erhob.

Caspar schloß seine Augen und erwartete jeden Augenblick den grausamen, endgültigen Hieb. Als er eben betete, daß es schnell gehen möge, hallte ein helles Bellen durch die Grube. Er schlug die Augen auf und sah, wie der Bär erstarrte und sich auf die Hinterpfoten hockte.

Jemand stand im Dunkel der Grube zwischen ihm und dem Bären, mit sauberen, kurzen Stiefeln, die schlanke, goldene Unterschenkel hinaufreichten, die Beine einer Frau. Der Bär sank auf seine Seite und hob eine Pfote wie ein Hündchen zum unterwürfigen Gruß. Wieder hörte Caspar das Bellen, aber es war nicht das eines Hundes. Staunend merkte er, daß es von dem Mädchen rührte. Er rollte gegen die Wand der Grube und sah an ihrem schlanken Leib auf.

Das Mädchen – es war noch keine Frau – warf ihm seinen Bogen und die Jagdmesser zu Füßen. Den Försterdolch hatte sie wohl nicht zurückholen können. Er schob eines der Messer in eine Scheide an seinem Stiefel, eines in seinen Gürtel und nahm das dritte in die Hand. »Meister, wir sollten jetzt gehen«, teilte sie ihm mit.

Er blickte in den Kreis der Gesichter auf, die von oben johlten und buhten, und hatte seine Zweifel. Zitternd kam er auf die Beine und preßte seinen Rücken gegen die kühle

Erde der Grubenwand. Der Bär schnupperte an dem Mädchen herum, während sie die Stifte heraushämmerte, die seine Halsfessel verschlossen. Er hatte gar nicht recht wahrgenommen, daß sie ihn als »Meister« angesprochen hatte. Irgendwo hörte er ein Pferd wiehern, und er wußte, daß Feuerschweif in der Nähe war.

»Holt sie raus!« rief jemand von oberhalb der Grube. Der Bär knurrte böse und stellte sich schützend vor sie.

»Das können wir nicht, ohne den Bären zu verletzen!« rief ein anderer.

»Ich will den Bären und meinen Sklaven lebend!« befahl Mamluc.

Das wütende Geschrei über ihren Köpfen ging immer weiter, während Mamluc vergeblich Taten forderte.

Befreit schwang sich der Bär mit einem wilden Knurren aus der Grube. Die Hirten zerstreuten sich. Caspar kletterte heraus, während sich der Bär einen Weg durch die Männer bahnte, Kehlen herausriß und andere niedertrampelte. Ein Hieb gegen Mamluc ließ diesen ins Feuer rollen. Sofort stand sein Rock in Flammen. Er rollte in den Dreck und kämpfte darum, sich von seinen Kleidern zu befreien. Männer und Frauen schrien und rannten hin und her, wobei manche zu den Bäumen liefen und andere taumelten und beinahe stürzten, um zum Fluß am Grund des Tales zu gelangen. Caspar fragte sich, ob sie wohl wußten, daß Braunbären sowohl klettern als auch schwimmen konnten.

Nur Naith und seine kleine Schwester Lana blieben zurück, nachdem sie sich unter Caspars Bärenfell verborgen hatten. Das langbeinige Mädchen, das den Bären seinem Willen unterwarf, zog an Caspars Arm und trieb ihn zum Rand der Bäume, wo Fern schon wie ein Schatten stand. Der Bär stürmte hin und her, machte den Weg frei und brüllte alles nieder. Und dort bei Fern stand Feuerschweif.

Der Hengst schlug mit seinem Vorderhuf auf den Boden ein und schnaubte den Bären wütend an. Schmerz durchzuckte Caspars Seite, und er hielt seinen verletzten Arm.

Als er eine Hand an Feuerschweifs Zaumzeug legte, brach Trund, gefolgt von Runa, aus den Bäumen hervor. Während der Hund knurrte und den Bären zornig anbellte, schnappte Runa aufgeregt nach ihm.

»Kein Zauberer? Wie habt Ihr sie dann gerufen?« rief das Mädchen mit dem Löwenfell über den Lärm hinweg. »Ihr habt Macht. Ein Mann mit einem Faun als Knecht, der Wölfe rufen kann. Große Omen, Meister.«

»Ich habe keinen Knecht«, protestierte Caspar.

»Wir müssen weiter«, sagte das Mädchen eilig und musterte neugierig den Wolfswelpen, der sich an Caspars Oberschenkel schmiegte. »Sie werden bald wiederkommen, Meister.« Sie sah Caspar an. »In welche Richtung führt Ihr uns?«

Er hob sich in den Sattel und hielt dem Mädchen eine Hand hin, um sie hinaufzuziehen.

Sie schüttelte den Kopf. »Eine Sklavin kann nicht mit ihrem Herrn reiten. Eilt Euch. Wir müssen los, bevor Mamluc die Hirten zusammentreibt.«

Er nahm eine Handvoll von Feuerschweifs Mähne, um sich festzuhalten, und nickte kraftlos. Seine ganze Seite schmerzte, und er war zu müde zum Streiten.

Das Mädchen blieb stehen und deutete auf den Bären. »Geh heim!« sagte sie auf eine Art und Weise, wie jemand einem Hund Kommandos gab, und widerwillig trollte sich der Bär zwischen die Bäume.

Sie schien vergessen zu haben, daß sie Caspar eben nach dem Weg gefragt hatte, und trabte dem Bären nach. »Er wird am besten wissen, wo man sich vor den Fallenstellern versteckt. Wenn wir ihm folgen, sind wir in Sicherheit.«

Caspar nickte und trieb Feuerschweif an, wobei das Sklavenmädchen leichten Schrittes, auf den selbst er stolz gewesen wäre, an seiner Seite lief.

Sie erklommen den Hang des Tales und stiegen in das nächste hinab, das von Vogelbeerbüschen mit ausgefransten Blättern zugewachsen war, die ganze Wolken weißer Blüten trugen. Ein kühler Bach floß durch den Talgrund, und sie beschlossen zu rasten. Caspar stieg von seinem Pferd, um seine Wunden zu reinigen, und zuckte zusammen, als das eisige Wasser über seine verletzte Haut rann.

Er verbarg seinen Schmerz, sah das Sklavenmädchen neugierig an und meinte: »Sag mir, was sie mit diesen Bären machen.«

Sie zuckte mit den Achseln. »Bringen sie zum Meer. Ich weiß nur wenig davon. Ich tue nur, was mein Herr befiehlt.«

Zum ersten Mal bemerkte Caspar die Narben an ihren nackten Armen, manche weiß und lange schon verheilt, andere rot und wund. Ihr dichtes, glattes, schwarzes Haar war auf Kinnhöhe abgeschnitten, und um den Kopf trug sie ein Lederband, an dessen Enden Perlen verknotet waren, was das Haar aus ihrem olivfarbenen Gesicht halten sollte. Ein schwarzes Kreuz war auf ihren Unterarm tätowiert, was Caspar für das Zeichen ihrer Sklaverei hielt. Ihr Oberarm war mit drei weiteren Tätowierungen versehen, doch diese waren mit sattem Rot, Purpur und Gold verziert, und er vermutete, daß diese Symbole Brandzeichen ihres Besitzers waren.

»Vor langer Zeit hat er mein Talent erkannt«, murmelte sie, »und wir sind gen Süden nach Salise gezogen, wo er mich zum Bärenzähmen vermietete.« Sie seufzte schwer. »Diese Tiere sind wild, und der Schmerz ihrer Gefangenschaft ist grausam. Manche Leute sehen sie gern tanzen, und andere wollen sie kämpfen sehen. Ein Bärenkampf ist etwas Schreckliches.« Sie senkte ihren Blick auf das feuchte Moos, welches das Ufer zu beiden Seiten des Bergbachs säumte. »Dann hat mich mein Herr Ende letzten Jahres hergebracht, wo er glaubte, schnell reich zu werden, weil noch niemand einen braunen Bären gezähmt hatte. Die Graubraunen vom Kontinent sind um ein Drittel größer, doch keiner, nicht einmal der Ceolothianische Schwarzbär, ist so wild wie die langschnäuzigen Braunbären aus diesen Bergen.«

»Wie heißt du?« fragte Caspar.

Das Mädchen schüttelte den Kopf. »Ich kenne meinen wahren Namen nicht. Man nennt mich Ursula, wegen der Bären. Es zählt nicht viel, denn ich bin eine Sklavin.«

»Und du hast keine Ahnung, was Mamluc mit diesen Bären vorhat?«

»Er hat es mir nicht gesagt, und ich möchte ihn nicht fragen. Ich habe sowenig wie möglich mit ihm gesprochen. Aber Ihr habt mich vor ihm gerettet. Ihr, Meisterzauberer, besitzt die Macht, mich zu beschützen.« Ihre dunklen Augen erfüllten sich mit Hoffnung und blickten in die seinen. Er riß sich von ihrem Blick los.

»Die werden uns nicht aufspüren, nicht mehr. Wir haben zwei Felshänge hinter uns, und niemand kann auf Stein Spuren lesen, nicht ohne einen Hund.« Er schwang sich auf Feuerschweif und wandte sich wortlos ostwärts das Tal hinauf.

»Spar, wieso beharrst du darauf?« klagte Fern. »Das Druiden-Ei war im Feenhain nicht zu finden.«

»Weil Morrigwen mir gesagt hat, daß ich ostwärts ziehen soll. Vielleicht habe ich mich getäuscht, was den Feenhain angeht, oder vielleicht ist der Dieb weitergezogen, aber ich muß ostwärts ziehen, wie Morrigwen gesagt hat.«

»Du wirst für das bezahlen, was du ihr angetan hast. Wir

sollten südwärts ziehen, aber du bist ein Narr und willst nicht auf mich hören. Und weißt du noch, daß ich ihn an jenem Tag gewittert habe, als May verschwunden ist? Was ist, wenn er sie in seiner Gewalt hat? Ist dir May denn ganz egal?« Fern hielt inne und sah Caspar an. »Dein Gesicht ist dunkelrot«, bemerkte er, und seine Stimme hallte hoch von den kahlen Felsen wider, die das Tal umsäumten. Caspar zitterte vor Mühe, nicht nach dem Faun zu treten.

»Schscht!« warnte das Mädchen.

Ein Milan, der auf seinen mächtigen Schwingen glitt, schrie vor Zorn wegen ihrer Störung. Wütend trieb Caspar sie zu schnellem Schritt an, und stetig stiegen sie hinauf. Ursula hielt bemerkenswert gut mit, hielt sich stoisch einen Schritt hinter ihm, doch der Anstieg wurde steiler, und bald hatte sie Mühe.

»Du solltest hinter mir aufsteigen«, meinte Caspar barscher, als er für gewöhnlich gesprochen hätte.

»Es steht mir nicht zu«, beharrte sie.

»Tut es doch, wenn ich es dir befehle«, fuhr Caspar sie an und streckte ihr eine Hand entgegen.

Sie betrachtete ihn einen Moment lang, und dann, während ein kurzes Lächeln über ihre Lippen huschte, nahm sie die Hand und setzte einen Fuß in seinen Steigbügel. Sie schwang sich hinauf und hielt sich an seinem verletzten Arm fest, um das Gleichgewicht zu wahren. Caspar biß auf seine Zunge, um den Schmerz niederzuringen, doch es tröstete ihn, daß wenigstens sie ihm Folge leistete. Zu viele – finster sah er Fern an – vergeudeten ihre Energien damit, ihm zu widersprechen.

Sie schlang ihre Arme um seine Taille, um sich festzuhalten, und Caspar spürte, daß er von der Berührung ihrer nackten Haut errötete. Schuldbewußt dachte er an May und konzentrierte sich auf den Weg, der vor ihm lag.

Der Wind frischte auf, während sie kletterten, und als Caspars Hand Ursulas versehentlich berührte, erschrak er, wie kalt ihre Haut war.

»Du zitterst! Nimm mein Bärenfell«, drängte er sie und löste die Klammer, aber sie wollte nicht.

»Ihr könnt es mir nicht geben, Meister!« Der Gedanke schien sie zu erschrecken, und sie schob seine Hand beiseite. Caspar beharrte nicht darauf, da er Drängenderes zu bedenken hatte. Sicher gab es in den Bergen Leute, die ihm helfen würden, ein Eremit oder ein Geächteter vielleicht, der den Wolfsmann gesehen hatte, wie Fern ihn nannte. Caspar war überzeugt davon, daß der Dieb irgendwo östlich von Torra Alta sein mußte, wie Morrigwens Leichnam ihm verraten hatte, und er hatte sich nur getäuscht, was den Feenhain anging.

»Wenn Ihr nicht um der Wölfe oder Bären willen hier seid, was tut Ihr dann in dieser Wildnis, Meister?« fragte Ursula.

Caspar versuchte ihr zu erklären, daß er etwas von sehr großem Wert verloren hatte und es gestohlen worden sei, möglicherweise zusammen mit dem Mädchen, von dem er hoffte, daß sie seine Braut würde, und zwar von einem Mann, der Wolfsgeruch um sich verbreitete. Seine Worte klangen irr, doch Ursula enthielt sich jeder Bemerkung. Er sah zu den Gipfeln auf, die vor ihnen im Osten aufragten und ihm höher und gefährlicher erschienen, je näher sie kamen. Riesige Spalten wurden nun an den Bergen sichtbar, als hätte ihnen ein Riese das steinerne Rückgrat mit einer Axt zerschlagen und die Erdkruste aufgebrochen. Bewuchs war nirgendwo auf den windgeformten Bergen zu erkennen.

Aus einem Spalt stürzte ein Wasserfall, daß Gischt in die Lüfte spritzte, die mit einer Unzahl bruchstückhafter Regenbögen übersät war. Der Wasserfall breitete sich zu einer senkrechten weißen Fläche aus, fiel mehrere hundert Fuß tief in einen wilden Malstrom aus Gischt und Fels am Rande eines schwarzen Teiches. Das Tosen der Fluten machte das Denken beinahe unmöglich, und Caspar blickte zu den Gipfeln auf. Der Schatten eines Vogels strich über die Bergwand. Oben am Himmel segelte ein Adler auf breiten Schwingen, mit einem zappelnden jungen Steinbock in den Krallen. Er stieg weit über ihnen auf, ließ seine Beute fallen, so daß der kleine Bock kopfüber herabstürzte und auf den zerklüfteten Felsen zerschellte. Der Vogel stieß darauf herab und legte die Flügel an, breitete sie nur aus, um seinen Sturzflug abzubremsen und den zerschlagenen Kadaver aufzusammeln.

Die Berge waren wild, abgelegen und unzugänglich. Bei einem Blick über die zerklüftete Landschaft vermutete Caspar, daß sie in der Nähe des Greisen Berges sein mußten, welcher der älteste Berg der ganzen Kette sein sollte. Sicher hatte der Dieb diese harsche Wildnis ausgewählt, um sich dort mit dem Necrönd zu verstecken. Der Gedanke, weshalb dieser Wolfsmann die furchtbare Macht des Druiden-Eis bisher noch nicht für sich genutzt hatte, nagte in seinem Hinterkopf.

Ursula nahm seine Hand und deutete hinunter. »Meister, seht!« rief sie über das Tosen des Wasserfalls hinweg.

Caspar erblickte einen nackten Fußabdruck im feuchten Boden am Teich; die Zehen deuteten auf den Wasserfall. Augenblicklich dachte er an die viele Geschichten über Männer, die sich in den Höhlen versteckten, die vom Wasserfall verborgen waren. Er ließ sich von Feuerschweifs Rücken gleiten und führte ihn ein Stück, wobei sein Gesicht in der Gischt schnell feucht war.

Er fand weitere Abdrücke und bückte sich, um sie zu betrachten. Sie waren alle gleich, nur etwas größer als seine eigenen, aber ihm machten Breite und Form der nackten Füße Sorge. Er suchte sich einen Weg zur dunklen Wasserfläche, entschlossen zu beweisen, daß er recht behielt, wenn auch ohne einen Gedanken daran, was er tun wollte, falls ihm plötzlich der Mann gegenüberstünde, der das Necrönd gestohlen hatte.

Aus der Nähe war das Tosen der Fluten beängstigend, und Fern weigerte sich schlichtweg, näher heranzutreten. Er nahm Feuerschweifs Zügel und erklärte, er wäre am nützlichsten, wenn er weiter hinten wartete. Caspar schlich um den Teich und war bald klatschnaß von der Gischt, seine Sinne vom Getöse wie betäubt. Ein schmaler Sims verschwand hinter dem herabstürzenden Wasser, und er schob sich darauf entlang, setzte auf dem rutschigen Stein vorsichtig einen Fuß vor den anderen. Als er davorstand, tanzte der Regenbogen aus Farben und wirbelte vor seinen Augen, und er war überwältigt von der Schönheit dieser natürlichen, majestätischen Gewalt.

Hinter dem geschmolzenen Silber des Wasserfalls konnte Caspar vor drückender Luft kaum atmen. Die tänzelnden Muster im Wasser weckten seine Phantasie, und die Muster verdunkelten sich zu einem dunklen Kreis vor seinen Augen, als blickte er durch ein rundes Fenster.

Er blinzelte. Das Abbild einer strahlend weißen Burg mit goldenen Toren erschien mitten im Wasserfall, und winzige, goldhaarige Kreaturen tanzten wie Leuchtkäfer in der Gischt zu beiden Seiten. Er staunte über diesen Anblick und merkte, daß er die Burg bereits gesehen hatte, die Burg von Abalone im Herzen der Anderwelt. Winzig kleine Menschen auf goldenen Pferden ritten inmitten eines farbenfrohen Bauernvolks umher. Trompetenfanfaren gellten durch das Tosen der Fluten, das plötzlich seltsam weit entfernt klang.

Wie ein Falke, der herabstürzt, fiel sein Blick auf die Burg, stieß in ihre Tiefen vor, bis er die gebeugte Gestalt einer alten Frau erkannte. Um diese plapperten die gelbäugigen Forstmänner der Anderwelt.

»Morrigwen!« rief er vor Entsetzen aus.

Die Förster schleppten sie aus ihrer Zelle. Sie trat und wehrte sich, wandte ihre hutzelige Miene Caspar zu, bis ihr Blick den seinen fand. Ihre Lippen bewegten sich, und er dachte, sie würde ihn um Hilfe anflehen, doch statt dessen erfüllte ihr gequälter Schrei seinen Geist mit Pein. »Der Wolf!« Er hörte, wie ihre Stimme durch den Wasserfall drang. Die Förster zerrten sie bei den Armen, schleppten ihren zerbrechlichen Körper über den Boden zu einer Kammer voller Feuer und grausamer Folterinstrumente.

»Nein!« schrie Caspar. Sein ganzer Leib bebte vor Zorn.

Während sie Morrigwen in jene Kammer zerrten, blickten die Förster auf, als hätten sie ihn gehört. Caspar wollte sich beim Anblick der Menschen, die dort an Streckbänke gefesselt waren und schrien und sich wanden, während man ihnen Arme und Beine aus den Gelenken drehte, der Magen umdrehen.

Andere kreischten, baumelten über ölig qualmenden Flammen, die an schwarzen Stümpfen züngelten, wo einst die Füße gewesen waren.

Unangemessenes Gelächter weckte Caspars Aufmerksamkeit. Durch den Gestank in der Halle schrie ein Mann mit einer Kopfklammer vor irrer Freude über die Folter der Greisin. Er riß und ruckte an seinen Fesseln, schrie die Greisin an, preßte ekelhafte Obszönitäten an dem Eisenstachel vorbei, der seine Zunge aufspießte und ihn knebelte. Sechs

Förster waren nötig, ihn zu bändigen, doch selbst die festeren Schrauben, die sich in seine Augen bohrten, und das Blut, das in rubinroten Strömen über seine Wangen rann, konnten ihn nicht daran hindern, daß er vor Freude johlte. »Sie wird mein sein. Bald schon wird sie mein sein. Und dann werdet ihr alle tausendmal mehr Qualen erleiden, als ich sie jetzt erleide.«

Mit staunenswerter Kraft wandte Morrigwen sich Caspar zu, obwohl die Förster sie an den dünnen Strähnen ihres Haars festhielten. »Spar!« rief sie, bevor sich eine Garrotte um ihren Hals schloß.

Als läge das verdrehte Seil um seinen eigenen Hals, verschwamm sein Blick. Eine Kraft drehte ihn zur Zuschauergalerie über der Folterkammer. Dort wurden die versammelten Ratsleute Zeugen der Folterqualen, die Morrigwen erleiden mußte. Die meisten blickten ernst, doch Saille hielt ihren Weidenstock und weinte und flehte sie an, damit aufzuhören. Der Gedanke an Morrigwens Leid schwächte Caspar, und da er gänzlich vergaß, wo er war, streckte er sich unwillkürlich, um der Greisin eine Hand zu reichen.

»Denk an die kleine Wölfin!« rief sie, als er zu taumeln begann und seine Hände vergeblich auf den rutschigen Felsen nach Halt suchten. Als er stürzte, drang Trunds Bellen kurz an seine Ohren, dann war er vom tosenden Donner des Wasserfalls umgeben. Die prasselnden Fluten nahmen ihm den Atem, und er stürzte abwärts, fiel mit schrecklicher Geschwindigkeit in das Getöse.

Er tauchte in den blubbernden Kessel voller Blasen, die sich jede unter dem Trommelfeuer dieses Wasserfalles an die Oberfläche kämpften. Er schrammte über den Boden, abgefedert durch die strudelnden Fluten, die von der abgewetzten Oberfläche abprallten. Er wollte sich nach oben treten, doch der Druck des Wassers war zuviel für ihn. Hilflos mühte er sich, seine Lungen barsten fast. Skelette von Rehen, Steinböcken und Bären lagen weiter unten in den stillen Regionen umher, eine ruhige Zone, auf der der weiße Schaum der Fluten toste. Erschöpfung ließ ihn frieren, und seine Welt verdunkelte sich.

Er war ertrunken, er wußte es. Dort vor ihm waren die leuchtendgelben Augen eines Wesens aus der Anderwelt. Sie war unglaublich schön, mit wirbelnd goldenem Haar, strahlenden Augen und einer magischen Aura. Trübe erkannte er in ihr Saille, den anderweltlichen Geist der Weide. Sanft legte sie ihre langen, anmutigen Finger um sein Handgelenk.

»Es ist mir verboten, Morrigwen zu helfen, aber da du nun auf der Schwelle zwischen den Welten stehst, zwischen Leben und Tod, kann ich dir helfen.« Er dachte, sie würde ihn küssen, als sie ihn an sich zog und ihren Mund um seinen schloß, doch statt dessen hauchte sie Luft in seine Lungen. Sie hielt ihn fest, breitete ihre Flügel aus und flog durchs Wasser, so daß ihr hauchzartes Kleid an ihrem schlanken Leib klebte. Sie brachte ihn bis an den Rand des Wassers. »Dies ist der Übergang«, sagte sie und stieß ihn durch die prasselnden Fluten.

Hände packten ihn, und nackte, silberhäutige Wesen mit kräftigen Gliedern zogen ihn eilig durch das Wasser. Das Licht von oben schien auf sie herab, und sie huschten durch das Wasser, daß das blaue Haar in ihren Rücken wallte.

Sailles Atem in ihm war erschöpft, und das kalte Dunkel der Bewußtlosigkeit kroch in Caspars Geist, doch er war sich nach wie vor der Gestalten bewußt, die schnell und kraftvoll schwammen. Er fühlte, wie ihre Gedanken durch das Wasser um sie herumflossen und das wallende Haar ihre Gedanken vereinte, wenn sie einander berührten. Es waren Wassergeister, die Ondinen des Wassers, und sie nahmen von seinem Verstand Besitz, flehten ihn an, durchzuhalten, nur noch einen Augenblick länger um sein Leben zu kämpfen, bis sie ans Ufer kämen, wo ihre Erdschwestern weiterhelfen würden. »Ach, die Hinfälligkeit der Menschen«, klagten sie. »Warum gibt ihnen die Große Mutter solche Macht, wenn sie zu schwach sind, sie zu nutzen?«

Caspar erinnerte sich an nichts mehr, was in den letzten Minuten geschehen war, nur an das silbrige Weiß über ihm, das so unerreichbar schien.

Dann erinnerte er sich daran, daß er tiefe, knurrende Stimmen hörte. Die Geräusche nahm er viel schneller wieder wahr, als er sehen konnte. Starke Hände rieben seinen nackten Körper. Eine Sekunde lang war er benommen, dann ging ein fürchterlicher Schmerz durch seine Brust, als er hustete und Wasser erbrach. Große dunkle Augen blickten in die seinen, atmeten warme Luft in sein Gesicht. Auch sie schienen kräftig, wie die Ondinen des Wassers, und ihm wurde klar, daß es sich um die Erdschwestern handeln mußte. Sie stellten ihn auf die Beine und warfen ihn in die Luft, trugen ihn über ihren Köpfen wie einen Toten, der begraben werden sollte.

Einen Moment spürte er die Bergwinde um sich, dann wurde die Welt ganz still, nur noch ein fernes Echo, das ihn umfing. Die nackten Wesen legten ihn auf ein moosiges Bett in einer Höhle und begannen, seinen Kopf und seine Füße zu streicheln, was so angenehm war, daß es ihm die Sorgen nahm und er wieder in Schlaf sank.

Etwas später merkte er, daß sie über ihn wachten und beständig miteinander in einer Sprache murmelten, die Caspar weder kannte noch verstand. Sie waren nicht mehr als schwarze, braune und graue Umrisse, er konnte sie im schwachen Licht, das durch einen Schacht fiel und Stalaktiten beleuchtete, die wie Dolche von der roten Decke hingen, kaum sehen, eine hohe Kuppel, von einem uralten Fluß, der lange schon seinen Lauf geändert hatte, ausgespült.

Er wollte sich bewegen, aber er war bleischwer vor Erschöpfung. »Die kleine Wölfin«, murmelte er und wiederholte die Worte der Greisin.

Sie waren vor den Höhlenwänden kaum zu sehen und doch umschwebten ihn die Ondinen. Sie drückten sich an seinen Körper, legten sich um seine Glieder, und als Caspar seinen Arm betrachtete, starrte er ihn an, fürchtete, der Stein hätte ihn verschlungen. Die Ondinen verlachten ihn, eine löste ihren Körper von seinem Arm, und er stöhnte erleichtert auf, als er seine weiße Haut im trüben Licht erblickte. Ein Gefühl, als würden ihm seine Erinnerungen entgleiten, bereitete ihm vage Sorge, während das Vergnügen, von diesen starken Wesen umsorgt zu werden, angenehm war.

»Lieg still«, hauchten sie mit tiefen, beruhigenden Stimmen. »Lieg in unserer Höhle. Wir wollen dich glücklich machen.«

Müde dachte er, es müßten ihre Fußabdrücke gewesen sein, die ihn zum Wasserfall geführt hatten. Da sein Gefühl der Dringlichkeit langsam nachließ, sah er keinerlei Notwendigkeit, sich zu bewegen. Sie überhäuften ihn mit warmen Küssen, wobei die Kraft der Erde durch ihre Leiber in den seinen fuhr.

»Lieg still«, wisperten sie. »Sie suchen nach dir, und Saille hat uns gebeten, dir zu helfen.«

Caspar begriff nicht, was sie meinten, bis er die Männerstimmen und das Scharren von Felsen hörte, die man beiseite schob, dann das Prasseln von Geröll, als Füße über lose Steine liefen. Ein Pferd wieherte, und Hufe klapperten auf Felsgestein. Männer fluchten und riefen Warnungen. Caspar verlor den Mut. Nur Feuerschweif konnte auf derart streitlustige Weise wiehern.

Eine junge Stimme, sorgenvoll und beharrlich, war zu hören: »Ich habe ihn gesehen, den Zauberer. Er schwimmt dort unten. Seht nur! Da sind seine Kleider!«

»Das ist Teufelskunst«, sagte eine barsche Stimme.

Ein anderer schnaubte angewidert. »Wir müssen diesen Torra Altaner fassen. Bären auf unsere Männer zu hetzen und einen Wolfswelpen zu halten! Ich werde seine Eingeweide als Köder für die Bärenfallen nehmen.«

»Durchsucht die Höhle«, hallte Mamlucs Stimme böse nach. »Komm raus und zeig dich, Zauberer, sonst schlitze ich dem Sklavenkind die Kehle auf.«

Ein furchtsames Heulen ging durch die Höhle, in dem Caspar augenblicklich Fern erkannte und nicht Ursula. Trunds tiefes Knurren, das einem das Blut gefrieren ließ, hallte durch den hohlen Felsen, gefolgt vom Knallen einer Bullenpeitsche. Ursula schrie ihren Zorn heraus.

Die kleine Wölfin, dachte Caspar voll Verzweiflung. Er hatte nichts von ihr gehört. Er wand sich im festen Griff der Ondinen und sah, wie die Peitsche in Trunds Flanke hieb und das weiße Fell mit einem roten Striemen aufriß. Caspar wehrte sich und versuchte aufzuschreien, doch die Ondinen legten sich um sein Gesicht, schlossen sich eng um seinen Körper und verhinderten jede Bewegung. Er fühlte sich wie lebendig begraben.

Hände preßten sich auf sein Gesicht, ließen nur Nasenlöcher und Augen frei. Männer durchsuchten die Höhle, hielten Fackeln in die Spalten. Mamluc packte Ursula beim Haar und riß ihren Kopf zurück.

»Du undankbare Sklavin, ich sollte dir die Kehle durchschneiden. Wo ist der Torra Altaner?« Er hob ein Krummschwert, wie es die Nomaden von Glain führen, und seine drohende Stimme war tief und gespreizt. Feuerschweif wieherte und warf sich gegen die stählernen Ketten um seine Beine. Mamluc warf einen Umhang über das Gesicht des Tieres und verdrehte ihm das Ohr, um es zum Schweigen zu bringen. Caspar schwor, er würde dem Mann die Kehle herausreißen.

Mamluc überließ es zwei anderen Männern, Feuerschweif zu bändigen, und machte sich über Ursula her. Er drehte seine Finger in ihr Haar und riß den Kopf ruckartig zurück. »Wo ist er? Sag es mir, Mädchen, und dein Tod soll nicht so schmerzhaft sein.«

Er trat ihr die Füße unterm Leib weg, und sie stürzte schwer, daß ihr Kopf am steinernen Boden knackte. Das war zuviel für Caspar. Er durfte nicht zulassen, daß das Mädchen in seinem Namen mißhandelt wurde. Er kämpfte und stieß den lautesten Schrei aus, den er zustande brachte, aber er wurde nur von den Felsen verschluckt.

»Was war das?« fragte einer der Männer nervös und trat in die Richtung, in der Caspar lag.

»Ich habe auch etwas gehört.« Ein weiterer Hirte gesellte sich zu ihm, und sie begannen, Felsbrocken beiseite zu schaffen, brachen dabei den einen oder anderen Stalagmiten ab, der sich in Tausenden von Jahren gebildet hatte. Einer hob seine Hacke, um auf das steingleiche Wesen einzuschlagen, das Caspars Knie umfaßte. Da ihn die Ondinen festhielten, konnte sich Caspar nicht rühren, und seine Muskeln verkrampften sich, als er sah, wie die Hacke ihm entgegenkam. Die Ondinen spannten sich nur, und die Hacke traf sie, als wären sie aus Stein. In seinem Sarg aus versteinertem Fleisch spürte Caspar den Zorn und Schmerz der Ondinen.

»Es wird dunkel«, murmelte einer der Männer.

»Ignorante Sklaven, findet ihn endlich«, tobte Mamluc.

»Wir sind Belbidianer, und kein Belbidianer war je ein Sklave«, knurrte ein Hirte steif, doch sie suchten weiter.

Auch Caspar merkte, daß es dunkler wurde. Ängstlich sahen sich die Männer um, und in diesem kurzen, unbewachten Augenblick stürzte sich Trund auf das Bein des Sklavenhalters. Mamluc schrie, als die Hauer in das Fleisch an seinem Unterschenkel schlugen, doch er schaffte es noch, seinen dornbesetzten Knüppel zu heben und Trund auf den Schädel zu hauen. Kraftlos sank das Tier zu Boden.

Die Stimme eines Mädchens stöhnte vor lauter Mitleid auf. »Aber er ist ein Hund, kein Wolf. Ein Hund!« schrie sie und kniete neben Trund. Es war Lana.

Der Sklaventreiber warf ihren zarten Körper quer durch die Höhle. Ihr Bruder erstarrte, warf dem Mann einen finsteren Zornesblick zu und ging trotzig zu seiner weinenden Schwester.

»Laß sie«, donnerte Mamluc und zog dem Jungen die Bullenpeitsche über den Rücken.

Wimmernd kroch Lana tiefer in die Höhle zu Caspar hin. Sie kletterte über die Leiber der Ondinen und merkte nicht, daß sie mehr als nur Steine waren. Er spürte, wie die Ondinen sich mitfühlend rührten, um ihren Körper zu umschließen, als sie weinend in einen Spalt zwischen den Steinen kroch. Dann hielt sie den Atem an, stöhnte plötzlich erschrocken und mit großen Augen auf. Langsam wich sie zurück, dann stieß sie einen entsetzten Schrei aus und deutete auf die Stelle, wo Caspars Augen und Nase aus dem umliegenden Stein ragten.

Caspars Welt wurde schwarz. Er konnte nicht atmen. Ondinen verdeckten ihm jetzt auch Nase und Mund, begruben ihn vollends. Er kämpfte und trat um sich. Sie wollten ihm nur helfen, konnten aber sein Elend nicht begreifen. Die eine, die seinen Mund verdeckte, hielt seine Zunge fest. Er ruckte und riß, und einen Augenblick lang waren Mund und Nase frei. Er keuchte Luft in sich hinein, doch Augen und Mund wurden wieder verdeckt, und er rang darum, genügend Atemluft durch die Nase in sich hineinzukeuchen, während ihm die Ondinen die Brust eindrückten.

Als seine Augen endlich wieder sehen konnten, merkte er, daß es in der Höhle tatsächlich stetig dunkler wurde und sich die Wände um sie zu bewegen schienen. Mamluc und mehrere Hirten liefen zum Licht, als sich der Höhleneingang schließen wollte. Jene, die drinnen blieben, schrien vor Entsetzen. Caspar sah, daß sich die Ondinen langsam bewegten und eine feste Mauer bilden wollten, damit die Hirten in der Falle saßen. Die Männer gerieten in Panik und griffen nach ihrem Werkzeug. Lautlos schlugen ihre Hakken auf die sich schließenden Felsen ein, und wenn sie trafen, gaben die Ondinen nach und fingen den Schlag auf, packten einen Knöchel oder einen Arm und hielten ihn fest, als wäre er in Stein gefaßt.

Dann schloß sich der Höhleneingang gänzlich, und es war finster. Einer der Hirten steckte eine Fackel an, und im Dunkel sah Caspar, daß neben Fern, Ursula und den Tieren nur noch wenige Hirten in der Höhle waren und diese von den Ondinen mit fester Hand gehalten wurden.

Ein Weg öffnete sich tiefer in den Berg hinein. Was Caspar für Stein im hinteren Teil der Höhle gehalten hatte, schien eine Wand aus Ondinen zu sein. Das Licht fiel auf Kristallbetten mit grandios funkelnden Mustern, die mit dem Fackelschein spielten und tänzelnde Strahlen an die Decke einer tieferen Höhle weiter hinten warfen. Langsam ließ man ihn frei, und zitternd spürte er, wie man ihn anhob und aus der steinernen Umarmung entließ. Ursula taumelte rückwärts und deutete sprachlos auf ihn.

Die Ondinen schenkten ihr, Feuerschweif und Fern keinerlei Beachtung. Caspar holte eilig seine Kleider. Hastig zog er sie über, während die Hirten mit Hacken und Schaufeln das stetige Vordringen der Ondinen zu verhindern suchten. Jene, die noch frei gewesen waren, als sich die Höhle schloß, wurden nun von den Ondinen vereinnahmt, welche die Männer wie steigender Treibsand umfaßten. Erschrocken sah Caspar das Entsetzen in ihren Gesichtern. Zahlreiche Ondinen zogen an Fern, Ursula, Feuerschweif und Trund, der benommen vorwärts taumelte, als spürten sie ihre Treue zu Caspar, während andere das Mädchen bedachten, das nach wie vor zitterend auf dem nackten Stein lag. Dann streckte eine Ondine ihre Hand aus und zog das Kind tiefer in die Höhle.

»Naith!« schrie es vor Entsetzen, und ihre Arme streckten sich dem Bruder entgegen.

Caspar sah sich um und merkte, daß der Junge bis zur Hüfte eingeschlossen war, wobei er mit den langen Armen um sich schlug, um sich aus dem Felsen zu befreien. »Lana!« schrie er. »Mach, daß du hier rauskommst! Lana!«

Caspar konnte weder die Qualen des Mädchens noch das Entsetzen des Jungen ertragen. Er streckte eine Hand aus, um ihn an sich zu ziehen, und als er die Finger des Jungen berührte, ließen die Ondinen Naith los, und er taumelte voran.

Die gellenden Entsetzensschreie der Männer wurden zu mattem, fernem Stöhnen und schließlich zu Stille. Zu hören war nur noch der schwere Atem von Caspars Gefährten, Feuerschweifs Schnauben und Trunds schmerzliches Keuchen. Caspar sank zurück, konnte einige Augenblicke keinen geraden Gedanken fassen, doch dann merkte er, daß die anderen ihn bestürzt anstarrten.

»Die kleine Wölfin!« rief er plötzlich, als ihm Morrigwens dringende Worte in den Sinn kamen.

Fern rümpfte die Nase. »Wir gehen durch die Hölle, und dich kümmert einzig und allein der dumme Wolf.«

»Ich habe sie.« Ursula hob die lumpige Löwenmähne an, die um ihre Schultern lag, und zeigte, daß Runa um ihren Nacken lag. Das weiße Tier fiel herunter und tappte vorsichtig durch die Höhle, ohne auch nur einen Hauch von Angst zu zeigen. Sie schmiegte sich an Trund und suchte sich schnüffelnd einen Weg tiefer in die Höhle hinein.

Die Ondinen betrachteten sie mit Interesse, hoben Trund auf und zogen dann die anderen tiefer in die Höhle, während die kleine Wölfin neugierig vorantappte. Wasser tropfte um sie herum, platschte mit leisen Tönen, wenn es auf Kristalle fiel, oder mit dumpfem Tappen, wenn es auf Stein traf. Grüner Schleim und feuchter, deformierter Farn hingen an Decken und Wänden und bewiesen, daß für gewöhnlich Licht in diese Höhle drang.

»Wir müssen uns beeilen«, flehte Ursula.

Die sanften, tiefen Stimmen der Ondinen rumpelten: »Geht zum Fuße des Greisen Berges. Folgt dem Wasser. Folgt stets dem Wasser.« Sie blieben stehen und winkten Caspar weiter.

»Kommt mit uns«, bettelte er. »Bitte, ihr müßt.«

Langsam zogen sie sich zurück. »Wir sind weder wie die Ondinen des Wassers, welche die Welt durchfließen können, noch wie die Ondinen des Feuers, die spielen und tanzen und an den unerwartetsten Orten erstehen, und auch nicht wie die stöhnenden Ondinen, die auf den Winden reiten. Dieses ist unsere Höhle, und hier wollen wir bleiben. Wir lassen unsere Wurzeln nicht gern hinter uns.«

Eine feste Hand schob Caspar weiter. Er fragte sich, wie oft er eine Ondine der Erde schon berührt und gedacht hatte, es handle sich um festen Stein.

»Spute dich!« zischte Ursula. »Du kennst Mamluc nicht. Er wird nicht ruhen. Er verliert niemals einen Sklaven.«

KAPITEL 10

»Ich bin hier, um dich zum Rat des Königs zu begleiten.« Keridwen sprach mit warmer Stimme, als fehlte es ihr an nichts.

Sie ignorierte die fünf Wachen mit den säuerlichen Mienen, die sich in ihrem Rücken drängten und zweifelsohne vom König höchstpersönlich handverlesen waren, und lächelte gelassen, obwohl ihre Blicke über die roten, wunden Stellen um Hals Handgelenke streiften, an denen man ihn aufgehängt hatte, dann über die großen Schnitte an Hals und Brust, wo man ihn mit einer neunschwänzigen Katze ausgepeitscht hatte.

Fast war ihm die Hitze der Schläge willkommen gewesen. Irgendwie war es fast komisch, daß die Folter der Einsamkeit in jener fensterlosen Zelle und der Umstand, ständig mit kaltem Wasser überschüttet zu werden, das ihn Nacht für Nacht zittern ließ, an seinem Körper keine Spuren hinterlassen hatte.

Zu seiner unendlichen Erleichterung schrie die Hohepriesterin angesichts seines Zustands weder auf, noch bot sie ihm ihr Mitleid. Da ihre Gegenwart ihm Kraft verlieh, kam er unter Schmerzen auf die Beine und krächzte einen Gruß hervor.

»Nimm meinen Arm«, erklärte sie ihm, als er taumelte. »Der Boden ist rutschig, und du mußt mich halten, falls ich stürzen sollte.«

Hal grinste sie an, wild entschlossen, daß man ihm den Schmerz nicht ansehen sollte, und griff nach ihrem Arm. Er stützte sich auf sie und schöpfte daraus Kraft. Sie war klein, aber stark, genau wie Brid, und ihre Arme versteiften sich, um ihn zu stützen, während er den Kopf hob und an den Wachen vorübertorkelte.

Rewik mochte gehofft haben, daß Keridwen als Frau vom Anblick seines gemarterten Körpers zutiefst schockiert war. Mitleidiges Jammern wäre ihm erniedrigend vorgekommen. Aber Keridwen war die Mutter und nicht leicht zu schockieren.

Die Wachen, zwei vorn, drei hinten, führten sie eine enge, steinerne Wendeltreppe hinauf, und Hal fragte laut und gutgelaunt nach Nachrichten aus der Heimat. Keridwen antwortete fröhlich, alles sei gut, und Brid freue sich darauf, ihn bald wiederzusehen.

Langsam stiegen sie hinauf, und die Rundung der Treppe schuf einen Abstand zu ihrer Eskorte. »Danke«, murmelte Hal. »Danke, daß du mich nicht bedauerst.«

Sie lächelte verständig.

Die Wachen führten sie mehrere Korridore entlang in eine Kammer, die von einer qualmenden Kohlenpfanne nur trübe beleuchtet war, dazu ein Flecken Tageslicht, der durch ein kleines Gitter in der Decke drang. Hals Mut blieb ihm im Halse stecken, als er neben der Gestalt König Rewiks den breiten Rücken seines Bruders sah, umhüllt vom schweren Bärenfell von Torra Alta. Daß Branwolf dort saß, der ihm stets eher Vater als Bruder gewesen war, schien zuviel zu sein. Zum ersten Mal gestand er sich selbst ein, daß er sich dort unten im Kerker gefürchtet hatte, nicht vor dem Schmerz, den man ihm als nächstes zufügen würde, sondern schlicht angesichts der Tatsache, daß er nicht wußte, wann seine Haft nun enden würde und was daheim vorgehen mochte.

Branwolf fuhr herum, ließ seine Blicke über Hal schweifen und betrachtete dann Keridwen. Er machte den Mund auf, um zu sprechen, doch dann schloß er ihn und lächelte mit stiller Miene. Hal hatte großen Respekt vor seinem Bruder und war sicher, daß nun, da Branwolf hier war, alles gut würde.

Branwolfs Blick kehrte zu seinem jungen Halbbruder zurück. Hal spürte den musternden Blick und merkte, daß Branwolf seine Unterernährung, die Wunden um die Handgelenke und seinen Ausdruck umfassenden Schmerzes und Verfalls wahrnahm, doch wie seine Frau erniedrigte er ihn nicht noch weiter, indem er dazu etwas sagte.

Der Baron wahrte seine Haltung, obwohl Hal unterschwellige Anzeichen der Erschöpfung sah. Irgendwie sah er älter aus, und gelegentlich fuhr seine Hand an den Hinterkopf, um dort zu reiben. Der Wandel Rewiks war deutlicher erkennbar. In Branwolfs Gegenwart war er nicht mehr ganz so aufrecht und zappelte vor Verlegenheit herum.

Ohne den König um Erlaubnis zu ersuchen, trat Branwolf an einen festen Tisch mit schlichten Hockern, der die kalte, runde Kammer beherrschte. Er setzte sich und zog einen weiteren Hocker neben sich hervor. »Setz dich an meine Seite, Bruder, und erkläre dem König, warum du hier bist, damit wir dieses Mißverständnis aus der Welt schaffen können.«

»Ganz recht, Vetter, wir sollten ruhig beieinandersitzen und die Sache diskutieren.« Rewiks Stimme klang dünn und durchdringend.

Hal setzte sich, wobei er zum ersten Mal, seit er die Kammer betreten hatte, einen großen Mann bemerkte, der abseits der Wachen stand und sich im Dunkel verborgen hielt.

»Ich sage es Euch noch einmal, Vetter«, sagte Hal, als er sich neben seinen Halbbruder setzte, die Stimme wegen der aufgeplatzten Lippe etwas undeutlich. »Meiner Ansicht nach sind wir auf Betreiben Eures Bruders in einen Hinterhalt geraten. Offenbar wollte Prinz Renaud nicht, daß Prinzessin Cymbeline Belbidia erreicht, da er, falls sie Euch einen Erben schenken sollte, seinen unmittelbaren Anspruch auf den Thron und alles, was er zu erben gedachte, verliert. Er muß es so eingerichtet haben, daß er und eine ganze Anzahl Edler um des Lösegelds willen gefangen wurden, damit die ganze Sache echter wirkte.«

»Falls dem so sein sollte, bedeutet es Krieg!« Der große Mann, dessen blondes Haar im Licht der Kohlenpfanne rötlich schimmerte, trat aus dem Schatten hervor und schlug mit der Faust auf den Tisch. »Mein Vater hat zwei Kinder bei dieser Schandtat verloren, diesem belbidianischen Komplott, und wenn zwischen unseren Ländern auch seit Hunderten von Jahren Frieden herrscht, jetzt wird es Blutvergießen geben!«

Hal biß die Zähne zusammen und sah Turquin, König Dagonets ältesten Sohn, finster an.

»Wir haben Männer entsandt, die alle Länder im Norden durchsuchen sollen«, sagte Rewik eiligst. »Versichert Eurem Vater, daß ihm mein Mitgefühl gilt. Auch ich habe dabei einen Bruder verloren, und wir werden sie finden.«

»Wie? Ihr wißt nicht, wo Ihr suchen sollt«, höhnte Turquin. »Dieser Junge hat in den Wochen, die Ihr ihn gefangenhaltet, nichts gestanden, während meine Anverwandten nach wie vor verschwunden sind. Wenn Ihr ihn nicht zum Reden bringen könnt, solltet Ihr vielleicht nach anderen Methoden suchen.«

»Ich habe Euch alles, was ich weiß, bereitwillig gesagt«, beharrte Hal. »Ich habe mit alldem nichts zu tun.«

»Du lügst!« kreischte Rewik, und die Flügel seiner spitzen Nase bebten. Er wandte sich von Hal ab, stand auf und deutete anklagend in Branwolfs Gesicht. »Das Ganze ist ein simples torra-altanisches Komplott zur Untergrabung Belbidias. Mit einem Schachzug habt Ihr meine Braut gestohlen und Belbidia ruiniert, indem Ihr Ceolothia gegen mich aufgebracht habt. Und wozu? Damit Ihr den Krieg in Eurem Heidenland abwarten könnt, um dann, was noch geblieben ist, für Euch zu beanspruchen, nachdem Dagonet meine Armee und meine Ländereien vernichtet hat.«

Branwolf lehnte sich zurück und sprach ganz ruhig. »Die Geschichte wirft ein gutes Licht auf meine Baronie. Wir haben unseren Landsleuten im Lauf der Jahrhunderte gegen manchen Feind stets treu gedient. Unsere Loyalität Belbidia gegenüber ist unzweifelhaft. Außerdem wäre ich kein solcher Narr. Ihr vergeßt: Wenn König Dagonet gegen Belbidia marschiert, steht ihm Torra Alta im Weg. Ich würde mehr als Ihr verlieren, Vetter.«

»Vielleicht hegt Ihr einen weitergehenden Plan, den ich noch nicht durchschaut habe. Ihr könntet in die Berge fliehen und ihn durchmarschieren lassen.«

Branwolf schnaubte bei dieser absurden Vorstellung.

»Mein Vater sammelt bereits eine Armee«, fuhr Turquin mit tiefer, drohender Stimme fort. »Ihr werdet mir meinen Bruder und meine Schwester innerhalb eines Monats übergeben oder Euch seiner Rache stellen müssen! Und das bedeutet die Vernichtung Belbidias!«

Reglos saß Rewik da. Nur seine Blicke zuckten zwischen Turquin und den Torra Altanern hin und her. Schließlich zwinkerte er mehrmals schnell und wandte sich Branwolf zu. »Ich werde es nicht zum Krieg kommen lassen. Unser Land ist schon jetzt genug geplagt. Ihr werdet allesamt in den Kerker wandern, Ihr, Euer Bruder, Euer Weib, bis Ihr mir sagt, was Ihr mit meiner Braut gemacht habt.«

Turquin erhob sich. »Ihr seid weise, Rewik. Euer Tun wird meinem Vater helfen, seine Rachelust noch eine Weile zu zügeln. Doch seid gewarnt: Ihr müßt meine Geschwister bis zur Sommersonnenwende wiederbringen.«

Branwolfs Blicke bohrten sich in Rewik, während er aufstand, um Turquin die Stirn zu bieten. »Das ist Irrsinn. Ich bin ein Edelmann des Reiches. Ihr könnt mich nicht ohne Zustimmung mindestens dreier weiterer Barone aburteilen. Ihr wißt, daß Ihr es nicht dürft.«

»Wer will mich daran hindern?« schnaubte Rewik.

»Cadros und Bullback, um nur zwei zu nennen.«

»Ich könnte mindestens vier nennen, die mir umgehend zur Seite stehen würden.« Rewiks verkniffene Mundwinkel bogen sich zu einem spöttischen Grinsen.

»In meinen Kerkern wirst du mir mit deiner Hexe keinen Ärger mehr bereiten, und ich wahre die Freundschaft mit meinen ceolothianischen Verbündeten.«

»Das wird Euch keinen langfristigen Frieden bringen«, sagte Branwolf ganz ruhig und ohne Zorn. »Solange Ihr mich und meine Frau auch gefangenhalten mögt, wird es doch Dagonets verlorene Kinder nicht zurückbringen, und ich garantiere Euch, daß es ihn nicht lange friedlich halten wird.«

Doch es gab nichts, was Branwolf hätte sagen können, um Rewik daran zu hindern, die Torra Altaner ins Verlies zu werfen. Keridwen riß sich von ihnen los und wandte sich drohend Prinz Turquin zu, der zwinkerte, während sein Mund leicht offenstand, als er den wilden Zorn in ihrem Blick sah.

»Ceolothianer«, sagte sie. Ihre Worte hallten nach, verliehen ihrer Stimme Kraft und Volumen, als sprächen viele, nicht nur eine. »Denkt daran, Ihr werdet die Wahrheit über das Verschwinden Eurer Schwester nie erfahren, wenn Ihr nur einem Ratgeber folgt. Indem Ihr uns zu Sündenböcken macht, haltet Ihr Euch selbst zum Narren.«

Rewik folgte ihnen ins Verlies hinunter, und jeder der Torra Altaner sah ihm offen in die Augen, als man sie zwang, sich auf den kalten, feuchten Stein zu kauern, und sie an einer kurzen Kette an einen niedrigen Ring an der Wand fesselte. Branwolf lehnte seinen Rücken an die Steinmauer und sah zu Rewik auf. »Vetter, Ihr seid König eines großen Landes, und doch macht Ihr Euch klein. Ihr degradiert Euch. Eure von Angst getriebenen Taten zeigen Euch als geistlosen Bauern in einem ruchlosen Spiel.«

»Du hältst dich für so bedeutend?« tobte Rewik. »Denk daran, daß du nur noch ein Gefangener bist, und dir und den deinen bleibt nur, zu tun, was mir beliebt.«

»Ja, ich bin bedeutend«, sagte Branwolf und starrte dem König in die Augen. »Ich habe eine Frau, einen Sohn, einen Bruder und viele Freunde, die mich lieben, und das könnt Ihr mir niemals nehmen.«

Rewik bellte den Wachen Befehle zu und ging.

Zu Hals Erleichterung trennte man ihn nicht von seinem Bruder, sondern brachte ihn ins Hauptverlies, wo manches neugierige und blutunterlaufene Augenpaar sie musterte. Kein Wächter kam, um sie mit Wassereimern zu bedenken oder mit Peitschen nach ihnen zu schlagen, und man brachte ihnen sogar Wasser und Brot. Es schien, als hegte Rewik nach wie vor einigen Respekt für Branwolf.

Naserümpfend ob des Gestanks betrachtete Hal die anderen Gefangenen. Man warf trübe Blicke in ihre Richtung, doch niemand rührte sich von der Stelle, wo sie ihre runden Rücken gegen die feuchte, schimmlige Wand lehnten. Die Masse an struppigem Haar und verfilzten Bärten, der Dreck, der an ihrer grauen Haut klebte, und die zerlumpten Kleider zeigten deutlich, daß sie schon eine ganze Weile hier verbrachten.

Während Branwolf und Keridwen sich leise Worte zuraunten, saß er schweigend da und spürte die Blicke der anderen Gefangenen, die starr auf sie gerichtet waren.

Finster sah er sie an. »Also, wir tun etwas gegen Eure Langeweile«, knurrte er, »aber wir sind kein Kuriositätenkabinett.«

»Freund, wir haben Euch nichts getan«, meldete sich einer zu Wort. »Es gibt keinen Grund, uns Messerblicke zuzuwerfen. Wir haben Euch hier nicht eingesperrt.«

Hal kam wieder zu sich und hob entschuldigend die Hände, wobei die Kette schwer von seinen wunden Handgelenken hing. »Nein, guter Mann, gewiß nicht.«

»Ich denke, Ihr haltet Euch für viel zu feine Leute, als daß man Euch mit Gesindel zusammensperren sollte«, knurrte ein anderer weniger mitfühlend.

Hal grinste ihn an. Er bewunderte den rüden Ton, die ehrliche Aggression, und konnte es verstehen, wenn jemand seine Meinung sagte. Er war von seinem Vetter, dem König, mißhandelt worden. Warum sollte er diesen einfachen Leuten gegenüber feindselig gestimmt sein, die doch nichts getan hatten, was ihm – soweit er es überschauen konnte – schaden sollte?

Wütend riß Hal an seiner Kette, doch es tat ihm nur am Handgelenk weh.

»Das würde ich nicht tun, wenn ich an Eurer Stelle wäre«, meldete sich der erste Mann wieder zu Wort. Verkrusteter Schorf eiterte um seinen Mund, und es fiel Hal sehr schwer, ihn anzusehen, ohne die Entzündung anzustarren. »Es tut nur weh. Was also führt Euch drei in dieses elende Loch?« Er richtete seine Fragen an Hal, da die anderen beiden mit gesenktem Blick dasaßen.

Hal fragte sich, ob er antworten sollte, doch nach ihren Mienen und der mißlichen Lage zu urteilen, kam er zu dem Schluß, daß es sicher wäre, einigermaßen offen zu sprechen.

Kurz stellte er sich und seine Gefährten vor. »Wir sind

des Hochverrats angeklagt.« Er hatte eine dramatische Reaktion erwartet, zumindest große Augen, aber er wurde enttäuscht.

»Sind wir das nicht alle?« klagte ein anderer. »Hochverrat, weil wir die Steuern nicht entrichtet haben, deshalb sind wir alle hier. Er verlangt unmögliche Abgaben, die jedes Jahr erhöht werden. In diesem Jahr erklärt er es damit, daß er mehr Geld braucht, um einen prächtigen Palast für seine neue Braut zu bauen. Ich könnte nicht zahlen, ohne mein Saatgetreide zu verkaufen, und um meines Sohnes willen würde ich das nie tun. Bin lieber ins Gefängnis gegangen. Hier sitze ich nun also unter den zarten Füßen des Königs, und es läßt sich nichts dagegen tun. Der letzte, der fliehen wollte, wurde gehenkt. Man führte uns alle hinaus, damit wir Zeugen wurden.«

Die anderen murmelten, und es schien, als hätte sie ein ähnliches Schicksal ereilt. »Sechs Monate bin ich nun hier«, krächzte einer unter ihnen, »und ich bezweifle, daß ich meine Kinder jemals wiedersehen werde, und dennoch würde ich es immer wieder so machen.« Er sprach trotzig, als fürchtete er, man würde ihm vorwerfen, daß er sein Tun –was immer es gewesen war – bereute. »Nein, Herr, ich würde es immer wieder tun. Ich hätte gar nichts anderes tun können. Ich konnte nur mit mutterkornverseuchtem Roggen zahlen. Anfangs drohten sie, mich zu hängen. Sie haben gesagt, ich wollte den König vergiften. Ha! Ich wünschte, ich hätte es getan!«

Es folgte einiges Gemurmel und Zustimmung unter den anderen. »Diese Edelleute haben keine Ahnung, was es heißt, schwere Zeiten zu durchleben. Anscheinend regen sie sich schon auf, wenn sie nur drei statt vier Reihen Hermelin an ihrem Umhang tragen. Jedes Jahr pressen sie noch etwas mehr aus uns heraus, und wir pressen mehr aus dem Land, aber der Boden ist jetzt schon krank. Mein Land ist krank, und jedes Jahr wird es noch kränker.«

Die anderen Gefangenen drängten nicht auf Einzelheiten dessen, was die Torra Altaner verbrochen haben mochten, sondern begannen gemeinsam den Zustand des Ackerlandes im Herzen Belbidias zu beklagen.

Hal hätte nicht vermutet, daß die Nacht hereingebrochen war. Das Licht änderte sich nicht, doch die anderen Gefangenen wurden immer stiller, dann schlossen sie die Augen. Er schlief unruhig und sehnte sich nach dem Morgen und dem Frühstück, um die Gleichförmigkeit zu durchbrechen. In den Tagen seiner Einzelhaft hatte er kaum gegessen, und der Schrecken von Einsamkeit und Hunger fegte durch seine ruhelosen Träume wie ein wildes Pferd mit fliegenden Hufen. Er warf sich von einer Seite auf die andere, versuchte, es sich auf dem harten Stein bequem zu machen, und seine gefesselten Arme waren merkwürdig verdreht. Er wechselte zwischen Kauern, Knien und Sitzen, um der Unbequemlichkeit Herr zu werden, doch mit jeder Stunde, die verging, nahm der stechende Schmerz, der an seinem Handgelenk entlang durch den Ellenbogen bis in die Schulter reichte, zu.

Endlich dämmerte der Morgen. Es drang kein Tageslicht bis in die faulig stinkenden Verliese, doch er erkannte es an dem Geschrei der Hausgarde, das von oben hallte, und der Art und Weise, wie die scharrenden Mäuse verschwanden. Am anderen Ende der Kammer erschien ein Hauch von orangefarbenem Licht hinter einer dicken Eichentür, begleitet vom schwachen Duft brennenden Holzes. Die Folterkammer wurde vorgewärmt. Einige Zeit später traf das Essen ein und wurde die Reihe entlang gereicht. Hungrig schlürfte er seine Schale mit grauem Schleim, der kalt und körnig war, und trank lange Züge aus einem Wasserkrug, bevor er Keridwen und Branwolf knurrend einen Morgengruß entbot.

»Ich dachte, Edelleute seien sich zu fein für Haferbrei«, bemerkte der mürrische Gefangene, der gestern schon so unverblümt gewesen war.

Mit vollem Mund erwiderte Hal: »Ich habe an fast jedem Tag meines Lebens Haferbrei gegessen.«

»Man sagte mir, Euresgleichen äße nur Fasan und Schwan«, fuhr der Bauer fort, diesmal mit einem freundlichen Lächeln.

Hal wandte sich dem Bruder zu und nickte zur Haferbreischale hin. »Unser lieber Vetter könnte uns erheblich schlechter behandeln, wenn er ernstlich Verrat vermuten würde.«

Branwolf nickte. »Ich denke, vieles davon soll König Dagonet beweisen, daß Rewik alles tut, was er nur kann, um seine geliebte Tochter zu finden. Er scheint den Krieg mit Ceolothia mehr alles andere zu fürchten. Nach dem Vaalakischen Krieg befindet sich Belbidia nicht mehr in einem Zustand der Stärke. Wie es scheint, sind unsere Mittel erschöpft.«

»Das ist ja alles schön und gut«, räumte Hal ein. »Aber wenn niemand Cymbeline findet und ihre Entführer nach Farona bringt, könnte es sein, daß wir für alle Zeiten hierbleiben.«

Ein kreischender Schmerzensschrei drang durch die Eichentür her, die von Spalten orangefarbenen Lichts umrahmt war. Die Feuer prasselten ganz offenbar, und Hal vermutete, daß die Brandeisen inzwischen glühend heiß sein mußten. Er gab sich alle Mühe, die Schreie auszublenden.

Keridwen lächelte. »Wie wäre es mit einer Geschichte,

um uns die Zeit zu vertreiben?« Die anderen Gefangenen murmelten ihre Zustimmung.

Keridwens Geschichten lenkten jedermanns Gedanken von den Geräuschen jenseits der verschlossenen Tür ab. Geschichten zu erzählen war etwas, das sie besser als jeder andere beherrschte, dem Hal jemals begegnet war. Doch nach mehreren lebhaften Erzählungen wurde Keridwen von einer alten Frau unterbrochen, die wütend mit ihren Ketten rasselte.

»Hexe, niemand will deine gotteslästerlichen Geschichten hören. Es ist eine Sünde, den Worten einer Heidin zu lauschen«, warnte sie die anderen Gefangenen.

»Schtscht, Weib. Ich bin erheblich länger hier als du und bin froh, die Freude in ihrer Stimme zu hören. Eine schöne Stimme ist es, und wenn sie spricht, ist es, als würden Rosen aus dem Stein wachsen«, krächzte ein rauh wirkender Mann durch seinen Bart.

»Hört, hört« riefen einige andere zustimmend.

Keridwen achtete nicht auf die Frau, sondern begann eine Geschichte über einen Hasen, der dem Mond nachjagte. Jede Nacht lief er immer schneller und schneller, bis seine Beine länger und länger wurden und er immer höher in die Berge stieg, um dem fahlen Licht näher zu kommen. Für seine Hingabe sah er sich mit einem Silberfell in den Wintermonaten gesegnet, doch um zu beweisen, daß er nach wie vor ein Wesen der Erde war, mußte der weiße Hase im Sommer stets sein braunes Fell tragen und sich nah am Boden halten, der ihn schützen würde.

»Habt Ihr keine Geschichten für die Männer?« fragte ein anderer Gefangener. »So lieblich sie auch sein mögen, es sind Märchen, und die können die Aufmerksamkeit eines Mannes nicht lange fesseln.«

Keridwen lachte, und Hal konnte ein Grinsen nicht unterdrücken. Sie würde die Männer überraschen, da war er sicher. Sie konnte Geschichten von Rittern mit scharfen Schwertern und langen Schilden erzählen, denen selbst Ceowulf nie hatte etwas entgegensetzen können. Aber Hals Grinsen währte nicht lange. Ausnahmslos trugen Keridwens heldenhafte Ritter schimmernde Rüstungen. Als er ihre Lage für kurze Zeit vergaß, warf er Branwolf einen finsteren Blick zu. Es war ein wunder Punkt zwischen ihnen, daß sich Branwolf weigerte, ihm das Geld für eine Rüstung zu erlauben, und stets die enormen Kosten für den Wiederaufbau der Burg beklagte, die er zu tragen hatte. Hal war sicher, daß man ihm erst den angemessenen Respekt erweisen würde, wenn er diese Rüstung hatte.

Die Gefangenen waren von Keridwens Erzählungen verzaubert, und wären da nicht die Unbequemlichkeit ihrer verdrehten Arme, der Hunger und der Durst gewesen, hätte Hal ihr Seufzen und Jubeln gehört und geglaubt, sie säßen allesamt in Torra Altas großer Halle und begingen das Mittwinterfest. Dort nämlich wurden vom Morgengrauen an Geschichten erzählt, bis alle schliefen, vom Erzähler abgesehen, die Bäuche prall und ihre Köpfe von gutem Bier vernebelt.

Selbst die Wärter waren von Keridwens Geschichten verzaubert. Sie war charismatisch, ihre Stimme wohlklingend, doch am charmantesten von allem war, daß sie jedem Wunsch mit einer Erzählung entsprechen konnte. Bald begann sogar die Frau, die vor ihr gewarnt hatte, allmählich zu lächeln. Es dämmerte Hal, daß Keridwen die Wachen in ihre Erzählungen mit einbezog, sie zum Lachen brachte und dazu ermunterte, selbst eine Geschichte zu erzählen. Und mit jeder Geschichte, die sie zum besten gab, schien sie denjenigen, der sie gewünscht hatte, in einen Helden zu verwandeln, mochte der Held nun ein Hase oder ein mächtiger Ritter sein, der auf ein schlammiges Schlachtfeld stürmte. Bald schon wußten alle Anwesenden, wie es war, wenn Pfeile die Luft erfüllten, wenn die Erde vom Donner der Streitrösser erbebte, welche die Ritter in schweren Rüstungen trugen. Sie hörten Schwerter auf Schilden klirren, sahen, wie stählerne Sporen in schwitzende Flanken stachen, und rochen den Gestank von Blut in der Luft.

Die Geschichten erinnerten Hal an Ceowulf, und er fragte sich, wo er sein mochte. Er war sicher, daß sein Freund sie nicht einfach im Stich gelassen hatte, und hoffte, er hätte sich darangemacht, Unterstützung bei den Baronen zu suchen, die dem Alten Glauben die Treue hielten. Doch nach der Wolfsplage war Hal nicht mal mehr sicher, ob Bullback das Wort für sie erheben würde.

Tage vergingen, und er sorgte sich zunehmend um Branwolf, der einen rauhen, röchelnden Husten bekommen hatte. Keridwen wandte ihren Blick kaum von ihm ab, doch sie vernachlässigte auch nicht die anderen Insassen um sie herum. Da sie sich nicht damit zufriedengab, allein Geschichten zu erzählen, begann sie, auch das Wort der Großen Mutter und vom Gleichgewicht der Natur zu predigen. Zu Hals Erstaunen hingen die Müller und Pflüger dennoch an ihren Lippen, und eine zunehmende Zahl stimmte am Morgen in ihr Gebet mit ein. Mit den Fabeln und Legenden hatte sie die anderen für sich gewonnen, daß sie wie verzückt waren, hungrig nach ihren Worten, begierig, sie zu glauben.

Eines Morgens war sie mitten im Gebet, als der Friede jäh von Wachen unterbrochen wurde, die neue Gefangene hereinzerrten, die wütende Beschimpfungen ausstießen und wie die Esel um sich traten. Einer, seinem Gewand nach ein Kaufmann, schrie lauthals, wenn seine Seidentücher fleckig würden oder reißen sollten, wolle er dafür sorgen, daß die Kinder und Enkelkinder der Wachen eingewachsene Zehnägel bekämen und ihre Frauen Nissen im Haar hätten und sich bis ans Ende ihrer Tage wie die Bettler kratzen müßten. Groß und wulstig, wie er war, sah er mit seinem goldenen Rock und den leichten purpurnen Pantoffeln, die vorn zu einer Spitze zusammenliefen und sich am Ende krümmten, eher grotesk aus. Ebenso war seine Stimme zu hoch für jemanden von seiner Statur.

»Nach allem, was zu hören ist, sind es nicht deine Seidentücher, Dieb«, erwiderte ein Wächter.

Den Seidenhändler begleitete ein junges Mädchen; und von ihrem Schleier und seinem Tuch einmal abgesehen, waren sie auf gleiche Art gekleidet und rochen nach teuren Ölen. Selbst im trüben Licht des Kerkers glitzerten ihre Kleider vor Pailletten. Mit hohen, aufgeregten Stimmen verfluchten sie die Wachen im Namen des heiligen Mercantus, des Schutzpatrons aller Kaufleute. Nie zuvor hatte Hal von einem solchen Heiligen gehört, und er fragte sich, aus welcher Gegend um das Caballische Meer dieses prachtvoll gekleidete Paar wohl stammen mochte. Ihre Stimmen erinnerten vage an die Sprache hochgeborener Ophidianer, doch sie klangen nicht recht authentisch. Hal gefiel diese neue Gesellschaft, die der Langeweile den Garaus machte, bis das Mädchen seinen Schleier zurückschlug. Zwei leuchtendgrüne Augen blickten darunter hervor.

Er blickte offen in diese Augen und heulte vor Bestürzung beinahe auf. Es war Brid. Augenblicklich wußte er, daß es sich bei dem anderen nur um Ceowulf handeln konnte. Er konnte kaum gauben, daß er so blind gewesen war. Keridwen wirkte keineswegs überrascht, und er vermutete, sie mußte wohl gespürt haben, daß Brid sich näherte. Er unterdrückte seine Bestürzung und sagte nichts, bis die Wachen gegangen waren. Dann holte er tief Luft, um etwas zu sagen, doch ein scharfer Tritt Branwolfs brachte ihn zum Schweigen, der hustete und Speichel in seine Hände spuckte, bevor er seine dunklen Augen auf Ceowulf richtete. »Erzählt uns Eure Geschichte, Fremder. Wir hier unten sind begierig, alles Neue zu hören.«

Ceowulf zog ein finsteres Gesicht. »Geht Euch einen feuchten Kehricht an, Belbidianer. Mögen Eure Socken für alle Zeit mit Löchern geplagt sein und Eure Stiefel ebenso! Ich rede mit keinem einzigen vulgären Bewohner dieses elenden Landes mehr!«

Hals Blick traf Brids. Kurz sahen sie einander an und ließen sich keinerlei Anzeichen von Zuneigung anmerken, obwohl Hal die Kraft ihres Bundes wie ein Stahlband zwischen ihnen spürte.

Ceowulf und Brid saßen genau gegenüber von Keridwen an die Wand gekettet und beklagten die schreckliche Mode in Farona, bis alle anderen Gefangenen eingeschlafen waren. Dann erst und ganz leise flüsternd gab Ceowulf ihre Geschichte preis.

»Ich habe eine absurde Menge Geldes für diese lächerlichen Kleider ausgegeben, und wir haben ganz öffentlich auf dem Markt gestohlen, um sicherzustellen, daß man uns erwischt.«

»Wie konntest du ein solcher Idiot sein?« rief Hal in seinem Zorn. »Wie konntest du Brid in diese Sache mit hineinziehen? Wie konntest du es wagen, sie derart in Gefahr zu bringen?«

Ceowulf hob fragend eine Augenbraue an und fuhr dann fort. »Ursprünglich hatte ich mich allein an diesen Plan gemacht, aber Brid hat mich irgendwie auf den Märkten gefunden und darauf bestanden, daß sie mitmacht. Sie war den ganzen Weg von Torra Alta gekommen, aus Sorge, weil keine Nachricht von dir kam, Hal, seit Wochen schon.«

»Es war meine Idee«, sagte Brid mit fester Stimme, »also laß ihn in Frieden. Wir mußten dich herausholen. Es heißt, König Dagonet höchstpersönlich solle demnächst eintreffen, und er will Blut sehen. Wir müssen euch befreien und Cymbeline und ihre Entführer finden, bevor es zu spät ist.«

»Uns befreien!« schnaubte Hal. Es wärmte sein Herz unendlich, seine Brid wiederzusehen, doch es erzürnte ihn bis an den Rand des Wahnsinns, wenn er sah, daß sie sich in solche Gefahr begab.

Ceowulf ignorierte ihn und wandte sich Branwolf zu. »Sir, wir haben bereits einen Plan angeschoben. Morgen früh werden gekaufte Söldner in Kleidern, die den Euren gleichen, dazu einige in Bärenfellen – eine ausgesprochen kostspielige Angelegenheit, wie ich sagen darf – verdächtigerweise durch das Südtor reiten und den Weg nach Süden nehmen, wo mein Vater ihnen Zuflucht gewähren wird. Das sollte den König von uns ablenken, während wir aus dem Verlies entkommen und nach Norden reiten. Wir haben unsere Pferde in Bleham gelassen und können ohne Zweifel weitere besorgen. Von dort reiten wir ins sichere Torra Alta, nehmen Proviant auf und reiten weiter, um Prinzessin Cymbeline zu retten und uns damit zu rehabilitieren.«

Hal fand, er machte es sich mit dem letzten Teil sehr leicht. Der König suchte schon seit Wochen nach Cymbeline, und er war nicht sicher, ob sie mehr Erfolg hätten.

Branwolf schüttelte den Kopf. »Das ist ein ausgezeichnet ersonnener Plan, und ich hoffe, Euer Plan, uns hier herauszubringen, ist gleichermaßen gut durchdacht. Es ist ein weiter Weg von hier zu den Pferden in Bleham. Und ich fürchte, weder meine Frau noch ich werden Euch begleiten.«

Brid wollte etwas einwenden, Keridwen schnitt ihr glatt das Wort ab. »Branwolf hat recht. Wir gestehen Furcht und

Schuld, wenn wir alle fliehen. Wir zeigen den Glauben an unsere Unschuld, indem Branwolf und ich hierbleiben.«

»Aber wieso du und Branwolf? Hal und ich können hierbleiben«, beharrte Brid. Ihre Augen waren voller Sorge, während sie ihre abgemagerten Leiber betrachtete. »Branwolf geht es nicht gut.«

»Es ist nichts«, versicherte der Baron. »Ich bin der Baron von Torra Alta, und es macht sich besser, wenn ich und meine Frau hierbleiben.«

Hal wußte, daß es stimmte, doch er vermutete außerdem, daß Branwolf und Keridwen den Jüngeren weiteres Leid ersparen wollten.

»Ich werde Keridwen nicht zurücklassen«, beharrte Brid. Sie stritten lang, aber am Ende siegte die stille Unbeweglichkeit der Mutter.

Schmollend enthüllte Brid den Plan. Anscheinend war Ceowulf auf seinen vielen Reisen einem Söldner begegnet, der lange Zeit in ebendiesem Kerker zugebracht hatte und schließlich durch die Schornsteine über der Folterkammer entkommen war, wo Feuer loderten, um Brandeisen zu erhitzen.

»Er sagte, in den untersten Kammern reihten sich die Schädel aneinander, und es sei das grauenvollste Verlies, das er jemals gesehen habe«, erinnerte sich Ceowulf. »Er war ein Mann ohne Glück, mehr als die meisten von uns gefährdet, verletzt oder gefangen zu werden. Er trug die fürchterlichsten Wunden aus König Rewiks Folterkammer davon. Die Finger seiner linken Hand waren der Länge nach gespalten, und seine Schienbeine mit einer Axt zerschlagen und dann mit Dornen versehen worden, damit das Fleisch darüber heilte.«

»Ich bezweifle, daß du nach deiner Verletzung einem solchen Wahnsinn gewachsen bist. Und hat er gesagt, wie er auf magische Weise seine Ketten von sich geworfen hat, bevor er durch den Schornstein stieg?« fragte Hal böse, da er den Plan etwas dünn und die Geschichte des Söldners etwas dick fand. Er rasselte mit seiner Kette und schnitt eine Grimasse, als sie an den wunden Stellen um sein Handgelenk scheuerte.

KAPITEL 11

Die Nacht war finster, der Mond kaum mehr als eine schmale Sichel dort am schwarzen Himmelszelt. May hatte eine Gänsehaut vor Angst. Alle Nachtgeräusche waren lauter als gewohnt. Knarrende Grillen, das ferne Heulen einer Eule, Igel, die durchs Unterholz schnüffelten, alles war laut und schmerzte in ihren Ohren.

Rosy fürchtete sich. Die alte Stute riß und ruckte an Mays Armen. Sie trieb das Tier zum langsamen Galopp, und schmerzhaft im Sattel hüpfend strebte sie zur Straße hin.

Nie hatte sich die Holzfällertochter auf einem Pferderücken wohl gefühlt. Sie hatte gewußt, daß sie für Caspar eine beständige Enttäuschung war. Möglicherweise war es einer der Gründe, wieso er nie so recht in der Lage gewesen war, um ihretwillen von Brid abzulassen.

Rosy lief wilder voran. Verzweifelte, einsame Tränen brannten in Mays Augen und rannen über ihre Wangen. Da sie sich fürchtete, so schnell zu reiten, lehnte sie sich, wie Caspar es geraten hatte, zurück und zog an den Zügeln. Daraufhin ließ Rosy ihren Kopf zwischen die Knie sinken und warf die Hinterhufe in die Luft.

Vor ihr breitete sich das offene Land Jotunn im Dunkel aus, aber May konnte nichts sehen. Rosy lief noch schneller, und May ließ die Zügel sinken, warf ihre Arme dem Pony um den Hals und hielt sich mit zusammengekniffenen Augen fest.

Caspars Anweisungen, wie mit einem durchgehenden Pferd umzugehen wäre, blitzten verwirrend vor ihrem inneren Auge auf. »Führe das durchgehende Tier stets auf eine freie Fläche, dann ziehe immer engere Kreise und zwinge es, langsamer zu werden.«

Hart schlug ihr Gesicht gegen Rosys Hals, kupferiger Speichel lief um ihre zerbissene Zunge. Wie sollte sie ohne Zügel wenden? Selbst mit geschlossenen Augen wußte sie, daß das Pony nicht langsamer wurde.

Sie erinnerte sich daran, wie Hal bei Caspars Rat die Nase gerümpft hatte. »Meiner Erfahrung nach, May, gibt es nirgends eine freie Fläche, wenn ein Pferd durchgeht. Spring! Das würde ich zumindest tun.«

»Hal ist noch nie von einem durchgehenden Pferd gesprungen«, hatte Caspar gesagt. »Man muß schon mehr als mutig sein, um abzuspringen, wenn der Boden fünf Fuß unter dir vorüberflitzt. Vor allem darf man nicht in Panik geraten.«

Sie mußte es versuchen. May zwang sich, ihre Panik herunterzuschlucken und die Augen aufzuschlagen. Undeutlich raste der Boden vorüber, die fahlen Stämme der Bäume entlang der Straße verschwammen am Rande ihres Blickfelds. Die trommelnden Hufe stampften in ihren Gedanken den Rhythmus von Caspars Worten. »Brid ist die einzige Frau auf der Welt, die ein durchgehendes Pferd bändigen kann.« Sie streckte einen Arm aus und griff nach den Zügeln. Sie würde es ihm zeigen. Sie war keine Hohepriesterin, sie war nur eine verwaiste Holzfällerstochter, doch sie wollte es ihnen allen zeigen.

Rosy warf den Kopf nach links und rechts, so daß sich May an ihre Ohren pressen mußte. Rutschend packte sie die Mähne, spannte alle Muskeln an, um sich aufrecht zu halten. Obwohl sie sich mit aller Kraft festhielt, konnte sie nicht verhindern, daß sie gefährlich zu einer Seite rutschte. Rosys Hufe trommelten schneller, und sie wußte, daß sie sich nicht würde halten können. Dann donnerte das Trommeln überall um sie herum, brachte schweres, aufgeregtes Atmen und Japsen mit sich, wie von Hunden auf einer Fährte, und sie wußte, daß sie nicht mehr allein war. Krank vor Angst, vergrub sie ihr Gesicht in der rauhen Mähne der Stute.

Feuchter Farn peitschte ihre Beine, als Rosy ins Gestrüpp neben der Straße lief. Mäuler schnappten nach ihrem Gesicht, verliehen ihr die Kraft, sich im Sattel aufzurichten. Es waren Wolfsrachen.

Rosy galoppierte weiter, wobei sich ihre schweren, stampfenden Schritte in einen leichteren, anmutigeren Tritt verwandelten und ihre harten Hufe plötzlich dumpfer klangen. May kniff die Augen gegen den schnellen Wind im Gesicht zusammen, der das Haar in ihrem Rücken zu einem Banner zog und ihr die Tränen von den Wangen wischte. Ihre Augen brannten im Wind.

Sie grub ihre Finger in Rosys feuchtes Fell. Plötzlich fühlte es sich weich und lang an, eine mächtige, zottig schwarze Mähne um ihren Hals. Blut peitschte ihr ins Gesicht. Sie konnte nicht glauben, daß Rosy die Kraft besaß, noch schneller zu laufen.

Die Stute stieß einen fürchterlichen Schrei aus, halb Kreischen, halb Heulen, ein höchst unnatürliches Geräusch von einem Pferd. May schloß die Augen und begann zu beten. »Große Mutter, ich bin deine treue Tochter«, schrie sie lauthals, und Rosy kreischte nur noch mehr.

Ein schrilles Gellen, ein klarer Ton klang übers Land, und galoppierende Hufe trommelten auf ihren Fersen über den Boden. Die lange Mähne glitt durch ihre Finger, und sie rutschte unter Rosys Schulter ... doch sie fiel nicht herunter. Starke Arme zogen sie hinauf und fort von ihrem Pferd. Ein Mann schwang sie hinten auf seinen Sattel, wo sie furchtbar durchgeschüttelt wurde und sich am Sackleinen an seinem Rücken festhielt.

Sie war schon hinter ihrem Bruder geritten und hatte das stets als gefährlich empfunden. Nur wenige der einfachen Leute Belbidias waren begabte Reiter, da sie die Tiere eher zum Ziehen als zum Reiten nutzten. Außerdem war sie gelegentlich mit Caspar geritten und hatte sofort sein Zutrauen und die ungeheure Kontrolle gespürt, die er über das Pferd besaß. Dieser Mann war von ebensolcher Art. Dieser Mann konnte reiten wie Caspar, und doch trug er das Sackleinen eines Bauern.

Drei Wölfe, schwarze Schatten in der Nacht, entfernten sich von Rosy, die ein unnatürliches Geschrei ausstieß, lang und tief, das zu einem Kreischen wurde, das die Nacht durchschnitt. Der Mann vor ihr griff nach einem Bogen, der an seinem Sattel hing, legte einen Pfeil an die Sehne und durchbohrte dem ersten Tier sogleich die Brust. Der Rest schwenkte aus.

May staunte. Bis dahin hatte sie gedacht, allein ein Torra Altaner könne so schnell und mit solcher Genauigkeit schießen, doch offenbar gingen die hohen Herren in der Überzeugung ihrer Einzigartigkeit wohl fehl. Dann dachte sie einen kurzen Augenblick, in dem ihr fast das Herz stehenbleiben wollte, daß es sich bei dem Mann um den verkleideten Caspar handeln könnte, der zu ihrer Rettung kam, doch sie wußte, so sehr sie es sich auch wünschte, daß das Pferd nicht Feuerschweif war und der Reiter nicht ihre verlorene Liebe.

Wieder hob der Mann seinen Bogen, doch die Wölfe waren fort. Der Morgen dämmerte, die Wolken im Osten waren rosig eingefaßt. Er kam zum Stehen, stieg ab und zog May mit sich herab, drückte sie fest an sich, strich über ihr Haar und murmelte sanfte Worte des Trostes. Eine lange

Minute konnte sie sich nur an seiner Brust vergraben und ließ ihr furchtsames Schluchzen heraus, bis sie wieder zu sich kam und sich ihrer Lage erinnerte.

Sie stieß ihn von sich und murmelte Dankesworte. Sie durfte niemandem vertrauen.

»Ihr könnt nicht allein reisen«, schalt sie der Mann mit der weichsten, singendsten aller Stimmen. Er sprach fließend Belbidianisch, aber sein Tonfall war seltsam, und sie fragte sich, woher er kommen mochte. »Die Wölfe sind überall, und Ihr dürft Euch nicht gefährden, schöne Dame.«

»Ich bin keine Dame, und es gibt keine Belohnung für meine Rettung. Es tut mir leid, wenn ich Euch enttäuschen muß, aber ich habe auch kein Gold.«

»Ihr enttäuscht mich nicht, schöne Dame. Ihr seid viel hübscher, als ich es mir je erträumt hätte.«

Augenblicklich mißtraute May dem Mann. »Ihr könnt nicht von mir wissen.«

»Oh, aber doch, schöne Dame. Ihr seid mit dem Sohn des Barons verlobt.«

»Ich bin mit niemandem verlobt. Keiner hat mich gebeten, seine Braut zu werden, und ganz sicher habe ich niemandem mein Wort gegeben.« Sie fragte sich, wieso sie dem Fremden das alles von sich erzählte, abgesehen davon, daß der Morgen dämmerte und sie sich plötzlich viel sicherer fühlte. Dennoch gefiel ihr die Art und Weise nicht, wie er sie zu kennen vorgab. »Nun laßt mich los!« Sie befreite sich aus seiner Umarmung, doch er wollte noch immer ihre Hand nicht freigeben.

»Laßt mich Euch wenigstens helfen, Euer Pferd zu finden«, sagte er, lächelte strahlend und ließ ihre Hand los.

May zuckte mit den Achseln. »Es ist fast hell, und ich bin nun absolut in Sicherheit. Ich danke, Herr. Es wird zum nächsten Dorf nicht weit sein.« Sie warf ihm einen Seitenblick zu. Die Morgensonne fiel auf seine glatte bronzene Haut und glitzerte in seinen Augen, in denen eine seltsam gelbe Färbung leuchtete. Sogleich erkannte sie in ihm den Mann aus dem *Kuh und Kalb* und stieß ihn von sich. »Ihr seid mir gefolgt!« zeterte sie und fürchtete sich plötzlich.

Warum sollte ihr irgend jemand folgen, wenn nicht, um das Necrönd zu bekommen? Dieser Fremdling war ganz sicher nicht der tapfere Retter, der er zu sein vorgab. Das Sackleinen hing um seine Schultern, verdeckte halb seinen hellen Kittel darunter, und sollte den Eindruck vermitteln, er sei eine Art Müller. Doch so ritt und sprach kein Müller.

»Mylady, natürlich bin ich Euch gefolgt. Ich konnte sehen, daß Ihr in Sorge wart, und kein Mann – wenn nur ein halbes Herz in seiner Brust schlägt – würde eine so schöne Dame in schweren Zeiten wie diesen allein reiten lassen.«

Unwillkürlich mußte sich May eingestehen, daß ihr die Worte gefielen. Sie war in großer Gefahr gewesen, und er war zu ihrer Rettung geeilt. Fast schien es ihr ungehobelt, ihn nun zurückzuweisen. Im Grunde ihres Herzens hatte sie gehofft, der Retter wäre Caspar, doch sie wußte, daß er nicht nach ihr suchen würde. Caspars Worte der Liebe waren stets leer gewesen. Tatsächlich, so dachte sie verbittert, hatten sie ihr nichts als Herzschmerz eingebracht. Die anderen Mädchen hatten schon begonnen, sie zu meiden, da man sie bevorzugte, und klagten, sie würde ihren Teil am Putzen in der Küche nicht mehr tun. Sie hatte erklärt, Morrigwen habe ihr andere Aufgaben des Kräutersammelns und Kerzendrehens aufgetragen. Obwohl der schmelzende Talg ganz schrecklich stank, hatte sie diese Aufgabe doch genossen, hatte gelernt, den Talg mit Kräutern zu vermischen und spezielle Gebete an die Große Mutter zu sprechen. Es war ihre Zuflucht gewesen.

Der gelbhaarige Mann trat von ihr zurück. Sie strich ihre

Ärmel herunter, zog das Bärenfell fest um sich und versuchte, sicher zu stehen, aber die Knie gaben unter ihr nach. Sie konnte nicht zulassen, daß dieser Fremde glaubte, sie bräuchte Hilfe.

»Ich danke Euch, Herr«, sagte sie höflich und rückte von ihm ab. Er hatte wirklich feine Züge und seltsam mandelförmige Augen. Sie neigte ihren Kopf, betrachtete ihn. Wie ein Elf sah er aus! Plötzlich fühlte sie sich enorm unwohl. Morrigwen hatte darauf bestanden, daß es keine Elfen gab. Hundertmal hatte sie es wiederholt, als das Mädchen sie um eine Geschichte gebeten hatte. Doch May hatte Bilder von Elfen in Büchern gesehen, und dieser Mann war ihnen ähnlich, schlank, mit diesen großen, schräg stehenden Augen. Morrigwen mußte sich getäuscht haben. Dieser Mann mit seinem leuchtenden Haar und den erstaunlichen Augen mußte ein Elf sein.

Sie spürte, daß sie zitterte, und wandte sich langsam und entschlossen ab, um fortzugehen. In ihrer frühen Kindheit hatte das alte Volk im Wald Geschichten von Elfen erzählt, daß sie im Herzen des Waldes lebten und nur herauskamen, um die Seelen der Jungfrauen zu stehlen.

Sie wagte nicht, über ihre Schulter zu blicken, um nachzusehen, ob er ihr folgte, doch sie spürte seinen Blick in ihrem Rücken. Wie auf Dolchen laufend näherte sie sich der Straße und hoffte, Rosy dort zu finden. Die Ränder waren von saftigem Gras gesäumt, das die Stute verlockender als Waldfarn finden würde. Sie sagte sich, die Wölfe seien nur das Produkt ihrer verschreckten Phantasie gewesen. Schließlich war sie nie zuvor ausgeritten, und das Dunkel der Nacht mochte zuviel für sie gewesen sein.

Tappende Hufe waren hinter ihr zu hören. Sie blickte voraus, entschlossen, den elfengleichen Mann nicht zu ermutigen, indem sie sich umsah. Sie spürte, daß sie Mut brauchte, legte ihre Hand an die Brust und tastete nach der silbernen Schatulle, welche das Necrönd enthielt. Eine dunkle Riesenhand schien sie zu umfassen. Die Bäume zu beiden Seiten schienen sich ihr zuzuneigen, und sie spürte Blicke, rotglühende Augen, die sie aus dem Dickicht haßerfüllt und dennoch furchtsam anstarrten. Silbrige Formen gespenstischer Einhörner schwebten auf lautlosen Hufen zwischen den Bäumen, und trübe Schatten lachender Kobolde umtanzten sie. Sie alle musterten sie argwöhnisch, und zum ersten Mal wurde sie sich der Macht bewußt, die sie in Händen hielt.

Eilig trieb der Reiter sein Pferd an, und sie wandte sich um und befahl mit kalter Stimme, die plötzlich voller Kraft war: »Laßt mich allein!«

Sein Blick zuckte zur silbernen Schatulle, und augenblicklich wußte sie, daß er – wer immer er auch sein mochte – vom dunklen Zauber des Necrönds wußte. Sie wandte sich um, war fast versucht, die Geisterwesen um sich zu versammeln, um ihn loszuwerden, doch dann fiel ihr Morrigwens Warnung ein, mit solchen Mächten nicht zu spielen. Sie hatte das Druiden-Ei gestohlen, um Caspar vor der Versuchung des Necrönd zu bewahren, und schon war sie selbst versucht, sie für sich zu nutzen. Sie riß ihre Hand fort.

Der Mann stieg ab. »Silbermond«, sagte er mit denkbar leisem Flüstern, »fürchte dich nicht vor mir. Ich will dir doch nichts tun. Nur rühre das Druiden-Ei nicht an. Du bist sicherer, wenn du es in Ruhe läßt.«

Mays Hand schwebte über dem Deckel der Schatulle. Sie war derart erstaunt, woher er von dem Druiden-Ei wissen konnte, daß sie kaum merkte, daß er sie bei ihrem richtigen Namen genannt hatte. Niemand außer Morrigwen und gelegentlich auch Keridwen hatten sie bei ihrem richtigen

Namen genannt, seit sie ein ganz kleines Kind gewesen war.

May kam zu dem Schluß, daß es das Beste wäre, ihn einfach zu ignorieren. Steif marschierte sie davon, lief schneller, wobei ihre Schuhe auf der harten Erde der Straße tappten, und hastete um eine Biegung. Abrupt blieb sie stehen.

Rosys Kopf hing tief zwischen dem langen Gras, aber sie fraß nicht. May stieß ein leises Stöhnen der Verzweiflung aus und lief zum Pony, das aufgeschreckt den Kopf warf, erschöpft und zitternd vor Schmerz.

»Oh, Rosy!« stöhnte May, und ganz vorsichtig hob sie die Hand, um die Zügel des Ponys zu nehmen, bewegte sich ganz langsam, um das arme Tier nicht weiter zu erschrekken. Doch als ihre Hand Rosys Zügel berührte, schrie die Stute und riß ihren Kopf vor Angst zurück, als hätte May ihr ein Brandeisen auf die Wange gepreßt.

»Ganz ruhig«, tröstete sie, doch das Pony schnaubte nach wie vor entsetzt.

Eine Hand ging über ihre Schulter und packte Rosys Zaumzeug. Der elfengleiche Mann sprach mit sanfter, singender Stimme zu dem Tier, beruhigte es sogleich. Die angelegten Ohren richteten sich auf.

»Geht weg«, befahl May böse, war jedoch dankbar, daß der Mann ihr Pony beruhigt hatte. Sie sah sich nach Rosy um und strich ihr langes, zottiges Stirnhaar glatt, um nach der Quelle des Blutes zu suchen. Sie erstickte einen Aufschrei, weil sie nicht verstehen konnte, wie die Augen des Tieres derart verletzt sein konnten. Beide bluteten aus ihrer Mitte, Rinnsale von Blut quollen aus den schwarzen Pupillen.

Besorgt trat sie zurück und sank dem elfengleichen Mann in die Arme. Mit Rosys Zügeln in der Hand legte er seinen anderen Arm um sie und sang ein sanftes, tröstendes Lied. Tatsächlich war es seltsam, daß er sang, doch May dachte darüber nicht weiter nach. Sie war zu erschüttert und fand das Lied tröstend.

»Arme Rosy.« Sie begann zu schluchzen. »Was kann ich für dich tun? Ich bin eine Idiotin. Ich sollte heimkehren.« Weinend sank sie zu Boden.

Der Mann mochte klein sein, aber er war kräftig. Er hob sie auf und trug sie zu seinem Pferd. »Ich werde Euch ein sicheres Plätzchen suchen«, murmelte er.

»Nein!« May sammelte ihren Mut zusammen und befreite sich aus seinem Griff. »Ich kann Rosy so nicht zurücklassen. Danke für Eure Freundlichkeit«, sagte sie mit fester Stimme und höflich, wenn auch mit diesem Timbre von Unnahbarkeit, das sie von Ceowulfs Frau gehört hatte, wenn sie ihren Willen durchsetzen wollte. »So freundlich Ihr seid, Sir, muß ich mir doch selbst helfen. Ich bin auf Pilgerfahrt.«

Er nickte, doch zeigte das trockene Lächeln auf seinen Lippen, daß er ihr nicht glaubte. »Wirklich?«

»Ja, wirklich! Ich habe ein Haar vom Kopf der Greisin, das ich nach Osten jenseits dieser Ufer bringen muß, wo ich die Absicht hege, das Wort der Großen Mutter zu verbreiten. Es ging in diesen Ländern vor langer Zeit verloren.«

»Wie außergewöhnlich! Ich selbst will auch in diese Richtung.«

»Wirklich!« erwiderte May mit ebensolcher Skepsis. »Und warum solltet Ihr das wollen?«

»Oh, ich will dort mein Glück machen«, erwiderte er.

Sie rümpfte die Nase und büßte damit einiges ihrer zivilisierten Haltung ein. »Nun, Ihr könnt Euer Glück auch ohne mich machen.« Sie wandte sich ab, um Rosy zu untersuchen, streichelte ihren Hals und überlegte, was sie für das

Tier tun konnte. Sie nahm eine Kürbisflasche aus ihrem Packen, spülte dem Tier die Augen aus, dann untersuchte sie es von oben bis unten. Es war sonst nichts zu sehen. Rosy mochte verschwitzt und unruhig sein, doch sie konnte noch laufen, und May zog sie weiter, in der Hoffnung, bald ein Dorf zu finden, wo man ihr helfen würde.

Sie wünschte, sie zöge wirklich nach Osten, um das Wort der Großen Mutter zu verbreiten. Stets war ihr Herz von solcher Freude erfüllt, wenn sie Morrigwens Geschichten über die Macht der Erde und die Kräfte der Flüsse, Winde und Feuer wiederholte. Doch ihre Aufgabe war eine weniger ruhmreiche. Wieder rümpfte sie die Nase und dachte daran, wie Hal den Männern der Garnison Mut einflößte und sie antrieb, sich zur härtesten Garnison der bekannten Welt zusammenzuraufen.

Einmal hatte er May gegenüber gesagt: »Es ist eine undankbare Aufgabe, doch ich mache sie gut.« Hal unterschätzte seine Fähigkeiten niemals. »Aber Spar wird die Belohnung und das Lob einstreichen. Man wird Balladen über ihn verfassen, und von mir wird niemand singen.«

»Ohne Zweifel wirst du selbst eine über dich schreiben«, hatte Keridwen ihn geneckt.

Respektlos hatte er der Priesterin einen finsteren Blick zugeworfen und war hinausgegangen, jedoch nicht ohne May spielerisch zuzuzwinkern. Er war wirklich hintertrieben, und sie hatte keine Ahnung, wie Brid mit ihm zu Rande kam.

Damals hatte May finster dreingeblickt, und auch jetzt tat sie das wieder. Der Fremde hielt sie mit seiner Hand. »Ihr braucht mich«, sagte er sanft, umgarnend.

»Ich brauche niemanden«, erwiderte sie feierlich. »Guten Tag Euch, edler Herr. Ich bete zur Großen Mutter, daß sie mich schützen möge.«

»Möge die Mutter mich finden«, sagte er so leise, daß sie ihn kaum noch hörte.

Sie fragte sich, was er wohl meinen mochte. Er holte tief Luft, als wollte er noch etwas sagen oder vielleicht ... nein, die Vorstellung war lächerlich. Eine Sekunde hatte sie geglaubt, er würde wieder singen, was doch seltsam schien. Dann hielt er mit offenem Mund inne und ließ ihre Hand los.

Sie wandte sich gen Osten, folgte der Straße, die durch den Norden von Jotunn ging, parallel zu den südlichen Hängen der Gelben Berge. Rosy stolperte ihr nach, und der Atem des Ponys hing schwer in der stillen Luft. Sie wollte mit ihrem Plan fortfahren, ostwärts über Torra Altas Küste hinauszuziehen, bis zu den Tiefen der großen ceolothianischen Minen. Zu den hohlen Bergen von Kalanazir. Es wäre, als kehrte sie in den Schoß der Mutter zurück, und dort wäre sie sicherer als irgendwo sonst. Bestimmt besaß sie irgendeine Fähigkeit, die in den Minen Ceolothias von Nutzen wäre. Schließlich verstand sie viel von Kräutern und Heilung, und im Stollen einer Mine mußte es manche Verletzung geben. Sie wurde etwas fröhlicher bei diesem Plan, doch dann blieb sie mutlos am Straßenrand stehen und überlegte, womit sie für ihre Überfahrt bezahlen sollte.

Schließlich fand sie etwas rotstengeligen Augentrost, dessen weiße Blüten rote Adern und ein gelbes Herz besaßen, und vermischte ihn mit den Molenblättern, die sie bereits geerntet hatte. Sie bandagierte Rosys Augen mit einem Tuch, das vom Pflanzensaft durchweicht war, und nach einer Stunde war die langsame Blutung gestillt. Zur Probe winkte sie mit ihrer Hand vor dem Pony herum, doch es schien blind zu sein.

May bezweifelte, daß irgend jemand irgend etwas für das Pony tun konnte, und so hielt sie den Kopf gesenkt, als sie durch mehrere Dörfer kam, und zog weiter. Ihre Füße schmerzten, und eine Blase brannte an ihrer Ferse. Rosy stolperte ihr nach, drückte ihre Nase an Mays Hand. Sie schien nun ruhiger, doch sie stolperte über Furchen und Steine im Weg. May hoffte, daß die Blindheit bald vorübergehen würde.

Als die Schatten sich zum Abend hin verlängerten, war sie müde und fußwund, und ihre Stiefel mit den weichen Sohlen brachen schon oben auf den Zehen. Wiederum hatte sie nichts gefunden, wo sie hätte übernachten können.

Die Straße war tief eingegraben, ausgehöhlt von großen Ochsenkarren. Einmal erklomm sie die grüne Böschung, um nach Norden zu sehen, wo sie am fernen Horizont die mächtigen Gipfel der Gelben Berge erkennen konnte, die von hier aus ein sattes Gold waren, das unter dem dunkelblauen Himmel leuchtete.

Sie seufzte vor Heimweh, riß ihren Blick los und richtete ihn auf die steile Böschung der Straße, auf der Unmengen von Glockenblumen bereits die Köpfe hängen ließen und verblühten. Selbst so weit im Norden von Belbidia bauten die Bauern noch Weizen an, und jene Felder, die nicht zu Weiden geworden waren, blühten in dunklem Grün, wo die frischen Triebe des Getreides aus der Erde sprossen. Scharbockskraut und Pimpernell wuchsen in prallen Farben entlang der Straße, und an manchen Stellen lugten die schwarzen Spandrillen vom Hahnenfuß hervor. Überall waren Nesseln. Nie zuvor hatte sie so viele gesehen, und die großen fleischigen Blätter erstickten selbst den kräftigen Schwarzwurz.

Rosys Augen waren auf wundersame Weise schnell geheilt, und May war mit sich zufrieden. Ihre Kräuterkenntnis hätte wohl selbst Morrigwen beeindruckt. Mancher mochte Augentrost kennen, da der Name so leicht zu merken war, doch erheblich weniger hatten sicher je von Molenblättern gehört, geschweige denn die samtig schwarze Pflanze überhaupt erkannt. Zutiefst mit sich zufrieden, beschloß sie, daß es sicher wäre, Rosy nun zu reiten.

Sie fühlte sich in Jotunn nie allein. Sie konnte keine Viertelmeile wandern, ohne einen der großen Ochsen dieser Baronie zu hören, riesige weiße Viecher mit schwarzen Gesichtern. Auf dem nächsten Feld, das zu einem Bach hinunterführte, der von Rohrkolben gesäumt war, drängte sich eine ungeheure Herde, von welcher alle Tiere – von zweien abgesehen – im Gras lagen und wiederkäuten. Ihr langsames Vorankommen schien die Tiere neugierig zu machen, und eines kam auf die Beine, um genauer nachzusehen. Als es sich bewegt hatte, schienen die anderen sich bemüßigt zu fühlen, ihm zu folgen, und bald schon standen alle am Zaun nebeneinander und musterten sie. Die mächtigen Tiere machten ihr angst, veranstalteten einen solchen Lärm mit ihren klappernden Hörnern, stöhnten, muhten, murrten. Sie hatte keine Ahnung gehabt, daß sie so laut atmeten. Sie waren erheblich lauter als Pferde. Sie folgten ihr bis ans Ende ihres Feldes und starrten ihr mit dunklen Mienen nach, bis sie nicht mehr zu sehen war.

Mit jedem Schritt wünschte sie sich immer verzweifelter eine Unterkunft, doch nach ihrem letzten Erlebnis war sie vorsichtig. Sie wollte nicht in einem Gasthaus bleiben, hielt es jedoch für besser, als sich in den Wald zurückzuziehen. Sie kam durch zwei Weiler, beschloß aber, nicht dort zu bleiben, weil abgelegene Gemeinden Fremden gegenüber meist mißtrauisch waren. Endlich sah sie im Zwielicht ein großes Dorf, das sich in eine natürliche Senke schmiegte, wo zwei Flüsse ineinander mündeten. Es war von vielen kleinen Gehegen umgeben, von denen jedes einen einzelnen Bullen mit riesigem Schädel und mächtigen Hörnern beherbergte. Sie hatte die Hörner der Kühe schon enorm gefunden, doch waren sie verglichen mit den großen Bullen eher dünn und spindelig.

Rosy war ruhig geworden, ausgeglichen wie sonst, doch da nun der Abend nahte, begann sie, über die Furchen zu stolpern. May stieg ab und schalt sich für ihren Hochmut. Wie hatte sie glauben können, daß sie sich in der Kräuterkunst auskannte. Nur drei Jahre hatte sie diese studiert und war noch nicht mit der Einsicht oder der Weisheit der drei Hohenpriesterinnen gesegnet, die Dinge wahrnehmen konnten, die anderen, so gebildet sie auch sein mochten, verborgen blieben.

Das Dorf in der Ferne war ihr erheblich näher erschienen, als sie es zuerst gesehen hatte. Dunkelheit umschlang den Graben dieser Straße. Rosy ruckte und schaubte unruhig, und sie fürchtete, das Pferd würde ihr wieder durchgehen. Bestürzt sah sie, daß Blut aus den Tränenkanälen des Ponys lief.

Die Ochsen auf den umliegenden Feldern kamen nun nicht mehr aus Neugier heran, sondern muhten mit der Beharrlichkeit von Kälbern, die man von ihren Müttern getrennt hatte. Sie wünschte sich beinahe die Gesellschaft des gelbäugigen Mannes mit dem schlanken braunen Pferd. Fast hoffnungsfroh reckte sie den Hals, um sich umzuschauen, doch er war nicht da.

Sie schüttelte sich. Was dachte sie sich nur? Er würde das Necrönd wollen. Warum sonst hätte er ihr folgen sollen? Niemand würde sie mit einer Adligen verwechseln und sie um des Lösegeldes willen entführen.

Die Straße führte hinunter unter das schwere Laubdach von Kastanienbäumen, deren Äste mit rot und weiß leuchtenden Blüten übersät waren. Die Stute bäumte sich auf und wieherte, schlug mit ihren Hufen, während May darum rang, sie festzuhalten. Die Ochsen brüllten. Irgend etwas schlich durchs Dunkel. Zwei leuchtend rote Augenpaare starrten aus der Finsternis, je eines auf einer Seite der Straße. Zitternd versuchte sie, Rosy zu beruhigen, indem sie ihr über die Schnauze strich, nur um für ihre Mühe gebissen zu werden. Sie riß ihre Hand zurück und sah staunend in Rosys gespenstisch weißes Gesicht.

Die Schatten im Zwielicht waren lang, und die Bäume sperrten einen Großteil des letzten roten Tageslichts aus. Rosy bockte, und als Blut aus ihren Augen spritzte, zog sie May mit sich in den Teich aus Finsternis. Sie bäumte sich über May auf, stieß sie zu Boden und in einen Graben.

Das Mädchen kauerte in der feuchten Mulde, Nesseln stachen in ihre nackte Haut. Sie wich etwas aus, das einst ihr gutmütiges Pony gewesen war. Das Tier scharrte am Boden, seine Zähne, nun scharf und gebogen, rissen am Gras. May bedeckte ihren Kopf mit den Händen, preßte das Gesicht in den kalten Schlamm. Ein langes Kreischen, das mehr nach einem Vogel als nach einem Vierbeiner klang, ging durch die Luft. Dem Schrei antwortete fernes Heulen.

Ihre Hand zitterte auf ihrer silbernen Schatulle, während sie mit sich kämpfte. Sollte sie das Necrönd nehmen, um sich zu wehren, oder nicht?

Da es die steile Böschung des Grabens nicht hinunterwollte, entfernte sich das Tier von ihr, doch bald schon hörte sie, wie es mit schnaufendem Atem durchs Wasser planschte, als versperrte Blut die Nüstern. Mays Beine wollte nicht gehorchen. Sie wußte, daß sie aufstehen mußte und vor dem Dämon fliehen, der von Rosy Besitz ergriffen hatte, aber ihr fehlte die Kraft.

Sie konnte nur aufblicken und schreien, als sich die Silhouette der alten Stute über sie beugte, den Kopf starr vor

Schmerz, während dem Tier Blut aus Augen und Maul auf ihr Gesicht tropfte. Eine Sekunde hielt es inne, dann bäumte es sich mit einem Zornesschrei auf, bereit, sie mit seinen Hufen zu Brei zu trampeln. Der Schrei verdrehte sich zu einem Schmerzgeheul, und plötzlich stürzte der ganze Leib des Tieres auf sie hernieder. May warf die Hände über ihren Kopf, kurz bevor sie in den schlammigen Boden gedrückt wurde und das Gewicht des Ponys sie dort festhielt.

Unter dieser Last konnte sie kaum atmen. Das Wasser stieg um ihr Gesicht herum. Sie wollte um Hilfe schreien, doch als sie den Mund öffnete, schluckte sie Wasser. Spukkend versuchte sie, den Kopf zu heben, und während sie kämpfte, schob sie die Hände seitlich am Pferd vorbei. Dann packte plötzlich etwas ihre Finger. Entschlossen griff sie danach und spürte, daß sie unter Rosy hervorgezogen wurde, so daß das Wasser um sie herum schmatzte und gluckerte. Das Licht einer Fackel blendete sie. Hustend und zitternd kam sie langsam auf die Beine und versuchte, ihre sieben Sinne zu sammeln.

»Kommt, laßt mich Euren nassen Umhang nehmen. Zieht den meinen über«, forderte eine sanfte, singende Stimme sie auf. Sogleich wußte sie, daß es der fremde, zarte Mann sein mußte, der ihr gefolgt war, und starrte ihm wütend in die Augen, die in der Abenddämmerung golden leuchteten.

»Ein Dämon seid Ihr! Es ist Euer Werk, das alles. Ihr habt das meinem Pferd angetan, damit Ihr mich retten und meine Gunst gewinnen konntet.«

»Welch ein Irrsinn, Silbermond!« Er klang fast mutlos.

May konnte ihn weder begreifen noch verstehen, was er tat, nur daß sie ihm instinktiv mißtraute. Diese schrecklichen Dinge hatten in dem Augenblick begonnen, als er ihren Weg zum ersten Mal gekreuzt hatte.

»Kommt, wir müssen Euch in Sicherheit bringen«, sagte er und zog sie an sich.

May stieß ihn von sich und wandte sich dem weißen Pony zu, das verdreht im Graben lag. Rosy war tot. Ein Pfeil steckte in ihrem Hinterkopf, ein sauberer Schuß. Er war ein guter Schütze, soviel war sicher. Selbst Caspar wäre mit einem solchen Treffer zufrieden gewesen.

May hatte Schmerzen. In ihren Händen pulsierte es, und ihr ganzer Körper wurde starr vor Prellungen. Nichtsdestotrotz biß sie die Zähne zusammen und rutschte in den Graben. Sie hatte ihren Bruder im Übungsrund übersät von blauen Flecken durch Knüppel und stumpfe Schwerter kämpfen sehen, und er hatte dennoch härter und länger als die anderen Burschen gekämpft, nicht weil er größer, stärker oder fähiger gewesen wäre, sondern einfach, weil er entschlossener war. Nun, sie wollte ihrem Bruder in Entschlossenheit um nichts nachstehen.

Morast stieg um ihre Unterschenkel hoch, durchnäßte den Saum ihres Kleides. Mit tastenden Fingern begann sie, die Satteltasche aufzuschnallen, um sie aus dem Graben zu werfen. Der Fremde protestierte nicht gleich gegen ihre Mühe, wie sie es erwartet hatte, sondern sank zurück, um sie zu betrachten ... bewundernd, wie es schien.

»Laßt mich allein!« herrschte sie ihn an.

Er lachte. »Ihr seid undankbar. Ich hätte zusehen können, wie Ihr dort im Graben ertrinkt. Denkt daran.«

»Warum folgt Ihr mir?« wollte sie wissen. Ächzend unter dem Gewicht hob sie den Packen auf ihre Schulter und taumelte in jene Richtung, in der sie zuletzt die flackernden Lichter des Dorfes gesehen hatte.

»Weil Ihr mich braucht ... unter anderem«, fügte er geheimnisvoll hinzu, was Mays Gedanken nicht eben beschwichtigen konnte.

Es war dunkel, und sie mußte sich sputen. Der Mann ritt hinter ihr, sein schlankes Pferd stapfte mit stetigem Hufgetrappel voran. Er hielt seine Fackel so, daß der Lichtschein May umfing, und unwillkürlich fühlte sie sich von seiner Gegenwart getröstet. Er strahlte Fähigkeit und Zuversicht aus, wonach sie sich in dieser finsteren, einsamen Welt sehnte, doch so einfach war sie nicht zu gewinnen. Er war mit einer Absicht hier, nicht zufällig. Daran konnte es keinen Zweifel geben. Dennoch, wenn er dem Necrönd auf der Spur war, wäre es vielleicht besser, wenn sie ihn um sich hatte, damit sie sehen konnte, was er trieb.

»Halt!« zischte er plötzlich, und unwillkürlich fühlte sich May bemüßigt, ihm zu gehorchen. Es lag etwas Dringendes in seiner Stimme.

Auf der Straße konnte sie gerade eben eine Gestalt erkennen, die dort entlangschlurfte. Beunruhigt sah sie sich nach dem hellhaarigen Mann um. Der spannte seinen Bogen, doch May entspannte sich sogleich und lachte. Es war nur ein großes Schwein. Sie hörte es grunzen.

»Vor einem Schwein muß ich nicht gerettet werden.« Sie zog die Nase hoch und marschierte eilig weiter, doch im selben Augenblick, als sie aus dem Lichtkreis trat, wurde sie von Ängsten überschwemmt. Sie wollte ihm nur so lange ein Stück weit vorauslaufen, bis sie ein Obdach für die Nacht gefunden hatte.

Die Dorftore von Ochsenfurt waren verbarrikadiert. Zwei Bauern schwenkten lange Mistgabeln und leuchteten mit ihren Lampen herüber.

»Wer ist so spät noch unterwegs?« rief einer der beiden.

»Ich bin auf dem Weg zu den Häfen im Osten«, erwiderte May. »Und ich brauche etwas, wo ich die Nacht verbringen kann.« Da sie keine Aufmerksamkeit erregen wollte, beklagte sie sich nicht, als der seltsame elfengleiche Mann sagte, auch er wolle zu den Häfen im Osten und hoffe, er fände ein Schiff, das ihn in seine Heimat Gorta brächte.

May vergaß, daß er seine Geschichte veränderte, und ließ sich davon beruhigen, daß jedermann wußte, daß die Bewohner von Gorta ganz besonders seltsam waren und sich seine merkwürdige Art wohl von daher erklärte. Sie lief geradewegs auf das Wirtshaus zu, entschlossen, einen sicheren Ort zu finden, an dem sie ruhen und einen Plan ersinnen wollte, wie sie ihrem anhänglichen Begleiter entwischen konnte.

KAPITEL 12

Es widerstrebte Caspars sämtlichen Instinkten, in die Erde hinabzusteigen. Er wollte oben in der Luft sein, wo die Falken auf der warmen Brise schwebten, nicht wie ein Maulwurf ins Unbekannte graben. Überall um ihn war Wasser zu hören, das tropfte und durch die Felsen sickerte. Die gesamte Unterwelt leckte wie ein Sieb.

Ihre eigenen dunklen Schatten wuchsen an den Höhlenwänden, runde Schultern, die sich an der Decke bückten. Nasen wurden lang, groteske Finger wie von Kobolden, knochig und baumelnd, streckten sich von elend langen Armen. Caspar gab sich alle Mühe, über das lärmige Vorankommen seiner Gefährten hinweg zu hören. Er hatte gehört, was er am meisten fürchtete ... Schritte, er war sicher, daß ihnen jemand folgte.

Caspar blieb stehen und lauschte angestrengter. Ja, tatsächlich waren da Stiefel auf Stein zu hören. Er hielt seine Fackel mit einer Hand hoch, den Knüppel in der anderen.

»Wer folgt uns?«

Keuchen antwortete ihm. Er strengte seine Augen an, starrte ins Dunkel und erkannte schließlich die Umrisse eines Mannes, der ihm nacheilte.

»Teufel, Zauberei«, murmelte der Mann. »Sie haben die Männer in einem Stück verschlungen! In einem Stück! Ich habe es gesehen!«

»Es ist Melkin, einer der Hirten«, sagte Naith. »Wir können ihn nicht hier im Dunkeln umkommen lassen. Hier drüben! Wir sind hier drüben!«

»Glaubt ihr, ich wäre blind? Eure Fackel ist das einzige,

was zu sehen ist.« Stolpernd kam Melkin zum Stehen und starrte Caspar finster an. »Verfluchter Zauberer!« schimpfte er. »Nicht nur ein Wolfsfreund, sondern auch ein Teufelsanbeter! Nun, Zauberer, führe uns aus der Höhle.«

Caspar knurrte den Hirten an, der den Ondinen irgendwie entkommen war, aber er beschloß, sich mit ihm nicht anzulegen. Der Mann war offenbar von Mamluc zum Bösen verführt und bereitete allein sicher keine weiteren Probleme. Da er einen belbidianischen Landsmann unmöglich hier unten im Bauch des Greisen Berges zurücklassen konnte, wollte er dem Mann gestatten, daß er sich ihnen anschloß.

»Das kannst du nicht machen! Nein! Naith ist schlimm genug, aber noch so ein gemeiner Mörder! Verschwinde!« Fern hatte schwere Einwände gegen Melkin. »Spar, tu doch was!«

»Wie Naith habe auch ich nur versucht, die Pestilenz der Wölfe aus Belbidia zu vertreiben«, verteidigte sich der Hirte.

Das schien Fern in gewisser Weise zu beruhigen, und er knurrte die Ovissianer an, um zu zeigen, daß er sie eher widerwillig duldete. »Wer Wölfe tötet, kann kein schlechter Mensch sein. Aber dafür hättet ihr kein Reh töten müssen«, sagte er bitter.

»Wir haben keine Zeit für Streitgespräche«, sagte Caspar und versuchte, ruhig und vernünftig zu klingen. Ihre Fackel war nur ein Bündel aus zusammengebundenen Zweigen. Es brannte schnell, und er fürchtete, daß sie keinen Ausgang finden würden, bis das Licht verloschen war. Fern schnaubte und murrte auch weiterhin aus Furcht vor der Umgebung. Trund hingegen war keinerlei Sorge anzumerken, als er an jedem Stalagmiten schnüffelte und überheblich sein Bein an jenen hob, die er für passend hielt.

Ursula lief der kleinen Wölfin nach und stieß immer wieder Worte einer fremden Sprache aus. Caspar beobachtete sie eine Weile und dachte, wie hüsch sie doch unter den Narben und dem kurzgeschorenen Haar war, das ihr muskulöses Gesicht hervorhob und von einem harten Leben kündete. Ihr Alter konnte er nur schätzen. Sie sah jung aus wie er selbst, doch ihre Augen waren vor Trauer gealtert. Naith, der mit Melkin die Nachhut übernahm, verfluchte Caspar und zitierte endlos Teile aus den Schriften, die vor Teufeln warnten.

»Ich hätte dich in der Höhle sterben lassen können«, knurrte Spar ihn an.

Die Flamme flackerte, stürzte sie kurz in Finsternis, und seine Stimme versagte. Sie stiegen einige Schichten in den Fels hinab, und die Gänge verengten sich, bis sie in einen weiten Raum führten, der durch eine Verwerfung im Fels zwei Ebenen besaß. Licht fiel auf sie herab. Benommen zuckte Caspar zurück und blinzelte, wartete, daß sich seine Augen daran gewöhnten.

»Es ist erstaunlich!« Melkin schien seinen Zorn für einen Augenblick vergessen zu haben. »So etwas habe ich noch nie gesehen. Das Herz des Berges, es sind ... nun ...«

»Rubine, rotglühende Rubine!« Caspar konnte es nicht fassen. Er schlich voran, strich mit den Händen über den Fels um sich herum, wo fester brauner Stein Zungen mit leuchtend roten Gemmen barg, die von innen gelblich strahlten. Ihm ging durch den Sinn, daß sein Vater reicher als König Dagonet wäre, wenn er nur von diesen Rubinen wüßte. Mitten im Raum pulsierte ein einzelner Stein vor Energie, als hätte sich das Sonnenlicht darin verfangen und kämpfte nun darum, herauszukommen.

»Beeilung!« drängte Fern.

Die kleine Wölfin schnüffelte an Ursulas Fersen herum.

Das kleine Mädchen, Lana, sah müde aus und stützte sich an der Felsenwand.

»Ich hätte mir nie träumen lassen ...!« Naith starrte in die Runde. »Man würde nie mehr arbeiten müssen.« Seine Augen rollten in ihren Höhlen herum.

»Was sollen sie einem nützen?« murrte Fern. »Es sind nur Steine. Man kann sie nicht essen.«

Caspar streckte eine Hand aus und strich über die nächstgelegenen Gemmen, als könnte er die Schönheit nicht begreifen, doch es war der zentrale Stein, der seine Blicke auf sich zog. Kniend betrachtete er ihn aus der Nähe, von seinem Strahlen ganz benommen. Sein Blut wollte gefrieren. Meißelspuren waren am Fuß des Steins zu erkennen. Die Fackel spuckte, und eine dünne Rauchfahne stieg in die stille Luft auf, als die Flamme langsam dem Griff entgegenschwelte.

»Eilt euch! Bitte!« flötete Fern.

Langsam stand Caspar auf, sah sich um und fragte sich, wieso jemand einen solchen Schatz zurückgelassen hatte, wenn er so nah daran gewesen war, ihn zu bekommen. Der faustgroße Klumpen mußte ein Königreich wert sein. Ein- oder zweimal hatte er schon Sonnenradrubine gesehen, doch sie waren von der Größe einer Sommersprosse gewesen, und er hatte Gerüchte gehört, nach denen König Dagonets Krone mit Gemmen von der Größe eines Daumennagels besetzt war ... doch dieser hier! Und er lag innerhalb der Baronie von Torra Alta, gehört also nach allem Recht seinem Vater.

Feuerschweif riß an den Zügeln in seiner Hand und schnaubte, so daß sein Atem das letzte Licht ausblies. Sie standen in tiefer Finsternis, und plötzlich war das Wassertropfen furchtbar laut.

»Meister, was nun?« Ursulas tiefe Stimme flüsterte Caspar ins Ohr. »Großer Zauberer, ich habe gesehen, wie Ihr von den Toten auferstanden und durch Stein gewandelt seid. Führt uns nun durchs Dunkel.«

»Ich bin kein Zauberer«, fuhr Caspar sie an. Er bereute seinen Ton sogleich, als er spürte, wie sie sich von ihm zurückzog. Er wollte sie nicht verletzen. Schon jetzt schien sie schreckliche Trauer zu ertragen.

Er merkte, daß die anderen darauf warteten, ob er vorausging, doch er war hilflos. Die Felsen um ihn stöhnten in der Finsternis. Entnervt fragte er sich wiederum, was die Männer davon abgehalten hatte, einen solchen Schatz herauszumeißeln. Sonnenradrubine waren derart selten, haltbar und schön, daß sie wertvoller als blaue Diamanten waren.

»Folgt dem Wasser«, murmelte Fern. »Diese Wesen haben doch gesagt, daß man dem Wasser folgen soll.«

»Wir können diesen Rubin doch nicht zurücklassen«, beharrte Melkin.

»Wir! Ich dachte nicht, daß Ihr zu uns gehört.« Caspar funkelte ihn an.

»Tu ich nicht, aber ...«

Steinchen fielen plinkernd von der Decke, und sie rückten näher zusammen. Wieder rumpelte der Stein. Lana fing an zu weinen, und Trund bellte laut.

»Folgt dem Wasser«, wiederholte Fern. »Das haben sie gesagt. Wieso tust du nie, was dir die Leute sagen?« fragte er Caspar und rammte ihm den Kopf in die Rippen.

Es ging Caspar durch den Kopf, daß Hal, wäre er hier gewesen, Fern keinen Augenblick länger hätte gewähren lassen. In der Dukelheit orientierte er sich, indem er das Rauschen des Wasserfalls suchte, der durch den Felsen stürzte.

»Wir können nichts sehen!« stöhnte Lana.

»Fürchte dich nicht«, sagte Ursula beschwichtigend. »Wir

sind in den Händen eines Meisterzauberers. Er wird uns zurück ins Licht führen.«

Caspar fühlte sich dumm und stammelte: »Nun, zuallererst müssen wir zusammenbleiben.«

»Das ist offensichtlich«, knurrte Fern ihn an. »Komm schon! Wir müssen uns beeilen.« Er zog an Caspars Arm.

»Aber wir können nichts sehen«, protestierte Caspar.

»Sind das die Worte eines großen Zauberers?« höhnte Melkin.

»Rühr nur den Stein nicht an«, knurrte Caspar. Er konnte nicht sehen, wie sich die Hand des Mannes darauf zubewegte, doch er spürte die Habgier in der Luft.

»Ich weiß nur, daß Ihr ein mörderischer Torra Altaner seid, und sehe keinen Grund, wieso ich auf Euresgleichen hören sollte.«

Caspar zögerte und überlegte, wie er seine Autorität geltend machen konnte.

Fern zog an seinem Arm. »Spar, hier entlang.«

Der Faun und die Tiere schienen besser als die Menschen dazu in der Lage, den Weg im Dunkel zu finden, und so überließ Caspar Fern die Führung. Er stolperte voran, packte Ursula beim Arm, die wiederum Lana festhielt. Seine Gedanken verweilten bei dem kleinen Mädchen. Vielleicht hatte Morrigwen ihn ihretwegen hierhergeschickt. Sie war jung und schließlich auch ein Waisenkind. Sollte sie dazu auserwählt sein, an Brids Stelle zu treten?

Die Felsen stöhnten, und Caspar spürte ein Zittern und fürchtete, daß die mächtige Verwerfung der Höhle sich bewegte. Plötzlich lief es ihm kalt über den Rücken.

»Hier, Naith, wir können diese Gemme immer noch herausbekommen«, hallte Melkins rauhe Stimme hinter ihnen.

»Nein, bleib bei uns«, befahl Caspar. Sie würden Melkin zurücklassen. Seine Instinkte sagten ihm, daß sie diese

Höhle verlassen mußten, so groß der Schatz auch sein mochte. Die Meißelspuren um die Gemme waren ihm Warnung genug gewesen.

Allmählich sah er, daß es nicht so dunkel war, wie er anfangs vermutet hatte. Nach der ursprünglichen Finsternis, als die Fackel ausgegangen war, hatten die Rubine ihr eigenes sanftes Leuchten von sich gegeben. Es schien ihm, als gäben sie Sonnenlicht ab, das in ihren Herzen gefangen war. Langsam wurden seine Hände und dann Ferns Umrisse vor ihm schwärzer in der Dunkelheit, und schließlich konnte er eine große Felsensäule erkennen, die durch das Zusammenwachsen von Stalaktiten und Stalagmiten entstanden war. Die Säule sah aus, als würde sie die Decke halten.

Feuerschweifs Hufe klapperten gleichmäßig an seiner Seite, während er Fern nachstolperte, fort vom Hämmern gegen Stein, das aus der Höhle hinter ihnen hallte. Vor ihnen dröhnte der Donner eines unterirdischen Flusses.

Naith zögerte, dann rannte er zurück, um Melkin zu helfen. Lana wollte ihm nach, doch Caspar hielt sie bei der Hand.

Leise sagte Ursula: »Meister, Ihr dürft sie nicht von ihrem Bruder trennen.«

Es stach Caspar ins Gewissen, und in diesem zögerlichen Augenblick entglitt Lana seinem Griff. Er ließ sie los. »Aber er ist verantwortungslos. Er wird nicht richtig für sie sorgen«, rief er und fragte sich gleichzeitig, wieso er Ursulas Zustimmung suchte.

Feuerschweif wurde immer schwieriger zu bändigen und weigerte sich, nah an einer Säule vorbeizugehen. Trund knurrte, drückte sich zwischen Caspars Beine und brachte ihn zum Stolpern. Runa wimmerte und wollte nicht weiter. Als sich Caspar bückte, um sie aufzuheben, fletschte sie die Zähne und schnappte nach ihm, daß er blutete.

Fern rümpfte die Nase, als bestätigte dieser Vorgang alles, was er jemals über Wölfe gesagt hatte. Ursula legte ihre Hand auf Caspars.

»Laß mich es tun«, murmelte sie.

Die kleine Wölfin rollte sich um Ursulas Hand, dann schmiegte sie sich um ihren Hals und vergrub den Kopf in der zottigen Mähne ihres Löwenfells. Fast war Caspar eifersüchtig. Ein Stöhnen und Knarren kam von der Verwerfung im Felsgestein. Abrupt hielt Ursula inne und riß an Caspars Arm. »Meister, wir brauchen Eure Zauberkunst.« Ihre Stimme bebte.

»Ich habe es gleich«, hallte Melkins Stimme zu ihnen herüber, doch sie wurde von einem markerschütternden Heulen erstickt. Lanas Schrei ließ Caspars Herz erfrieren. Sie war ein belbidianisches Kind, hilflos und ängstlich. Er mußte zurück und sie holen. Außerdem, was war, wenn sie die eine wäre ...?

Es dauerte nicht lange, ihren Spuren zu folgen. Entsetzt starrten Naith und seine Schwester die Gemme an, die nach wie vor in jenem Pfeiler eingebettet war. Eine dicke rote Flüssigkeit sickerte aus den Wunden, die Melkins Hammer, der inzwischen zertrümmert zu seinen Füßen lag, hinterlassen hatte. Der Hirte zerrte und schob mit bloßen Händen an dem Stein herum.

Caspar wollte das Herz stehenbleiben. »Große Mutter, vergib uns«, murmelte er. »Du blutest.« Er lief, packte den Mann bei den Händen und riß ihn herum.

»Geh weg, Junge«, drohte Melkin und stieß den schmalen Caspar mühelos beiseite. »Ich will diesen Rubin haben.«

Caspar trat zurück. »Laßt das«, befahl er mit kalter Stimme. Er schob seine Augenbrauen in die Höhe. »Seht Ihr nicht, daß Ihr die Mutter verletzt?«

»Ich habe meine Herde verloren, tausend Stück der reinsten weißen Schafe, die jemals auf den grünen Weiden der Ovissianischen Hügel gegrast haben. Ich habe sie alle verloren und dazu mein hübsches Haus. Mein Vater hat die Herde aufgebaut, und ich habe sie verdoppelt und dann wiederum verdoppelt. Eine große Herde war es, und ich habe ein wirklich schönes Haus vom Ertrag der Wolle gekauft. Naith wird dir sagen, wie schön dieses Haus war. Torra Alta hat mir alles genommen, und Torra Alta wird dafür bezahlen. Dieser Rubin wird mir nützen ... und Naith natürlich auch«, fügte er eilig hinzu, aber der Junge ahnte offenbar schon, daß er am Gewinn nicht beteiligt werden sollte. Er schob seine Schwester von Melkin fort, der triumphierend aufheulte, als er den Stein in Händen hielt.

»Laßt das!« befahl Caspar laut.

Plötzlich wurde seine Stimme ein mächtiges Tosen, rumpelte und stöhnte wie rollender Donner am Himmel. Caspar erstarrte. Das Geräusch war nicht von ihm allein gekommen, sondern war von hinter ihm erklungen, und er wagte nicht, sich umzudrehen. Fern stöhnte jämmerlich und sank auf die Knie. Melkins Hand sank kraftlos herab, so daß er den Rubin zu Boden fallen ließ.

Eine warme Brise fuhr in Caspars Nacken, wehte wie langsames, tiefes Atmen heran. Ein dunkle Gestalt streckte sich über seine Schulter und umfaßte den Raum, bildete eine mächtige Hand von der Farbe rostiger Bronze. Zärtlich umfaßte die Hand den Rubin und setzte ihn wieder dorthin, woher er gekommen war. Die hervorquellende Flüssigkeit, die aus den Rissen drang, wurde langsamer und verhärtete sich, hielt die Gemme dort am Felsen fest. Die getrocknete Flüssigkeit unter der Gemme verkrustete vor seinen Augen zu tausend winzig kleinen Sonnenradrubinen.

Langsam drehte Caspar seinen Kopf und sah, daß ein mächtiger Felsbrocken über ihm aufragte. Dann bewegte er sich, und er erkannte eine riesenhafte Gestalt mit übergroßem Kopf. Caspar erwartete, daß sich der lebende Stein schwerfällig und nur mit Mühe bewegen würde, doch blieb jeder Schritt beinahe geräuschlos, als fürchtete die Kreatur, die Haut der Mutter zu verletzen. Weitere Riesenschatten ragten aus dem Dunkel auf.

Sie waren umzingelt. Riesenhände umfaßten Caspars Hals. Andere sammelten den Hund und die Wölfin auf und packten auch die anderen.

Tiefe Stimmen ließen den Stein um sie erzittern. »Diebe!« brüllten sie.

»Ich habe versucht, ihn aufzuhalten«, protestierte Caspar.

Eines der mächtigen Wesen streckte eine Hand nach Feuerschweifs Zaumzeug aus, erstarrte jedoch, als das Klirren von Metall auf Stein durch die Kammer hallte. Das Pferd bäumte sich auf und trat um sich. Mehrere der steinernen Riesen drängten heran, um das Pferd einzukreisen, und Hände griffen aus dem Dunkel, um es zu beruhigen.

»Ruhig, Feuerschweif«, keuchte Caspar und sprach dann lauter zu den unterirdischen Wesen. »Wir sind keine Feinde der Mutter. Wir wollen nichts Böses.«

Unzufriedenes Grunzen grollte durch die Kammer. Als das Pferd beruhigt war und Trund endlich seinen Versuch, den Finger eines dieser steinernen Wesen zu durchbeißen, aufgegeben hatte, sahen sie sich um und merkten, daß Melkin verschwunden war.

»Dieb!« brüllten die Wesen. »Er hat welche in seinen Taschen.«

Melkin lief mit klimpernden Taschen davon. Er schob sich an Lana vorbei und warf sie zu Boden, stampfte dem Tosen des unterirdischen Flusses entgegen. Mehrere schwarze Hügel folgten ihm, während Caspar und die anderen von den restlichen Steinmännern mitgeschleift wurden. Je heftiger sich Caspar wehrte und um sich trat, desto mehr tat er sich selbst weh. Es war, als schlüge er an harten Fels. Trunds Zähne knirschten und scharrten schmerzhaft, als er beharrlich an dem riesigen Daumen nagte, der um seinen Hals lag.

Das Rauschen des Flusses erstickte jeden vernünftigen Gedanken. Die Luft wurde feucht vor Gischt, und man schleppte sie eine steinerne Rampe hinauf, die sich über den rasenden, silbernen Fluten weit unten erhob. Von Melkin war weit und breit nichts zu sehen.

Ein fester Griff kniff in Caspars Schulter und riß ihn von den Füßen. Rumpelnd und ächzend zogen sich die Steinmänner vom Rand zurück und führten sie in einen schwarzen Tunnel. Es gab kaum Luft, und Caspar wagte nicht, darüber nachzudenken, wohin sie gingen oder was diese Kreaturen sein mochten.

Die schwankenden Schritte betäubten seine Nerven und raubten ihm die Orientierung, doch er war sicher, daß sie abwärts gingen, immer tiefer in die Erde. »Diebe müssen bestraft werden«, drohten die rumpelnden Stimmen.

Feuerschweifs Hufe traten aus und schlugen Funken an der steingleichen Haut, aber nicht einmal der wilde Hengst besaß die Kraft, sich von ihrem Griff zu lösen. Caspar starrte in die Dunkelheit.

Verwirrt von den Ereignissen, war er sich seiner Sinne nicht mehr sicher, als er ein Singen hörte, ein tiefes, unmelodiöses Geräusch, das ihn eher an Hals Summen erinnerte. Ein grünes Licht kroch über den glatten Stein zu ihren Füßen wie die Wogen einer langsam steigenden Flut, die mit dem Rhythmus des Liedes kam und ging. Die Dunkelheit verging, und Caspar fand sich in einer unermeßlich großen

Höhle wieder, in der drei Wasserfälle in einen Teich herniederstürzten. In der Mitte dieses Teiches lag eine flache Felseninsel, auf der Gestalten um ein Feuer kauerten.

Diese Gestalten waren nur halb so groß wie die steinernen Riesen, die sie gefangen hatten, nur etwas größer als er selbst, aber sie waren doppelt so breit wie ein Mensch. Ihre Kleider waren von grünlichem Braun und erinnerten eher an Moos als an irgendeinen Stoff, der ihm bekannt war, und ihre graue Haut war rauh und körnig wie Granit. Als sich die riesigen Steinmänner näherten, sprangen die kleineren Kreaturen auf und begannen zu protestieren. »Ihr stört die Geschichtenzeit. Jedesmal ruiniert ihr alles. Jedesmal!«

Reuig neigten die Riesen ihre Köpfe. »Tut mir leid«, sagte einer schwerfällig. »Wir wollten es euch recht machen.«

Die kleineren Wesen rümpften herablassend die Nasen, murrten und murmelten etwas mit tiefen, knirschenden Stimmen. »Uns Geschenke zu bringen macht es nicht besser, überhaupt nicht.«

»Dennoch ...« Einer der riesigen Steinmänner trat an den Teich. Hinter ihm bemerkte Caspar drei weitere, die Wache standen. Sie standen beieinander und bildeten eine feste Wand, so daß die Kammer nun verschlossen war. Der Singsang endete. Wenn auch unharmonisch, war er doch heimelig und tröstend gewesen, und Caspar fand diesen Ort ohne ihn seltsam hohl und still.

Selbst die Wasserfälle machten nur wenig Lärm und fielen mit dem leisen Klang von Feenglöckchen herab, ein taumelndes Klingen, das sanft durch die Kammer ging. Die drei Kaskaden schufen eine flache Dünung, die sich im Tümpel zu widerstreitenden Wellen mischte und ein ungewöhnliches Muster schuf, das an die kleine Insel in der Mitte schlug. Die kleineren Kreaturen tauchten ihre eckigen

Hände in die sich riffelnden Fluten, spannten und streckten ihre kurzen Finger, als dachten sie über deren Beschaffenheit nach.

Die riesigen Steinwesen wateten ins Wasser, und da Caspar die Vorstellung, als Geschenk zu gelten, widerstrebte, zappelte er, um sich zu befreien. Der Teich umspülte die Schenkel der Riesen, dann ihre Hüften, und stieg ihnen bis an die Brust. Er fürchtete, sie würden untergehen, bis sie langsam wieder auftauchten und das Wasser von ihren Schultern rann.

Der merkwürdige grüne Feuerschein kam aus dem Wasser und spiegelte sich auf den weißen, korallenähnlichen Mustern am Boden. Caspar erschauerte, als die Füße der Kreaturen knirschten und ein Skelett umdrehten, das an die Oberfläche stieg ... ein Reh. Fern hatte es bereits gesehen und kreischte fürchterlich.

Die Reste eines größeren Untiers rührten sich in der Tiefe, und der halb verweste, aufgeblähte Kopf eines Bären durchbrach die Wasseroberfläche, so daß die leeren Augenhöhlen zu ihnen aufstarrten. Ursula hielt die Luft an, sagte jedoch nichts. Lana wimmerte und vergrub ihr Gesicht in Ursulas Seite.

»Geschenke werden euch glücklich stimmen«, sagte eines der massigen Wesen beschwichtigend zu den beieinanderkauernden Kreaturen auf der Insel.

»Sie sind nie von Dauer«, gab einer zurück. Auch er hatte zerklüftete Züge und graue, steinerne Haut wie ein Rhinozeros. Morrigwen hatte Caspar im *Buch der Namen* ein Bild von einem Rhinozeros gezeigt.

»Sie gehen ein oder verhungern ...« Die kleinere steingleiche Kreatur starrte Caspar und dessen Gefährten an und hielt mit ihrer Klage an sich. »Aber diese hier sind anders.«

»Menschen!« rief ein anderer. »Es sind Menschen!« Aufgeregt sah er sich um. »Oder nicht?« Er schien von seinen Gefährten Bestätigung zu brauchen.

»Ja, Bruder«, erwiderte das erste der kleineren Wesen. »Obwohl ich zuletzt einen gesehen habe, als die Drachen noch nicht fort waren.«

»Als die Drachen noch nicht fort waren«, flüsterte ein anderer staunend. »Die Drachen waren die Geschichtenerzähler, die großen Liedermeister, hinter denen der Mensch nur zurückstehen kann. Sie müssen uns eine Geschichte erzählen. Bringt sie an unser Feuer.«

Die gedrungenen Kreaturen, wohl vierzig insgesamt, setzten sich mit gekreuzten Beinen ums Feuer. »Ihr müßt uns eine Geschichte erzählen«, riefen sie im Chor.

Die größeren Kreaturen grunzten selig. »Ihr freut Euch über unsere Gaben?«

Der Haufen grauhäutiger Wesen antwortete nicht, sondern sah erwartungsvoll zu, wie Caspar, Ursula und die anderen sich zwischen sie setzten.

Die größte dieser Kreaturen auf der Insel trat vor, versetzte Naith einen Stoß und musterte die Tiere wissend. »Das Pferd, den Hund und den Wolf können wir natürlich essen. Die waren noch nie gute Geschichtenerzähler. Wir haben manches gute Jahr damit vergeudet, darauf zu warten, daß uns solche Tiere von der hellen Welt dort oben berichten.«

»Wir werden keine einzige Geschichte erzählen, wenn Ihr den Tieren etwas antut«, antwortete Ursula sogleich. »Habe ich nicht recht, Meister?«

Caspar nickte ihr zu und wünschte, sie würde ihn nicht so nennen.

»Dann also eine Geschichte!« beharrte die Kreatur. Sie deutete auf Fern. »Du beginnst.«

»Aber ich ...«, stotterte Fern und wandte sich Caspar zu. »Spar, ich kenne keine Geschichten.«

Die Mienen der Kreaturen wurden lang. »Wir Steinwichte brauchen eine Geschichte«, klagte das Wesen, das von allen das jüngste zu sein schien, voller Enttäuschung. »Das ist ganz und gar kein hübsches Geschenk. Ich warte schon seit Jahren. Erzähl mir diese Geschichte«, forderte es, tauchte seine Hand ins Wasser und schöpfte etwas davon auf. »Es kündet von Bären dort oben. Es ist eine nahe Geschichte. Das Wasser ist nicht weit gereist.«

Caspar fragte sich, was diese Worte wohl bedeuten sollten.

»Vielleicht ist es meine Geschichte«, bot sich Naith an, während er irritierte Blicke auf die treibenden Kadaver im Teich warf. »Ich kann von den Bären berichten.«

Caspar entspannte seine knirschenden Zähne, als die kleineren Steinwichte zufrieden Platz nahmen und zu summen und zu grunzen begannen. »Dann also erzählt. Beginnt am Anfang. Nirgendwo sonst.«

Naith schob seine Schwester weiter in Ursulas Arme. »Es ist eine Geschichte, die mit Wölfen beginnt.« Seine Stimme wurde tief und sanfter, und Caspar, der schon viele wunderbare Geschichtenerzähler gehört hatte, war beeindruckt. »Und da Ihr mich bittet, von vorn zu beginnen, muß ich diese Geschichte zuerst erzählen.«

Die Steinwichte grunzten und nickten zufrieden.

»Seit Generationen haben wir in Ovissia friedfertig unsere Schafe gehütet. Dann kamen die Wölfe aus dem Norden, strömten aus den Bergen von Torra Alta heran und durchstreiften die stillen Hügel auf der Suche nach den Herden.«

»Das hat nichts mit Bären zu tun«, unterbrach Fern.

Caspar zog an seinen Händen. »Setz dich und benimm

dich. Wir müssen ihnen zu Gefallen sein, wenn wir ...« Seine Worte erstarben.

»Als sie alle Schafe getötet hatten, wandten sie sich den armen Frauen und Kindern aus den Dörfern zu«, fuhr Naith fort. »Als sie in unsere Welt kamen, habe ich mich wie ein Feigling im Wald versteckt und mußte zusehen, wie sie mein Dorf verwüstet haben. Bald entzündete sich im Durcheinander ein Funke, und das ganze Dorf brannte wie ein Scheiterhaufen. Gegen Morgen waren die Wölfe fort, und ich lief nach Hause, wo nur noch meine Schwester lebte. Ihre Augen waren weiß und starr, und sie erzählte mir, sie habe einen Wolf angesehen und das Gesicht eines Menschen darin gefunden.«

Aufgeregt unterbrach ihn Lana. »Ma hat mich im Brotofen versteckt. Er war noch warm, und ich konnte kaum atmen, bis ich den Riegel von innen bewegt habe. Durch den Türspalt habe ich alles gehört.« Sie hustete und zitterte, und eine Flut von Tränen strömte aus ihren Augen und über ihr Gesicht. »Ich habe Mamas schreckliche Schreie gehört und die Stille, bis auf das langsame Tappen in der Kammer. Ich habe durch den Spalt hinausgesehen. Ein riesengroßer grauer Wolf mit schwarzer Mähne ... ich habe ihm ins Gesicht gesehen, ein augenloses Gesicht, doch das Gesicht eines Menschen. Ich ... ich ... ich habe es gesehen. Und Ma!« Ihre Worte erstickten in Schluchzen und bibberndem Schnappen nach Luft.

Naith nahm sie Ursula aus den Armen und drückte sie an sich, während die Steinwichte ihre Hände ins Wasser streckten und nickten. »O ja, die Fluten haben uns von ihm berichtet.«

Caspars Kopf fuhr herum, doch er wagte nicht, sie zu unterbrechen.

Naith wischte seine Augen. »So sind wir aus dem Dorf

geflohen, und auf der Straße sind uns Soldaten begegnet, Baron Godafrids Männer, wie es schien. Als ich von den Wölfen berichtet hatte, erklärten sie mir, ich könne Arbeit finden, indem ich sie töte. Wenn die Torra Altaner es nicht könnten, würden wir in deren Berge ziehen und die Arbeit an ihrer Stelle übernehmen. Bereitwillig ging ich darauf ein. Ich hatte nichts, wovon ich hätte leben können, und war begierig darauf, mich zu rächen, ganz wie die anderen Männer, denen wir uns anschlossen. Wir waren viele. Die Wölfe hatten schreckliche Verheerungen angerichtet.«

Mutlos sah er seine Hände an. »Aber wir haben nur wenige Wölfe gefunden, und man schickte mich von einer Bande zur nächsten, bis wir hier im Osten der Berge gelandet sind. Die verantwortlichen Männer sprachen inzwischen nicht mehr von Wölfen, als wären die vergessen, und Baron Godafrids Leute waren nicht mehr zu sehen, nur noch Fremde aus der Ferne. Ich fürchtete schon, wir hätten es mit einem üblen Haufen zu tun, aber sie zahlten gut.« Er ließ seine Börse klimpern. »Statt die schwer faßbaren Wölfe zu jagen, schickten sie uns den Bären nach. Wir konnten einen Bären pro Woche fangen. Wir haben ihnen Fallen gestellt und sie dann durch die Berge zu Bärenbändigern geschleppt.« Er sah Ursula an. »Es war harte Arbeit und hat uns von den Wölfen abgelenkt, aber ich war froh um das Geld. Und ... na ja«, er zögerte. »Hier endet meine Geschichte. Mehr kann ich nicht erzählen.«

Die eifrigen Mienen der Steinwichte waren wie die kleiner Kinder, die an Feiertagen länger wach sein und mit am Feuer sitzen durften. Während der ganzen Geschichte hatten sie freudig ausgesehen, doch das Ende rief allgemein Differenzen hervor.

»Das ist keine Geschichte. Das ist nur ein Vorkommnis.« Einer stand auf, und wie ein verwöhntes Kind schleuderte er wütend einen Stein auf die Felsplatte. Die größeren Steinwichte, die wieder an den Rand des Teichs gewatet waren, murmelten mit nachsichtiger Miene ihren Unmut ob solchen Verhaltens. »Wir bringen ihnen Geschenke, und das ist nun der Dank dafür.«

Ursula stand auf und begann, nervös zu stottern. »Ich kann sprechen ... ich kenne mehr von dieser Geschichte, da mir die Bären wie Brüder sind. Wenn Leute wie Naith die Bären beschafft hatten, habe ich, so müßt Ihr wissen, sie über Land geführt.« Sie fummelte an ihren Fingern herum. »Über Land zu den Schiffen an der Ostküste. Ich habe dafür gesorgt, daß sie in Käfige kamen und übers Meer verschifft wurden.« Im Gegensatz zu Naith stotterte und wankte sie. Sie besaß die Gabe des Erzählens nicht.

»Das Meer, das große weite Meer«, riefen die Steinwichte im Chor. »Ach, diese Größe einmal zu berühren, die Ewigkeit der Fluten.« Wieder steckten viele von ihnen ihre klobigen Hände in den Teich und sogen an ihren Fingern. »Die großen weiten Fluten.« Sie seufzten gemeinschaftlich, dann sahen sie Ursula an.

Einer deutete auf sie. »Aber du bist ein kleines Wesen. Wie kannst du einen Bären führen? Wir wollen Geschichten, keine Lügen.«

»Es ist keine Lüge. Ich weiß nicht, wie ich es mache. Ich bekleide keinen Rang und habe keinen Namen, der mein eigener wäre, man nennt mich nur wegen der Bären Ursula, wenn ich auch im Grunde meines Herzens weiß, daß es nicht mein Name ist.«

Die Steinwichte setzten sich bei ihren Worten auf. Caspar mußte zugeben, daß es eine höchst spannende Geschichte werden könnte.

»Sie haben mich an der Ostküste von Oriaxia gefunden.«

Auf diese Erklärung folgte allgemeine Unruhe.

Ursula achtete nicht darauf, und ihre Worte kamen flüssiger hervor, je weiter sie in die Erzählung eintauchte. »Und ich glaube nicht, daß irgendwer vom Caballischen Meer jemals weiter in die Welt hinausgefahren ist. Gegen jene Küste schlagen mächtige Wellen, die auf die Strände peitschen, Wogen, die manchmal vierzig Fuß hoch sind, manchmal noch höher, aufgewühlt von stürmischem Wetter in weiter Ferne, wo die Welt uns unbekannt ist. Meine erste Erinnerung gilt dem Gesicht einer Frau, sehr alt, glaube ich. Sie winkte zum Abschied und hatte Tränen in den Augen. Ich erinnere mich noch an die Tränen in ihren Augen. Ich erinnere mich an die Tränen und an ihren Geschmack, als sie über mein Gesicht rannen und in meine Mundwinkel tropften. Dann sehe ich einen großen, brennenden Himmel über mir, eine fürchterliche weiße Hitze. Und Tage, endlose Tage. In jener Zeit habe ich jeden anderen Gedanken verloren und kannte nur die Symbole an meinem Arm.«

Staunend sah Caspar das Mädchen an. »Es heißt, ich sei an einem der großen weißen Strände von Oriaxia gefunden worden, wo die Wüste bis ans Meer reicht. Der Mann, der mich gefunden hat, nahm mich in seine Familie auf, wo man liebevoll und großzügig war, und sie haben mich wie ihr eigenes Kind behandelt. Und ich habe sie geliebt, denn sie wurden meine Eltern und meine Brüder und Schwestern. Wir haben am Strand gespielt, und ich habe Bären in den Sand gemalt, riesige, ungeheure Bilder wie eine große Botschaft an das Auge des Himmels, obwohl ich mich an solche Tiere nicht erinnern konnte.«

Gedankenverloren kratzte sie mit den Fingern im Schleim auf dem Fels herum. »Meine neue Familie handelte mit Perlen, die entlang der Küste zu finden waren. Den ganzen Frühling und Sommer über haben sie diese gesammelt, und im Herbst haben wir dann die weite Reise Hunderte von Meilen landeinwärts zur östlichen Wüstenoase gemacht, wo die großen Märkte stattfinden. Wir hielten uns für wohlhabend, doch hätten wir über tausend unserer Perlen gebraucht, um einen reinrassigen Oriaxianer zu kaufen.« Verächtlich nickte sie zu Feuerschweif hinüber. »Wir haben auf diesen Märkten stets gut verkauft, und ich war froh und tanzte in der Sonne. Bei einer dieser Reisen trafen wir auf einen Wanderzirkus, der einen Tanzbären hielt. Meines Wissens hatte ich so einen noch nie gesehen, doch ich lief zu ihm, und er hat mit mir gespielt. Ich habe gelacht und mit ihm geschmust, und er lief mir nach wie ein Hund. Und auf diesem Markt war ein Mann, der mit Pferden und Sklaven handelte, und er sagte meinem Vater, er wollte ihm eine ganze Herde reinrassiger Hengste geben, wenn er mich verkaufen würde. Und mein Vater spie aus, drückte mich an sich und sagte, ich sei sein kleines Mädchen.« Ursulas Stimme bebte.

»Wir fuhren heim und kamen noch drei weitere Jahre zu jenem großen Jahrmarkt, doch das Meer war in diesen Jahren kalt geworden, und immer mehr Leute waren in den Süden gezogen, um unsere Austernbetten zu beackern. Von Jahr zu Jahr verdiente mein Vater weniger Geld, und meine Mutter weinte, sagte, sie hätte sechs Mäuler zu stopfen. Dann wurde wieder Herbst, und obwohl wir wußten, wie wenig Geld wir verdienen würden, machten wir uns auf die weite Reise. Ich spielte mit meinen Brüdern und Schwestern, und sie lachten und tanzten mit mir. Vater trug mich auf seinen Schultern, trabte wie ein Pferd und schleuderte mich herum. Er verdiente kaum Geld auf diesem Markt, trotzdem kaufte er mir eine kleine Puppe.«

Sie griff in ihre Tasche und zog sie hervor. Fadenscheinig und verdreckt war sie, und ein Arm hing nur noch an einem Faden. Tränen rannen über Ursulas Wangen. »Dann hat er mich bei der Hand genommen und Mutter gesagt, er wolle mit mir zu den Bären gehen. Ich war so aufgeregt. Aber das tat er nicht«, sagte sie tonlos. »Er brachte mich zum Sklavenhändler. Vater sagte kein Wort zu mir. Er stellte mich dem Mann vor die Füße und reichte ihm die Hand, dann zog er mit fünfzehn reinrassigen Hengsten von dannen.« Wütend funkelte sie Feuerschweif an, stand auf und deutete mit zitternden Fingern auf ihn. »Ich bin genau fünfzehnmal soviel wert wie dieses Pferd da drüben. Der Sklavenhändler nahm mich meilenweit auf dem Rücken eines Kamels mit, aber ich weiß nur wenig von dieser Reise, weil ich vor Tränen kaum sehen konnte.« Sie sank zu Boden. »Ihr müßt wissen, daß ich ja nicht Vaters wirkliche Tochter war, und so hat er vielleicht recht daran getan, mich zu verkaufen, um den anderen zu helfen. Es ist verständlich, oder nicht?« Sie schniefte leise. »Jeder hätte das getan. Jeder hätte erst an seine eigenen Kinder gedacht.«

Caspar staunte über ihre Bereitwilligkeit, zu verzeihen, ihren Mangel an Bitterkeit. Er selbst hätte sich wie wahnsinnig gegen eine derart schreckliche Wendung des Schicksals aufgelehnt.

Sie mußte kaum mehr von ihrer Geschichte preisgeben, da die Peitschenspuren an ihren Armen den Rest erzählten und von der Härte und dem Elend der Sklaverei kündeten.

»Ich habe meinem Herrn gedient, indem ich Bären stehlen mußte, doch es war eher das Werk einer Mörderin, bis dieser große Zauberer mich gefunden hat.« Sie rückte näher an Caspar heran und blickte pflichtschuldig zu ihm auf. »Er hat mich gerettet und ist nun mein Meister.«

Er litt mit ihr, genauso wie die Steinwichte, denn sie

weinten und seufzten und murmelten, nie zuvor hätten sie eine so gute Geschichte gehört. Niemals! Einer nach dem anderen sank zufrieden in den Schlaf.

Unruhig saßen die Gefangenen da, sahen sich nach den kleineren Steinwichten um, die wie monströse Hündchen schlafend am Boden lagen. Summend wateten die riesigen Steinwichte in den Teich und sahen sich ihre kleinen Schützlinge an, gurrten sanft, wie süß sie seien, wenn sie schliefen, und ob es denn nicht ein friedliches Bild sei und sie nicht die kostbarsten Wesen seien, die je geboren wurden. Tiefes, seufzendes Stöhnen stießen sie aus und gratulierten einander, indem sie sich umarmten.

Frierend und hungrig saß Caspar da und staunte, umrahmt von Trund und Fern. Argwöhnisch blickte er zwischen den Steinwichten und Naith hin und her.

»Warum erzählt Ihr uns nicht Eure Geschichte?« fragte Caspar die riesenhaften, liebevollen Steinwichte.

Einem grauen, bröckelig wirkenden Steinwicht schien diese Vorstellung nicht zu behagen. »Unsere Geschichte? Was sollte es da zu erzählen geben? Wir sind in diesen Höhlen, seit sich die Berge gebildet haben. Wir wissen nur, was uns das Wasser sagt.«

»Oh!« Das fand Caspar bemerkenswert und legte eine Hand in den Teich. Es fühlte sich wie schlichtes klares Wasser an, doch er wollte es wegen der zahlreichen Kadaver, die dort in den Tiefen lagen, nicht unbedingt kosten.

Fragend sahen ihn die kleineren Steinwichte an. »Du meinst, du verstehst es nicht?« fragte einer.

Ein riesiger Steinwicht grunzte. »Sie leben nur so kurz. Sie haben keine Zeit, die Muster der Welt zu erlernen, nur wenig Zeit, wahre Einsicht zu erlangen.«

Jene kleinen Steinwichte, die noch wach waren, sahen Caspar voller Neugier an, und er fühlte sich wie eine Mißgeburt. Einer streckte seinen Arm aus, legte seine Hand neben Caspars ins Wasser und drückte die Finger des Jungen fest. Ein seltsamer Blick, nachdenklich und abwesend, lag in seinen grauen Augen.

»Da ist ein Kerker in Farona. Der König spricht voller Mißtrauen mit deinem Vater.«

Caspars Magen krampfte sich zusammen. Plötzlich sah er statt seines Spiegelbildes das wellige Abbild von Vater und Mutter. Keridwens Gesicht war von Sorge und Schmerz gezeichnet. Branwolf sah schwach und krank aus. Sie waren in einer Art dunkler, kalter Höhle, und die Wände waren schleimig. Ketten lagen um ihre Handgelenke. Caspar schluckte trocken. Das Bild verwirbelte und wandelte sich, und er sah einen Kapuzenmann auf einem hohen Roß. Langsam wandte sich der Mann um und sah ihn finster an, doch sein Gesicht blieb zum größten Teil im Schatten verborgen. Caspar konnte nur seinen Mund erkennen, dessen Lippen sich spannten und ein schwarzes Loch preisgaben, das größer und immer größer wurde, bis es ins Nichts führte. Im Dunkel liefen Kapuzenwölfe umher, und Caspar spürte, daß sie nach ihm suchten.

Die kleine Wölfin an seiner Seite legte ihm eine Pfote auf die Schulter und stieß plötzlich ein langes, stöhnendes Geheul aus. Das Bild des Kapuzenmannes erstarrte, und er riß den Kopf hoch, als hätte er sie irgendwie gehört. Das Bild schimmerte, zog sich zurück und tauchte in die Tiefen des schwarzen Tümpels.

»Sie suchen dich«, sagten die Steinwichte. »Hüte dich vor den Nächten! Hüte dich vor dem Schlaf! Dann kommen sie!«

Caspar wich vor dem Teich zurück und setzte sich wieder neben Naith, der seine Schwester schützend umarmte und die Steinwichte anstarrte, als wären sie Dämonen. »Sie könnten uns tagelang hierbehalten. Haben wir denn nichts zu essen?«

Obwohl er nicht vergessen hatte, daß dieser Mann ein Ovissianer war, der torra-altanische Bären gestohlen hatte, stand Caspar auf und durchsuchte seine Satteltaschen, die er von Feuerschweifs Rücken geschnallt hatte. »Wir müßten noch reichlich von den Haferkeksen der Köchin haben«, murmelte er und öffnete die Riemen. »Weicher Käse und mehrere Laib Brot. Vom Pökelfleisch ist nur noch ein Rest da.« Caspar wußte, daß das Reisen hungrig machte, und er hatte soviel er konnte eingepackt. Als er die Riemen öffnete, fühlte sich die Tasche verdächtig leicht an. Er spähte hinein und sah ganz unten nur noch eine Handvoll Krümel auf einem Streifen Fleisch und einem zerdrückten Stückchen Käse. Ruckartig drehte er sich zu Fern um.

»Das kann nicht sein.« Jetzt wußte Caspar, wieso er so lange still gewesen war. Von Krümeln umgeben, saß Fern da.

»Ich hatte Hunger. Man muß doch was essen.«

»Aber du hast alles Brot und alle Haferkekse aufgegessen.« Caspar betrachtete den Käse, während alle Blicke erwartungsvoll auf ihn gerichtet waren. Plötzlich zuckte ihm ein Gedanke durch den Kopf, und eilig sah er nach der anderen Satteltasche. Auch diese war leer. »Du hast Feuerschweifs Futter aufgegessen! Wie konntest du!«

»Feuerschweif hat Gras gefressen. Er brauchte das Korn nicht. Du bist immer sauer auf mich, wenn ich Gras esse.«

Caspar schloß die Augen, biß die Zähne zusammen und zählte langsam bis zehn. »Wenn ich Feuerschweif den ganzen Tag lang reite, hat er nicht genügend Zeit zum Grasen. Er braucht das Korn.« Er strich über Feuerschweifs rotes Fell. »Wie konntest du ihm das antun?«

Ferns Mund zuckte schneller, und Caspar merkte, daß er

sich von irgendwo den nächsten Mundvoll ergatterte. Er ging zu dem Faun hinüber, der eilig eine Hand in seine Tasche stopfte, um einen letzten Haferkeks herauszunehmen und in seinen Mund zu stopfen, bevor Caspar ihm diesen wegnehmen konnte.

Caspar fehlten die Worte. »Du hast Glück, daß Hal nicht hier ist, um dir die Ohren langzuziehen.«

Der Faun schluckte und leckte seine Lippen.

»Davon hätten wir uns zwei Tage lang ernähren können. Was sollen wir jetzt tun? Was meinst du, wie lange wir noch hier sein werden?« schimpfte der Junge und nickte zu den Steinwichten hinüber, die sich nicht rührten. Argwöhnisch betrachtete er die makabren Skelette, die mit den Wogen auf und nieder stiegen. »Es könnte sein, daß wir für alle Zeiten hier sein werden! Und wir haben nichts zu essen.«

»Haben wir doch!« erwiderte Fern trotzig. »Ich hätte nicht alles gegessen, wenn ich gedacht hätte, daß ihr hungern müßt. Seht doch, hier ist alles voller Moos und Farne.«

»Fern, das können wir nicht essen!«

»Könnt ihr nicht?« Der kleine Faun schien ehrlich erstaunt. »Ich dachte, Haferkekse wären euch nur lieber. Da ist schließlich auch Honig drin«, sagte er fast verschwörerisch. »Außerdem weiß ich gar nicht, was du dich aufregst. Ihr könnt doch das verbrannte Fleisch essen. Ich dachte, das wäre dein Liebstes.«

Caspar seufzte resignierend und wandte sich wieder dem unförmigen Stück Käse und dem welken Fleisch zu. In der Hoffnung, daß ihnen das Glück bald eine weitere Mahlzeit bescheren möge, nahm er sein Messer, schnitt das graue Fleisch in Scheiben und Klumpen vom Käse und reichte sie erst Ursula und dann Naith und dessen Schwester. »Als Mitmensch biete ich dir dieses an, obwohl ich nicht vergessen habe, daß du absichtlich nach Torra Alta gekommen bist, um Wölfe zu morden und Bären zu stehlen, meine Bären!«

»Deine Bären!« höhnte Naith. »Nur weil sich dieses arme Mädchen dir zu Füßen wirft und dir dieser beschränkte Mann dort wie ein Hund nachläuft, kannst du mich noch lange nicht herumschubsen. Ich hatte einstmals meine eigene Schafherde!«

»Wir sind hier in der Baronie von Torra Alta. Dieses Land gehört meinem Vater. Es sind seine Bären.«

Caspar war weder auf Naiths Reaktion noch auf Lanas vorbereitet. Mit abgrundtiefem Haß sah ihn der Junge an, während sich das Mädchen auf ihn stürzte, ihre Finger in die Haut an seinen Wangen krallte und auf seine Augen einstach. Er versuchte, sie sanft von sich zu schieben, doch es wollte ihm nicht gelingen, und es war Ursula, die sie von ihm zog. Naith spie auf das Stück Fleisch, das ihm dargeboten wurde, dann warf er es nach Trund, der es mit der gleichen Freude herunterschlang wie Fern die gestohlenen Haferkekse.

Die beiden Jungen umkreisten einander, kampfbereit, die Ärmel hochgekrempelt. Naith mochte höchstens zwei Jahre älter als Caspar sein, doch er war wie Hal erheblich größer. Der Hirte knurrte zwischen zusammengebissenen Zähnen hindurch. »Du Mörder. Du hast meine Mutter mit deinen Wölfen getötet.«

Trund knurrte und stürzte sich auf Naiths Füße, doch hielt Caspar ihn beim Kragen, bevor Trund seine Zähne in den Ovissianer graben konnte.

»Ich schwöre bei meinem Vater und meiner Mutter und allem, was mir lieb und teuer ist, bei Torra Alta selbst, daß ich diese Wölfe nicht nach Ovissia gebracht habe.«

Naith stürzte sich auf Caspar, wollte mit seiner Hand

nach dessen Kehle greifen, aber der edle Junge war schnell. Er duckte sich, hob den Arm und stieß Naiths Hände beiseite, um ihm einen schnellen, aber wirkungsvollen Schlag ans Kinn zu versetzen. »Ich will dir nicht weh tun«, knurrte er, als der Hirte rückwärts taumelte.

»Mir weh tun! Du willst mir nicht weh tun, Wolfsfreund?« Naith trat nach Trund, der sich in seinem Stiefel festgebissen hatte. »Du hast mir das Herz aus der Brust gerissen.«

»Trund, hör auf!« befahl Caspar, wenn auch ohne Wirkung. Trunds Augen waren geschlossen, und es schien, als wollte er nicht hören. Caspar trat vor und packte Trund beim Kragen, ohne sich vom wilden Knurren abschrecken zu lassen, als der große Terrier am Stiefel zerrte. Endlich ließ Trund los, doch Naith griff nur wieder an, während Caspar den Hund noch hielt. Der Ovissianer packte ihn von hinten, riß seinen Kopf seitwärts und stieß ihm das Knie ins Rückgrat.

Zornig schlug Caspar zurück und ließ die Fäuste fliegen. Trund stand daneben, japste und wedelte mit dem Schwanz, als er das sah.

»Ich habe sie nicht gerufen, das war ich nicht!« schrie Caspar, und seine eigenen Ängste und Enttäuschungen verstärkten die Attacke. Er spürte, daß eine Rippe unter seiner geballten Faust nachgab, und Naith ächzte, hielt seine Seite und sank vor Schmerz in sich zusammen.

Keuchend und haßerfüllt sah Caspar ihn an. »Ich habe die Wölfe nicht gerufen. Ich bin kein Zauberer. Ich bin der Wächter des Necrönd und habe es versteckt und bewacht, aber ich habe es nicht benutzt, um diese Wölfe aus der ewigen Verdammnis herzuholen.« Er fühlte heiße Zornestränen, die in seinen Augen brannten, und es war, als stünde er vor der ganzen Welt zu Gericht, besonders jedoch vor seiner Mutter, seinem Vater, Brid und Hal, die ihm diese Untat allesamt zum Vorwurf machten.

Plötzlich spürte er die Stille um sich. Die gedrungenen Steinwichte waren wach und aufmerksam. Die größeren unter ihnen waren herangekommen und murmelten leise.

»Erzähl uns deine Geschichte«, grollten die großen Wesen.

Caspar zögerte. Man hatte ihn davor gewarnt, vom Druiden-Ei zu sprechen, doch in seinem Zorn und seiner Entrüstung hatte er es wie ein Narr herausposaunt. »Legt seine Hand ins Wasser. Laßt uns mehr davon erfahren. Laßt uns beobachten, was die Rhythmen, die die Welt umfließen, über ihn berichten«, drängten die Riesen einander aufgeregt. Caspar war zögerlich, konnte jedoch nichts tun, als ein Steinwicht ihn packte und die Kreatur seine Hand ins Wasser hielt. Auch alle anderen Steinwichte hielten ihre Hände in den Teich.

»Dies sind Wellen, die die Welt umspannen«, sagten sie staunend. »Erzähl uns deine Geschichte.«

Caspar seufzte. Er hatte ohnehin schon alles gesagt, was machte das nun schon? »Da gibt es nicht viel zu erzählen. Ich bin der Wächter des Druiden-Eis, doch es wurde mir gestohlen. Etwa zu der Zeit, als Morrigwen starb, haben wir einen Mann gesehen, einen seltsamen Mann.« Caspar hielt inne, überlegte, wie er es erklären sollte.

Fern sprang ein. »Es war gar kein Mann. Er sah wie ein Mann aus, aber er stank nach Wolf. Menschen sind nicht das, was sie zu sein scheinen. Es ist besser, wenn man sie erschnüffelt.«

Caspar nickte lahm, akzeptierte die Beschreibung. »Er schnüffelte bei Morrigwens Tod herum, versteckte sich zwischen den endlosen Reihen der Trauernden. Er muß es gestohlen haben. Ich muß es finden. In den falschen Händen ist das Necrönd eine furchtbare Macht ...« Er spürte die Last ihrer Blicke. »Die Große Mutter hat es mir anvertraut, und ich habe Sie enttäuscht.«

»Er wird riesenhafte Ungeheuer aus der Anderwelt rufen und alles erobern, wohin er geht«, murmelte ein uralt wirkender Steinwicht, unter dessen kleinen Augen graue Hautsäcke hingen, geheimnisvoll.

Wieder nickte Caspar lahm und ließ den Kopf in seine Hände sinken.

Naiths Miene entspannte sich. »Wenn du dieses Ding, dieses Druiden-Ei, beschaffst, kannst du die Wölfe damit vernichten?«

Caspar nickte.

Die größeren Steinwichte begannen, sorgenvoll miteinander zu murmeln, liefen durch das Wasser hin und her, schufen damit große Wellen, die über die Insel gingen und die kleineren Steinwichte umspülten, die deshalb wütend schrien.

»Necrönd. Ein Wort, das wir nicht mehr gehört haben, seit die Drachen jung waren. Dieser Dieb, der es nun hat, er könnte uns zu Sklaven machen. Wir sind die alten Kreaturen dieser Erde, aber da wir dem Menschen keine Gefahr mehr sind, weil wir so tief unter den Felsen leben, hat man uns nicht wie alle anderen alten Lebewesen ins Fegefeuer abseits der Großen Mutter verbannt. Doch das Necrönd wird uns beherrschen, so stark ist sein Zauber.«

»Der Meister besitzt große magische Kraft«, sagte Ursula mit großer Überzeugung.

Unwillkürlich mußte Caspar über sie lächeln. Sie hatte solches Vertrauen in sie, und niemand hatte jemals eine derart hohe Meinung von ihm gehabt. Er genoß ihre Bewunderung nur noch um so mehr. Er lächelte, und sie strahlte ihn an.

»Diese Geschichte von Bären und Wölfen ist nun unsere Geschichte«, rumpelten die Steinwichte untereinander. Sie blickten mit ihren steingrauen Augen zu den kleineren Steinwichten hinüber. »Um unserer Kinder willen müssen wir helfen.«

Sie steckten ihre Hände wieder in den Teich und sangen leise, während sie durchs Wasser strichen. Der eine oder andere nickte ein, und dann endlich kam der älteste Riese auf die Beine. »Es ist im Wasser. Ich kann es fühlen. Östlich, östlich von hier. Es nähert sich dem Meer.«

KAPITEL 13

In selbstversunkenem Schweigen saß Ursula mit gekreuzten Beinen da und malte Muster in den Schleim auf den Steinen.

»Was haben die Muster zu bedeuten?« fragte Caspar, der versuchte, sich von Hunger und Sorgen abzulenken.

Das Sklavenmädchen zuckte zusammen, als wäre sie in Gedanken verloren. »Meister, ich weiß es nicht. Sie schenken mir einfach Trost.« Wieder machte sie sich an ihre Zeichnungen.

»Östlich von hier. Östlich!« knurrte Fern. »Aber deshalb hatte ich nicht unrecht.« Er kletterte auf den Felsen herum, um Farne zu sammeln, die er den mächtigen Steinwichten anbot.

»Wie lange kann es noch dauern, bis sie sich entschieden haben?« Mutlos scharrte Naith mit dem Absatz seines Stiefels am Boden herum. »Wir werden sterben, wenn nicht irgend jemand bald etwas unternimmt.«

Caspar kam taumelnd auf die Beine, richtete sich auf und hustete laut. »Hört mich bitte an. Wir werden sterben, wenn ihr uns weiter so festhaltet. Wir können nicht tagelang ohne Essen sein, und je mehr Zeit ihr vergeudet, desto weiter entfernt sich das Necrönd von uns.«

»Wir messen unsere Zeit nicht in Tagen. Das ist die Zeit der Sonne. Wir fühlen nur den Puls der Erde. Wir haben eben erst begonnen, das Problem zu besprechen. Hab Geduld, kleiner Kerl. Du bist wie ein hektisches Glühwürmchen, das summt und summt und summt. Mach weiter so, und du wirst bald ausgebrannt sein. Sei still wie der Teich. Denk an die Fluten und wie lange es dauert, den

Kreis zu durchlaufen, von hier aus in die Tiefe zu fließen, unter dem unterirdischen See hindurch und in die großen, heißen Flüsse, bis sie wieder aufwallen, erzwungen von dem Druck dort unten, und dann in die Flußbetten münden. Dann rauschen sie über Land zum Meer, das über dem runden Bauch der Erde schwillt und schwankt, um dann durch die Hitze der Sonne als Tröpfchen in die Luft gezogen zu werden. Die Tropfenmenge sammelt sich zu Wolken, die auf unsere Berge regnen und dann wieder in unseren Teich tropfen.«

Caspar hörte kaum noch zu, biß die Zähne zusammen und ballte die Fäuste gegen seinen Ärger. »Necrönd«, zischte er durch seine Zähne, und hoffte, sie wieder auf das drängende Thema zu bringen. »Ich muß es finden.«

»Ah, wir haben es besprochen, das haben wir. Denn obwohl du sagst, du hättest dieses machtvolle Ding sicher versteckt, hast du es dennoch verloren. Wir finden es besser, wenn du hierbleibst. Vielleicht bist du nicht der Richtige, solche Macht zu lenken.«

Caspar sank in sich zusammen. Anscheinend konnte er nichts tun.

Die Steinwichte machten sich wieder an ihr Gezänk. »Der Mensch scheint der Aufgabe nicht gewachsen zu sein. Könnten wir doch nur ... Aber wir können die großen Höhlen nicht verlassen. Unsere alten Knochen würden in der Sonne trocknen und zerfallen.«

»Vielleicht könnten die Kinder gehen«, meinte einer.

»Sie sind verantwortungslos. Das ist undenkbar!« rief ein anderer.

Aufgeregt sprangen mehrere junge Steinwichte auf. »Oh, aber die Welt zu sehen, das Meer, den unermeßlichen Himmel! Sicher sind wir alt genug dafür!«

»Aber wir bringen euch Gaben und erzählen euch

manchmal Geschichten vom Meer. Die Geschichten müssen reichen«, sagte ein alter Steinwicht weise.

»Aber wenn ihr alle zu alt seid, dann müssen doch wir Jungen gehen.«

Mißbilligendes Murren der großen Steinwesen wurde laut. »Ich weiß nicht. O nein, nicht! Das finde ich nicht.«

»Aber wir hatten seit den Drachen keine richtige Geschichte mehr.«

»Seit den Drachen!« rief Caspar.

Sie deuteten in die trüben Tiefen des Teichs, und Caspar blinzelte, folgte ihrem Blick, bis er ein mächtiges Skelett erkannte, das dort am Grund lag.

»Da kamen vor kurzem welche verletzt herein und erzählten von ihrem Kampf mit dem Menschen. Sie sind gestorben. Sie haben noch länger als die meisten anderen gelebt, aber am Ende sind sie gestorben. Sie sterben alle«, heulte der kleinste Steinwicht. »Von einem Augenblick zum nächsten. Sie stöhnen und weinen und klagen wie du. Und dann sterben sie.«

Caspar fühlte sich ausgesprochen unwohl.

Ein besonders stämmiger, rundgesichtiger Steinwicht sprach zum ersten Mal. »Wir müssen nicht alle gehen. Ein Steinwicht kann die Taten vieler Männer vollbringen. Wenn einer von uns diese hinfälligen Wesen begleitet, können wir sicherstellen, daß die Aufgabe bewältigt wird. Ich will mit ihnen gehen.«

Ein besonders zerfurchter Riese rang seine Hände. Auch er hatte ein rundes Gesicht, und die Familienähnlichkeit war deutlich zu erkennen. »Aber Perren, da draußen ist es gefährlich. Du kannst nicht mitgehen. Als dein Vater werde ich es nicht erlauben. Tatsächlich verbiete ich es dir.«

»Ich lebe schon zweihundertdreißig Drachenleben, und

das ist Zeit genug. Ich will meine eigenen Entscheidungen treffen.«

Seltsamerweise nickten die anderen Riesen eilig ihre Zustimmung und sagten Perrens Vater, er mache sich zu große Sorgen. Caspar merkte, daß sie allesamt darauf bedacht waren, Perren auf Reisen zu schicken, weil es bedeutete, daß ihr eigener Nachwuchs nicht gehen mußte.

»Wenn er geht, werden die anderen ihm bald folgen und wir sind wieder allein«, warnte der Vater. »Wißt ihr denn nicht mehr, wie es früher war?«

Ein schräges Grinsen machte sich auf dem Gesicht des Riesen breit. »Wir erinnern uns alle noch an die Nacht, als die Ondinen kamen.«

»Ah, daran erinnern wir uns alle. Sie kamen, und ein ganzes Drachenleben lang haben wir über nichts geredet, bis sie mit unseren Kleinen in den Armen wiederkamen und sie hier bei uns gelassen haben.«

»Oh, aber wenn wir gewußt hätten, welche Last, welche Sorge sie uns sein würden. Erst zweihundertdreißig Lebensspannen, und es scheint mir wie eine Ewigkeit! Nie sind sie zufrieden.«

»Nein, niemals!« Allgemeine Zustimmung war zu hören.

Caspar rechnete. Da es hieß, Drachen lebten dreihundert Jahre, waren die jüngeren Steinwichte ... Er kam nicht gleich darauf und summte leise einen Augenblick, bis er darauf kam, daß sie neunundsechzigtausend Jahre alt sein mußten.

»Ich habe genug.« Entschlossen stand der junge, rundgesichtige Steinwicht auf. »Ich werde sie hier herausführen, um das Necrönd zu finden.« Er wandte sich Caspar und seinen Gefährten zu. »Kommt, wir gehen.«

Als kein anderer Steinwicht aufstand, um sie daran zu hindern, lächelte Caspar erleichtert und begann ihre Habe einzusammeln. Perrens Vater grunzte unbehaglich und sagte, sie müßten länger darüber sprechen. Er wandte sich seinem Sohn zu. »Perren, eine derart überstürzte Entscheidung ist nicht richtig. Sie ist nicht natürlich. Perren, hör auf mich!«

Perren murrte und zog die Schulter an, um sich der Stimme seines Vaters zu erwehren, während die anderen großen Steinwichte seine Entscheidung unterstützten. »Nun, junger Freund, wir sollten dich besser in etwas einwickeln, deine Haut vor der Sonne schützen«, sagte einer. Er warf dem jungen Steinwicht eine graugrüne Matte zu, die aus Farn und Moos geflochten zu sein schien, und eilig wickelten die anderen Steinwichte sie um Perrens faltigen Leib und banden sie um seine Hüften.

Als Perren bereit war, sammelten die älteren Steinwichte die Gefangenen ein, wateten aus dem Teich und marschierten ins Dunkel eines Tunnels. Zu dritt trugen sie Feuerschweif. Caspar staunte über ihre Kraft. Das Pferd war wild und stark und trat um sich wie ein Dämon.

Sie schlängelten sich durchs Dunkel, dann durch das sanfte Leuchten aus der Kammer mit den kostbaren Steinen und weiter einen steilen, schmalen Gang entlang. Je weiter sie aufstiegen, desto argwöhnischer wurden die Steinwichte, gingen mit jedem Schritt widerwilliger voran, bis sie schließlich in einem Kreis aus grauem Licht standen, das aus einem tiefen Schacht hereindrang.

»Wonach riecht es hier?« rief Perren.

»Das ist die Luft da draußen«, murmelte sein Vater besorgt. »Nun, sei vorsichtig.«

Perren zuckte mit den Achseln und wartete, während Caspar und seine Gefährten den Schacht hinaufgehoben und auf den Boden gesetzt wurden. Feuerschweif versetzte den Steinwichten, die ihn gehalten hatten, einen letzten

Tritt, so daß die Funken stoben, als er an ihnen abprallte. Caspar stürzte ihm nach, bekam seine Zügel gerade eben noch zu fassen. Sie folgten Trund und Fern, die vorausliefen, zwängten sich durch einen schmalen Spalt und in eine Schlucht hinein. Caspar sagte den Steinwichten nicht einmal Lebewohl, sondern lockte Feuerschweif eilig den Rand der Schlucht hinauf.

Die Schlucht war dicht von knorrigen, halb verkrüppelten Hagedornbüschen bewachsen, und er blieb erst stehen, als er oben war. Er mußte an die frische Luft, er mußte sehen, und er mußte jagen. Sie alle waren halb verhungert.

Sofort griff seine Hand zum Bogen. Es war ein windiger Tag, und Feuchtigkeit von tief hängenden Wolken hing in der Luft. Es roch gut. Hohe Berge, an den unteren Hängen grün vom Frühling, reckten ihre kahlen goldenen Gipfel weit über ihn.

Sie waren noch in den Gelben Bergen, doch weit vom Greisen Berg entfernt. Er wandte sich um, blickte nach Westen und sah die verhangenen Umrisse von fünf Gipfeln, um die Wolken hingen. Die Stutenschweife, die vor ihm gelegen hatten, bevor man sie in die Höhlen verschleppte, lagen nun ein gutes Stück zurück. Sie waren meilenweit vorangekommen und schienen direkt unter ihnen hindurch gekommen zu sein.

»Ostwärts zum Meer!« verkündete Perren und marschierte los, doch niemand wollte ihm folgen. Der Steinwicht kam ins Wanken und wandte sich fragend um.

»Erst müssen wir essen«, erklärte Caspar und deutete mit seinem Bogen auf das Dickicht, das sich an die unteren Hänge schmiegte. Grünere Bäume und eine verschlungene, graue Linie zeigten, wo sich Wasser einen Weg am Berg hinunter suchte. »Erst dort hinüber«, verkündete er, machte sich schweigend auf den Weg und war froh, daß ihm alle widerspruchslos folgten.

Sie stiegen über vermoderte Baumstämme, die von Moos und Flechten bewachsen waren, während über ihnen Blätter in der Brise raschelten. Der Pfad, den die Tiere der Berge getrampelt hatten, war dicht von Farn gesäumt, was die Gefährten zwang, einzeln hintereinanderzugehen. Das bellende Stöhnen eines Hirschs hallte durch das Tal.

»Sie sind in der Brunft«, flüsterte Caspar.

Mit Feuerschweif am Zügel schlich er voran, die Stiefel und Oberschenkel grün vor Flechten, nachdem er an den älteren Birken entlanggescheuert war. Er zeigte durch den zarten Blätterschleier auf eine morastige Lichtung und drehte sich zu den anderen um. Das Gras auf der Lichtung war von Hufen zu Matsch zertreten. Auf breiter Fläche war zu sehen, wo Hirsche gekämpft hatten, denn der Boden war von den Geweihen aufgewühlt.

Caspar witterte den Erfolg. Die Spuren schienen frisch, und ein Hirsch in der Brunft war ein erschöpfter Hirsch. Die kleine Wölfin schnüffelte am Boden herum und leckte begeistert an einer bestimmten Stelle. Blut, vermutete Caspar. Mit gesenkter Nase folgte Runa der Fährte, und Caspar winkte Naith, er solle nach rechts ausschwenken, während er selbst der Wölfin folgte. Ein hoher Hang zu ihrer Linken bedeutete, daß der Hirsch kaum dorthin laufen würde.

Caspar schlich voran, konzentrierte sich auf Runa und blieb stehen, als auch sie es tat. Sie reckte ihre Schnauze. Sie hatte etwas gesehen. Anfangs spähte er durch die verschlungenen Äste, die mit schimmernden Blättern beladen waren, dann endlich rührte sich etwas, das er für den breiten Stamm eines Baumes gehalten hatte. Der Hirsch stand da, hielt seinen Kopf zwischen den Knien, so daß das Geweih am Boden ruhte. Vorsichtig schob er die Blätter beiseite, um besser sehen zu können.

Die mächtige Brust ging schwer, Blut rann aus einer Nüster. Das arme Tier war vor Aufregung beinahe erschöpft. Nach seinem Geweih zu urteilen, war es ein alter Hirsch, und große weiße Wunden an seiner Flanke zeugten von einem grausamen Frühling der Brunft. Caspar hob seinen Bogen, atmete langsam und kontrolliert und konzentrierte sich. Zwischen den verwobenen Ästen gab es nur eine kleine Lücke. Sein einzig mögliches Ziel war ein kleiner Fleck am Hals. Er zog die Sehne und hielt die Luft an, um ruhig zu schießen. In diesem Augenblick erschreckte ein aufgeregtes Japsen die Stille im Tal, und der Kopf des Hirschs zuckte in die Höhe, wo er für ihn nicht mehr zu sehen war.

Caspar schlich voran, während der Hirsch auf kraftlosen Beinen stolperte und dann in taumelnden Galopp überging, direkt in Naiths Richtung. Er sah etwas Weißes zucken und hörte ein Grunzen, dann ein Quieken, und er fluchte. Wieder hatte Trund eine Jagd verdorben. Er kletterte über einen Ast, schob sich unter einem weiteren hindurch und verhakte seinen Bogen im herabhängenden Efeu. Schließlich stolperte er auf einen schmalen Pfad und sah, wie Trund aufgeregt dem Hirsch nachjagte. Mit gesenktem Kopf stürmte das große Tier direkt auf Naith zu.

Eine Sekunde lang hatte Trund seine gebogenen Hauer dem Hirsch ins Sprunggelenk geschlagen, doch dieser trat aus und traf den Hund an der Wange. Er bockte sich den Weg frei und stürzte sich auf Naith, der unklugerweise mit den Armen wedelte und dem Hirsch in den Weg trat. Der Hirte blieb stehen, wo er war, obwohl Caspar ihm zurief, er solle aus dem Weg gehen.

Stolpernd kam Caspar zum Stehen, spreizte die Beine, um sicheren Stand zu finden, und holte zum Zielen tief

Luft. Das Tier hielt den Kopf gesenkt und bot nur seinen Rumpf zum Ziel. Ihm blieb keine Wahl, und so schoß er seinen Pfeil ab.

Mit großen Augen wich Naith vor dem Tier aus, das vor seinen Füßen in den Staub fiel, wobei das mächtige Geweih den Boden aufriß. Caspar hastete voran und tötete das Tier aus nächster Nähe mit einem Schuß in den Hinterkopf.

Verlegen sah Naith Caspar an. »Ich wollte nicht wie ein Feigling dastehen, wenn ich ihn durchlasse, aber ich hatte keine Ahnung, daß sie so groß und kräftig sind.«

Caspar grinste und wußte seinen Mut zu schätzen.

Naith lächelte zurück. »Ich bin daran gewöhnt, daß ein Schafbock launisch wird, aber dieser Hirsch war etwas größer.«

Sie lachten, teilten die Erleichterung und den Triumph. Heute abend würden sie gebührend feiern.

Trund und Runa fraßen gleich an Ort und Stelle, zerrten an den Innereien herum, während Caspar den Hirsch ausnahm und mit Naiths Hilfe den Kadaver wieder dorthin in den Wald schleppte, wo er Feuerschweif zurückgelassen hatte. Es kümmerte ihn nicht, daß der Sattel blutig wurde, und sie warfen das tote Tier auf den Rücken des Pferdes und kehrten zu den anderen zurück.

Als sie wieder bei ihnen waren, wurde es bereits dunkel. Schon rollte die kühle Abendluft an den Bergwänden herab und legte sich über das schmale Tal. Begeistert wurden sie von Ursula empfangen, die ein knisterndes Feuer entfacht hatte, und in Windeseile hatten sie Fleischstücke aufgespießt und rösteten sie in der Hitze der glühenden Kohlen. Lana half, entpuppte sich dabei als begabte Köchin und war offensichtlich froh, von Wert zu sein.

»Mörder! Schlächter! Barbaren!« kreischte Fern in Caspars Ohr, doch der Junge hatte keine Zeit für ihn. Angewidert wandte sich der Faun ab, trat nach Trund und der kleinen Wölfin, die selig am Feuer saßen und Knochen knackten, dann zog er sich schmollend zurück und knabberte ein Stück abseits Gras und frische Schößlinge.

Das Hirschfleisch brutzelte und sengte, und das Ende an Caspars Stock begann zu leuchten, wo er es zu nah ans Feuer gehalten hatte. Perren rutschte hinter ihm umher, betrachtete die dunkelnde Umgebung.

»Ich hätte nicht gedacht, daß irgend etwas derart unvorstellbar sein könnte. Nie haben sie mir die Höhe beschrieben, weder die Erhabenheit der Berge noch die Leere des Himmels, die wehende Luft oder die Sterne und den Mond und wie die Zeit vom Licht ins Dunkel wechselt. In den Höhlen ist alles immer von Dauer. Nicht einmal die Drachen wußten Worte, solches zu beschreiben.«

Caspar fiel auf, daß er ein kleines Stückchen Fleisch zwischen seine runden, klaffenden Zähne genommen, dann jedoch weggeworfen hatte und nun an den Wurzeln von Heidekraut nuckelte, das er ausgegraben hatte. Er leckte nun seine Lippen, als wäre es eine Feiertagsgans.

Caspars Gesicht war von der Hitze angespannt, sein Mund von dem verkohlten Fleisch wund und sein Magen vollgeschlagen, und langsam machte er sich Sorgen, da Ferns übliche Anschuldigungen der Brutalität schon eine ganze Zeit nicht mehr zu hören waren. Er drehte sich um und sah Fern nach wie vor am Rand des Lagers sitzen, aber er knabberte nicht mehr, sondern saß ganz still da und reckte seinen Hals. Er kroch zu ihm hinüber. »Was hast du gesehen?«

»Mit dir rede ich nicht mehr«, knurrte Fern, dennoch deutete er auf ein flackerndes Licht weiter unten im Tal. »Es kommt schon seit einiger Zeit immer näher. Ich glaube, seit Ursula das Feuer entfacht hat.«

Während das Feuer in seinem Nacken prickelte, stand Caspar auf und beobachtete das wankende Licht. Langsam dämmerte ihm, daß er vor den Flammen als schwarze Silhouette aufragte. In diesem Moment legte Ursula einen frischen Ast aufs Feuer. Er wandte sich um, sah die zukkenden Zungen aus leuchtendem Rot vom frischen Holz aufflackern, knisternde Kiefernnadeln durch die Lüfte tanzen, gefangen im Wirbel aufsteigender Hitze, tanzend wie sich windende Leuchtkäfer im trüben Licht der Dämmerung.

»Welch ein Idiot! Wie konnte ich so dumm sein, hier ein Feuer zu entzünden?« stöhnte Caspar.

»Verzeiht mir, Meister.« Fast schien sich Ursula zu fürchten. »Es war meine Schuld.« Ihre Hände zitterten, sie stand jedoch ganz still und nahm freiwillig alles auf sich.

Caspar sah sie an, sah deutlich die weißen Narben auf ihrer dunklen Haut. »Es ist nicht deine Schuld.« Er wußte, daß sie das Feuer entfacht hatte, doch es war nicht recht, ihr die Schuld zu geben. »Jetzt ist es zu spät. Wir müssen überlegen, wie wir diese Männer abschütteln.«

»Es sind keine Männer«, sagte Fern beleidigt.

»Wie meinst du das? Es sind keine Männer? Ich sehe doch Laternen.«

»Na ja, natürlich sind da auch ein paar Männer. Wölfe tragen keine Laternen mit sich herum.«

Ein Schauer lief Caspar über den Rücken, und augenblicklich sah er das Bild aus dem Teich vor sich. »Woher weißt du, daß es Wölfe sind?«

»Natürlich sind es Wölfe.« Fern zuckte mit der Nase und reckte sich, während Runa näher an Caspar heranrückte. Das Haar stand ihr im Nacken wie ein Kamm. Sie schüffelte, und mit eingeklemmtem Schwanz lief sich ängstlich zu Trund, der nur noch wenig größer als der schlaksige Welpe war. Schützend legte der schwere Schlangenfänger seine stumpfe Schnauze auf ihre Schulter.

»Schnell! Naith, erstick die Flammen«, rief Caspar die anderen etwas verspätet zur Tat. »Ursula, hilf mir, alles einzusammeln. Wir müssen sofort weiter.«

»Du fürchtest dich vor Wölfen!« rief Perren mit einigem Erstaunen aus. »Und so löscht man kein Feuer.«

Naith sandte einen Funkenregen in die Luft, als er mit einem Zweig nach den Flammen schlug. Perren wankte auf seinen großen flachen Füßen vor und stampfte auf die Flammen, trat sie aus, ohne auch nur den leisesten Anflug von Schmerz zu zeigen.

Ungläubig stand Caspar einen Augenblick lang da, bis er sich an die Dringlichkeit der Lage erinnerte. Eilig lud er ihre Taschen auf Feuerschweifs Rücken. Fern lief aufgeregt im Kreis herum und trieb jedermann zur Eile.

»Nun, hilf uns etwas!« fuhr Naith ihn an, doch ohne Erfolg.

Der Faun sammelte eine Schlafrolle auf und warf sie unordentlich auf Feuerschweifs Rücken, schlug dem Pferd dabei versehentlich auf die Flanke. Feuerschweif schnaubte und zog an den Zügeln, was Naith, der sich der gefährlichen Hufe sehr wohl bewußt war, in Deckung gehen ließ. Selbst Caspar wurde auf den Fuß getreten.

»Fern, setz dich einfach hin und warte!« fuhr er ihn an.

Doch das konnte der Faun nicht, und er floh den Pfad hinab, quiekte, sie sollten sich beeilen. Caspar hob Lana auf Feuerschweifs Rücken und lief, während die anderen ihm folgten, Fern hinterher. Selbst wenn sie mehr Pferde gehabt hätten, so war Caspar doch keineswegs sicher, ob sie in dieser Gegend dadurch schneller vorangekommen wären. Schließlich wartete Fern auf sie, und Caspars Ärger auf den Faun nahm ab, als er sah, wie schnell er Pfade fand, die immer tiefer in das zerklüftete Land führten, wo Bergkämme und Felsvorsprünge sie verdeckten.

Dankbar für die Mahlzeit, nach der sie leider zu früh hatten aufspringen müssen, rannten sie, so gut es ging, durch die kühle Nacht. Perren schien begeistert.

»Diese Aufregung! Das ist also Angst«, keuchte er. »Ich kann sie bei euch riechen, sie an eurem Atmen hören.« Es schien ihn zu faszinieren. Caspar fühlte sich nicht wohl.

Tiefes, stöhnendes Geheul wurde hinter ihnen laut. Sogleich erkannte er an dem Heulen, daß es keine Wölfe aus den Gelben Bergen sein konnten. Von Minute zu Minute kamen sie näher. Dann plötzlich stand einer von ihnen links von ihnen auf dem Kamm. Der Wolf, dessen dichte Mähne leicht über dem Felsen auszumachen war, stand vor dem großen Halbmond. Das Tier reckte seinen Hals und heulte. Schweiß lief an Caspars Rücken herunter.

Die tappenden Schritte eines weiteren Wolfes kamen von rechts. Caspar schien es, als trieb man sie ans Ende des Tales, wo zweifellos weitere Wölfe warteten.

Was rannte er tumb Fern hinterher? Seine Instinkte mochten ihn gelehrt haben, Wölfe aus weitere Ferne wahrzunehmen, nicht jedoch, wie man ihnen entkommen konnte. Das war allzu offensichtlich.

»Halt!« schrie er und vergeudete keine Zeit mehr. Er schoß seinen Pfeil nach der schwarzen Silhouette auf dem hohen Grat. Falls man sie angreifen wollte, wäre es ihm am liebsten, wenn es gleich geschähe, bevor ein ganzes Rudel sie umzingelte.

Stolpernd kam der Wolf auf die Beine und stürzte ins Dunkel. Es hallte im ganzen Tal, als er unten auf den Felsen aufschlug. Caspar fuhr herum, erwartete den Angriff des zweiten Wolfes.

Die Luft war von Geheul erfüllt, aber er konnte in der Finsternis nichts sehen und wirbelte herum. Ein körperloses rotes Leuchten von Augen schwebte ihm entgegen, ein Paar links von ihm, ein weiteres näher voraus. Er konzentrierte sich auf das Leuchten, das ihm direkt entgegenkam, und schoß seinen Pfeil ab. Das rote Leuchten erstarb.

Ursulas Schrei zerriß die Luft. Er machte auf dem Absatz kehrt, doch er konnte keinen sauberen Schuß auf die beiden Wölfe abgeben, die sich an sie heranschlichen. Sie hatte keine Waffe und konnte den Wölfen nur ihren Zorn entgegenschreien.

»Perren, pack sie!« schrie Caspar, denn er sah, daß er nichts tun konnte. Reglos stand die mächtige, kantige Gestalt des Steinwichts da und reagierte nicht. »Perren!« schrie Caspar erneut.

Als eben ein Wolf in die Luft sprang, trat Perren vor und stieß Ursula zu Boden. Mit tiefem Grunzen hieb er dem Wolf seine Fäuste auf den Schädel; das Knirschen von Stein auf Knochen hallte gräßlich. Caspar schoß auf den nächsten Wolf und hörte ein Jaulen und Quieken des verletzten Tieres, als es sich umwandte und floh.

»Lana!« kreischte Naith.

In dem Durcheinander war Feuerschweif ins Dunkel galoppiert, und hilflos starrte Caspar in die Finsternis, betete, daß der Hengst nicht über den schlanken Leib des Mädchens trampelte, falls sie am Boden lag.

Naith hastete voran, doch zu Caspars Überraschung hatte Fern vorher schon reagiert und war sogleich im Dunkel verschwunden. Es dauerte nicht lang, bis sie seine Stimme hören konnten. »Ich hab sie! Es geht ihr gut. Sie ist oben geblieben!«

Es mußte wohl etwas von Brids Blut in ihren Adern fließen, so dachte Caspar. Wiederum kam ihm die Ahnung, daß sie die neue Jungfrau war, in den Sinn. Atemlos und mit Seitenstichen kam er bei Fern an, nahm Feuerschweifs Zügel an sich und sah Perren an. »Warum hast du nicht schneller reagiert?«

Der Steinwicht zuckte mit den Schultern. »Ihr Menschen macht alles in solcher Eile.« Er tat die Kritik ab und deutete voraus auf ein heller werdendes Leuchten am Himmel. »Was ist das?«

»Morgengrauen«, erklärte Naith verdrießlich. »Weißt du denn überhaupt nichts?«

Noch war das Heulen der Wölfe hinter ihnen, als sie sich nach links wandten, um aus dem Tal zu klettern und den Paß zu meiden, wo sie weitere Wölfe vermuteten. Unter ihnen lag das Tal nach wie vor in Dunkelheit, doch die Dämmerung wärmte bereits die hohen Gipfel. Der Erschöpfung nahe schleppten sie sich aufwärts, kletterten auf dem steilen Hang hin und her, bis endlich die Sonne ihr Licht mit sattem Gold über die Talwände ergoß.

Abrupt blieb Fern stehen. »Sie sind fort!«

»Was meinst du damit? Sie sind fort?« fragte Caspar geduldig.

Naith grinste höhnisch. »Es macht keinen Sinn, auf den kleinen Burschen zu hören. Er ist nicht ganz bei Sinnen.«

»Nein, die Wölfe sind fort«, beharrte Fern und war nun ganz entspannt.

Caspar merkte, daß sich auch das Nackenhaar der kleinen Wölfin inzwischen gelegt hatte. Er runzelte die Stirn. Es machte keinen Sinn, daß die Wölfe verschwanden, nur weil der Morgen dämmerte.

Ursula zog an seinem Arm. »Die Wölfe mögen fort sein, Meister, doch was ist das?«

»Wo? Ich habe nichts gesehen.«

»Ich habe Licht aufblitzen sehen«, beharrte sie. »Irgend etwas, Glas oder Metall vielleicht, auf dem sich die Sonne brach.«

Caspar blinzelte nach Westen hin, doch er konnte nur Berge sehen, deren untere Hänge von Büschen und Farnen übersät waren, die aus dem sich auflösenden Nebel ragten. Es mochte sein, daß er nichts gesehen hatte, doch mußte das nicht heißen, daß nichts da war. »Kommt, steigen wir von diesem Kamm herunter.«

Sie kletterten auf der anderen Seite abwärts, auf dem Weg in den Schutz der unteren Hänge, doch ohne Pfade, denen sie hätten folgen können, und da der Weg steil und von Felsbrocken übersät war, ging es nur schwer und langsam voran. Caspar fürchtete, daß Feuerschweifs Hufe Schaden nehmen würden, wenn sie ständig auf steinernem Boden klapperten, aber das kleine Mädchen war eine nur geringe Last. Fern lief wie eh und je mit einigem Elan voraus, und Naith war so kräftig, wie er aussah. Perren marschierte freudig – für einen Steinwicht – und juchzte lauthals bei schlichten Heideklumpen oder ganz gewöhnlichem, süßlich duftendem Geißblatt. Ursula hingegen war nicht so kräftig wie die anderen. Ein paarmal sank sie vor Erschöpfung auf die Knie, und Caspar nahm sie bei der Hand und zog sie auf die Beine.

Sie riß sich von ihm los. »Ihr dürft mir nicht helfen, Meister. Ich bin Eure Sklavin.«

Er sparte sich die Mühe, mit ihr zu streiten. Das Mädchen war zu entschlossen. »Nun, steig hinter Lana auf und reite«, lockte er sie sanft.

Entsetzt sah sie ihn an. »Auf einem reinrassigen Oriaxianer zu reiten, und einem Hengst noch dazu!«

Caspar dachte, daß sie für jemanden, der sich stets als Sklaven darstellte, ausgesprochen viele Widerworte gab.

Allerdings nahm sie Naiths bereitwillig ausgestreckte Hand als Hilfestellung an.

Ständig sah sich Caspar um, doch erst gegen Mittag sah er, was Ursula gesehen hatte: ein helles Blitzen von reflektiertem Sonnenlicht. Sie hatten Täler durchquert, indem sie die steilen Hänge, die diese voneinander trennten, erklommen, was niemand, der noch recht bei Trost war, täte, es sei denn, er wollte jemanden abschütteln, der ihm auf den Fersen war. Nun wußte er mit Gewißheit, daß man ihnen folgte.

Sie schoben sich durch die kratzigen Birken, die Beine naß vom Tau auf dem kniehohen Farn, und folgten Fern wie selbstverständlich. Caspar hoffte, sein verschlungenes Vorgehen und die unerwarteten Wendungen würden ihre Verfolger verwirren, vor allem hoffte er jedoch, daß sie ihnen weglaufen würden. In jedem Fall war Fern unglaublich schnell unterwegs, und Ursula fiel trotz Naiths Hilfe bald zurück. Caspar rief Fern zu, er solle stehenbleiben, und wartete auf sie.

»Geht weiter.« Naith winkte ihn voran. »Ich bleibe bei ihr.«

Caspar schüttelte den Kopf. »Wir müssen zusammenbleiben.«

Naith nickte und hielt Ursulas Hand fest, um ihr zu helfen. Caspar konnte es ihm nicht verdenken. Ursula war ein hübsches Mädchen.

Fern stieg in das nächste Tal hinab, dessen Grund von anmutigen Vogelbeerbüschen bewachsen war und nach süßen Frühlingsblüten duftete. Dort platschte er durch einen klaren Bach. Perren blieb stehen und tauchte seine Hände ins Wasser, bis ein glasiger Ausdruck sein rundes Steingesicht erweichte.

»Was ist?« fragte Caspar.

»Hier ist von Wölfen nichts zu merken. Gestern nacht waren die Berge voll davon, aber heute ist keiner mehr da.«

Statt erleichtert zu sein, sorgte sich Caspar nur noch um so mehr. Lieber wollte er den Feind spüren, als daß dieser ihn aus dem Nichts ansprang.

Eine Weile führte Fern sie am Talgrund entlang, wo man am leichtesten vorankam, dann, wo der Anstieg zum Paß am Ende steiler wurde, wandte er sich nach Norden, kletterte an der Talwand zum Kamm hinauf. Im Zickzack liefen sie, und Lana wurde mehrmals von Feuerschweifs Rücken gehoben, während man versuchte, das Tier zu ermutigen, daß es die schwierigsten Strecken übersprang. Caspars Hände waren zerkratzt und wund, weil er sich an den rauhen Stämmen der Wacholderbüsche emporgehangelt hatte. Selbst Fern fing an zu schwitzen, und Trund legte sich bei jeder sich bietenden Gelegenheit hin und hechelte.

Es war schwierig, das Land auf diese Weise zu durchqueren, aber sie mußten die Pässe am Ende eines jeden Tales meiden, die ungeschützt und ohne Büsche dalagen, die Felsen vom Wind geglättet. Diese Pässe boten die beste Möglichkeit zum Angriff.

Als sie dann über den Kamm waren und auf nackten Felsen ins nächste Tal hinunterrutschten, so daß ihnen vom Abstieg die Gelenke knarrten, sammelten sie Mut, wohlwissend, daß ihr schwerer Aufstieg vorüber war, bis sie ans Ende dieses Tales kamen. Sie suchten sich einen Weg durch einen Bach, nutzten die natürlichen Übergänge aus Steinen und abgebrochenen Ästen und wanderten weiter nach Osten. Perren marschierte freudig neben Feuerschweif, pfiff und griff dann in die Luft, fuhr mit seinen Fingern an der weichen Borke einer Birke und an Vogelbeerbüschen hinab, bückte sich, um die fingergleichen Blätter des Geißblatts zu betrachten, das überall im Unterholz wuchs. Als er merkte, wie schnell sie liefen, drehte sich Caspar nach Naith und Ursula um. Das Mädchen stolperte ihm nach, doch von Naith war weit und breit nichts zu sehen.

»Wo ist Naith?« fragte er, als sie ihn einholte.

»Er kommt«, keuchte sie. »Sein Messer ist ihm aus der Tasche gefallen, als er mir über den Bach geholfen hat, und er mußte eben einen Stock suchen, um es herauszufischen. Tut mir leid«, entschuldigte sie sich. »Es ist meine Schuld. Er hat mir geholfen.« Caspar lächelte sie an. »Es gibt keinen Grund, sich zu entschuldigen.«

Sie wollte das Lächeln nicht erwidern, sondern sah sich ständig nach Naith um. In Gesellschaft eines Hirten fühlte sie sich offensichtlich wohler als bei einem Baronssohn, und sie schien froh und glücklich, als Naith auftauchte.

Den ganzen Tag lang erklommen sie Kämme und rutschten in neue Täler hinab, hielten sich mehr oder weniger östlich, wo eine dunkle, hohe Felsnadel aufragte. Es war nicht der übliche gelbe Stein der Berge, sondern der uralte Kern eines mächtigen Vulkans, der aus dem Herzen der Großen Mutter ragte und Hundezahn genannt wurde, weil er wie der Augenzahn eines Jagdhundes aussah. Caspar schätzte, daß sie bei Sonnenuntergang am Fuß seines Schattens wären.

Ein breiter Bach, den ein Gebirgssee speiste, versperrte ihnen den Weg, und am Ufer war er schlammig und matschig. Perren war stets zuerst im Wasser und kam als letzter wieder heraus, und mittlerweile waren sie alle bis ganz oben an den Oberschenkeln naß. Feuerschweif watete hindurch, mit schäumenden Fluten unter seinem Bauch. Er schnaubte wütend über die Strömung, die an seinen Hufen riß.

Ritterlich trug Naith Ursula hinüber, während der Steinwicht im eiskalten Wasser stand und seine großen, grauen, nackten Füße betrachtete, während sie über die Steine im Flußbett strichen.

Die Wand des Tales über ihnen war steiler, von Teilen nackten Felsens zwischen grünen Streifen grober Vegetation durchbrochen. Es würde schwierig werden, aus diesem Tal und über den Kamm zu gelangen, der von scharfen Felsen besetzt war, die vage an einen Drachenrücken erinnerten. Caspar überdachte seinen Entschluß, bevor er sich den anderen zuwandte.

»Perren, wenn du Lana trägst und auf geradem Weg hinaufsteigst, nehme ich Feuerschweif. Diesen Aufstieg schafft er nicht. Ich gehe hinunter und führe ihn um diesen Kamm. Es wird länger dauern, aber wir treffen uns auf der anderen Seite unter der schwarzen Schlucht.« Er deutete auf den Hundezahn, und die anderen nickten einsichtig.

Ein Felsvorsprung und noch ein Hang versperrte Caspar den Weg, und endlich fand er einen Weg darum herum; die anderen waren inzwischen weit über ihm, auf direktem Weg zum spitzen Gipfel. Er sah sie als kleine Punkte im Schatten verschwinden.

Caspar packte Feuerschweifs Zaumzeug und führte ihn zwischen gefährlichen Geröllhalden hindurch. Endlich fand er ein grasbewachsenes Stück, das schräg hinaufführte, und das Pferd ächzte und stöhnte, kletterte bockend von einem Sims zum nächsten. Erschöpft legte Caspar eine Pause ein, um Luft zu holen, und überschaute das kleine Tal weit unten, das er hinter sich zurückgelassen hatte.

Keuchend und schnaufend erklommen sie den nächsten Teil, wo ihnen der Weg erneut von nacktem Fels versperrt war, dem Feuerschweifs Hufe nicht gewachsen waren. Er blickte nach oben, suchte eine Route, konnte aber keine sehen, und er dachte, er würde sich weiter links hinaufarbeiten müssen. Da sah er sie, eine Reihe gebückter Silhouetten, die am kargen Kamm entlangschlichen, um seine Gefährten abzufangen. Caspar suchte rechts von sich und erkannte weitere, die von dorther näher kamen. Stahl blitzte im roten Licht der untergehenden Sonne.

Zwischen den weichen Silhouetten kitteltragender Hirten sah er runde Helme mit auffälligem Nasenschutz und die unverkennbaren Umrisse von Männern in der Uniform ceolothianischer Soldaten. Es fiel Caspar nicht schwer, sie zu erkennen. Er konnte sich nicht erklären, was ein ceolothianischer Soldat hier in den Gelben Bergen tat, bis er dachte, daß König Dagonet wohl seine eigenen Männer schickte, damit sie die Wildnis nach seiner Tochter durchsuchten. Doch warum sollten sie ihn verfolgen?

Unwillkürlich hob er seinen Bogen, doch der Schuß war zu weit. Er ließ den Bogen sinken, sah mit knirschenden Zähnen zu, wie die Soldaten stetig seinen Freunden entgegenkletterten. Fern war bereits im Schatten verschwunden, den die Felsen am Fuß des schwarzen Spaltes warfen, doch sie waren dem letzten in der Reihe schon gefährlich nah, den er für Naith hielt.

Er band Feuerschweif an einen knorrigen Wacholderstumpf und stieg gebückt, damit man ihn nicht sehen würde, weiter hinauf, um in Schußweite zu kommen. Inzwischen konnte er sie hören, ihr angestrengtes Ächzen, das wütende ceolothianische Geschrei, das laut in der Bergluft hallte. Den Federbüschen und Lanzen nach zu urteilen, waren es mindestens zwanzig Mann. Zwei Gruppen arbeiteten sich an den Höhenzügen entlang, auf dem Weg zum schwarzen Gipfel. Bald schon hatten sie die Stelle eingekreist, wo er seine Freunde zuletzt gesehen hatte, doch von denen war keine Spur mehr zu erkennen. Verdutzt kroch er näher und zerkratzte sein Gesicht am dürren Heidekraut und den Wacholderbüschen.

Seine Gefährten waren nirgendwo zu sehen und schienen schlicht verschwunden zu sein. Sein Herz klopfte ihm bis zum Hals, und er hockte in einer Mulde voller Büsche, dankbar für seinen schlanken Wuchs.

Naith! Endlich hatte er ihn gesehen, wie er im Schatten kauerte, während sich ihm ein Soldat näherte. Er hob seinen Bogen, aber ihm blieb die Luft weg, als sich eine kalte, harte Hand auf seinen Mund legte. Er versuchte sich zu wehren, doch der Arm war kräftig und hielt ihn fest.

»Spar!« murmelte eine rumpelnde Stimme leise in sein Haar. »Bleib still.«

Es war Perren, und Caspar merkte, daß er schon eine Weile auf dem Zeh des Steinwichts gestanden zu haben schien. Das klobige, grauhaarige Wesen war so reglos und zerklüftet, daß es einfach mit der dunklen Landschaft eins geworden war und Caspar es gar nicht bemerkt hatte. Perren rückte beiseite, gab eine Höhlung in den Felsen hinter sich preis und stieß Caspar hinein, bevor er es sich wieder darauf bequem machte, um den Eingang zu verdecken.

Unter Perren war es eng und heiß. Nur ein schmaler Streifen Licht bahnte sich einen Weg durch einen Spalt im Fels, der von Wacholderbüschen verdeckt war. Fern und Ursula wurden unter dem Steinwicht auf den Boden gedrückt. Lana bebte vor Schluchzen und trat nach Perren, damit er sie herausließ. Der ignorierte sie so gut es ging, murmelte, es sei doch nur zu ihrem Besten.

»Wo sind Trund und die kleine Wölfin?« flüsterte Caspar.

»Trund ist weggelaufen, aber die Wölfin ist hier.« Ursula verlagerte ihr Gewicht, so daß sich ihr Ellenbogen in Caspars Schulter bohrte, und er sah Runas weiße Schwanzspitze. Der Rest lag eingerollt unter Ursulas Löwenfellumhang.

»Und was ist mit Naith?« protestierte Caspar. »Er ist noch da draußen.«

Lana wimmerte ängstlich.

»Ich habe im Bach gestanden, als er an mir vorbeigewatet ist«, erklärte Perren feierlich, als sollten die Worte Caspar etwas Wichtiges bedeuten.

»Ich verstehe nicht.«

»Ich habe seinen Verrat gespürt. Deshalb habe ich den Rest hier versteckt, während er auf dem Pfad zurücklief. Er hält dich für den Herrn der Wölfe und hat unseren Weg wahrscheinlich bei jeder Gelegenheit markiert.«

»Ich dachte, er mag mich.« Ursula klang niedergeschlagen. »Ich hätte wissen sollen, daß niemand sich für eine Sklavin interessiert.«

Es schien, als säßen sie dort eine Ewigkeit, während das Trampeln der Schritte über ihnen durch die Erde bebte, als die Soldaten vorbeimarschierten und nach ihnen suchten. Glücklicherweise unterdrückte Lana ihr Schluchzen und blieb still, aber Fern wippte und zappelte und kaute an Heidewurzeln, die durch die Felsen drangen. Caspar stieß ihn an, er solle damit aufhören. Ferns ständiges Kauen ging ihm auf die Nerven.

»Du beklagst dich nicht, wenn Perren auf Wurzeln herumkaut«, flüsterte der Faun abfällig.

»Ja, aber Perren tut es nicht ununterbrochen. Vom bloßen Zusehen tut mir schon der Unterkiefer weh.«

Fern kaute nur noch um so schneller, doch dann erstarrte er mit offenem Mund, als ein Stock durch die dichte Wacholderdeckung drang und über ihnen Stimmen knurrten.

»Du bist ein Narr, Ovissianer. Du hast uns betrogen.«

»Sie waren hier. Ich sage es Euch. Ich war direkt hinter ihnen. Hätte ich mir all die die Mühe gemacht, Melkin eine

Spur zu hinterlassen, damit er Euch zu uns führen konnte, wenn ich nicht gewollt hätte, daß sie gefaßt werden?«

»Sie müssen dich durchschaut haben«, tadelte der Ceolothianer.

»Das kann nicht sein. Sie sind allesamt so simpel. Und selbst wenn, können sie sich doch nicht einfach in Luft auflösen.« Es entstand eine lange Pause, bis Naith wieder sprach. »Es sei denn ... es wäre Zauberei! Genau wie er die Wölfe gerufen hat, ist das hier wieder Hexenkunst. Gestern waren sie überall. Obwohl er so tat, als würde er sich vor ihnen fürchten, sind wir ohne Schwierigkeit entkommen.«

»Er ist nicht Herr der Wölfe.« Schneidender Spott lag in der Stimme des Ceolothianers. »Der arme kleine Hirte hat die ganze Zeit geglaubt, er würde uns zum Herrn der Wölfe führen. Ha!«

Plötzlich stieß Naith einen Schrei des Entsetzens aus. »Dann hat er nicht gelogen! Ihr ... Ihr ...«

Danach hörte Caspar nur noch Kampfgeräusche, die mit einem schweren Schlag und weiterem Knurren und Kraftausdrücken endeten. »Nun, kleiner Belbidianer, wir werden dich fesseln und hier liegenlassen. Die Wölfe holen dich, sobald es Nacht wird«, versprach die ceolothianische Stimme.

»Ihr Schweine! Ihr kaltherzigen, niederträchtigen Kreaturen, ihr solltet unterirdisch leben.«

»Es ist nichts gegen Lebewesen einzuwenden, die unter der Erde leben«, murmelte Perren, während Ursula die kleine Lana in die Arme nahm und ihre Trauer mit dem Löwenfell erstickte. Glücklicherweise machte Naith zuviel Lärm, als daß man das dumpfe Klagen seiner Schwester hätte hören können.

»Sch!« Caspar hieß sie alle, still zu liegen, bis er sicher sein konnte, daß die Soldaten fort waren. Naiths verzweifelte Hilferufe wurden über ihnen laut. Als Caspar spürte, daß die kühle Luft sie umfing, und sicher war, daß die Sonne untergegangen war, stieß er an Perrens Rücken. »Laß uns raus. Bei Naiths Geschrei dürfte bald jeder Wolf im Umkreis von hundert Wegstunden angelockt sein. Wir müssen schnell ein besseres Versteck finden, und ich muß Feuerschweif und Trund holen.«

Perren stand auf, und Naith schrie vor Überraschung auf. »Woher zum Teufel kommst du?«

»Verräter!« knurrte Perren und hob einen Felsen über seinen Kopf.

»Nein«, befahl Caspar ganz leise.

»Aber er ist ein Verräter.« Perrens graue Gestalt trat drohend vor den am Boden kauernden, gefesselten Schafhirten. Lana schlang sich um seine Beine und flehte, er solle aufhören.

»Nein«, wiederholte Caspar. »Er versteht nicht, was vor sich geht. Die Ceolothianer haben ihn benutzt, und er ist verwirrt und verletzt. Laß ihn.«

»Ein Verräter sollte sterben.« Fern gab Perren recht.

Da nickte Ursula. »Ich habe noch kein Land am Caballischen Meer kennengelernt, in dem man einen Verräter leben lassen würde.«

Caspar ereilte das unbestimmte Gefühl, als hätte er nicht mehr das Kommando über diesen Trupp.

KAPITEL 14

May hatte kaum Geld für eine Mahlzeit in Ochsenfurt. Zögerlich tastete sie nach den Münzen, bis das Kupferstück warm in ihrer Hand lag. Da sie den Umgang mit Geld nicht gewöhnt war, fühlte es sich seltsam an. Sie wollte nichts von dem Geld ausgeben, wußte aber, daß sie sich nur so vor dem Übel der Nacht in Sicherheit bringen konnte.

»Bitte, wollt Ihr Euch nicht zu mir setzen?« sagte sie mit sanfter Stimme und einer Gelassenheit, die ihre zitternden Hände Lügen strafte. Wenn sie diesen Mann nicht abschütteln konnte, wollte sie zumindest genau wissen, wo er war. Sie hielt es für einen weisen Entschluß und war von sich selbst beeindruckt.

Die merkwürdigen, sonnendurchfluteten Augen des Mannes blickten von ihrem Gesicht auf ihre Hände. Sie schob sie unter den Tisch.

»Die Nesseln«, entschuldigte sie sich. Ihre Finger waren grün gefärbt, wo sie mit Ampferblättern daran herumgerieben hatte, aber sie brannten noch immer.

Mitfühlend sah er sie an, und sie rief sich in Erinnerung, daß sie mißtrauisch bleiben sollte.

»Ich kann mich noch nicht setzen, süße Silbermond. Ich habe kein Geld für eine Mahlzeit und muß es mir erst verdienen.« Er lächelte sie an. »Kommt, wir beide werden heute abend köstlich speisen.« Mit lauter, zuversichtlicher Stimme sagte er: »Freunde! Ich bin ein Reisender von fernen Ufern und habe manch Denkwürdiges gesehen. Eure Mienen sind ernst. Würdet Ihr gern ein Lied hören, das Eure Stimmung hebt?«

»Aye, das wäre hübsch«, rief ein Gast.

Ein Kaufmann, nach seinem prächtig gefärbten Wollumhang zu urteilen, schlug auf den Tisch. »Und wenn Ihr mich lachen oder weinen macht, will ich es Euch in Silber entlohnen.«

Einige seiner Gefährten nickten, einer warf ein: »Ein Lied wäre hübsch, aber ich habe noch keines gehört, das mich zum Weinen hätte bringen können.«

Der Rest des Gasthofs kümmerte sich nicht darum. May fand die Leute wenig großzügig. Wären sie in den Hallen von Torra Alta gewesen, hätte die ganze Meute lautstark ein Lied gefordert.

Obwohl der seltsame Begleiter ihr ermutigend zuzwinkerte, war sie dennoch davon überzeugt, daß sie an diesem Abend schlichtes Brot speisen würden ... bis er zu singen begann. Seine Stimme war, was sie nach seiner Sprache hätte vermuten können, kraftvoll und schön, und er sang mit derart einnehmender Trauer von verlorener Liebe, daß sie bald schon an Caspar denken mußte und ihr Tränen in den Augenwinkeln brannten.

Mit feuchtem Blick sah sie zur Tür, sehnsüchtig, hoffend, betete, er möge plötzlich durch diese Tür treten. Aber es war hoffnungslos. Das ganze Leben schien ihr hoffnungslos, sinnlos ohne ihn. Die Tränen nahmen überhand und rannen ihr hemmungslos über die Wangen, während ihr merkwürdiger Gefährte noch sang. Seltsamerweise waren es nicht die Worte, die sie bewegten, denn die waren doch alltäglich, sondern das Gefühl dahinter stach ihr tief ins Herz. Als ihm schließlich die letzten Töne über die Lippen kamen, gab er ein schweres Seufzen von sich und ließ den Kopf hängen. Die Gäste im Gasthaus schwiegen einen langen Augenblick, dann forderten sie mehr, mit leuchtenden Mienen und Augen, in denen Tränen glitzerten.

Auch May hörte sich selbst bitten, daß er weitersingen sollte. Was tat sie? Der Mann hatte eine übernatürliche Kraft in seiner Stimme, und sie erinnerte sich an die Geschichten der Waldbewohner, daß Elfen Seelen mit dem Zauber ihrer Stimme stehlen konnten.

Nun, sie hatte ihren eigenen Zauber. Sie langte unter ihr schlichtes Hemd nach dem kleinen Beutel und nahm einen vertrockneten Vogelbeerzweig hervor, der seit dem vergangenen Herbst darin gewesen war. Sollte er der Geist eines Elfen sein, würde das Holz der Bergesche sie vor ihm schützen. Sie legte den Zweig vor sich auf den Tisch, wo er sich hinsetzen würde, sobald er sein nächstes Lied beendet hatte, das diesmal froh und fröhlich war, die simple Mär eines dummen Mannes und seines dummen Hundes. Aus irgendeinem Grund klang sein Singen lächerlich, und bald schon war das ganze Wirtshaus von Gelächter erfüllt und überschüttete ihn mit Münzen. Er hatte recht. Sie würden an diesem Abend prächtig speisen. Die Gäste forderten noch ein Lied, aber er machte sich von ihnen los und kehrte an Mays Tisch zurück.

Als er den Vogelbeerzweig sah, warf er ihr ein schmallippiges Lächeln zu. »Ihr spielt ein falsches Spiel mit mir, Mylady. Ihr besitzt einiges Verständnis für die Kräfte der Welt um Euch herum und die verborgenen Mächte in allem Leben, aber Ihr seid keine Priesterin.« Vorsichtig nahm er den Zweig zwischen Daumen und Zeigefinger, wie man Nesselkraut berühren würde, und schob es zu ihr zurück. Ein überraschtes Lächeln machte sich auf seiner Miene breit, dann streckte er eine Hand aus und strich über die Blätter der Vogelbeere. »Diese Bergesche mit ihren zarten Blättern ist wirklich ein sehr schöner Baum.«

»Was meint Ihr damit, ich wäre keine Priesterin?« fragte

May und nahm den Vogelbeerzweig an sich. »Ihr dachte, es würde Euch schmerzen.«

»Ich war nur mißtrauisch, was Eure Absicht angeht. Die Beeren sind dunkel, und ich habe mich gefragt, ob Ihr mich vergiften wolltet. Kommt!« Er klatschte in die Hände. »Wirt, ich nehme starkes Bier und feines Brot.« Er sah sich auf den Tischen um, was die anderen aßen. Dampfende Aufläufe, Fleischeintopf und gebratene Ente dufteten verführerisch. May mußte zugeben, daß sie halb verhungert war, und konnte nicht ablehnen, als er ihr eine Auswahl nahrhafter und delikater Speisen bot.

Er beobachtete sie beim Essen, und irgendwie wurde sie mit ihm warm. Sie konnte nicht anders, wenn er sie so anlächelte. Sie verstand ihn nicht, konnte das Gefühl in seinen seltsamen Augen nicht begreifen, wie es ihr bei anderen Männern gelang. Es schien ihm zu gefallen, wenn er ihr Freude machte, und falls er das Druiden-Ei suchte, hätte er es ihr doch sicher längst genommen, als sie im Graben lag.

»Warum folgt Ihr mir?« fragte sie geradeheraus, sah ihn an und wartete auf Antwort.

Er hielt ihrem Blick stand und kaute langsam, bis er dann herunterschluckte und sagte: »Ihr habt mich gerufen. Anfangs dachte ich, eine Hohepriesterin hätte mich gerufen. Der Zauber war zu mächtig.« Neckend lächelte er sie an. »Aber ich habe mich nicht schlecht gemacht.«

May war gekränkt. »Ihr hattet gehofft, ich sei Brid«, fuhr sie ihn an. Sollte sie auf ewig von Brid geplagt sein und für alle Zeit in ihrem Schatten stehen? »Ihr dachtet, ich sei Brid, weil nur eine Hohepriesterin die Macht hätte, das Necrönd bei sich zu tragen?«

»Sagt es nicht!« Plötzlich lag seine Hand auf der ihren, und ein Schauer durchfuhr sie. Sie konnte in seinen Augen nicht erkennen, was er fühlte, doch war sie sich bei seiner

Berührung sicher. Sie war beschützend. »Nein, das wollte ich nicht, Silbermond. Außerdem wäre eine Hohepriesterin klug genug, ein Ding von solcher Macht nicht mit hinaus in die Welt zu nehmen.«

May errötete. »Ihr wollt es haben!«

»Und was würde es mir nützen?« Abschätzig schnaubte er. »Einst, ja, doch nun nicht mehr.«

May wandte sich wieder ihrer Mahlzeit zu, überlegte, wie sich sich dieses Mannes am besten entledigen konnte oder ob sie sich überhaupt seiner entledigen sollte. Da! Schon dachte sie wohlwollend von ihm. Starr stand sie vom Tisch auf und dankte ihm kurz angebunden für das Mahl.

Er nahm sie bei der Hand. »Schließt die Läden heute nacht, und solltet Ihr Euch fürchten, ruft mich um Hilfe.«

»Was kümmere ich Euch?« wollte sie wissen.

Er lächelte fast reuig. »Mein liebes Kind, ich brauche Euch.«

»Ihr braucht mich!« May rümpfte die Nase.

»Mehr als Ihr Euch nur vorstellen könnt.« Er lächelte und ließ seine Finger durch die ihren gleiten.

Sie hielt ihn für verrückt, eilte die Treppe zu ihrer Kammer hinauf, froh, daß sie sie mit niemandem teilen mußte. Keuchend brach sie den Vogelbeerzweig in Stücke und verteilte diese ums Bett, um sich vor bösen Geistern zu schützen. Dann vergrub sie sich unter den Decken und zog das Bärenfell über ihren Kopf. Während sie nervös an der Brosche herumtastete, mit der der Umhang befestigt war, lauschte sie, wie ein Zweig gegen die Scheibe schlug.

Das Bärenfell und die Brosche hatte sie von Caspar bekommen, und deshalb lagen sie ihr besonders am Herzen. Die Brosche war aus reinem Silber in Form eines großen

Drachen mit ausgebreiteten Flügeln und von einigem Wert, so daß sie sie stets an der Innenseite befestigte, damit niemand sie sehen konnte.

Das war keine neue Angewohnheit auf ihrer Reise, sondern eine, die sie schon lange hatte, denn Caspar sollte nicht sehen, wie sehr ihr dieses Geschenk ans Herz gewachsen war, weil sie es ständig trug. Sie fühlte es gern auf ihrer Haut und streichelte es oft zum Trost, haderte oftmals damit, daß er ihr nie mehr romantische Zärtlichkeit entgegengebracht hatte.

Der vertraute Ruf einer Eule ging dem kalten Schrei einer Füchsin voraus. In der langen Stille, die darauf folgte, nahm der Wind ab, und May hörte nur noch ihr heftig pochendes Herz, doch sie war sicher, daß sie nicht allein in ihrer Kammer war, daß jemand im dunklen Schatten stand. Sie hatte das übernatürliche Gefühl, daß sie diesen Menschen kannte, und ihre Hand fuhr zum Necrönd, wenn sie sich auch davor hütete, es zu berühren. Die Priesterin hatte davor gewarnt, und auf dieses Urteil mußte sie bauen. Sie sehnte sich nach Trost und wünschte, Caspar würde durch die Tür treten und sie retten.

Sie konnte ihre Phantasie nicht bremsen und war bald überzeugt davon, daß dort in der Ecke etwas war, stillsaß und darauf wartete, daß sie einschlief. »Spar«, schluchzte sie. »Ich brauche dich.«

Sie biß die Zähne zusammen und schämte sich, daß sie, eine Torra Altanerin, die sogar die Belagerung überlebt hatte, im Dunkeln zitterte. Konzentriert starrte sie die Silhouette an. Sicher war es nur ein Stuhl, über dem Kleider lagen, ausgefüllt von Schatten. Sie zog das Bärenfell um sich und kniff die Augen zusammen, doch bald schon war sie überzeugt davon, daß irgend etwas ihrem Bett entgegenschlich. Sie blinzelte zwischen ihren Fingern hindurch und erbebte vor Entsetzen. Das Ding in der Ecke war näher gekommen.

Als sie eben vor Angst aufschreien wollte, drang die melodiöse Stimme ihres selbsternannten Wächters von unten durch die Halle. Eine plötzliche Ruhe machte sich im Gasthaus breit. Die Schatten erhellten sich, und der Stuhl wurde wieder eine schlichte Silhouette, auf deren Lehne ihre Kleider lagen. Sie sank in ihre Kissen zurück, die raschelten und knisterten, während das Stroh darin ihrem Kopf nachgab. Sie lauschte dem Lied des Mannes. Es klang sanft und beruhigend.

Wiederum mußte sie an Caspar denken, und Tränen rannen über ihre fahlen Wangen. Drei Jahre hatte sie sich von ihm ferngehalten und darauf gewartet, daß er sie mit seiner ungezügelten Zuneigung überhäufen würde, daß er auf seinem edlen Roß die Straße zur Burg hinaufgaloppieren, sie an sich reißen und küssen würde. Die ganze Burg hätte vor Freude gejubelt.

Aber es sollte nicht sein. Sie schniefte. Das Lied des Elfenmannes war von Worten verlorener Liebe erfüllt, und Tränen strömten über ihre Wangen, und sie drehte sich um und vergrub ihr Gesicht in den Kissen.

Sie schien sich in den Schlaf geschluchzt zu haben, denn als sie wieder zu sich kam, war ihr furchtbar kalt. Das Bärenfell war vom Bett gerutscht und lag wie eine Brücke auf dem Kreis aus Vogelbeerzweigen. Der Mond war untergegangen, und es drang kein Licht durch die Fensterläden. Ein Atmen erfüllte das Dunkel. Pfoten tappten auf den Bohlen um ihr Bett. Sie war keine Priesterin, doch sie hoffte, die Vogelbeere würde sie vor dem, was dort in ihrer Kammer lauerte, beschützen.

Ihre Hand ging zum Necrönd. Vielleicht konnte sie mit dessen Hilfe die Geister abwehren, die mitten in der Nacht die Grenze zwischen Anderwelt und dieser überschritten hatten. Ihre Hand schwebte darüber, und sie wußte, wie übermächtig Caspars Drang, mit dem Druiden-Ei umzugehen, gewesen sein mußte. Sie dachte an Morrigwens Warnung, ballte eine Faust und zog sie widerwillig zurück. Sie mußte auf die Große Mutter vertrauen. Diese Wesen waren nichts als Schatten und konnten ihr sicherlich nichts tun.

Fast hatte sie sich davon überzeugt, daß die Schatten und gespenstischen Geräusche ihrer Phantasie entsprangen, als die dunklen Umrisse dort in der Ecke sie erneut aufschrecken ließen. Es schien ihr, als kämen sie näher, und weitere gebückte Schatten sammelten sich darum. Dann plötzlich stürzten sie sich auf sie. May schrie.

Die Tür wurde aufgeworfen, und eine Laterne schwankte auf der Schwelle. Die schattige Gestalt hielt in ihrem Angriff inne und blickte finster zur Silhouette in der Tür, die ein langsames, klagendes Lied sang, so schrecklich und furchteinflößend, daß es May erschauern ließ. Jede ihrer Sehnen war erstarrt, als wäre sie zu Stein geworden. Der Schatten stöhnte vor Schmerz und sank dann in sich zusammen. Der Mann in der Tür trat vor, wobei das Timbre seiner Stimme sich veränderte, langsam sanft und warm wurde, so daß May sich zu entspannen wagte. Es war der elfengleiche Fremde, der ihr Freund sein wollte. Er zündete die Kerze neben ihrer Bettstatt an.

»Was war das?« fragte sie zitternd. Sie fühlte sich geschändet, als sei das Ding in ihre Träume gekrochen und hätte ihre Gedanken manipuliert. Wie lange hatte es schon dort im Dunkel gesessen?

Er zuckte mit den Achseln. »Das Druiden-Ei tut seltsame Dinge.«

In diesem Augenblick kümmerte es May nicht, woher sein Wissen kam, und als er seine Arme ausstreckte, sank sie hinein. Erschöpft nach so vielen schlaflosen Nächten, fiel es nicht schwer, sich von seinem Lied in den Schlaf wiegen zu lassen. Als sie erwachte, war schon Morgen, und noch immer sang er leise. Da ihre Ängste nun verflogen waren, stieß sie ihn aus plötzlicher Verlegenheit von sich.

Ungerührt lächelte er. »Kommt, ich kaufe Euch ein Frühstück.«

May zögerte nur kurz. Er führte sie die Treppe hinunter, und da erst fiel ihr auf, daß er seinen seltsamen Kittel und die Sackhosen gegen ein Lederwams mit Silberknöpfen und ein grünes Seidenhemd eingetauscht hatte. Er sah wirklich sehr schmuck aus, und diese Kleider waren ihm erheblich angemessener.

Bald schon waren sie wieder unterwegs, teilten sein Pferd und ritten ostwärts der Küste entgegen. Mehrere Meilen weit sagte sie kaum etwas, denn sie dachte nach, fragte sich, wer dieser Mann sein mochte und woher er kam, doch schließlich mußte sie ihre Neugier befriedigen.

»Wenn ich mit Euch reisen soll, wollte Ihr mir dann nicht wenigstens Euren Namen nennen?« fragte sie.

Er lächelte warmherzig, als bedeutete diese Aufforderung, daß sie ihn nun endlich akzeptierte, antwortete aber nicht gleich. Unsicher strich sie ihr dichtes Haar zurück. Sie hatte das unbestimmte Gefühl, daß dieser Mann ehrlich nur hinter ihr her war. Aber wieso?

Sie hatte sich selbst nie hübsch gefunden – in Brids Schatten zu stehen tat das seinige dazu –, aber dieser Mann schien sie wahrlich anziehend zu finden.

Fast erwiderte sie sein Lächeln, aber er hielt sich noch zurück. Seine Komplimente taten ihre Wirkung, und sie spürte, daß sie ihre schützende Skepsis verlor. Unmöglich konnte er sie um ihrer selbst wollen. Er wirkte zu erfahren, und allein mit seiner Stimme hätte er eine Prinzessin dazu bewegen können, vor ihm auf die Knie zu fallen.

»Amaryllis«, erklärte er ihr nach langem Zögern, als hatte er etwas so Geheimes wie seinen Namen nicht preisgeben wollen.

Sie nickte und spürte, daß sie ihm eher traute, nachdem sie nun einen Namen hatte, mit dem sie ihn ansprechen konnte. Wie er sie dazu überredet hatte, mit ihm auf seiner schlanken Stute zu reiten, konnte sie kaum sagen, doch sie fühlte sich nicht unwohl. Sie kamen gut voran, näherten sich den Häfen im Osten und den Schiffen, die über das Caballische Meer Handel trieben. Wären sie erst dort, würde sie sich allein eine Passage nach Ceolothia verschaffen.

Die Straße führte sanft nordöstlich, streifte die Gelben Berge und folgte der Grenze zwischen Jotunn und Torra Alta. Die Straße gabelte sich, wobei eine Richtung zu den überfüllten Häfen des östlichen Jotunn führte, von denen aus der berühmte Käse von Jotunn gehandelt wurde, und die andere nach Norden zu den kleinen Fischerdörfern im Osten Torra Altas. Da sie im stillen Waldland geboren und aufgewachsen war, blickte May natürlich mit einigem Argwohn auf die großen Städte und schlug vor, nordwärts zu reiten. Der schmale Pfad wand und schlängelte sich durch Kalkfelsen, und als der Abend kam, tauchten die bunten Häuser von Möwenstein auf.

Das Städtchen blickte von den Klippen auf das kristallene Grün der tiefen See. Näher am Land wurde die sandige Farbe des Meeresbodens durch dunkle Flecken von Seetang und Felsen durchbrochen. Eine gute Meile draußen auf dem Meer schützte ein Ring aus zerklüfteten Felsen das flache Gewässer der kleinen Bucht vor der Dünung des Meeres. Jenseits davon ankerten drei mächtige Schiffe auf dem dunkleren, weiß schäumenden Wasser.

May stöhnte beim Anblick des unermeßlichen Meeres unwillkürlich auf. Sie hatte Geschichten vom Meer gehört, von seinem geheimnisvollen Treiben und den Farben, doch hatte nichts sie auf die enorme Weite oder darauf vorbereitet, daß die Bewegungen wie die eines gigantischen Lebewesens waren, das hungrig am Ufer fraß. Die riesigen Wasser erstreckten sich bis in weite Ferne, die Farben verblaßten, bis sie nicht mehr als ein grauer Strich waren. Ein derart weiter Blick war May fremd, und er ängstigte sie. Das Meer lebte und war in gewisser Weise wie ein schwitzendes Tier, sein Anschwellen wie stetiger, langsamer Atem. Rabenvögel, die unter ihr durch die Lüfte segelten, lenkten ihren Blick wieder auf die Straße zu ihren Füßen.

Ein Pfad scherte davon aus und führte ins Dorf hinab. Er war ins Kliff gehauen und schlängelte sich hin und her, war zu sehen, dann wieder nicht, nutzte jeden Sims und jeden Felsvorsprung, um sich zu winden. Große Maschinen mit Ketten und Flaschenzügen reihten sich auf den Klippen aneinander, offenbar dafür gedacht, Güter ins Dorf hinunterzulassen, wenn diese zu klobig waren, um sie auf einen Esel zu laden.

Sie hatte erwartet, Amaryllis würde sich fürchten, den steilen Pfad hinunterzureiten, der sicher so steil wie der am Felsenturm von Torra Alta war. Doch dem war nicht so. Ohne mit der Wimper zu zucken, ritt er entschlossen hinab, wenn sein Pferd auch schwitzte und ächzte, als sie zu den oberen Ebenen des Dorfes kamen, das sich an die Klippen klammerte. Hier war der Pfad dann durch hölzerne Plattformen verbreitert, die aus den Felsen ragten und dankenswerterweise mit Geländern versehen waren.

Im Zickzack stiegen sie hinab, zwängten sich an Eseln vorbei, die sich unter großen Körben mühten, die man ihnen auf den Rücken gebunden hatte. Die Häuser waren klein, mit winzigen Fenstern, die in die grelle Sonne blinzelten.

Die Häuser waren keine Häuser, wie May sie kannte, sondern eher wie uralte Höhlen aus einer Zeit, in der ein drängendes Meer weiter oben an die Klippen geschlagen hatte. Eine Reihe leiterähnlicher Stufen waren in das Kliff gehauen, führten vom schmalen Hafenanleger zu den Behausungen darüber. Flaschenzüge wie jene, die von den Giebeln hoher Mühlhäuser hingen, hoben Fässer und Paletten an. Die Bewohner waren vom stetigen Klettern schlank, die Gesichter von der salzigen Gischt gerötet, und sie brüllten sich an, selbst wenn sie nah beieinanderstanden, um sich beim stetigen Geschrei der Möwen Gehör zu verschaffen. May war froh, als sie zum Fuß der Klippen und dem Hafen kam, wo sie abstiegen.

»Wir müssen ein Schiff für Euch finden, meine süße Lady Silbermond«, sagte Amaryllis galant, doch May konnte nicht sagen, ob er sie verspottete oder nicht. »Es wird gut sein, übers Meer zu fahren. Sehr viel sicherer.«

Stirnrunzelnd sah sie ihn an.

»Das Meer ist für Geister eine Barriere. Es wird dem Dunklen Schatten schwerer fallen, sie zu überqueren.«

Sie betrachteten den Hafen. Zwei Gasthäuser betrieben ihr Geschäft an beiden Enden des Dorfes. Sogleich fiel May auf, daß beim näher liegenden, dem *Hungrigen Fischer*, ein stetiger Fluß von jungen Männern ein und aus ging. Sie konnte das Schild, das über dem Eingang des zweiten Gasthauses baumelte, nicht recht lesen, konnte aber sehen, daß die Türen verschlossen waren. Es stand näher bei den Reihen der Ruderboote, die Ladung von und zu den drei großen Schiffen brachten, die draußen vor der Bucht lagen. Offenbar wurde dieses Gasthaus von den Händlern besucht, die in tiefen Wassern ankerten und noch keine Zeit für die Taverne hatten.

Sie wandte ihr Augenmerk wieder den Fischern zu. Zwei Pulks von Männern hatten sich an einem Pier versammelt, der von Seetang und Krebsen überwuchert war und anscheinend den Treffpunkt des Dorfes bildete. Die Männer im ersten Pulk waren schneidig gekleidet, mit sauberen Hosen und Jacken, der eine oder andere mit einem Stock in der Hand. Die andere Gruppe trug schwerere Wolle und dicke Jacken, offenbar Fischer, die sich gegen die harsche Witterung des Meeres gewappnet hatten.

May betrachtete die besser Gekleideten, und vor allem fiel ihr Augenmerk auf einen Mann, der meist redete. Nach dem schneidigen schwarzen Umhang und dem spitzen Hut zu urteilen, war er der Dorfpräfekt.

»Ein merkwürdiger Mann war er, und ein echter Edelmann dazu. Der Sohn des Barons, wie er behauptete. Der Sohn des Barons Branwolf selbst. Hat mir sogar seinen Ring gezeigt.« Er hielt in seiner Erzählung inne und wartete auf ein anerkennendes Stöhnen der versammelten Dörfler. »Steif und arrogant saß er auf seinem großen schwarzen Pferd. Nie habe ich einen Burschen gesehen, der sich für großartiger hielt. Hat mich vor Unruhestiftern gewarnt, die durch die Berge westlich von uns streifen. Offenbar gesuchte Männer. Wir sollen auf den Klippen wachen und nach ihnen Ausschau halten. Er sagte, sie kämen aus den Bergen. Oh, und er sagte, es solle eine Belohnung geben.«

Mays Herz klopfte. Der Sohn des Barons! Ihr Herz tat vor Freude einen Satz, dann hielt sie an sich. Doch nicht auf einem schwarzen Pferd. Wie dem auch sei, mußte sie in jedem Fall fort von hier, falls es tatsächlich Caspar sein sollte. Sie konnte nicht das Risiko eingehen, daß er das Necrönd wieder an sich nahm. Zerrissen von ihren widerstreitenden Gefühlen, stellte sie sich nicht die Frage, wieso er nach einer Bande von Grobianen fragte und nicht nach ihr.

Die Gruppe plauderte aufgeregt darüber, was man mit der Belohnung anfangen wollte. Mays Neugier galt den Fischern und ihren Frauen, die sich um eine leuchtende Kohlenpfanne unter dem niedrigen Dachvorsprung des *Hungrigen Fischers* drängten. Deren Gespräch war ein ganz anderes. Anscheinend hatte es in der vergangenen Nacht keinen Mond gegeben, und die abergläubischen Fischer waren nicht hinaus gefahren.

May sah sich um und fand keine Kirche oder Kapelle und hoffte, sie wäre an einem Ort, der sich wieder den Traditionen der Großen Mutter zugewandt hatte. Die verkohlten Reste eines großen Freudenfeuers, das zweifellos erst kürzlich für Beltanes Fest entzündet worden war, bestätigte ihre Vermutung, und sie war guten Mutes.

»Seid Ihr denn in Sicherheit, wenn ich Euch am Gasthaus allein lasse?« fragte Amaryllis. »Ich muß bei den Händlern einige Erkundigungen einziehen.«

Sie nickte unsicher. Sie hatte vorgehabt, allein weiterzureisen, doch sie war sich noch nicht ganz klar darüber, wie sie sich ihres eifrigen Begleiters entledigen konnte.

Er wirkte unentschlossen. »Vielleicht, meine Kleine, solltet Ihr es mir lieber geben. Ich kann es besser schützen als Ihr.«

Ein kaltes Lächeln machte sich auf ihren Lippen breit. »Jetzt verstehe ich! Ihr könnt es mir nicht mit Gewalt nehmen, habe ich recht?« Unruhig tasteten ihre Finger an der silbernen Schatulle herum. »Ihr dürft es mir nicht stehlen, und so wollt Ihr es Euch mit Freundlichkeit und Gefallen aneignen. Ihr werdet mich nicht für Euch einnehmen«, sagte sie kalt und ohne Leidenschaft. »Ihr werdet mich nicht verführen. Ich liebe einen anderen wahrlich und von ganzem Herzen.«

Ihre Hand tastete nach der Brosche an ihrem Hals, und sie dachte an jenen wundervollen Sommer im ersten Jahr, das sie nach der Belagerung auf Torra Alta verbracht hatte, als sie noch zu unschuldig war, um zu erkennen, daß Caspars Besessenheit mit Brid eine Hürde auf dem Weg zu ihrem Glück sein würde. Caspars Aufmerksamkeit hatte ihr derart geschmeichelt, seine zarte Berührung, sein Atem in ihrem Gesicht, wenn er nur ein Stückchen näher kam, das Zittern in seiner Hand, wenn er an ihr vorüberstrich. Sie war so glücklich gewesen, bis sie sah, wie sehr er sich nach Brid sehnte und aufstöhnte, wenn er sie nur sah.

Wie konnte sie mit Brid wetteifern? May haßte sie, und das Schuldgefühl zerfraß sie. Es war undenkbar, daß sie, eine treue Anhängerin der Großen Mutter, eine Ihrer Hohepriesterinnen hassen sollte.

Amaryllis streckte seine Hand aus. »Es besitzt jetzt keine Macht, die mir helfen könnte. Ich brauche doch nur Euch«, erklärte er ihr, »und ich will Euch nur beschützen.«

May errötete bei dieser Schmeichelei, dennoch zog sie ihr Bärenfell fester um die silberne Schatulle. Er ließ sie allein. Sie saß am knisternden Feuer des *Hungrigen Fischers* und lauschte einem alten Seemann, der aufgeregt von einer Kreatur berichtete, die er oben auf den Klippen gesehen hatte. »Es war in der Nähe von Muttchen Grebes Haus, oben auf den grauen Klippen.«

»Wie alle anderen warst du gestern nacht mit deinem Boot nicht draußen und fast bis zum Morgengrauen hier«, lachte der Wirt. »Kein Wunder, daß du auf deinem Heimweg seltsame Wesen gesehen hast. Mich wundert nur, daß sie nicht rosa waren.«

Die Gäste lachten, und der alte Seemann blies seine

Brust auf. »Wir alle kennen Leute weiter südlich an der Küste bei Jotunn, die Wölfe gesehen haben. Vielleicht kommen sie zu uns.«

Das wurde allgemein als lächerlich abgetan.

»Und da kommt Muttchen Grebe höchstpersönlich, um uns zu erzählen, was für Wölfe gestern nacht um ihr Häuschen geschlichen sind«, verkündete der Wirt.

Ein kalter Hauch fuhr durch Mays Herz, als sich eine sehr große Frau mit stahlgrauem Haar in der Tür bückte und in die Kammer trat. Das Feuer schien sich für einen Augenblick zu verdunkeln.

Muttchen Grebe sah sich mit Augen um, die unter struppigen Brauen fast verborgen blieben, blickte kaltherzig in die Runde und forderte vom Wirt: »Einen Whiskey.«

Fragend sah er sie an. »Einen Whiskey, Muttchen Grebe? Du weißt doch, daß du so was nicht trinken sollst. Davon hast du letztes Jahr nach dem Fest Geschwüre bekommen.«

»Ich hatte einen schlimmen Tag«, knurrte sie, »und ich brauche einen Whiskey.«

»Seht ihr, ich habe doch gesagt, da waren Wölfe. Sie hat sie auch gesehen«, rief der alte Seemann triumphierend.

»Wölfe! Nichts dergleichen habe ich gesehen. Ich bin nur über einen Stein gestolpert.« Sie zog die Nase hoch und deutete auf May, die entsetzt merkte, daß sie zum Mittelpunkt der Aufmerksamkeit wurde. »Zwei Fremde habe ich gesehen, die aus dem geplagten Inland kamen, und die sind dreist wie die Bären die Straße heruntermarschiert. Kommt nicht so oft vor, daß Fremde über Land herkommen.« Sie sah May direkt in die Augen. »So ist es doch, junge Dame, habe ich recht?«

Muttchen Grebe setzte sich May gegenüber und musterte sie neugierig. Das Mädchen schreckte zurück, entsetzt von ihren gelben Zähnen und dem Gestank, der davon ausging. Die Augen der Frau waren wund und blutunterlaufen, und ärgerlich rieb sie daran herum.

»Fürchte dich nicht«, sagte die Alte mit beunruhigender Stimme, und die Worte knarrten und spuckten aus ihrer Kehle hervor. Sie drückte Daumen und Zeigefinger zusammen, machte kurz das Zeichen der Mutter, als wollte sie May sagen, sie sei hier in Sicherheit. »Ich hätte die Pilgerfahrt gemacht, um der Greisin die letzte Ehre zu erweisen, aber meine Beine sind zu schwach. Ich sehe, ihr kehrt von dort zurück. Ich sehe in deinem Gesicht, daß du ein Kind der Großen Mutter bist.«

May erstarrte vor Angst. Diese Frau sprach liebevoll von der Mutter, und doch bäumten sich sämtliche Instinkte in ihr auf.

Die anderen Dörfler nickten der alten Frau freundlich zu, und der eine oder andere brachte seine Beschwerden vor, um die sie sich kümmerte. May fand, daß sie guten Rat zu bieten hatte, als sie von Kräutern und Wurzeln sprach, die wunde Zähne oder Verletzungen durch Fischhaken behandelten, von denen letztere bemerkenswert häufig waren.

Aber May durfte ihr nicht vertrauen, und so erklärte sie, sie müsse gehen und ihren Freund suchen. Ihr Herz setzte kurz aus, als ihr klar wurde, daß sie ihre Gefühle zu Amaryllis ehrlich bekundet hatte.

Muttchen Grebe streckte ihre kalte Hand aus und drückte Mays Arm. »Trau ihm nicht, Kind«, warnte sie, und ihre Augen rollten, daß nur das Weiß zu sehen war. »Er will nur deine Macht, will dein Vertrauen gewinnen, damit du ihm aus freien Stücken die Macht überläßt. Selbst von dir fiele es jedem schwer, ein solches Ding zu nehmen.«

»Wie? Was?« stammelte May und wollte mehr fragen, fürchtete jedoch, sie würde sich endgültig verraten, wenn sie es tat.

»Du darfst ihm nicht trauen.«

»Wem trauen?« fragte May kühl.

»Ihm natürlich.« Muttchen Grebe nickte zum Pier hin. »Der in Kittel und Sackleinen.« Sie schnaubte, als fände sie die Vorstellung lächerlich, dann wandte sie ihren vorwurfsvollen Blick wieder May zu. »Du magst mich nicht.« Ein Lachen blubberte in ihrer Kehle auf. »Ich kann es in deinen Augen sehen, Kind.«

Es gefiel May nicht, daß sie so ähnlich wie Morrigwen sprach, sie mit ihrem stechenden Blick durchbohrte und ihren Kopf wie Morrigwen geneigt hielt.

Muttchen Grebe kicherte lauter. »Es ist wirklich witzig, daß du mir mißtraust, weil ich alt und häßlich bin.« Sie sah an sich herab und zupfte angewidert an ihrem schmutzigroten Kleid herum. »Aber weil dieser Mann kühn und hübsch ist, bist du bereit, jedes Wort seiner samtenen Zunge zu glauben? Findest du das nicht närrisch?« Sie rollte mit den Augen und sang bedeutungslose Worte, bis sie schließlich starr und aufrecht dasaß und tief in Mays Augen blickte. »Ich habe Zeichen gesehen ... dir droht Gefahr von ihm. Du mußt augenblicklich fort, doch fahr nicht übers Meer. Geh wieder in die Berge, in dein eigenes Land. Dort bist du sicherer.«

Muttchen Grebe nippte dreimal an ihrem Glas und machte sich davon. May wußte, daß sie schnell handeln mußte, bevor Amaryllis wiederkam. Sie drehte ihr Haar zu einem Knoten am Hinterkopf, steckte ihn mit einer großen Nadel fest, die sich augenblicklich wieder löste. Sie knotete noch einmal, überlegte, wie sie auf Muttchen Grebes Ratschlag reagieren sollte. Zweifellos mußte sie diesen seltsam gelbäugigen Fremden abschütteln.

Sie wünschte, Morrigwen wäre hier, um sie zu lenken. Einst, als sie als Waise in die Obhut der Greisin gekommen war, hatte sie gedacht, sie sei möglicherweise dazu ausersehen, die neue Jungfrau zu werden. Sie hatte geahnt, daß Morrigwen es sich wünschte, denn oft nannte sie sie »mein Kind« und vergötterte sie, was sie ansonsten nur Brid gegenüber tat. Doch gegen Ende ihres Lebens hatte Morrigwen eingeräumt, daß die Runen zwar in ihrem Sinne gesprochen hätten und sie unübersehbar eine große Rolle spielte, sie doch nicht – wie alle Hohenpriesterinnen – die Stellung des Mondes in wolkenverhangener Nacht deuten konnte.

Da sie sich instinktiv zum Meer hingezogen fühlte, rannte sie eilig zum Pier hinunter. Sie traute Amaryllis nicht, doch sie wollte auch Muttchen Grebes Ratschlag nicht ohne weiteres annehmen. Sie mußte sich ihre Schiffspassage selbst suchen, ohne daß Amaryllis davon wußte. Sie sah zu den kleinen Fischerbooten hinaus, die sich an den Pier schmiegten, dann zu den dunklen, majestätischen Handelsschiffen jenseits der Felsbarriere. Irgendwie mußte sie zu den Minen von Kalanazir gelangen.

Sie fand sich vor einer Gruppe von Fischern wieder, deren Wangen vom Trunk gerötet waren. Einer, der etwas älter als die anderen war, Ende Zwanzig vielleicht, mit leuchtenden, lebenslustigen Augen, lehnte sich zurück und grinste, wobei er seine großen Zähne zeigte. »Nun, was sehen meine entzündeten Augen? Es hieß, Wölfe würden aus den Bergen schleichen, aber niemand hat etwas von Kobolden gesagt. Aber die Geschichte gefällt mir sehr viel besser.«

May errötete. »Ich suche eine Schiffspassage und ...«

Ein anderer Seemann stieß den Mann mit dem zahnreichen Grinsen und den leuchtenden Augen mit dem Ellenbogen an. »He, Danny! Was rennst du deiner ewig schmollenden Braut nach, wenn da so ein rehäugiges Liebchen vor dir steht und stottert?«

Sie alle lachten, und May biß unruhig auf ihrer Lippe herum. »Ich ... ich ... muß nach Ceolothia.«

»Ceolothia!« Die Männer lachten, und May fragte sich, was sie Lächerliches gesagt haben mochte.

»Ich habe dort Verwandte.« Sie suchte nach einem guten Grund. »Meine Familie ist den Wölfen zum Opfer gefallen, und ich weiß nicht, wohin ich sonst soll. Ich muß meine Zukunft in der Ferne suchen und meine Vettern finden.«

»Ihr müßt Euch keine Sorgen machen, was Eure Überfahrt angeht, süße Lady, solange Danny hier auf den Knien darum bettelt, für Euch sorgen zu dürfen.« Der Seemann schlug seinem zahnreichen Freund auf den Rücken, der vorwärts taumelte und verlegen grinste. »Außerdem: Glaubt Ihr denn, wir würden so weit segeln, wenn der beste Fisch in unseren eigenen Gewässern schwimmt? Nichts als kleine Fische vor der Küste von Ceolothia.«

»Bitte, ich brauche Hilfe.« Mit ehrlicher Miene sah sie zu ihnen auf und hoffte, an das Gute in ihnen appellieren zu können, doch sie wurden von einem älteren Seemann mit dickem Bart und kurzem, gestreiftem Hemd unterbrochen, der den Pier entlanggeschlendert kam und breitbeinig vor ihnen stehenblieb. »Sagt mal, Freunde, wozu quält ihr das arme Kind nur so?«

Hoffnungsvoll wandte sich May ihm zu. »Ich muß nach Ceolothia.«

»Ceolothia?« Der Mann neigte seinen Kopf. »Du solltest die Händler fragen, nicht uns Fischer.«

»Oh, ich weiß, aber ich dachte, jemand könnte mich direkt hinüber zu den Schiffen bringen. Ich möchte dorthin, wo die Ladung auf die Boote verladen wird. Da drüben ist jemand am Ende des Anlegers, dem ich gern aus dem Weg gehen möchte«, sagte sie ehrlich. »Wenn ich dort frage, wird er mich sehen.« Sie suchte in ihren Taschen nach einer

Kupfermünze, die Amaryllis ihr für die Zeche im Gasthaus gegeben hatte, und hielt sie hoch.

Danny setzte seinen halbvollen Humpen ab und lächelte sie an. »Nun, meine Netze sind schon lange bereit, und bald haben wir Flut, da kann es nicht mehr lange dauern, bis wir durch das Meerjungfrauentor gelangen können. Ich würde sagen, ich bin fast bereit abzulegen, sobald dieser Derry auftaucht. Eine Münze ist schließlich eine Münze.« Er nickte zu einer Ketsch mit leuchtendrotem Segel hinüber, die am Ende des Piers vertäut lag. »Die gehört mir«, sagte er stolz. »Eine der größten in Möwenstein, und ich habe zwei Burschen und dazu noch Derry, die mit mir segeln.«

»Sein alter Onkel hat ihm das Boot hinterlassen«, erklärte einer seiner Fischerkameraden. »Obwohl er es nicht verdient. Hat es nicht mit seinen eigenen Händen erarbeitet.« Er grinste und boxte Danny in die Seite.

»Nun, ich danke Euch, Herr«, sagte May zu Danny und eilte ihm geduckt den Pier hinunter nach, hoffte, daß Amaryllis sie so nicht erwischen würde. Ihn sah sie nicht, doch sie erhaschte einen Blick auf Muttchen Grebe, deren rotes Kleid am Ende des Anlegers in der Brise flatterte. Die alte Frau hob ihren Kopf und warf May einen kurzen Bick zu.

Auf der Ketsch war nicht genügend Platz für sie im kleinen Ruderhaus, und May suchte in einem Haufen Segeltuch am Heck des Bootes Schutz vor dem Wind. Die beiden jungen Burschen waren bereits damit beschäftigt, Netze und aufgerollte Taue ordentlich an Deck zu verstauen, bereit, sie auszuwerfen, wenn sie die Fischgründe erreichten.

»Wie ich schon sagte, muß ich nur auf meinen Kumpel Derry warten«, erklärte Danny, »dann setzen wir die Segel.« Er machte sich noch eine Weile auf dem Boot nützlich, half den anderen, die Netze, Taue und Körbe zu ordnen. Er fluchte farbenfroh, als sein Freund endlich den Anleger hinuntertorkelte, und stöhnte: »Schon jetzt betrunken!«

Derry machte nur eine finstere Miene und sprang an Bord, ging in die Knie und hielt sich an den Fallen fest. Er zog sich auf die Beine und torkelte über die ordentlich zusammengerollten Netze zum Ruderhaus. Zitternd nahm er im Windschatten Platz. May zog ihre Kapuze über die Augen und versuchte, sich vor Dannys breitem Grinsen und den finsteren Blicken des Trunkenboldes zu verstecken.

Die See entlang der Küste war ruhig, doch weiter draußen tanzten weiße Kronen auf der grünen Dünung und warnten vor dem Wind über tieferen Gewässern. Die grausame Gewalt des Meeres wurde durch die Reihe spitzer Felsen etwa eine Meile vor dem Ufer abgemildert, die wie Haifischflossen aus dem Wasser ragten. Um sie herum brodelte und schäumte das Meer, sandte Gischt hoch in die Luft, und zu ihrem Entsetzen sah May, daß sie direkt den höchsten dieser Felsen ansteuerten.

»Das Meerjungfrauentor«, rief Danny und nickte zum Spalt zwischen zwei Felsen hin. Er holte seine Segel ein und rief Derry zu Hilfe, doch der Trunkenbold wurde nur grün und hing über der Reling, wo er sich heftig erbrach.

Dannys Miene verfinsterte sich vor Zorn, und er arbeitete wie wild, holte die Segel ein, während er gleichzeitig an der Ruderpinne riß, um mit geradem Kurs die Lücke zwischen den Felsen anzusteuern. May sah sich nach den blinkenden Lichtern des Dorfes um und sah ein weißes Segel auf einem stark krängenden Boot. Jemand stand an Bord und winkte wie verrückt.

Mondlicht blitzte auf den Segeln, Licht fiel durch die Wolken, erhellte das Wasser um das Boot, das ihnen folgte. May wußte, daß Amaryllis an Bord war.

Sie erschrak, als das Deck der Ketsch unter ihr ruckte.

Danny rief seiner Mannschaft zu, sie sollten sich den Enterhaken nehmen. Die beiden Burschen hingen über der Reling und zeigten und schrien. Danny steuerte in den Windschatten der Felsen, die in die grünen Tiefen ragten. Lange Stränge von Seetang, die flehend aus den Fluten ragten, wurden von der Strömung hin und her gerissen wie die Arme Ertrinkender.

»Was ist das?« rief einer der Burschen nervös.

Mays Neugier trieb sie an das Dollbord, und sie spähte in die schäumende See. Eine Leiche, von der Flut herausgetragen, trieb kopfüber im Wasser, strähnig graues Haar streckte sich wie die Tentakel einer Qualle um ihren Kopf, und graue, blutleere Arme schlugen an den Fels. Kleine Fische, deren grell silberne Leiber im grauen Licht schimmerten, knabberten an ihren Zehen. Die Frau war weiß gewandet, wie zur Hochzeit oder zu einem Fest, doch dann merkte May, daß es sich um Unterwäsche handelte. Der Enterhaken verfing sich im Haar der Frau, und Danny zog sie hoch.

Erschrocken schrie May auf. Sie hatte dieses Gesicht schon gesehen, gesund und munter, nur wenige Minuten, bevor sie in See gestochen waren.

KAPITEL 15

Etwas Großes und Weißes tanzte auf den wütenden Wogen. May achtete nicht auf Dannys Warnung, sie solle sitzenbleiben, um nicht über Bord zu gehen, hängte sich übers Heck und starrte entsetzt ins Wasser. Die Leiche einer alten Frau trieb dort mit dem Gesicht nach oben, die Leiche grau und aufgeschwemmt, als wäre sie seit Tagen tot. Doch das war nicht möglich. May fühlte sich unsagbar elend. Es war Muttchen Grebe, dieselbe Frau, die sie auf dem Ableger gesehen hatte, kurz bevor sie in See gestochen waren.

Die Ketsch schwankte in der harten Dünung, die vom Halbrund der Felsen aufgewühlt war, und May packte eine rutschige Reling, um sich zu stützen. »Danny, da draußen im Wasser! Sieh doch!« brachte sie schließlich hervor.

Wieder rollte das Deck unter ihren Füßen heftig. Sie verlor den festen Stand und rutschte von der Reling ab. Sie taumelte über das schmale Deck und schlug ans Dollbord auf der anderen Seite. Vor Angst, über Bord geworfen zu werden, rief sie um Hilfe.

»Halt dich irgendwo fest!« schrie Danny und kämpfte mit dem Ruder.

Die schwarzen schäumenden Fluten zu beiden Seiten des Meerjungfrauentores rollten und strudelten, hoben und drehten das kleine Boot, als wäre es aus Pergament und nicht aus achtzig Jahre alter Eiche. Die unterbesetzte Mannschaft rang darum, das Boot auf Kurs zu halten, um es durch die schmale Durchfahrt zu bugsieren. Derry war ihnen keine Hilfe. Trunken torkelte er herum und hielt sich an einem losen Tampen fest, der vom hinteren Mast baumelte, während die anderen zielstrebig an Fallen und Segeln zogen. May schrie noch lauter.

Benebelt sah der betrunkene Maat sie an und riß sich zusammen. Gegen das Taumeln des Bootes torkelte er zu ihr herüber und stolperte dabei über die Achterluke. »Keine Sorge, Kind. Ich rette dich«, lallte er.

Obwohl er unübersehbar immer noch nicht bei sich war, hielt er sich doch besser auf den Beinen als May, und dankbar streckte sie ihm die Hand entgegen. Er wurde starr, ein grauenvolles Grinsen spaltete sein rotes Gesicht, so daß die Falten an seinen Wangen winzige Blutstropfen aus seinen Augenwinkeln preßten. May schreckte zurück, stieß ans Dollbord und starrte entsetzt die schimmernde Klinge an, die aus dem Nichts in Derrys Hand erschien.

»Spring«, rief jemand vom anderen Boot herüber, das ihnen durch die dunklen Fluten entgegenkam. »Silbermond, spring, solange du noch kannst! Die Wellen werden dich beschützen.« Es war Amaryllis' Stimme.

Danny schrie, einer der Burschen solle das Ruder nehmen, damit er ihr helfen konnte, doch sie wußte, daß keine Zeit mehr blieb. Das Messer stach vor ihren Augen durch die Luft, und Derry stieß ein bestialisches Lachen aus.

»Besessen!« Die Worte zischten zwischen Mays Lippen hervor.

Sie lehnte sich über das Heck, wich ihm aus, hielt ihre silberne Schatulle.

»Silbermond, Holzfällerstochter«, höhnte er. »Es ist nicht für dich. Niemals für dich! Du hast die Kraft nicht.« Er streckte eine Hand aus, und sie spürte, wie die Luft von tausend hungrigen Geistern erschauerte, die sie drängten, das Druiden-Ei zu berühren.

»Derry, laß sie in Frieden!« kreischte Danny, und seine starken Hände rissen den Arm des Irren von ihr.

Mit einer Handbewegung warf Derry den Kapitän übers Deck. Zorn verfinsterte seine blutigen Augen, und wieder wandte er sich May zu.

»Spring!« flehte Amaryllis und erhob die Stimme zu einem Lied. »Vertraue auf die See, die Tränen der Großen Mutter.«

Derry taumelte und blickte übers Meer, um herauszufinden, wer dort diese tiefen Töne sang. May sah ihre Chance, zögerte nicht länger, holte tief Luft und stürzte sich in die aufgewühlten, grünlich schwarzen Fluten. Die Kälte nahm ihr den Atem. Einen Moment lang streichelten Blasen ihre Haut, dann nahm die ungeheure Macht des Meeres ihren schlanken Körper in ihre Arme und warf sie wie ein Kind, das seine ungeliebte Puppe straft, wild hin und her. Sie kämpfte sich aufwärts, tauchte nicht mehr als zehn Fuß weit von der Ketsch entfernt auf.

»Ich krieg dich!« schrie Derry vom Heck des Bootes und warf einen Enterhaken. Er traf sie an der Schulter, so daß er sie breit grinsend heranziehen konnte.

»Laß sie in Frieden!« rief Amaryllis eindringlicher, als sein Boot näher kam.

Derry stieß ein bestialisches Heulen aus und wandte sich kurz von May ab. Sie nutzte die Gelegenheit, den Haken aus ihrem Kleid zu lösen, drehte um und tauchte ab, kämpfte sich durch das kalte Wasser, das an ihren Kleidern zog. Die Röcke waren schwer und eng um ihre strampelnden Beine. Der besessene Trunkenbold jaulte vor Zorn und hängte sich über die Seite des Bootes, um sie zu packen, doch er schreckte zurück, wenn das Salzwasser aufspritzte. Er riß seinen Arm zurück, als würde er versengt, und der Kapitän nutzte die Gelegenheit, ihn festzuhalten. Sie rangen wild, und durch die Gischt sah May, wie Derry über Bord geworfen und von der See verschlungen wurde.

Tapfer strampelte sie zu den Felsen hinüber, sah nur verschwommen, weil die Wellen über sie hinweggingen, wobei sich jede siebte Woge über ihr auftürmte und sie herunterdrückte. Die Kälte schwächte sie. Spuckend und hustend strampelte sie aufwärts, strebte mit ihren Händen dem silbrigen Licht entgegen, das auf dem Wasser spielte, doch die Macht des Meeres raubte ihr alle Kraft. Das Gewicht ihres Bärenfells zog sie in die Tiefe, und sie gab sich alle Mühe, die Brosche zu lösen, doch sie war zu fest verschlossen und unter ihrem Umhang nur schlecht zu erreichen. Heftig riß sie an dem Fell, aber es wollte sich nicht lösen lassen.

Klatschend schlossen die Wellen ihre silbrige Haut über ihrem Gesicht. Sie sah die Blasen von ihrem Mund aufsteigen und gab den Versuch auf, die Brosche zu öffnen. Ganz hinten, in ihrem sich trübenden Verstand, erwachte ein seltsamer Gedanke. Es war ihre Liebe zu Caspar, die sie ertrinken ließ. Mutter, hilf mir, betete sie, als sie die Kraft verließ und das Meer sie in die Tiefe riß.

Jemand war an ihrer Seite. Starke Hände hoben ihren Kopf, zogen sie aufwärts. Sie schnappte nach Luft, vom grellen Tageslicht geblendet, sah goldenes Haar und wußte, daß ihr Retter Amaryllis hieß. Er schwamm kraftvoll, hielt seine Hand unter ihr Kinn und zog sie mit sich zum schwankenden Boot hinüber, das beigedreht hatte und mit dem Bug in die Wellen blickte.

Stämmige Arme hoben sie an, ihre Beine hingen wie bleierne Lasten herab, als sie gegen den Rumpf schlug und über das hölzerne Dollbord gezogen wurde. Mit einem dumpfen Schlag landete sie an Deck. Frierend hieß sie die Nähe des Körpers neben ihr willkommen. Amaryllis hielt sie fest, und erschöpft ließ sie ihren Kopf an seine Schulter sinken.

»Lauf nicht länger vor mir weg«, murmelte er. »Du bist zu kostbar, als daß ich dich verlieren dürfte, viel zu kostbar.«

Sie protestierte nicht, als er ihr das nasse Bärenfell auszog und begann, ihr Oberteil zu öffnen. Sie hatte nicht mehr die Kraft, ihm irgend etwas anderes als Vertrauen entgegenzubringen.

Das Boot tanzte auf dem Wasser und hielt seine Position, während die Männer Seile auswarfen und das Wasser mit Enterhaken durchharkten, um Derrys Leiche herauszuziehen.

»Wir haben ihn«, rief einer der Seeleute vom anderen Boot, während er sich über das Dollbord beugte, um ihn an Bord zu ziehen. Einer packte eine Hand, doch das Fleisch löste sich, als wäre es schon lange verwest. Der Rest der Leiche glitt wieder ins Wasser und versank unnatürlich schnell wie ein Stein.

»Ist er fort?« brach es aus May hervor, als Amaryllis sie an sich drückte und ihr seine Wärme schenkte. Langsam kehrte das Blut in ihre Adern zurück.

Amaryllis' Lippen strichen über ihr Ohr. »Mach dir keine Sorgen. Du brauchst Ruhe.«

May war zu erschöpft, um weitere Fragen stellen zu können. Sie wußte nur, daß die Männer beider Boote eine Weile versucht hatten, Muttchen Grebes Leiche zu bergen, und nun umgekehrt waren und gegen das abfließende Wasser kämpften, um die Leiche zurück nach Möwenstein zu bringen. Drückendes Schweigen lastete auf dem Boot.

»Wird er wiederkommen? Dieser Mann, dieses Wesen?« fragte May, als sie schließlich wieder Derrys vom Wahnsinn verzerrte Miene und den Ausdruck unbändigen Entsetzens auf Muttchen Grebes totem Gesicht vor sich sah.

»Vielleicht, aber vorerst nicht. Nachdem die Tränen der

Großen Mutter ihn geholt haben, muß er einen Weg aus der Anderwelt finden. Aber eine solche Entschlossenheit! Ich bezweifle, daß er ruhen wird, bis er eine Möglichkeit findet.« Nachdenklich blickte Amaryllis vor sich hin, und May brachte nicht die Kraft auf, herauszufinden, was er damit wohl meinte.

»Die Männer sagen, er sei spurlos verschwunden«, sagte sie durch klappernde Zähne hindurch, während er an ihren Händen rieb. Sie hatte nicht gewußt, daß Haut so blau werden konnte. »Warum ist er so schnell untergegangen?«

»Die Tränen der Mutter sind ein großer Läuterer, und Geister können sich nicht oben halten.«

»Geister?« fragte sie und suchte tief in seinen gelben Augen.

Amaryllis nickte.

Sie fühlte sich getröstet. »Ich hatte befürchtet, du wärst ein Elfenkobold, aber du bist für mich ins Wasser gesprungen.«

Er lachte, wenn auch mit seltsam trauriger Stimme. »Meine Süße, ich bin ausschließlich Fleisch und Blut, sterbliches Fleisch.« Er betrachtete seine Hände, als wäre ihm die Vorstellung irgendwie ungewohnt.

Der Seemann am Ruder sagte: »Es gibt ein altes Sprichwort, daß ein Geist die See nur in einer Eierschale überqueren kann, und deshalb achten wir Seeleute, die für Geister und alles, was einem Unglück bringen kann, nichts übrig haben, stets darauf, die Schale zu zerdrücken, wenn wir ein Ei gegessen haben.«

Amaryllis lächelte nachsichtig. »Eine weise Vorsichtsmaßnahme, doch sie suchen nicht das Ei, sondern den Vogel. Wenn sie kein Boot finden können, muß der Geist in den Körper eines Vogels schlüpfen und über die See fliegen. Es ist seltsam, wie Traditionen entstehen.«

May nahm seine Worte fraglos hin, wunderte sich nur, daß dieser Mann soviel wußte. Sie kannte nur Frauen, die etwas von Kräuterkunde, Folklore und Mystizismus verstanden.

»Woher kommst du?« fragte sie, als er sie in warme Kleider wickelte und dann lieblich summend in seinen Armen wiegte. Sie konnte nicht protestieren, sondern freute sich nur über seine Aufmerksamkeit. Wiederum lehnte sie ihren Kopf an seine Schulter und schloß die Augen, lauschte seinem sanften Lied. Tränen rannen über ihre Wangen, dennoch wünschte sie, es wäre Caspar, der sie in den Armen hielt.

Aber es war nicht Caspar. Er war nicht dagewesen, sie zu retten. Sollte sie jemals wieder leben und glücklich jeden Atemzug genießen, statt schwarze Trauer in sich aufzusaugen, würde sie Caspar vergessen müssen. Sie schmiegte sich an Amaryllis' feste Brust. Und vielleicht war es so am besten. Viele Liebende auf der Burg hatte sie verletzt und geschunden gesehen. Die Nachfolger derjenigen, welche die Vaalaker massakriert hatten, waren meist jung. Liebeleien standen bei ihnen hoch im Kurs. Sie hatte gesehen, daß alle Wunden der Liebe durch die Aufmerksamkeit eines anderen bald zu heilen waren.

Sie mußte ein neues Leben beginnen ... um ihrer selbst und auch um Caspars willen. Langsam nahm sie Amaryllis' Hand und drückte sie. Sie spürte seine Reaktion sofort, seine bebende Freude. Dies erschreckte sie, und sie nahm ihre Hand zurück, obwohl sich auch in ihr etwas erwärmte. Sie spürte eine leise Befriedigung, daß sie jemandem eine solche Freude bereiten konnte.

Sie schloß die Augen und schlug sie erst wieder auf, als sie durch das stille Wasser neben dem Anleger wateten. Unzählige schwarzweiße Seeschwalben strichen übers Wasser, und Möwen stießen ihren unverwechselbaren Schrei von den Klippen über ihnen aus.

»Wir gehen zum anderen Wirtshaus, wo wir weniger Aufmerksamkeit erregen. Es scheint, als wäre es bei den Einheimischen nicht so beliebt und würde nur von durchreisenden Händlern besucht«, sagte Amaryllis. Er schloß ihren schlanken Leib in seine Arme und trug sie zu der Taverne. Das Schild, auf dem ein Papageientaucher mit Augenbinde abgebildet war, hing baumelnd über der Tür, die Farbe blaß und im scharfen Wind gesprungen. »Du kannst oben ruhen, während ich uns eine Schiffspassage für die Morgenflut beschaffe.«

»Warum hilfst du mir?« fragte sie schwach.

Er lächelte entwaffnend und erwiderte mit offener Miene: »Weil du mir Leben und Seele bist.«

May lachte. Wie konnte sie nur jemandem glauben, der derart absonderliche und lächerliche Behauptungen aufstellte ... und doch wollte sie es gern. Er war ihr Beschützer, und sie brauchte ihn. Sie kam zu dem Schluß, daß sie, solange sie darauf achtete, das Necrönd von ihm fernzuhalten, mit ihm sicherer als ohne ihn war.

»Ein Zimmer für die Dame und eine Magd zu ihrer Hilfe«, forderte Amaryllis von der alten Frau, die ihnen zu Diensten war. May freute sich über das Bad und den süßen Sirup, den man ihr anbot, damit sie schlafen konnte, doch sie ruhte nicht eher, bis Amaryllis wiederkam und an ihrer Tür saß. Als sie erwachte, war die prickelnde Taubheit aus Fingern und Füßen verschwunden, aber sie war nach wie vor erschöpft. Der gelbäugige Mann beugte sich über sie. »Ich hole dir etwas zu essen«, bot er an.

Sie schüttelte den Kopf. »Nein, nur etwas Gesellschaft. Ich ... ich möchte nicht ... ihr Gesicht ... Muttchen Grebes Gesicht.«

»Unten prasselt ein Feuer«, erklärte er. »Dort wirst du dich besser fühlen.«

Sie nickte wenig begeistert und schickte ihn hinaus, damit sie sich ankleiden konnte. Sie brauchte lange, hielt sich mit Knöpfen und Senkeln auf, da sie noch schwach und tief erschüttert war, wollte aber auch nicht um Hilfe bitten. Als sie fertig war, rief sie ihn zurück und gestattete ihm, sie die Treppe hinunterzugeleiten.

»Nun, kleiner Freund, welche Speisen dürfen wir Euch und Eurer Dame bereiten?« fragte der Wirt des Blinden Papageientauchers, als er sie im Speiseraum willkommen hieß.

»Kleiner Freund«, wiederholte Amaryllis etwas verärgert, und May merkte, daß sie ganz vergessen hatte, wie klein er war. Er besaß eine solche Präsenz, daß es nicht schwerfiel, diesen Umstand zu übersehen. »Natürlich das Beste, was Ihr habt.«

May zupfte an seiner Hand und schüttelte den Kopf. »Nein, nein, ich habe keinen Hunger.«

Amaryllis nickte verständnisvoll. »Eure beste Speise für mich und irgendeine heiße Suppe für die Dame. Wir sitzen am Fenster in der Sonne«, sagte er.

Der Wirt führte sie zu einem schönen Tisch an einem der kleinen Bullaugenfenster mit Blick auf die See. Er drückte sich in eine Nische. »Noch ist es still, aber bald schon wird sich der Laden füllen, wenn die Flut Seeleute von den Handelsschiffen bringt.« Er nickte, als sei das sehr in seinem Sinne. »Nun setzt Euch nur, wo die Menge Euch nicht erdrücken kann.«

Sie sah zum Fenster hinaus am Felsenring vorbei dorthin, wo die großen Schiffe rastlos an ihren Ankerketten rissen, die fein geschnitzten Buge allesamt gleich ausgerichtet, wie Jagdhunde, die Beute wittern. Der Wirt brachte

Amaryllis einen Riesenhaufen Rippchen und Suppe für May, doch sie konnte selbst die nicht essen. Sie konnte nur an Muttchen Grebes halbverwestes Gesicht denken, wie es auf dem Wasser geschaukelt hatte.

Amaryllis sprach warmherzig mit ihr und streichelte ihre Hand. »Du mußt essen, damit dir warm wird«, drängte er voll Sorge um ihr Wohlergehen.

Sie war benommen von der Kälte, die ihr in die Knochen gekrochen war, und so schenkte sie ihm kaum Beachtung, sondern sah zu, wie sich die Taverne langsam mit fremden Gesichtern füllte. Dann verstummte seine Stimme. May erschrak. Ein junges Mädchen in einem blauen Umhang aus weichstem Stoff stand an ihrem Tisch, als wäre sie aus dem Nichts heraus erschienen. Zumindest hatte May, bevor sie es sich näher angesehen hatte, gedacht, daß es ein Mädchen sei, denn es war noch kleiner als Brid, mit feinen Zügen, doch nun, bei näherer Betrachtung, sah sie, daß es sich um eine Frau mittleren Alters handelte.

Reglos saß Amaryllis da, und May fand ihn schon unhöflich, weil er die Frau nicht zu beachten schien, als er plötzlich seinen Stuhl zurückschob, aufstand und ihr sein entwaffnendstes Lächeln schenkte. Ihre bernsteinfarbenen Augen blickten klagend zwischen ihm und May hin und her.

»Für ein so zerbrechliches Persönchen trägst du eine schwere Bürde«, schnurrte die Frau May an und seufzte schwer und traurig.

May legte ihre Stirn in Falten, argwöhnisch, was die Frau meinen und beabsichtigen mochte. Konnte sie das Necrönd meinen, und woher wußte sie davon? Und sie mochte wohl klein sein, doch war sie sicher nicht zerbrechlich, und wieso hielt ihr die alte Frau vor, zerbrechlich zu sein, wenn sie selbst so winzig war? Der Wind schien die Wolken verweht zu haben, denn ein Lichtstrahl fiel durchs Fenster und schien der Frau ins Gesicht, das plötzlich so schön, so rein und doch so voll von Trauer war. Staunend über diesen Anblick, fühlte sich May augenblicklich unzureichend, und da sie meinte, kein Recht auf irgendeine Meinung mehr zu haben, schluckte sie ihren Ärger herunter. Sie hatte Morrigwen für weise gehalten, Keridwen für einfühlsam und Brid für unangenehm kenntnisreich, doch diese Frau schien alles gleichzeitig zu sein. Diese Augen ...

»Nun, kleine Silbermond, du kommst von weit her und hast dich als klug erwiesen, dir einen derart erfahrenen Burschen als Führer und Beschützer zu erwählen.« Bedeutungsvoll sah sie Amaryllis an. »Es tut mir leid für dich, tut es wirklich, aber ich kann nichts weiter für dich tun, als dir das hier zu geben.« Sie griff in ihren Beutel aus sehr weichem Leder und nahm ein winziges Stück gräulicher brauner Borke hervor.

»Weidenrinde«, sagte May kraftlos.

Die Frau nickte zufrieden. »O ja, aber weit wirkungsvoller als alles, was sonst im ... am Caballischen Meer zu finden ist.«

May nickte, nahm die Rinde in ihre zitternden Finger und kaute zögerlich darauf herum. Es schmeckte genau wie Morrigwens Weidenrinde, doch sie staunte, wie schnell wieder Kraft in ihren Körper kam. Ihre Haut rötete sich vor plötzlicher Wärme.

Die schöne Frau wandte Amaryllis ihre traurigen Augen zu. »Hübscher Freund, solltet Ihr je den langen Waldweg zum Annwyn beschreiten, solltet Ihr bedenken, was ich sage. Selbst aus der Ferne haben wir Euer Lied gehört, und Ihr singt nicht mit Melodie, sondern mit Macht. Ihr habt Euch versündigt. Vielleicht ist es bereits zu spät, doch sollte ich Euren Fall vertreten, müßt Ihr Eure Gaben für Euch behalten, da die Bedingungen für die Vereinbarung anderenfalls nicht erfüllt sind.«

Etwas bedrückt nickte Amaryllis sie an, und sie lächelte mit tiefem Mitgefühl zurück. May betrachtete den Rücken dieser Frau, als sie sich einen Weg durch die Menge bahnte, obwohl die meisten Menschen sie kaum wahrzunehmen schienen, ihr vielleicht ein leises Nicken widmeten, doch das war alles. Vor der Tür blieb sie in einem strahlend leuchtenden Sonnenstrahl stehen, der durch ein nahes Fenster fiel, und sah sich durch den langsam sinkenden Staub hindurch, der im Licht glitzerte, nach May um. Sie lächelte und war verschwunden. May blinzelte. Es war, als wäre die Frau einfach im Licht aufgegangen. May kam zu dem Schluß, daß sie wohl einen Moment lang nicht bei sich gewesen war, als die schöne Frau in der Menge untertauchte.

»Wer war das?« fragte May und sah Amaryllis mit ernster Miene an. »Und besser noch: Wer bist du?«

»Deine gute Fee«, erwiderte er halb lachend. »Komm, wir haben keine Zeit. Wir müssen übers Meer und uns lautlos davonschleichen, ohne eine Spur zu hinterlassen. Und versuch nicht einmal an das Druiden-Ei zu denken. Es lenkt die Aufmerksamkeit auf uns. Sie spüren es, mußt du wissen. Die Geister und die alten Wesen werden davon angelockt. Seine Gegenwart ist ihnen so selbstverständlich wie dir die Morgendämmerung nach den Schrecken der Nacht.«

May wußte, was er meinte. Sie spürte eine ganze Armee von Kreaturen, fühlte deren Widerwillen und den Schmerz ihrer Sehnsucht nach Leben, die gelegentlich in großen, sich türmenden Wogen kamen, dann wieder stemmte sich der Druck ihres vereinten Willens gegen sie wie ein Bulle gegen ein wackliges Tor. Nicht zum ersten Mal fragte sie sich, woher Amaryllis so viel von diesem Druiden-Ei wußte und was für ihn damit zu gewinnen war, wenn er ihr half.

Dennoch begann sie unwillkürlich, ihm zu vertrauen. Die Weidenrinde hatte gewirkt, und achselzuckend tat sie ihre Probleme ab, streckte sich und begann hungrig, ihre Suppe zu schlürfen.

Amaryllis sah sich in dem inzwischen überfüllten Wirtshaus um und nickte zu einem schwarzbärtigen Seemann mit kurzen Ärmeln und weiten Hosen mit breiten blauen Streifen hin. Er bellte mehrere Männer an und wollte mit niemandem den Tisch teilen, wenn der Raum auch übervoll war. Offensichtlich sah er sich als Mann von Rang unter den Seeleuten. Er fing Amaryllis' Blick auf, sah finster herüber, dann wandte er sich May zu und zwinkerte ihr lüstern zu.

»Wir müssen eine Schiffspassage finden, und er sieht nicht besser oder schlechter als jeder andere aus. Ohne Zweifel ist er Kapitän. Und von sich überzeugt ist er auch«, bemerkte Amaryllis billigend. »Ich fühle mich auf See besser bei jemandem, der seiner sicher ist.« Er richtete sich auf und näherte sich dem Seemann nicht ganz so stolzierend, wie es sonst seine Art war. »Wir suchen eine Schiffspassage übers Caballische Meer, Herr«, sagte er sanft.

Irgendwie, wenn Amaryllis sprach, schwiegen die Leute um ihn herum, als konnten sie nicht widerstehen, dem melodischen Klang seiner Stimme zu lauschen.

Der Schiffskapitän musterte ihn von oben bis unten. »Ihr seid kein Belbidianer. In meinem ganzen Leben habe ich noch keinen blonden Belbidianer gesehen. Wovor lauft Ihr in Euren feinen Kleidern weg? Ihr riecht nach Ärger. Kann mir an Bord keinen Ärger leisten.«

May sah, daß Amaryllis nur wenig Freude daran hatte, eine Überfahrt zu beschaffen, und beschloß, daß sie, nachdem sie sich nun besser fühlte, eigene Bemühungen anstellen wollte. Bald schon war sie mit einem respektabler wirkenden Kapitän im Gespräch, dessen Hände sauber und dessen Kleider frisch und weiß waren. Sie hatte das Gefühl, als könnte sie einem solchen Mann weit besser trauen.

»Auf der Flucht vor den Wölfen, Mädchen?« mutmaßte er mit fremdem Akzent. »Nun, einige Eurer Landsleute begleiten uns schon auf dieser Reise. Und gern würde ich ...«

»Das wird nicht nötig sein«, unterbrach Amaryllis mit eiskalter Stimme und zog May mit sich.

»Aber er wollte uns nicht einmal etwas berechnen.« Ärgerlich riß sie an seiner Hand.

Amaryllis' Augenbrauen schoben sich in die Höhe, als wollte er ihr sagen, daß sie eine Närrin war. »Hast du seine Ohrringe denn nicht gesehen?«

»Was war damit?«

»Von einem hing eine silberne Bärenklaue«, erwiderte der elfengleiche Mann, als wäre das höchst bedeutungsvoll. »Komm schon, wir können an Bord der Delphin. Ein paar Männer machen sich eben bereit, mit Ladung hinauszurudern. Sie segelt erst am späten Morgen, aber wir können unsere Kabine schon jetzt beziehen. Da sie einen zu großen Tiefgang hat, um die kleinen Flüsse zu befahren, fährt sie nach Skuas Ria, einem der nördlichen Häfen von Ceolothia. Sie hat Spinnräder, Webstühle und Wollballen an Bord, alles aus Ovissia exportiert, wie man mir sagt. Es ist ein gutes Schiff, aber ich vermute, du wirst mir nicht dafür danken, daß ich es gefunden habe, oder?«

Natürlich hatte er recht, doch es hieß nicht, daß es ihr gefallen mußte, und sie schmollte auf dem ganzen Weg zum Schiff. Während die Ruderer an den Riemen rissen und das Boot in tiefere Gewässer brachten, hielt sie sich auf der Ducht fest und erblaßte, als sie sich durch die schäumenden Fluten des Meerjungfrauentores kämpften. Eine plötzliche Woge schwarzen Wassers schlug gegen das Boot. Noch immer war sie Amaryllis böse, weil er ihre Bootswahl verlacht hatte, und weigerte sich, trostsuchend an ihn heranzurükken. Sie ruderten an einem dunkelroten Schiff vorbei, auf dem am Bug eine Bärenklaue abgebildet war. Segeltuch verdeckte die Ladung, und ein ekliger Gestank von ängstlichen Tieren wehte aus dem Laderaum herüber. Ein Schauer fuhr May über den Rücken, und sie rutschte näher an Amaryllis heran.

»Jetzt bist du dankbar, und das solltest du auch sein«, schalt er sie leise. »Du könntest an Bord eines dieser Sklavenschiffe sein, beladen mit torra-altanischen Bären, aber statt dessen sind wir auf dem Weg nach Ceolothia und den halb erfrorenen Steppen, wo die weißen Seehunde leben. Habe ich dir nicht eine gute Route verschafft?«

»Ja, die Route ist gut.«

»Dann solltest du dankbar sein.«

»Ich bin dankbar«, räumte May ein.

»Dann solltest du dich freuen.«

»Verstehst du denn nicht? Ich möchte nicht dankbar sein müssen«, erklärte May, und dann lachte sie freudlos über sich selbst. Irgendwie hatte sie den Schmerz, Caspar zu verlieren, leichter ertragen, als sie verfolgt und ängstlich war. Nun fühlte sie sich allzu sicher und geborgen. Alles schien zu gut zu laufen, als sie das sichere Belbidia eben hinter sich ließ und sich nun nicht mehr umwenden und einfach nach Hause laufen konnte.

Es war ihr unangenehm, daß sie sich eine Kabine teilen mußten, doch es gab keine andere Möglichkeit.

»Wirst du mir denn nie von dir erzählen? Wenn wir diese Reise zusammen verbringen sollen, mußt du es mir erzählen. Wie kann ich dir sonst vertrauen?« fragte sie ihren Begleiter.

Er zuckte mit den Schultern. »Ich habe dir meinen Namen genannt und daß ich aus Gorta komme. Mehr gibt es nicht zu wissen.«

»Aber diese merkwürdige Frau kannte dich. Sie hat gesprochen, als stündest du in gewisser Weise vor Gericht«, fuhr May fort.

Das Schiff drehte bei, schnitt in den Wind, und sie stellte fest, daß ihr nur bequem war, wenn sie fest auf dem Boden saß, mit dem Rücken gegen die Schublade der unteren Koje. Amaryllis hingegen wirkte entspannt. »Menschen aus Gorta stehen fast immer vor Gericht. Es gehört zu unserer Ausbildung.«

»Erzähl mir von Gorta«, beharrte sie und musterte ihn skeptisch.

»Es ist die uralte Insel der Druiden, von Hünengräbern übersät«, sagte er wehmütig. »Man ißt Leuchtkäfer, Austernfischereier und Kuchen aus Seetang, den sie auf den langen Stränden zusammenharken, weil der Boden im Inselinneren nicht dick genug ist. Es heißt, sie sei ursprünglich unbewohnt gewesen, aber die Druiden haben sie zu ihrer heiligen Insel gemacht, damit sie während ihrer langen Lehrjahre ohne Ablenkung studieren konnten. Erst nach zwanzig Jahren Lehre durften sie die Insel verlassen und das Wort und die Weise der Großen Mutter verbreiten. Aber die Zahl der Bewohner hat in den letzten dreihundert Jahren enorm abgenommen, seit der Einfluß des Alten Glaubens geschwunden ist.«

Keinen Augenblick lang glaubte May, daß er Druide war. Sie wußte nicht, wieso, doch sie war sicher, daß Druiden allesamt sehr alt sein und lange, buschige Augenbrauen haben mußten.

»Aber ich bin kein Druide«, verkündete er, als könnte er ihre Gedanken lesen. »Nein, der Orden ist fast ausgestorben und die Bauten und Texte von einer neuen Schule übernommen worden, in der ich ausgebildet wurde. Man könnte sagen, daß wir etwas von den Methoden der Zauberer bekommen, indem wir lernen, die Gesetze der Alchemie und die Eigenschaften der Elemente zu nutzen. Doch ich bin mit einem Talent gesegnet, mit dem ich schon geboren wurde und das ich somit nicht erst erlernen mußte. Der Meisterzauberer hat mich dafür verachtet, sagte, ich dürfe meinen natürlichen Zauber nicht benutzen, sondern müßte wie alle anderen lernen. Weißt du, sie waren neidisch auf mich.«

»Auf deine Stimme natürlich.«

Amaryllis nickte. »Natürlich. Ich konnte nie sein, wie ich bin. Schließlich hat man mich der Schule verwiesen und mir gesagt, ich dürfe erst mit großer Beute heimkehren, der freiwilligen Liebe einer Jungfrau.«

May zog ein finsteres Gesicht. Das klang wie die unglaubwürdigste aller denkbaren Strafen. Dann wurde ihr das ganze Ausmaß seiner Worte bewußt. »Ich bin die Beute?« Sie war außer sich. »Ich bin die Beute!«

Er zuckte mit den Achseln und nickte. »Ich dachte, ich sollte ehrlich mit dir sein.«

»Aber du hast gesagt, ich hätte dich gerufen«, wies sie ihn auf eine Lücke in seiner Geschichte hin.

Amaryllis hielt kurz inne und verbarg das Gesicht in seinem Krug, nahm langsam einen tiefen Zug. »Nun, das habe ich auch. Siehst du, die weiseste unter den alten Wahrsagerinnen, die du heute gesehen hast, zeigte Mitleid mit mir und sagte, ihre Prophezeiungen hätten ihr von einer Jungfrau in Not berichtet, die Hilfe und Schutz bräuchte, und ich sollte alles in meiner Macht Stehende tun, um ihr zu helfen.«

Es war eine vollkommen absurde Geschichte, und da Amaryllis sie mit einem hintergründigen Glitzern in den

Augen erzählte, wollte May losprusten. Wahr klang in ihren Ohren nur, daß er eine gewisse geheimnisvolle Macht besaß, und seine Stimme war zweifellos magisch.

Schlechtes Wetter hielt sie den ersten Teil der Woche unter Deck. Ununterbrochen löcherte May ihren selbsternannten Beschützer mit Fragen, doch sie konnte aus Amaryllis nichts herausbekommen, was einer plausiblen Er-klärung geglichen hätte. Tagtäglich versprach er ihr, er wolle ihr bis ans Ende der Welt folgen, und wäre da nicht das helle Leuchten der Freude in seinen Augen gewesen, wann immer er sie sah, wäre sie davon überzeugt gewesen, daß an seinen Geschichten kein einziges Körnchen Wahrheit war.

Am Abend des fünften Tages, als die Sonne das Caballische Meer in wogendes, geschmolzenes Kupfer verwandelte, stand er neben ihr an die Reling gelehnt und sang leise, und da erst fand May das Leben erträglich. Einer Sache jedoch war sie sicher, und das war der Umstand, daß er nicht von Gorta stammte. Ceowulf war einst dort gewesen und hatte erzählt, daß das Geschrei der Krähen und Lummen die Luft erfüllte, da die gesamte Insel von hohen Klippen umgeben war, auf denen die Vögel lebten. Es gab keine Strände, und so konnte es auch keine Austernfischer geben, die dort brüteten. Es war ein simpler Fehler, und sie staunte über seine Frechheit, ihr eine solche Lüge aufzutischen.

Aber sie staunte ebenso darüber, wieso sie sich seine Aufmerksamkeit gefallen ließ. Und was war mit der kleinen mysteriösen Frau mit den Bernsteinaugen, die aus dem Nichts plötzlich neben ihrem Tisch gestanden hatte? Seltsamerweise hatte sie die Frau gemocht und das Gefühl gehabt, als wäre sie ihr vor langer Zeit in einem Traum begegnet.

Die See war still, und als die Sonne unterging, war es, als

segelte das Schiff in der Mitte eines riesigen Schildes aus geschmolzenem Gold. Im Laufe der Nacht kam leichter Wind auf und brachte eine sanfte Dünung mit sich, die das Schiff wiegte. Bald fiel das silbrige Mondlicht auf das Wasser, was es den stilleren, kraftvolleren Mächten des Nachtzaubers ermöglichte, aus den Elementen hervorzuquellen und über die Erde zu wandeln.

»Mondlicht ist eigentlich gar nicht silbern«, bemerkte May. »Cremefarben vielleicht, und oft hat es ein sanftes rotes Leuchten, als wäre die Sonne eben erst untergegangen. Sieh nur, wie es das Wasser mit Leben erfüllt.« Sie fand, es sähe aus wie eine Armee weiß verschleierter Meerjungfrauen, die auf dem Wasser hüpften und sprangen, doch so etwas hätte sie nicht einmal im Traum gesagt.

Sie streckte ihre Hand dem Licht entgegen, als wollte sie es fangen, aber es fiel nicht auf sie. Sie war nicht überrascht und doch enttäuscht. Oft schon war ihr aufgefallen, wie das Mondlicht auf Brid fiel, sie mit seinem Zauber salbte, was ein atemberaubender Anblick war. Es schien sie direkt zu suchen, May jedoch nicht. Sie seufzte und ließ ihre Hand sinken. Sie war nur die verwaiste Tochter eines Holzfällers. Warum sollte der Mond sie berühren?

Amaryllis beobachtete sie. »Du weinst um den Mond«, sagte er halb lachend. May nickte und merkte, daß ihre Wangen feucht von Tränen waren.

»Der Mond glitzert nicht in meinen Augen und fährt auch nicht durch mein Haar, wie er es bei Brid macht. Er hätte mich geliebt, wenn ich wie sie gewesen wäre. Aber er liebt mich nicht, und deshalb muß ich gehen.«

Amaryllis rückte näher, strich mit seinen Armen über ihre. Da sie ihm mißtraute, schrak sie vor seiner Berührung zurück, und doch wünschte sich etwas in ihr seinen Trost und seine Hilfe. Das Necrönd war zuviel für sie. Das wußte sie nun. Er kam nicht näher, sondern sagte nur: »Dir wird es bessergehen, wenn die Sonne aufgeht.«

Ging es nicht. Über Nacht rollten die Wolken heran, und das Meer wurde dunkel. Ein Albatros hockte in der Takelage, und Amaryllis erschrak und sah ihn lange argwöhnisch an, bis er sich entspannte. May hielt sich an der Reling beim Niedergang fest und musterte ihn verdutzt.

»Sie reisen weit übers Meer, ohne sich jemals auf dem Wasser niederzulassen«, warnte er.

Die nächsten Tage waren wieder rauh, und May fühlte sich elender als je zuvor in ihrem Leben. Sie machte sich in ihrer Koje lang, hielt sich fest und war mehr noch als sonst versucht, die Mächte des Necrönd zu rufen, um sich vom Sturm und dem schrecklichen Rollen der See zu befreien.

Schon hatte die Bürde des Druiden-Eis sie erschöpft, und das gnadenlose Meer tat das Seinige dazu. Schweiß prikkelte an den Fingerspitzen. Es juckte sie, das Necrönd einzusetzen. Es sah doch harmlos aus, ganz harmlos, und doch nahmen die Muster, die silbrig blauen Fäden, die auf dem cremigen Glanz der Schale schimmerten, ihre Gedanken gefangen, und sie verbrachte Stunden damit, einen dieser Fäden zu verfolgen, fragte sich, ob der Brandfleck es in irgendeiner Weise beschädigt habe. Sie überlegte, ob die Muster auf Kommando ein magisches Zeichen bilden würden. Sie sehnte sich danach, die Wahrheit zu erkunden, und spürte, wie tausend Willen ihre Hand zur Schale drängten.

Ihre Finger schwebten darüber, als sie hinter sich ein Seufzen hörte. Eilig bedeckte sie das Druiden-Ei und sah böse zu Amaryllis auf, dessen Augen im Halbdunkel seltsam leuchteten.

»Hinaus!« schrie sie ihn an.

Er zuckte mit den Achseln und setzte sich auf ihre Koje, überhörte ihren Protest. »Es wächst in dir.« Er machte keine Anstalten, ihr das Druiden-Ei zu entreißen, was es May zumindest erlaubte, sich ein wenig zu entspannen. »Es gehört dir nicht, Silbermond«, warnte er sie. »Die Große Mutter gibt dir keinen Schutz. Du bringst dich in Gefahr. Sie werden dich übermannen. Glaube mir, sie haben große Kraft.«

»Woher willst du das wissen?«

Er machte eine lange Pause, dann sagte er nachdenklich: »Ich denke, wir wissen es im Grunde unseres Herzens alle. Es sind die namenlosen Wesen, die aus dunklen Erinnerungen kommen und dich in deinen Alpträumen verfolgen, so daß du dich vor deiner eigenen Seele fürchtest. Ich habe es auf den Gesichtern vieler Männer gesehen. Bis jetzt war mir nicht klar gewesen, wie tief diese Furcht gehen muß.« Bedauernd seufzte er, reumütig fast.

May hatte keine Ahnung, wovon er sprach, doch sie kam zu dem Schluß, daß sie sich von ihm würde absetzen müssen, sobald sie wieder festen Boden unter den Füßen hatten. Indem sie ihm vertraute, war sie schwach geworden und hatte ihn zu nah an ihr kostbares Druiden-Ei herangelassen. Durch die Reise übers Meer hatten sie den Schatten abgeschüttelt, der sie verfolgte, und da sie Amaryllis' Schutz nun nicht mehr brauchte, wäre sie ohne ihn sicherer. Selbst wenn es bedeutete, daß sie das Ei zum Einsatz bringen mußte, wäre es doch das Beste, sich dieses Fremden, der so wenig Wahres von sich selbst erzählte, zu entledigen. Sie war entschlossen. Dieser Mann würde sie benutzen. Dessen war sie sicher. Warum sonst sollte er ihr folgen?

Im Morgengrauen fand sie sich am Bug des Schiffes wieder, wo sie einen grauen Strich beobachtete, der allmählich aus dem Dunst entstand, bis er zu einer Küste wurde. Dunkle Wolken, die am schweren Himmel wirbelten und tobten, drohten darüber. Ein Schauer lief ihr über den Rücken. Nie zuvor hatte sie auch nur einen Schritt über die Grenzen Belidias hinaus getan und fürchtete sich vor der kalten, grauen Welt, die vor ihr lag.

EXCALIBUR

EXCALIBUR – fremde Welten voller Magie und ungekannter Gefahren, grandiose Epen von Mythen und Wundern, übermenschlichen Schicksalen und der erlösenden Kraft der Liebe.

(70109)

(70108)

(70100)

(70105)

(70110)

(70121)

EXCALIBUR

EXCALIBUR – zeitlose Klassiker mit den besten Romanen der modernen Fantasy vereint.

(70102)

(70103)

(70104)

(70106)

(70107)

(70147)